歌謡文学の心と言の葉

小野恭靖　著

和泉書院

目次

序……一

I 歌謡文学の諸相

1 歌謡の遊び心……五
はじめに—当座の花としての歌謡— 五
一 男性視点の歌謡 六　二 意味のアクロバットを楽しむ歌謡 七
三 口語を楽しむ歌謡 九　四 擬人化を楽しむ歌謡 一三
五 雅俗の混淆を楽しむ歌謡 一四　六 音自体の面白さを楽しむ歌謡 一五
おわりに 一七

2 平安文学と風俗圏歌謡—『枕草子』と『紫式部日記』に見る催馬楽・風俗歌—……一八
はじめに—『枕草子』に見る風俗歌— 一八
一 『枕草子』に見る催馬楽 二〇　二 『枕草子』に見る東遊 二三
三 『紫式部日記』に見る催馬楽 二五　四 『源氏物語』に見る風俗歌 二八
おわりに 三一

3 『梁塵秘抄』巻二相伝者の肖像続考—伝正韵筆古筆切二点紹介—……三五
はじめに 三五
一 新出「後撰和歌集切」 三五　二 新出「千載和歌集切」 三七

おわりに　三九

4　親鸞和讃の表現美―『三帖和讃』の強さと美しさ―……四〇

5　室町小歌の遊び心―ことば遊び・慣用句摂取―……四六

一　歌謡とことば遊び・慣用句　四六　　二　〝しゃれ〟　四七　　三　〝三段なぞ〟　四七
四　〝判じ物〟　四九　　五　〝回文〟　五〇　　六　〝倒言〟　五一
七　〝早口ことば〟〝畳語〟　五二　　八　〝物尽くし〟　五三　　九　慣用句　五三

6　歌謡文学と茶の湯―堺文化圏と「わび」の心―……五六

はじめに　五六
一　隆達伝記とその歌謡　五六　　二　隆達周辺の茶の湯―三好家の人々―　五八
三　隆達周辺の茶の湯―高三家の人々―　六二
四　隆達周辺の茶の湯―隆達交遊圏の人々―　六三
五　隆達周辺の茶の湯―隆達説話中の人物―　六五
六　隆達と茶の湯　六六　　七　「隆達節歌謡」と茶の湯　六七
おわりに　七三

7　俳文学作品に見る隆達・「隆達節歌謡」……七六

はじめに　七六
一　俳文学中に見る隆達・「隆達節歌謡」への言及　七七　　二　俳諧作品中に見る隆達の名称　八二
三　俳文学中の「隆達節歌謡」摂取　八四　　四　俳文学と「隆達節歌謡」の共通性　八八
おわりに　九〇

8　歌謡調の文体―仮名草子のリズムという視座から―……九二

はじめに　九二

一　『竹斎』と流行歌謡　九四　　二　『恨の介』と流行歌謡　一〇〇
三　その他の諸作品と流行歌謡　一〇四
おわりに　一〇五

9　近世歌謡と出版―詞章本という観点から―……………………一〇七

10　絵で読む流行歌謡……………………………………一一七
はじめに　一一七
一　『平家納経』と歌謡　一一八　　二　中世物語絵巻と歌謡　一二〇
三　風流踊絵と歌謡　一二三　　四　近世初期風俗画と歌謡　一二四
五　近世美人画と歌謡　一二五　　六　禅画と歌謡　一二六
七　赤本の判じ物と歌謡　一二八　　八　おもちゃ絵と歌謡　一二九
おわりに　一三一

11　新出おもちゃ絵の歌謡考―『新板小供うたづくし』紹介―……………一三三
はじめに　一三三
一　『新板小供うたづくし』解題　一三三　　二　『新板小供うたづくし』翻刻　一三六
おわりに　一三九

12　新出大阪版おもちゃ絵の歌謡資料紹介……………………一四一
はじめに　一四一
一　井上市衛版おもちゃ絵　解題　一四一　　二　井上市衛版おもちゃ絵　翻刻　一四四
おわりに　一四七

13　田植踊歌の風流…………………………………………一四八
はじめに　一四八

一　近世流行歌謡とかかわる田植踊歌　一四九
二　近世芸能の歌いものとかかわる田植踊歌　一五三
三　周辺地域の民俗歌謡とかかわる田植踊歌　一五四
おわりに　一五五

Ⅱ　歌謡と教化

1　『うすひき哥信抄』翻刻と解題……一五七
はじめに　一五七
一　『うすひき哥信抄』概説　一五七　　二　『うすひき哥信抄』翻刻　一六〇
おわりに　一七三

2　「うすひき歌」研究序説……一七五
はじめに　一七五
一　薗原旧富『臼挽歌』　一七六　　二　『うすひき哥信抄』　一八五
おわりに　一八九

3　薗原旧富『臼挽歌』再考―名古屋市鶴舞中央図書館蔵本『神風童謡歌　全』紹介―……一九一
はじめに　一九一
一　藤田徳太郎旧蔵『神国石臼歌』について　一九一
二　『神風童謡歌　全』翻刻　一九六
三　『神風童謡歌　全』と『神国うすひき歌　全』　二〇〇
おわりに　二〇一

4　薗原旧富の教化歌謡―『神風童謡歌　全』から『絵入　神国石臼歌　全』、そして『宇寿飛起哥』へ―……二〇四

はじめに　二〇四
一　薗原旧富について　二〇五
二　大阪教育大学小野研究室蔵『絵入　神国石臼歌　全』紹介　二〇五
三　旧富作教化歌謡の成立と展開　二一六
おわりに　二一九

5　國學院高等学校藤田・小林文庫本『麦春歌』翻刻と解題……二二一
はじめに　二二一
一　藤田・小林文庫本『麦春歌』翻刻　二二二　二　藤田・小林文庫本『麦春歌』解題　二二九
おわりに　二三〇

6　如雲舎紫笛『いろはうた』小考……二三三
はじめに　二三三
一　如雲舎紫笛『いろはうた』翻刻　二三二　二　如雲舎紫笛『いろはうた』の特徴　二三九
おわりに　二四〇

Ⅲ　歌謡文学の周辺

1　手鑑『披香殿』所収仏教関連古筆切資料三点……二四三
はじめに　二四三
一　伝向阿筆「西要抄切」　二四四　二　伝法守法親王筆「槇尾切」　二四五
三　伝蓮如筆「浄土和讃切」　二四八
おわりに　二五三

2　『浄土百歌仙』翻刻と解題……二五五

はじめに　二五五
一　『浄土百歌仙』翻刻　二五五　　二　『浄土百歌仙』解題　二六七
おわりに　二七一

3　『釈教和歌百人一首』翻刻と解題……二七三
はじめに　二七三
一　『釈教和歌百人一首』翻刻　二七四　　二　『釈教和歌百人一首』解題　二八〇
三　『釈教和歌百人一首』の編者順道　二八八
おわりに　二八九

4　『一休狂歌雀　絵入』小考……二九一
はじめに　二九一
一　『一休狂歌雀　絵入』翻刻　二九一　　二　『一休狂歌雀　絵入』解題　三〇四
おわりに　三一三

5　「鸚鵡小町」の基底……三一六

跋……三三一

収録図版一覧……三三五

索引（人名・書名・事項索引／歌謡・和歌・道歌・俳諧索引）……三三六

節を付けて歌われる歌謡の歌詞（詞章）は時には俗であったり、鄙びたりしていたが、人が生きる上で抱かざるを得ない感慨を言葉にするという意味において、和歌・連歌・俳諧・物語・説話・日記・随筆などの他の文芸と何ら変わることがなかった。また歌謡の歌詞は先行文芸を踏まえて創作される例が多く見られるとともに、同時代の文芸とも密接な交流を持っていた。このように歌謡の歌詞は文芸としての側面を有していたのである。

本書は歌謡の歌詞をひとつの文学と見なす立場から〝歌謡文学〟として捉え、平安時代以降の歌謡文学の特徴を通史的に分析するとともに、歌謡文学が歴史的に担ってきた役割のひとつである庶民教化の性格について追究する研究書である。さらに本書では、教化という点で歌謡と同様の役割を果たした短歌形式の道歌についても、新出資料を紹介するとともに、その性格や享受の様相についての基礎的事項の指摘を行う。その際、本書では以下のような三つの章に分けて論究していく。

まず第Ⅰ章は「歌謡文学の諸相」と題して、歌謡文学がことば遊び・慣用句・強調構文・文体（リズム・音数律）といった日本語表現をどのように取り入れ、豊かな稔りを得ながら展開していったのかを解明することを志す。また、歌謡文学が日記・随筆・仮名草子・俳諧などといった周辺の文学や茶の湯・絵画のような周辺の芸道や芸術、さらには庶民生活に密着した農耕儀礼とどのような関係を持ったのかについて具体的な事例から通史的に論じる。そして、そういった歌謡文学が現代に生きる我々にとっても、依然として魅力ある文芸として存在していることを述べる。また、歌謡文学が過去の日本人の精神史を知り得る貴重な作品であることも指摘する。

第Ⅰ章を具体的に概観すれば、第1節で日本の古典歌謡の歌詞中に見られる遊び心について論じる。第2節では

『枕草子』と『紫式部日記』に記された催馬楽と風俗歌を取り上げて、その性格や役割を指摘する。第3節では今日孤本として伝来する『梁塵秘抄』巻二の奥書に見える正韵をめぐって古筆切二点を紹介する。正韵の事績についてはかつて「正韵小考―『梁塵秘抄』巻二相伝者の肖像―」（『国文学研究』第一一〇集〈一九九三年六月〉／『中世歌謡の文学的研究』〈一九九六年・笠間書院〉）でまとめており、その補遺に当たる。第4節では親鸞『三帖和讃』の表現に見られる強さと美しさについて指摘する。第5節では室町小歌の歌詞中のことば遊びと慣用句摂取を具体的に指摘する。第6節では隆達節と茶の湯の関係を中世末から近世初頭の堺という町の文化圏の中で捉える。これは前著『韻文文学と芸能の往還』（二〇〇七年・和泉書院）で論じた隆達と茶の湯との密接なつながりを踏まえて、さらに隆達節という歌謡の歌詞の本質にまで迫ろうとする論考である。第7節では隆達節の享受の様相について俳文学作品を通して分析する。第8節では近世初期に成立した仮名草子の文体に当時の流行歌謡の影響が見られることを指摘する。第9節では江戸時代の歌謡書を出版文化という観点から考察する。第10節では絵画資料に流行の痕跡を残す歌謡を具体的に指摘する。第11節と第12節では歌謡が擦り入れられたおもちゃ絵を新出資料として紹介し位置づける。これは前著『韻文文学と芸能の往還』で論じたおもちゃ絵の歌謡資料研究の続編に相当する。第Ⅰ章の最後の第13節では山形県村山地方に伝承された田植踊歌と近世流行歌謡との歌詞上の関連について論じる。

第Ⅱ章は「歌謡と教化」と銘打って、江戸時代に庶民教化のために多く創作された「うすひき歌」系統の歌謡について、新出資料も含めた資料群によって検討する。これは教訓歌謡としての性格を強く持つ「うすひき歌」系統の歌謡の初めての総合的な研究と言える。具体的には浄土真宗の立場から創作された『うすひき哥信抄』、神道の立場から創作された薗原旧富《そのはらひさとみ》の『臼挽歌』以下一連の教化歌謡について、資料の紹介を行いつつ、それらの性格を位置づける。その作業によって、江戸期の教化歌謡の史的展開の一端を明らかにすることができ、前著『近世歌謡の諸相と環境』（一九九九年・笠間書院）、『韻文文学と芸能の往還』で行った盤珪永琢《ばんけいようたく》や白隠慧鶴《はくいんえかく》といった禅僧の教化歌謡とのつながりや史的な流れも解明できることになる。

第Ⅱ章の内容を各節ごとに概観すれば、第1節で諦住《たいじゅう》編『うすひき哥信抄』を翻刻紹介し、教化歌謡としての性格について指摘する。第2節では江戸時代に刊行された代表的な「うすひき歌」を概観し、基礎的な位置づけを行う。第3節と第4節では第2節の中で紹介した薗原旧富編『臼挽歌』の展開について諸本を整理して論じる。第5節では國學院高等学校藤田・小林文庫所蔵の『麦春歌《むぎつきうた》』を翻刻紹介し、同書の教化歌謡としての基本的な性格に言及する。第6節では如雲舎紫《にょうんしゃし》笛《てき》『いろはうた』について基礎的な考察を行う。

第Ⅲ章は「歌謡文学の周辺」と名づけ、教訓歌謡である「うすひき歌」系統の歌謡と同様な性格を担ってきた教訓和歌の道歌について、基礎的な考察を行う。ここで取り上げる具体的な道歌は『浄土百歌仙』『釈教和歌百人一首』『一休狂歌雀』所収の歌群であるが、いずれも貴重な道歌資料でありながら、従来は未紹介であった。それら資料を翻刻紹介するとともに、教化の役割を担った歌謡との共通点や相違点を探る。なお、道歌については『韻文文学と芸能の往還』の中でも一部取り上げたが、本書では新たな道歌集をもとに、前著での研究をさらに深めることを志す。

第Ⅲ章を各節ごとに具体的に概観すれば、第1節で手鑑『披香殿《ひこうでん》』に押された三種類の仏教関連古筆切を紹介する。前著『韻文文学と芸能の往還』の中でも歌謡を中心とする仏教関連の古筆切資料を紹介したが、その補遺に相当する。第2節では道歌の集成『浄土百歌仙』を、第3節では同じく道歌集『釈教和歌百人一首』を、第4節では『一休狂歌雀　絵入』という道歌集をそれぞれ翻刻紹介し解題を施す。これらの論考も『韻文文学と芸能の往還』の中で、『一休和尚いろは歌』、古月禅材《こげつぜんざい》『いろは歌』、『道歌　心の策《むち》』などの道歌集を紹介して位置づけた延長線上にある。第5節では能「鸚鵡小町」と歌謡との関係について基礎的な考察を行う。

本書は前述のように歌謡の歌詞を文学資料として位置付け、深く切り込もうとする研究に位置づけられる。このような研究は近年になってようやく始まったもので、本書はその研究の一翼を担う役割を果たせるものと確信する。また、本書の第Ⅱ章及び第Ⅲ章で紹介して位置付ける歌謡資料や道歌資料は、いずれも日本の近世における庶民生活と深くかかわる貴重なもので、今後の近世文学研究や日本歌謡研究、さらには庶民教育史や仏教信仰史などの隣接分野の研究において有益な資料と考える。なお、本書に収録される論点のうちのいくつかは、一九九八年度から二〇〇一年度にかけて科学研究費補助金（研究課題「江戸期流行歌謡資料の基礎的研究」）を支給いただいて取り組んだ研究の成果に当たる。その後、さらに約一五年余にわたる研究を積み重ね、ようやく著書としてその成果を世に問う準備が整った。本書の刊行を契機として、かつて我が国の巷間に響き渡り、当時の人々の人生の喜怒哀楽の折々に花を添えた歌謡文学が、今を生きる多くの人々に注目されることを切に願うものである。

I　歌謡文学の諸相

1　歌謡の遊び心

はじめに――当座の花としての歌謡――

人が生きていく上で必要とするものは数多くあるが、その中のひとつに歌謡がある。いつの時代にも歌謡は人生の喜怒哀楽とともにあったし、現在もあり続けている。しかし、それらの歌詞の多くは作者不明であり、いわば匿名の文学として生み出されてきたものである。また歌謡は儀式や宴などの場で歌われる機会も多かったが、そこでは当座の花としての役割を持つにすぎなかった。すなわち、その場の終了とともに、忘れ去られる宿命を担っていたのである。

しかし、それらの中にはその歌謡自体が持つ様々な特質によって人々に愛され、広く流行して一世を風靡した歌もあった。それらの歌には遊び心があり、歌詞のことばや表現には、人々の心を捉える魅力が備わっていた。ここでは人々に愛唱され、後代に伝承された江戸時代以前の流行歌謡を紹介していきたい。

一　男性視点の歌謡

まずはテーマや内容自体が人々に受けた歌謡の例として、男性視点の歌を挙げよう。例えば猥雑な歌は、いつの時代にも必ず存在し、一定の人気を得ていたと考えられる。古く女性性器の様々な呼称を物尽くしとして歌った次のような歌があった。

陰《くぼ》の名をば、何とか言ふ、陰の名をば、何とか言ふ、つらたり、けふくなう、たもろつらたり、けふくなう、たもろ（催馬楽《さいばら》・律歌・「陰名《くぼのな》」）

この歌は平安時代前期（九〜一〇世紀）に流行し、宮廷歌謡となった催馬楽の中の歌謡である。宮廷歌謡とはいえ、催馬楽の歌詞はもと風俗歌《ふぞくうた》と呼ばれる畿内の巷で流行した俗なる歌から採られたとされる。この歌の表現は物尽くしによるが、それは古くから歌謡の代表的な表現方法のひとつであった。この歌では女陰の世俗における三種類の呼称を反復して歌っている。歌謡の享受者の多くは宴席に列なる男性であったので、座興としておおいに喜ばれものであろう。

また、女性の年齢を対象として歌う次のような歌謡もあった。

女の盛りなるは、十四五六歳、二十三四とか、三十四五にしなりぬれば、紅葉《もみぢ》の下葉《したば》に異ならず
（『梁塵秘抄《りょうじんひしょう》』巻二・四句神歌・三九四）

この歌は平安時代末期に流行した今様の一首で、後白河院撰の『梁塵秘抄』（一一八〇年頃成立）に収録されている。男性視点からのやや残酷ともいえる女性の年齢評である。

時代が降って、室町時代となると盆踊りが流行し、その踊りに合わせた歌謡が創作された。その中に狂言でおな

じみの当時の〝わわしい女〟（口やかましい女）を揶揄し、教訓する歌詞が見られる。

亭主亭主の留守なれば、隣あたりを呼び集め、他人《ひと》事言ふて大茶飲みての大笑い、意見さ申さうか意見さ申さうか御聞からうか踊り・一）

（『御状引付《ごじょうひきつけ》』

『御状引付』は蜷川《にながわ》家に伝えられた記録文書で、その末尾に「盆踊」として書き留められた歌謡の一節を引用した。天文七〜八年（一五三八〜三九）頃のものと推定されている。歌われた内容は妻たちの（おそらくは誇張された）日常生活の実態で、それに意見して叱り飛ばしたいと言うのである。夫の留守中に隣近所の主婦たちを呼び集めて、他人の噂話をし、大量のお茶をがぶ飲みして、呵々大笑する女たちの姿が活写されていて面白い。これら女性を歌った歌謡は、男性から見たその内容の面白さが受けたものと考えられる。

二　意味のアクロバットを楽しむ歌謡

歌謡が愛唱された要素のひとつに、歌詞を構成することばの面白さがあった。その代表はことば遊びであった。ことば遊びは切れ味のある表現として歓迎され、また意味のアクロバットを楽しむ歌詞として、広く受け容れられた。歌謡は遊び心をそのまま表わした身近な文学でもあったのだ。

まずは名前を使ったことば遊び仕立ての歌謡を紹介しておこう。

常に消えせぬ雪の島、蛍《ほたる》こそ消えせぬ火はともせ、巫鳥《しとと》といへど濡《ぬ》れぬ鳥かな、一声《ひとこゑ》なれど千鳥《ちどり》とか

（『梁塵秘抄』巻一・今様・一六）

現代人にとって、一読してこの歌の面白さを理解するのはかなり難しいことであるが、後半は何とかわかっていただけるであろう。「しとと」という名の鳥なのに全く濡れていない。「一声」しか鳴かないのに「千鳥」という名

前だとふざけているのである。前半は壱岐島《いきのしま》を古く「ゆきのしま」と発音していたところから、あえて「雪の島」と解釈して、雪なのに消えることがない壱岐島であるとふざけ、続けて「蛍」は「火垂《ほた》る」なのに、火が落ちて消えることがないと歌う。矛盾とも思える名前の面白さを表現した歌謡なのだ。多くの人々の笑いを誘った歌であったろう。

数年前にブームになった〝なぞかけ〟を応用したかのような歌もあった。室町時代の流行歌謡集『閑吟集』（一五一八年成立）の中から紹介する。

　身は鳴門《なると》舟《ぶね》かや、逢《あ》はで焦がるる（『閑吟集《かんぎんしゅう》』一三二）

「身（私）」とかけて、「鳴門舟」と解く、その心は「あは（逢は／阿波）でこ（焦／漕）がるる」となる。つまり辛い恋をする私は、鳴門の舟のようだというのである。その理由は阿波国で漕がれている鳴門舟と、恋人に逢うこともできず恋い焦がれている私は、ともに「あはでこが」れているからなのだ。日本語の〝しゃれ〟を活用した見事な〝なぞかけ〟となっている。

『閑吟集』と同じ室町歌謡には次のような〝なぞかけ〟の恋歌もあった。

　身は撥釣瓶《はねつるべ》よ、水に浮かるる（『宗安小歌集《そうあんこうたしゅう》』八二）

片思いの恋をする「身（私）」とかけて、「撥釣瓶」と解く、その心は「みず（見ず／水）に浮かるる」である。大好きな人の姿を直接見たり、逢ったりすることもできないのに、恋に浮かれている私。「見ずに浮かるる」私は、同音の「水に浮かるる」「撥釣瓶」そのものね、というのである。この歌の「身（私）」は男女どちらとしても解釈できるが、自ら恋人のもとへと通うことができなかった女性と考えると味わい深いであろう。片恋に悩む女性の自嘲気味な口吻《こうふん》が切なく響いてくるのである。

戦国時代の巷間を彩った「隆達節歌謡」（一五九〇～一六一〇年頃流行）にも次のような歌謡が見られる。

三草山《みくさやま》より出《い》づる柴人《しばびと》、荷負《にお》ひ来《き》ぬればこれも薫物《たきもの》（「隆達節歌謡」四三〇）

源平の合戦場で、現在では兵庫県加東市に位置する「三草山」から出てきた木こりとかけて、「薫物」と解く、その心は「におひ（荷負ひ／匂ひ）来ぬ」という〝なぞかけ〟である。柴人の背負う「荷」とは薪のことで、太平洋戦争以前の時代を生きた日本人なら、さしずめ二宮尊徳の像を想起するところであろう。

〝なぞかけ〟を用いた歌謡は踊りの場にもあった。その名も「謎の踊り」である。

いでいで謎をかけん、花とかけては何とまた解《と》こよの、鳴海《なるみ》が崎《さき》と解こよなう、なぜに、実のなる前《さき》はまた花なれば、謎の踊りをひと踊り（『おどり』謎の踊り〈一部〉）

『おどり』（一六二〇年頃成立）は阿国歌舞伎《おくにかぶき》に続く女歌舞伎の踊り歌を書き留めた歌集とされ、天理図書館に所蔵されている。「花」とかけて、「鳴海が崎」と解く、その心は「実のなる前はまた花」だからと歌う。これは〝なぞかけ〟としてはやや異例で、「～と解く」の部分に置かれた「鳴海が崎」が、通常は「その心は～」に置かれるべき〝しゃれ〟による解説と重なっている。つまり、「その心は～」の部分がなくてもなぞとして成立しているのである。ここまで〝なぞかけ〟として紹介してきた「～とかけて、～と解く、その心は～」という形式のなぞは、〝三段なぞ〟とも呼ばれるが、「謎の踊り」は問いと答えからなる〝二段なぞ〟に近いと言える。

以上のようなことば遊びの表現を持つ歌謡は、人々に意味のアクロバットを楽しませ、広く歌われたのである。

三　口語を楽しむ歌謡

物語の文章は作者が物語を進行させる〝地《じ》の文《ぶん》〟と、登場人物による〝会話文〟に分けることができる。一方、歌謡は〝会話文〟のみで成り立っている歌詞が比較的多い。そして、それはしばしば特定の相手に向けた独白体や複数の人物による会話体の形を採る。これは現代歌謡にも、独白的な恨み節やデュエット形式の掛け合いの歌があるのと符合している。特定の相手に対する独白体は、歌謡に強いインパクトや臨場感をもたらした。また、会話体のうち掛け合いによる対話体は、歌謡を短編の物語として聴かせる効果を持っていた。

前掲の『梁塵秘抄』から紹介しておこう。

　我を頼めて来《こ》ぬ男、角《つの》三つ生《お》ひたる鬼になれ、さて人に疎《うと》まれよ、霜雪霰《しもゆきあられ》　降る水田《みづた》の鳥となれ、さて足冷たかれ、池の浮草《うきくさ》となりねかし、と揺《ゆ》りかう揺り揺られ歩《あり》け（『梁塵秘抄』巻二・四句神歌・三三九）

恋人に裏切られた女の独白体歌謡である。角が三本生えた鬼になって人から疎まれろ、寒い日に水田にいる鳥となって足の冷たい思いをしろ、池の浮草となってどこへでも流されて行ってしまえ、という激しい罵倒が畳み掛けられる。振られた女性の激怒する様子が目に見えるような歌謡である。

女性ばかりでは不公平なので、今度は『閑吟集』から失恋男性の歌を挙げよう。

　和御料《わごれう》思へば、安濃《あの》の津《つ》より来たものを、俺《おれ》振りごとは、こりや何ごと（『閑吟集』七七）

お前のことを愛しく思うからこそ、伊勢の安濃の津（現在の三重県津市）からわざわざやって来たのに、そんな俺を振るとはこりゃいったいどういうことだ、という明け透けな男の毒づきである。なお、「俺」という一人称は当時は女性も自らのことを指す際に用いたので、この歌の主体を安濃の津の遊女とする説もある。その場合には前掲の『梁塵秘抄』と同様に、振られた女性の毒づきの歌となる。

『閑吟集』には若い僧（新発意《しんぼち》）に抱きとめられた女の科白《せりふ》を、そのまま歌詞とした次のような歌も見られる。

　お茶の水が遅くなり候、まづ放《はな》さいなう、また来《こ》うかと問はれたよなう、なんぼこじれたい、新発意心《ごころ》ぢや

（『閑吟集』三一）

女は自分の仕事であるお茶の水汲みが遅くなってしまうことを理由に、抱きとめた男から離れようとする。しか

し、男に好意を持っていることは「こじれたい（おふざけの）」という語感が伝えてくれる。これに類似する次のような歌もある。

あまり見たさに、そと隠れて走《はし》て来た、まづ放さいなう、放してものを言はさいなう、そぞろいとほしうて、何とせうぞの（『閑吟集』二八二）

こちらの方が女の男への好意がより明瞭に表現されていよう。『閑吟集』には冒頭に説明的な〝地の文〟を置いて、次に科白をつないだ歌もある。

あまり言葉のかけたさに、あれ見さいなう、空行く雲の速さよ（『閑吟集』二三五）

恋人と言葉を交わしたいばかりに「あれをごらんなさいよ、空の雲のなんと早い動きよ」と言うのである。つき合いはじめたうぶなカップルの歌であろうか。

次に会話体のうち、二人の掛け合いによる対話形式の歌を紹介したい。まずは催馬楽から二首を掲出する。

東屋《あづまや》の、真屋《まや》のあまりの、その雨《あま》そそき、我《われ》立ち濡れぬ、殿戸《とのど》開かせ
鎹《かすがひ》も、錠《とざし》もあらばこそ、その殿戸、我鎖さめ、押し開いて来ませ、我や人妻（催馬楽・律歌・「東屋」）

貫河《ぬきかわ》の、瀬々の柔《やは》ら手枕《たまくら》、柔らかに、寝《ぬ》る夜《よ》はなくて、親放《おやさ》くる夫《つま》
親放くる妻《つま》は、ましてるはし、しかさらば、矢矧《やはぎ》の市《いち》に、沓《くつ》買ひにかむ
沓買はば、線鞋《せんがい》の細底《ほそしき》を買へ、さし履《は》きて、上裳《うはも》とり着て、宮路《みやぢ》通《かよ》はむ（催馬楽・律歌・「貫河」）

「東屋」の歌は催馬楽の中でもよく知られた歌で、『源氏物語』の巻名のひとつにもなっている。この歌は男が女のもとを訪ねる通い婚の実態を歌詞にしている。前半（一行目）の歌詞が男の科白で、後半（二行目）が女の返事である。女の家の軒先で雨だれに濡れてしまった男が、早く戸を開けて自分を中に入れるように訴える。すると女は、この家には掛け金も鍵もないので、さっさと入るようにと促す。末尾の「我や人妻」には、この歌を聴く人を

ハッとさせる力がある。意味は「私を人妻とでも思っていらっしゃるの」である。

「貫河」は女→男→女の順に科白を並べた三段形式の歌詞である。親の妨げで逢うことができない男女の掛け合いである。二行目の男の科白「ましてるはし」は「ましてうるはし」の約で、いっそうかわいらしいの意味。男は女へのプレゼントとして「矢矧の市」で「沓」を買ってやろうと提案する。女は喜び、「線鞋の細底」の沓をリクエストし、その沓を履いて上裳も着て、賑やかな街を歩きたいと言う。恋する若いカップルのほほえましい会話が歌詞となった歌謡の例である。

会話体の歌謡は男女の恋歌の専有物ではなかった。『梁塵秘抄』には子どもと独楽《こま》の掛け合いの歌詞が見られる。

いざれ独楽《こまつぶり》、鳥羽の城南寺の祭見に

我はまからじ恐ろしや、懲《こ》り果てぬ、作り道や四塚《よつづか》に、焦《あせ》る上馬《あがりうま》の多かるに

（『梁塵秘抄』巻二・四句神歌・四三九）

子どもがおもちゃの独楽を鳥羽（現在の京都市伏見区）の城南寺の祭見物に誘う。独楽は「鳥羽の辺りは都に上る早駆けの馬が多くて恐ろしい。もう行くのはこりごりだ」と返事する。つまり、独楽は交通事故を恐れているのだ。擬人化された独楽の返事に真実味があって面白い。

独白体や会話体の歌謡には、口語の持つ妙味が感じられ、魅力ある歌詞として人々に愛唱されたのである。

四　擬人化を楽しむ歌謡

先に紹介した『梁塵秘抄』四三九は独楽を擬人化した歌謡であった。この他にも擬人化の手法を用いた歌謡は多く見られる。次に動物を擬人化した歌謡を挙げる。

西寺《にしでら》の老鼠《おいねずみ》、若鼠《わかねずみ》、御裳食《おむしようつ》むつ、袈裟《けさ》食《つ》むつ、袈裟食《つ》むつ、法師に申さむ、師に申せ、法師に申さむ、師に申せ（催馬楽・律歌・「老鼠」）

わらべ歌のような響きを持つ軽快な歌謡で、擬人化された鼠は何かの寓意とも考えられる興味深い歌である。同じく催馬楽からもう一首を挙げる。

力なき蝦《かえる》、力なき蝦、骨なき蚯蚓《みみず》、骨なき蚯蚓（催馬楽・呂歌・「無力蝦」）

鳥羽僧正が描いた「鳥獣人物戯画」の相撲の図を髣髴とさせる歌詞である。この歌もわらべ歌のような味わいを持つが、何らかの寓意が背景にある可能性がある。

『梁塵秘抄』には次のような歌がある。

茨小木《うばらこぎ》の下にこそ、鼬《いたち》が笛吹き、猿奏《かな》で、かい奏で、蝗麻呂《いなごまろ》賞《め》で、拍子《ほうし》つく、さて蟋蟀《きりぎりす》は、鉦鼓《しようご》の、鉦鼓のよき上手《じようず》（『梁塵秘抄』巻二・四句神歌・三九二）

鼬、猿、蝗、蟋蟀による合奏を描く。これも「鳥獣人物戯画」が想起される。

古く『日本書紀』に「童謡《わざうた》」と称される次のような歌謡が収録されている。

岩の上《へ》に、小猿《こざる》米焼く、米だにも、食《た》げて通《とほ》らせ、山羊《かましし》の翁《をぢ》（『日本書紀』一〇七）

『日本書紀』によれば、この歌は皇極二年（六四三）一一月に、蘇我入鹿《そがのいるか》が山背大兄王《やましろのおおえのみこ》を襲撃した事件の前兆として流行した不吉な歌謡であったとされる。それを当時の人々は「わざうた」と呼び、「童謡」（別の表記もあり）という漢字をあてたという。子どもは予知能力を持つがゆえに、大事件の前兆を知ってこの歌謡を流行させたというのだ。その際にこの歌の「小猿」は蘇我入鹿を、「山羊の翁」は山背大兄王を指すとされた。しかし、この歌は本来、目に触れた光景をそのまま歌った素朴な歌であったと解釈できる。つまり、古代の野原の岩の上で、米を焼くようなしぐさをする小猿の傍を山羊が通る光景をそのまま歌ったものと考えられるのである。それを『日本書紀』ではあえて事件と結びつけたようである。すなわち、この例が教えてくれるのは、寓意を考えることは牽強付会と紙一重ということに他ならない。前掲の催馬楽や『梁塵秘抄』の歌謡の寓意を考えることは慎重にすべきであろう。とりあえず、動物の擬人化自体に歌詞の面白さがあったものと考えておきたい。

五　雅俗の混淆を楽しむ歌謡

歌謡には雅と俗が混淆する面白さもある。『梁塵秘抄』から一首紹介する。

山伏の腰につけたる法螺貝《ほらがい》の、ちやうと落ち、ていと割れ、砕けてものを思ふ頃かな

（『梁塵秘抄』巻二・二句神歌・四六八）

前半は間抜けな山伏が法螺貝を落として割ってしまった様子を、「ちやう」「てい」という擬音によって描く。まさに俗なる風景である。ところが、一転して後半の「砕けてものを思ふ頃かな」は、王朝和歌に出典を持つ雅な表現を用いている。「風をいたみ岩打つ波のおのれのみ砕けてものを思ふ頃かな」（『詞花和歌集』恋上・源重之）の下句がそれである。つまり、前半の下世話な山伏の失敗行為が、恋に悩む意味を持つ後半の表現につながっていく面白さがある。確かに法螺貝を割ってしまった山伏は、この後商売道具を失うことになるので、思い悩むことであろうが、それが雅な恋の思いを歌う表現と結びつけられているところに妙味がある。

人の辛くは、我も心の変はれかし、憎むに愛《いと》ほしいは、あんはちや（『閑吟集』二八七）

『閑吟集』のこの歌の前半は、雅な和歌的表現を用いている。例えば『義経記』の「辛からば我も心の変はれかしなど憂き人の恋しかるらん」などに近い表現である。しかし末尾の「あんはちや」は語義未詳ながら、室町時代の罵倒語のようで、腹立ちを表現していると考えられる。この歌は『梁塵秘抄』とは逆に、雅から俗へと急変する

歌詞で、そこにこの歌の主体（主人公）の恋の思いが強く打ち出されている。

六　音自体の面白さを楽しむ歌謡

ここまでは歌詞の意味を中心に据えて、その面白さについて述べてきたが、ここからは歌詞の持つ音の面白さという観点から古典歌謡を眺めてみたい。それは音楽的観点という意味ではなく、歌詞の持つ日本語音の面白さという意味である。

まず催馬楽「葛城《かづらき》」は次のような歌詞を持つ。

葛城の、寺の前なるや、豊浦《とよら》の寺の、西なるや、榎《え》の葉井《はゐ》に、白璧沈《しらたましづ》くや、真《ま》白璧沈《しらたましづ》くや、おしとと、とおしとと、しかしてば、国ぞ栄えむや、我家らぞ、富せむや、おおしとと、としとんと、おおしとんと、としとんと（催馬楽・呂歌・「葛城」）

古く大和国明日香（飛鳥）にあった「榎の葉井」の美しい水を言祝《ことほ》ぐ歌である。「おしとと」「とおしとと」「おおしとと」「としとんと」「おおしとんと」「としとんと」というオノマトペが豊かな湧水とその清らかさを活写する。すぐれて聴覚的な歌謡と言えよう。また、室町時代の恋歌には次のような例がある。

ただ人には馴《な》れまじものぢや、馴れての後《のち》に、離るるるるるるるが、大事ぢやるもの（『閑吟集』一一九）

馴染んでしまった恋人と別離する際の未練心を「離るるるるるるる」と歌う。ここは日本語の用法としては「離るる」が正しい。すなわち、本来は「離るるが大事ぢやるもの」と歌い収めるのが文法的に正しい日本語の歌となる。しかし、それをあえて「離るるるるるる」とするところに未練心の強さが表現され、また歌声という観点からも、この部分を長く引きのばして歌うことによって大きな特徴を持たせ、いわば〝さび〟に当たるような役割を担わせたことは想像に難くない。

同じ『閑吟集』には日本語としては意味を取ることができない次のような二首の歌謡が見られる。

むらあやでこもひよこたま（『閑吟集』二七三）

きづかさやよせさにしざひもお（『閑吟集』一八九）

これらは一種の呪文や暗号のような役割を持った歌で、歌詞の末尾からさかさまに読む必要がある。それぞれ「またこよひもこでやあらむ（また、今宵も来でやあらむ）」「おもひざしにさせよやさかづき（思ひ差しに差せよや盃）」となる。前者は、愛しい男に今夜こそは訪ねて来てほしいと願う女が「また今夜も愛しいあの人は来てくれないのかしら」と嘆く歌詞をさかさまにし、願いを叶える呪文とした歌である。後者は思い人に向けて「私に思い差し（恋しく思う相手に酌をすること）の盃を差しなさいよ」と暗に伝えるための歌である。これらは日本語音を正面から追っていては、まったく意味不明の歌となる。

意味不明な歌謡の極致は〝唐人歌〟であろう。中国語に似せた、でたらめな音を歌詞として歌うものである。例えば、江戸期を代表する歌謡集『松の葉』（一七〇三年刊）には次のような歌謡が収録されている。

かんふらんはるたいてんよ　ながさきさくらんじや　ばちりこていみんよ　でんれきえきいきい　はんはうろうふすをれえんらんす（『松の葉』巻三・騒ぎ「唐人歌」）

この歌をはじめとする〝唐人歌〟は、遊里で三味線や太鼓を伴奏に用いて賑やかに歌う〝騒ぎ歌〟と呼ばれる歌謡のうちのひとつであった。江戸時代の人々がから騒ぎをする際に、偽の中国語音の歌詞を持つ歌は最適であった。酔客たちは〝唐人歌〟の耳慣れない音に心酔し、意味を持たない声に心の底から興じたのである。

おわりに

日本列島には遊び心溢れる歌謡が満ちていた。それら歌謡の魅力は、以上に紹介してきたような様々な歌詞の工夫によって支えられていたのである。日々の生活の中で喜怒哀楽を共にし、日常を豊かにしてきた歌謡ほど、人々に近しい存在はなかったであろう。その意味において歌謡は、人生にとってもっとも身近な文学として、それぞれの時代を彩ってきたのである。

2　平安文学と風俗圏歌謡

――『枕草子』と『紫式部日記』に見る催馬楽・風俗歌――

はじめに――『枕草子』に見る風俗歌――

『枕草子』[1]二八〇段に「歌は風俗《ふぞく》。中にも杉立てる門。神楽歌《かぐらうた》もをかし。今様歌は長うてくせづいたり」（傍点稿者、以下同様）とある。冒頭の「杉立てる門」は「我が庵は三輪の山もと恋しくはとぶらひ来ませ杉立てる門」という『古今和歌集』雑下・九八二のよみ人しらず歌として広く知られた歌であり、ここでは「風俗」歌の中の一曲と認定されている。筆者清少納言は、この章段では興趣ある歌い物を列挙しているわけなので、「杉立てる門」にも和歌とは異なる歌謡としての節付けがあったことになり、それが風俗歌の曲節と認定されているのである。もちろんこの認定は清少納言一個人が独自に行ったものではなく、当時の歌謡享受層であった都の貴族たちにとって、共通の認識となっていたはずである。その風俗歌が、当時行われていた数多くの歌謡の中から、筆者によって真っ先に思い起こされたのである。そして、その風俗歌は「神楽歌もをかし」と続く文脈の中で、「をかし」の世界の筆頭に据えるべき歌謡として位置付けられたと言えよう。

『枕草子』には風俗歌に関する記述がもう一箇所ある。それは七七段の「まいて臨時の祭の」の「なほあげながら帰るを待つに、君たちの声にて、「荒田《あらた》に生《お》ふるとみ草の花」とうたひたる、このたびはいますこしをかしきに……」という一節である。ここに「荒田に生ふるとみ草の花」と歌われた詞章は、風俗歌「荒田」[2]である。夜が明けて賀茂の臨時祭が終わった後、緊張の解けた公達が歌ったもので、筆者は和んだ場と折とに適ったこの風俗歌の歌声を、「いますこしをかしき」と評している。

風俗歌はもと地方の歌謡（民謡）を意味したが、後には都の宮廷貴族も愛唱する歌謡となった。そもそも風俗歌とは広範な歌謡を含む名称で、歌謡詞章の観点からすると、いわば広義の風俗歌と呼ぶべき歌謡群の中に狭義の風俗歌が包含される関係にある。すなわち、しばしば風俗歌と並称される東遊《あずまあそび》は東国の歌謡であるので、言うまでもなく風俗歌の一部に相当する。また催馬楽《さいばら》ももとは地方の歌謡であったものが宮廷に入り、雅楽の旋律に合わせられた経緯からすれば、広義の風俗歌に位置付けられることになる。さらにここでは考察の対象とはしないが、初期の神楽歌さえも、その表現の基盤を地方の歌謡によっており、広い意味で風俗歌の範疇に属すると考えてよい。この点については既に志田延義の考察がある[3]。本節では志田の捉え方を踏襲し、広義の風俗歌に属する歌謡群を〝風俗圏歌謡〟と総称する。そして、神楽歌を除く風俗歌・催馬楽・東遊等の歌謡が、平安文学作品の中で、どのように用いられているかについて考察していきたい。とは言え、平安文学には多くの作品が存在する。ここではまず『枕草子』と『紫式部日記』の両作品を取り上げる。これらは虚構性の低い作品である随筆、日記に相当する。両作品から風俗圏歌謡の享受と、その評価について見ていきたい。

一方、平安文学の中心に据えられる物語文学にも多くの風俗圏歌謡を用いた例が存在する。ここではそれを摂取例と呼ぶことにするが、平安時代の物語作品の中では、風俗圏歌謡、とりわけ催馬楽の摂取は多様であり、作品化の重要な手法でもある。しかし、この点については既に優れた先行研究が数多く存在している[4]。本節では風俗歌に限定して、『源氏物語』におけるその摂取例についての研究の覚え書きのみを末尾に記すこととする。なお、冒頭に掲出した『枕草子』にも記されるように、当時風俗圏歌謡とは別に、今様という流行歌謡が興り、一一世紀以降の日記や随筆を中心とする作品中に、次第に記述が登場してくる。しかし、今様は平安時代の物語作品中にはほとんど摂取されておらず、(5) いまだ一部の若者の間だけで歌われ始めた最新の流行歌謡に過ぎなかったのである。(6) 女流文学が栄えた一〇～一一世紀の宮廷貴族たちが、公的な場で歌い、私的な宴で歌った歌謡は、催馬楽を中心とした風俗圏歌謡群であった。

一　『枕草子』に見る催馬楽

『枕草子』における風俗歌については既に紹介したので、次に催馬楽関連の記述について考察する。『枕草子』に見る催馬楽を典拠とした表現については、松田豊子に先行研究がある。(7) 本節では松田論文に導かれつつ、風俗圏歌謡としての催馬楽という観点から述べていくこととする。『枕草子』の中に催馬楽に関連した記事は五箇所七例あり、その大半は類聚的章段に登場する。

まず六二段「河は」には「河は飛鳥川。淵瀬もさだめなく、いかならんとあはれなり。大井河。おとなし川。七瀬川。耳敏《みみと》川《がは》、またもなにごとをさくじり聞きけんとをかし。玉星川。細谷川《ほそたにがは》、いつぬき川、沢田川などは、催馬楽などの思はするなるべし。名取川、いかなる名を取りたるならんと聞かまほし。……（中略）……天の川原、「たなばたつめに宿からん」と、業平がよみたるもをかし」と一箇所で三例の催馬楽関連記事が見える。まずは「飛鳥川」以下古来からの歌枕を列挙し、途中で風俗歌にかかわる「七瀬」という表現を持つ「七瀬川」を挙《あ》げる。(8) その後、名に擬人的な意味合いの面白さを持つ「耳敏川」を挙げ、「玉星川」を挟んで催馬楽に登場する「細谷川」に及ぶ。「細谷川」は呂歌「真《ま》金吹《がねふく》」(9)に見える川である。そして、次からは催馬楽詞章をもとにした連想で、呂歌「席田《むしろだ》」(10)の「いつぬき川」、律歌「沢田《さはだ》川《がは》」(11)の「沢田川」と列挙する。続く「名取川」は前掲の「七瀬川」の別名とも言われ、風俗歌に登場する。(12) 清少納言は冒頭に「あはれなり」として「飛鳥川」を置き、以下末尾の「天の川原」まで、すべて「をかし」の世界に分類される川の名を列挙したものと考えられる。すなわち、催馬楽に登場する川は、その名称への興味を喚起させる「耳敏川」や「名取川」と同様に、「をかし」の世界の川として掲出されていることになる。その際、催馬楽と深いかかわりを持つ風俗歌からも、川の名が採られていることを指摘しておく必要があろう。

次に六四段「橋は」には冒頭に「橋はあさむづの橋」と置かれる。この段は末尾に「一すぢ渡したる棚橋、心せばけれど、名を聞くにをかしきなり」と「をかし」で結ばれる。「をかし」の対象は直接的には「一すぢ渡したる棚橋」であることは言うまでもないが、清少納言はこの章段で「をかし」の概念で括られる橋を、順次列挙しているものと捉えることができ、冒頭の「あさむづの橋」以下すべてが、「をかし」で統括されていると考えてよい。この章段で真っ先に挙げられた「あさむづの橋」は、催馬楽の律歌「浅水《あさむづ》」(13)に歌われた橋の名である。清少納言にとって催馬楽が身近なものであったことが窺える。

『枕草子』の類聚的章段には、催馬楽の詞章がそのまま引用されている例が二例存在する。まず四〇段「花の木ならぬは」には「檜の木、またけぢかからぬものなれど、三葉四葉の殿づくりもをかし」と記される。この傍線部は催馬楽の呂歌「此殿《このとの》」(14)の詞章によっている。また一六八段「井は」にも「井はほりかねの井。……（中略）……飛鳥井は「みもひもさむし」とほめたるこそをかしけれ」（傍線稿者）とある。傍線部分は催馬楽の律歌「飛鳥井」(15)の詞章からの引用である。いずれも催馬楽の詞章をもとに、対象を「をかし」と捉えている。前述のように、催馬楽は風俗歌を前身とする地方の土俗性を持つ歌謡で、もとより「あはれ」より「をかし」の世界に属する歌謡であった。たとえそれが祝意を主題とする「席田」「此殿」や、景観を歌った「真金吹」「飛鳥井」のような歌であっても同様である。清少納言の記述は、その点を的確に伝えてくれる。以上のように『枕草子』の類聚的章段において、催馬楽は風俗歌とともに、ひとつの重要な連想の素材として用いられていることが知られるが、その際、歌われた川、橋、木、井などの景物や詞章への直接的な関心の高さを指摘できよう。

ここで、催馬楽を含む風俗圏歌謡の歌い物としての特徴を確認しておきたい。それらは、元来宮廷社会の儀式歌謡などではなく、地方の民が口ずさむ強い霊力を持った歌であった。そのことは、何より詞章の持つ性格によって、十分に認識され得るものである。そもそも地方の地名が詠み込まれた歌には、その土地の地霊を喚起し、霊力の発揚を促す意味があった。和歌における歌枕も、その成立時点においては、同様の意味があったと考えられる。また、川や橋などの名は、その場所が持つ境界性によって、歌謡の中で特別の霊力が与えられていると言える。風俗圏歌謡とはすなわち国風《くにぶり》の歌謡であり、それら地方の歌謡が中央で歌われることは、地方の国霊《くにたま》を中央に集めて帰属させ、統治しようとすることと同義であった。国風の歌謡は恋愛を主題とする歌においては、歌垣的性格の強さが指摘できる。また、一見すると淫靡とも思われるような性的描写を伴った詞章も、数多く存在する。それらの持つ生殖の力も、地霊に通じる要素と言えよう。一方、そのような歌の力が、予祝の形となって祝言性の強い歌謡も生み出されたのである。このように、風俗圏歌謡を捉える際には、それら歌謡詞章の持つ霊力を重視することが不可欠である。その後、風俗圏歌謡の一部は、外来の楽曲である雅楽の旋律に乗せられて催馬楽として成立する。その催馬楽が宮中に採り入れられた時期を、その語の初出とされる貞観元年（八五九）前後と推定すると、『枕草子』が執筆された時代は、その約一五〇年後となる。前述のように、清少納言は風俗圏歌謡を「をかし」と捉えることが専らであった。そして、それはまた同時代人に共通する感性であったことが、後述する『紫式部日記』からも窺える。すなわち、一世紀半の時を経て催馬楽は宮廷社会に根付き、貴族たちの親しい口ずさみの歌謡となったが、『枕草子』成立時代においても、相変わらずその詞章への関心は高かったのである。それは催馬楽が本来有している国風としての基盤を支える詞章への関心でもあった。

ところで、『枕草子』二四五段「一条の院をば」には、催馬楽「高砂」が見えるが、この段はいわゆる類聚的章段ではなく、日記的章段に分類される。長保二年（一〇〇〇）二月二〇日頃、一条院の今内裏で一条天皇が笛の師藤原高遠と二人で笛を合奏したが、その時の曲が催馬楽律歌の「高砂」であった。二人は興に入って「高砂」を繰り返し演奏したという。それは次のような記事である。

二月廿日ばかりのうらうらとのどかに照りたるに、渡殿《わたどの》の西の廂《ひさし》にて、上の御笛吹かせ給ふ。高遠の兵部卿御笛の師にてものし給ふを、御笛二つして、高砂ををりかへして吹かせ給ふは、なほいみじうめでたしといふも世のつねなり。

この部分では、催馬楽は楽曲として登場しており、詞章は直接には現われてこない。前述のように『枕草子』の催馬楽関連記事のうち、この部分を除く六例は、詞章とのかかわりが強いことを指摘できるが、この「高砂」のみは例外となる。この二四五段においては、笛によって奏でられた催馬楽の曲調への評価は「いみじうめでたしといふも世のつねなり」との大絶賛であり、詞章への賛辞「をかし」とは異なっている。一条天皇がかかわる記事であることが大きな要因であろう。

二　『枕草子』に見る東遊

『枕草子』には東遊に関する記述も二例見られる。一四二段「なほめでたきこと」は石清水の臨時祭の素晴らしさが主題であるが、その中に次のような一節がある。

承香殿《じようきようでん》の前のほどに、笛吹き立て拍子《はうし》うちて遊ぶを、とく出で来なんと待つに、有度浜《うどはま》うたひて、竹の笆《ませ》のもとにあゆみ出でて、御琴《みこと》うちたるほど、ただいかにせんとぞおぼゆるや。一の舞の、いとうるはしう袖をあはせて、二人ばかり出で来て、西によりて向ひて立ちぬ。つぎつぎ出づるに、足踏みを拍子にあはせて、半臂《はんぴ》の緒つくろひ、冠《かうぶり》、衣《きぬ》の領《くび》など、手もやまずつくろひて、「あやもなきこま山」などうたひて舞ひたるは、すべて、まことにいみじうめでたし。

この章段は、石清水臨時祭における東遊の場面を描いている。東遊はこの祭りの中でも、ひときわ晴れやかな催しであった。承香殿の前では陪従《べいじゆう》が笛を吹きつつ、笏で拍子を打つ合奏が始まる。すると観衆皆の心が浮き立ち、舞人の登場を心待ちにする。そんな中、いよいよ舞人が「有度浜」[17]を歌いながら登場してくる。その素晴らしさと言ったら「ただいかにせんとぞおぼゆるや」とまで記されるほどであった。この場面が筆者清少納言や周囲の観衆に、実に大きな感動を与えたことがわかる。ここに見える「有度浜」は東遊のうち駿河舞第一段の名称である。筆者はさらにこの後、舞人の凛々しい姿を描写し続け、「「あやもなきこま山」などうたひて舞ひたる」と具体的な歌謡詞章の一節まで引用する。そして、最後に「すべて、まことにいみじうめでたし」と絶賛するのである。ここで舞とともに絶賛された「あやもなきこま山」という歌は、前掲の「有度浜」に続く駿河舞第三段「千鳥ゆゑ」[18]の詞章の一節に相当する。

『枕草子』には二二六段「舞は」にも「舞は、駿河舞。求子《もとめご》、いとをかし」と、駿河舞を真っ先に讃めている。ここに「求子」[19]とあるのも東遊の歌謡で、賀茂神社の姫小松を歌った祝言性の強い詞章の歌である。「求子」は二二〇段「賀茂の臨時の祭」にも登場する。

賀茂の臨時の祭、空の曇り、さむげなるに、雪すこしうち散りて、挿頭《かざし》の花、青摺などにかかりたる、えもいはずをかし。太刀の鞘のきはやかに、黒うまだらにて、ひろう見えたるに、半臂《はんぴ》の緒のやうしたるやうにかかりたる、地摺の袴のなかより、氷かとおどろくばかりなる打目《うちめ》など、すべていとめでたし。いますこしおほくわたらせまほしきに、使《つかひ》はかならずよき人ならず、受領などなるは目もとまらずにくげなるも、藤の花にかくれたるほどはをかし。なほ過ぎぬるかたを見送るに、陪従《べいじゆう》のしなおくれたる、柳に挿頭の山吹わりなく見ゆれど、泥障《あふり》いとたかううち鳴らして、「賀茂の社のゆふだすき」とうたひたるは、いとをかし。

この段の記述は前掲の一四二段に近似している。ともに東遊の場面を具体的に描写していて、筆者の東遊愛好ぶりが知られる。ここに「賀茂の社のゆふだすき」とあるのは『古今和歌集』巻一一・四八七・よみ人しらず歌の第二句目と第三句目に当たるが、本来は同じ『古今和歌集』の巻二〇・一一〇〇・藤原敏行詠をもとにした東遊の「求子」歌の一節「賀茂の社の姫小松」でなくてはならない。そもそも、この歌謡は東遊ではなく、古歌の朗詠であったと考えたり、「求子」歌を嘱目に従って替歌にしたと考えることも不可能ではないが、筆者による詞章の誤記、あるいは『枕草子』伝本の書写上の誤りであることも否定しきれない。そして末尾にはその歌を「いとをかし」と評している。この評語は清少納言が風俗圏歌謡に対して用いる評語である。賀茂・石清水両神社の臨時祭は「めでたし」、すなわち晴れやかで素晴らしい場であり、そこで披露される東遊も同様の性格を有していた。特に一四二段のように東遊を歌いつつ舞う場合は、「いみじうめでたし」と評される。その一方、二一六段のように東遊の歌謡を中心に記す場合には、「いとをかし」とするのである。すなわち、東遊の歌唱そのものに焦点が合わされている場合には、他の風俗圏歌謡である風俗歌や催馬楽と同様に「をかし」という評価が与えられていることになろう。

三　『紫式部日記』に見る催馬楽

『紫式部日記』[20]に見える風俗圏歌謡は、催馬楽のみで、風俗歌や東遊の記事は見えない。催馬楽の記事は呂歌の「安名尊」[21]が寛弘五年（一〇〇八）と寛弘七年（一〇一〇）に、また催馬楽呂歌の「美濃山」[22]が寛弘五年に、催馬楽呂歌の「席田」と、同じく呂歌の「此殿」の曲名が寛弘七年にそれぞれ見えている。これらを合計すると、『紫式部日記』の催馬楽関連の記述は全部で五例となる。

まず、最初に「安名尊」が見えるのは寛弘五年一〇月一七日夜の条である。その日は中宮彰子の産んだ敦成《あつひら》親王の御初剃りの儀が行われた。そのような皇子の誕生から間もない晴れやかな雰囲気の中で、藤原実成、藤原斉信の二人と筆者紫式部との会話を記すくだりである。その記述の中に、実成が「「今日のたふとさ」など、声をかしううたふ」と見える。くつろぎの場で、実成が祝言性の強い催馬楽「安名尊」の詞章の一節を歌い、その歌声を聞いた紫式部は「をかしう」と捉えている。同じく「安名尊」の曲名が記された寛弘七年正月一五日の条は、中宮彰子が産んだ敦良《あつなが》親王の御五十日《いか》の祝いの場面である。そこで実成が「双調の声にて、安名尊、つぎに席田、此殿などうたふ」とある。この場面も二年前と同様に、実成が催馬楽を披露しているのであるが、こちらでは「安名尊」「席田」「此殿」という、いずれも呂歌に属する催馬楽三曲を歌っている。また、この三曲は「今日のたふと（尊）さ」「住む鶴の、千歳をかねてぞ、遊びあへる」「むべも富みけり」とそれぞれの詞章にあるように、いずれも祝言性が強い。中宮彰子の産んだ皇子の祝いの席であるという、場と折を踏まえた詞章を持つ催馬楽が選ばれたことになろう。

寛弘五年一一月一日条には、敦成親王の御五十日の祝いの宴席場面が描かれている。ここでは、藤原斉信が既に酔って上機嫌となっている右大臣顕光のもとへ盃を持って近づき、催馬楽「美濃山」を歌ったことが見える。「美濃山」は宮中の饗宴を讃めた歌で、親王の御五十日の祝宴にふさわしい内容の詞章を持っている。

平安時代の宮廷儀式で実際に歌われた催馬楽の記録を、『御遊抄』をもとに調査すると、その回数の上位は「安名尊」「席田」「伊勢海」「美濃山」の順となる。[23]『御遊抄』における催馬楽の記録は、その大半を清暑堂御神楽が占めている。すなわち、数多い催馬楽曲の中でも、晴の儀式に見合った祝言性の強い曲が選ばれているわけである。記録の多い前掲の四曲のうち、「伊勢海」を除く「安名尊」「席田」「美濃山」の三曲は、『紫式部日記』の中でも歌われていることが確認できる。一方、『紫式部日記』に登場する「此殿」も祝言性の強い歌詞を持つ曲であるが、記録類には登場が少ない。宮中の公的な儀式よりも、宮廷貴族たちの私的な空間で歌われることが多かった歌謡であろう。「此殿」は『源氏物語』[24]の中では、初音巻、若菜下巻（女楽）、竹河巻、早蕨巻などで利用されているが、とりわけ宇治十帖において、きわめて重要な素材となった催馬楽である。『源氏物語』に用いられた催馬楽を、用例の多い順に整理すると次のようになる。

①「東屋」……一〇例／②「竹河」……八例／③「高砂」……七例／④「此殿」「我家」……五例／
⑥「梅枝」「葦垣」……四例／⑧「貫河」「伊勢海」「安名尊」「桜人」「河口」「石川」「妹之門」「総角」……三例

紫式部は催馬楽の中でも、恋愛を主題とする「東屋」「竹河」などとともに、「此殿」を『源氏物語』で活用した。『紫式部日記』では、その「此殿」を藤原実成が口ずさんでいる記述が見えており興味深い。なお、『紫式部日記』に見える「席田」は、『源氏物語』に一例あるが、「美濃山」の例は見られない。

『紫式部日記』以外の日記文学における催馬楽の記事については、『蜻蛉日記』[25]中巻の天禄二年七月条に律歌の「飛鳥井」一例を確認することができる。それは「飛鳥に御灯明《みあかし》たてまつりければ、たゞ釘貫《くぎぬき》に車をひきかけて見れば、木だちいとをかしき所なりけり。庭きよげに井もいと飲ままほしければ、むべ「宿りはすべし」といふらんと見えたり」という一節である。催馬楽に歌われた飛鳥井を実際に見て、その素晴らしさに感動し、詞章にある「宿りはすべし」というのも、もっともなことだと納得している。古くから伝わる催馬楽の詞章中の井が、現在も詞章通りであることを記している。ここにも催馬楽の詞章への関心のほどが窺われるが、この系譜は鴨長明『無名抄』の「榎葉井」の逸話に通じる。ただし、後代の『無名抄』では、催馬楽「葛城」に歌われた「榎葉井」が、既に涸れてしまい、往時の面影を残していなかったと記される点に相違がある。しかし、催馬楽詞章への関心と、実際にその井を自らの目で確認したいと言う欲求には、共通性が見られるのである。

四　『源氏物語』に見る風俗歌

最後に、今後の研究の覚え書きとして、『源氏物語』に見える風俗歌について触れておきたい。管見によれば『源氏物語』における風俗歌摂取例として、一一例を指摘することができる。しかし、後述するように、うち四例は『源氏物語』の古注釈類に指摘があるものの、単語や短文のレベルで表現が共通しているのみであり、必ずしも風俗歌を摂取したと断定することは難しい。そこで、表現上密接な摂取例と、登場人物が風俗歌を歌っている場面を合わせると七例が残り、ここでは風俗歌摂取例をそれら七例と認定する。その七例を含めた一一例すべてを、物語の展開順に巻の名と、そこに摂取された風俗歌の名称によって掲出すると左のようになる。なお、ゴチック体で示したものが、稿者が認定した七例である。

帚木巻……「西京なる」「鳴り高し」**「玉垂《たまだれ》」**
空蟬巻……**「伊予の湯」**
若紫巻……**「常陸《ひたち》」**
末摘花巻…**「たたらめ」**
須磨巻……**「伊勢人」**
少女巻……「鳴り高し」
真木柱巻…**「鴛鴦《をし》」**
匂宮巻……「八乙女」**「八乙女」**

これらを物語内の位置で確認すると、前半に多く登場することがわかる。従来の研究によれば、『源氏物語』において催馬楽の摂取や利用は、全編に及ぶものの、催馬楽の曲名が巻名となっている「梅枝」「竹河」「総角」「東屋」のうち、「竹河」以下が位置する後半、とりわけ宇治十帖を中心とした終末部に、注目すべき例が多いことが指摘されている。[26] すなわち、『源氏物語』における風俗歌の摂取は、催馬楽の場合とは異なっていると言える。

『源氏物語』における風俗歌の摂取例については、山田孝雄および志田延義に指摘があるが、[27] その表現機能や人物造型とのかかわりについては、さらに検討を深める必要があろう。ここでは、右に掲げた巻ごとの風俗歌の摂取例を概観しておく。

まず帚木巻の風俗歌「西京なる」[28]の摂取は、「御達」、風俗歌「鳴り高し」[29]の摂取は、第三歌の「あなかま」という用語を核とした表現が共通するに過ぎない。本節ではこの二例は風俗歌の摂取例として認定しなかった。帚木巻で残るのは風俗歌「玉垂」と表現が重なる例である。風俗歌の「玉垂れの、小瓶《をがめ》を中に据ゑて、主《あるじ》はも、や、魚求《さかなま》きに、魚取りに、こゆるぎの、磯の若藻《わかめ》、刈り上げに」をもとに、帚木巻の地の文では「あるじも肴求《さかなもと》むとこゆるぎのいそぎありくほど」と、かなり多くの表現を依拠している。これは風俗歌の摂取例と認定した。

続く空蟬巻の風俗歌「伊予の湯」[30]の摂取は、歌い出しの「伊予の湯の、湯桁《ゆげた》は幾つ」を用いた「伊予の湯桁もたどたどしかるまじう見ゆ」という地の文として見える。これはその前の部分に「指をかがめて、「十、二十、三十、四十」などかぞふるさま」とあり、明らかに数を唱える風俗歌を踏まえた表現である。

若紫巻では「あづまをすが掻きて、「常陸には田をこそ作れ」といふ歌を、声はいとなまめきてすさびゐたまへり」と、風俗歌「常陸」[31]を歌う場面が直接描かれている。

続く末摘花巻の会話文「寒き霜朝に、掻練好める花の色あひや見えつらむ」は、風俗歌「たたらめ」の「たたらめの花の如《ごと》、かい練《ねり》好むや、実《げ》に紫の色好むや」を用いた例で、かなり密接な表現の摂取例である。

須磨巻の和歌「伊勢人の浪のうへこぐ小舟《をぶね》にもうきめは刈らで乗らましものを」は、風俗歌「伊勢人」の「伊勢人は、あやしき者をや、何《な》ど言《て》へば、小舟《をぶね》に乗りてや、波の上《うへ》を漕ぐや、波の上《へ》を漕ぐや」を緊密に摂取している。

少女巻の例は、前掲「鳴り高し」という風俗歌冒頭の「あなかま」が共通する例である。本節では風俗歌の摂取例からは除いた。

真木柱巻は前述の若紫巻と同様に、直接に風俗歌「鴛鴦」[32]を歌う場面が描かれている。それは「あづまの調べをすが掻きて、「玉藻はな刈りそ」とうたひすさび給ふも」という場面である。

最後に、匂宮巻に取られた風俗歌「八乙女」[33]は、「神のます」という表現にかかわる例である。これはこの前の場面で、皆が六条院に集まって宴となり、興に任せて「求子」を舞った。その折に、夕霧が薫に向かって「右の中将も声加へ給へや」と言ったのをうけた薫の歌の中にある。したがって、風俗歌「八乙女」の詞章の一部が引用されていることは明らかである。なお、古注釈ではこの前の地の文「求子舞ひてかよる袖どものうち返す羽風に」に、風俗歌「八乙女」が引歌とされている旨の注釈を施すが、「求子」は本節で言う狭義の風俗歌の範疇に入らない東遊歌で、この章での考察の対象外となる。したがって、匂宮巻に摂取された風俗歌「八乙女」の例は、一例と認定する。なお、『源氏物語』における東遊歌の摂取は、若菜下巻の住吉神社社頭の東遊を描写した場面にも見られる。そこには「十月中の十日なれば、神の斎垣に這ふ葛も色変はりて……（中略）……ことことしき高麗《こま》唐土《もろこし》の楽よりも、東遊の耳馴れたるは、なつかしくおもしろく、……（中略）……求子《もとめご》はつる末に、若やかなる上達部《かむだちめ》は肩ぬぎて下《お》りたまふ」とある。

以上のように、『源氏物語』における風俗歌の摂取例は、風俗歌の詞章に密接に依拠した表現の摂取例が四例、直接に風俗歌を歌っている場面で、その詞章の一部が記されている例が三例の合計七例が存在することになる。本節ではこれ以上は物語に即した分析に及ぶことを避けるが、今後の重要な課題として位置付けておく。

おわりに

以上、『枕草子』『紫式部日記』に見る風俗圏歌謡の様相について、主として歌謡史の立場から指摘を行った。『枕草子』には風俗歌に関する記述が二例、催馬楽に関する記述が七例、東遊に関する記述が二例見られる。それらの用例を具体的に辿りつつ、風俗圏歌謡が「をかし」と認識された様相を確認した。その際、風俗圏歌謡の元来の性格と、『枕草子』成立時代の享受者の認識の変化について触れつつ、それにもかかわらず詞章への関心が不変であったことを述べた。

次に、『紫式部日記』に四曲で五例ある催馬楽の記述を挙げ、その祝言性の強さを指摘した。それは清暑堂御神楽などの折に、宮中で歌われる催馬楽と同一の性格であり、実際に「安名尊」「席田」「美濃山」の三曲は『御遊抄』の記録で、歌唱回数の上位四曲の中に入っていることを述べた。そして『紫式部日記』の残る一曲「此殿」については、宮廷儀式で歌われる機会は少なかったものの、他の曲と同様に祝言性が強いこと、『源氏物語』の中に五例の用例があり、作品中で重要な素材となっていることを指摘した。最後に今後の課題として『源氏物語』における風俗歌の摂取について検討する必要性を述べた。

注

（1）引用は岩波日本古典文学大系本（底本は西尾市岩瀬文庫蔵柳原紀光《もとみつ》筆本）により、章段番号も同書に従う。

（2）『承徳本古謡集』八番歌として「荒田《あらた》に生《お》ふる、富草の花、手に摘み入れてや、宮へ参らむや、参らむや」という風俗歌が掲載されている。「荒田」という歌名で同書風俗歌の冒頭に置かれており、当時の風俗歌の代表格であったものと考えられる。なお、『承徳本古謡集』の引用は陽明文庫蔵本をもとに、私に校訂した本文による。

(3) 志田延義『続日本歌謡圏史』（一九六八年・至文堂）による。

(4) 周知のように、この研究には歌謡史、平安文学の双方の分野から既に厚い研究の蓄積があり、複数の優れた考察が備わっている。まず歌謡研究としては、早く山田孝雄『源氏物語之音楽』（一九三四年・宝文館出版）が先鞭をつけ、浅野建二『日本歌謡の発生と展開』（一九六六年・明治書院）と、注（3）掲出の志田著作がその補遺としての役割を果たした。近年では、平安文学研究の立場から発表された中川正美『源氏物語の音楽』（一九九一年・和泉書院）、植田恭代『源氏物語の宮廷文化』（二〇〇九年・笠間書院）所収の諸論文が注目される。

(5) 今様が摂取された物語としては、後代の『藤の衣物語絵巻』や『平家物語』が著名である。『藤の衣物語絵巻』における今様摂取については、小著『絵の語る歌謡史』（二〇〇一年・和泉書院）第Ⅱ章を参照いただきたい。

(6) 『紫式部日記』寛弘五年八月二〇日過ぎの記事に、「琴、笛の音などには、たどたどしき若人たちの、読経あらそひ、今様うたどもも、ところにつけては、をかしかりけり」、同じく年時不詳の「十一日の暁」の記事にも「月おぼろにさし出でて、若やかなる君達、今様歌うたふも、舟にのりおほせたるを、若うをかしく聞こゆるに」と見える。

(7) 松田豊子「枕草子と催馬楽—典拠立脚の独創表現—」（『光華女子大学研究紀要』第一四集〈一九七六年一二月〉）参照。

(8) 『承徳本古謡集』二四番歌に「陸奥風俗《みちのくのふぞく》」として、「名取川、幾瀬か渡るや、七瀬とも、八瀬とも知らず、うや、夜し来しかば、あの」という歌が掲載されている。これは後述する「名取川」を歌った陸奥国の風俗歌であるが、ここに見える「七瀬」という瀬の数の多さを表わした語から、「七瀬川」という普通名詞が生まれ、それが固有名詞へと変化したとも推定される。この風俗歌の注釈は、歌謡研究会編『歌謡　研究と資料』第六号（一九九三年一〇月）所収「『承徳本古謡集』注釈（前篇）」の中で稿者が担当したので、ご参照いただきたい。

(9) 催馬楽「真金吹」の詞章は「真金吹く、吉備《きび》の中山、帯にせる、なよや、らいしなや、さいしなや、帯にせる、帯にせる、はれ、帯にせる、細谷川の、音のさやけさや、らいしなや、さいしなや、音のさや、音のさやけさや」である。なお、催馬楽の引用は小学館新編日本古典文学全集本（底本は鍋島家本）による。

(10) 催馬楽「席田」の詞章は「席田の、席田の、伊津《いつ》貫川《ぬきがは》にや、住む鶴の、住む鶴の、千歳《ちとせ》をかねてぞ、遊びあへる、千歳をかねてぞ、遊びあへる」である。

（11）催馬楽「沢田川」の詞章は「沢田川、袖つくばかりや、浅けれど、はれ、浅けれど、恭仁《くに》の宮人や、高橋わたす、あはれ、そこよしや、高橋わたす」である。

（12）注（8）の『承徳本古謡集』二四番歌参照。

（13）催馬楽「浅水」の詞章は「浅水《あさむづ》の橋の、とどろとどろと、降りし雨の、古りにし我を、誰《たれ》ぞこの、仲人《なかびと》立てて、御《み》許《もと》のかたち、消息《せうそこ》し、訪《とぶら》ひに来るや、さきむだちや」である。

（14）催馬楽「此殿」の詞章は「この殿は、むべも、むべも富みけり、三枝《さきくさ》の、あはれ、三枝の、はれ、三枝の、三つば四つばの中に、殿づくりせりや、殿づくりせりや」である。

（15）催馬楽「飛鳥井」の詞章は「飛鳥井に、宿りはすべし、や、おけ、陰もよし、御水《みもひ》も寒し、御秣《みまくさ》もよし」である。

（16）『日本三代実録』貞観元年（八五九）一〇月二三日条に「特善催馬楽歌」とある。ただし、永池健二「広井女王「催馬楽歌」存疑―催馬楽歌考序説（一）―」（『日本歌謡研究―現在と展望―』〈一九九四年・和泉書院〉所収）のように、この時点で雅楽の歌いものとしての催馬楽が成立していたか否かについては、疑問視する説がある。また、これより約五〇年後に成立した『古今和歌集』には、巻二〇の「神遊びの歌」に「返し物の歌」として、催馬楽「青柳」「真金吹」「美作」の三曲を短歌形式とした三首の歌が掲載される。これはもと風俗歌であったものが、音楽を伴った催馬楽として、宮廷の儀礼に取り入れられたことを示すものと推定される。なお、『古今和歌集』には続けて三首の「返し物の歌」が掲載されるが、最後の一首には大伴黒主という作者名が付けられている。これら後半の三首は後の催馬楽譜には見えない詞章であり、当時の風俗圏歌謡として享受されたものであろう。

（17）東遊（駿河舞）「有度浜」の詞章は「や、有度浜に、駿河なる有度浜に、打ち寄する浪は、七草《ななくさ》の妹《いも》、ことこそ良し、ことこそ良し、七草の妹は、ことこそ良し、逢へる時、いざさは寝む、や、七草の妹、ことこそ良し」である。なお、東遊の引用は岩波日本古典文学大系『古代歌謡集』による。

（18）東遊（駿河舞）「千鳥ゆゐ」の詞章は「千鳥ゆゐに、浜に出て遊ぶ、千鳥ゆゐに、あやもなき、小松が梢《うれ》に、網な張りそや、網な張りそ」である。なお、『枕草子』に引用された「あやもなきこま山」の「こま山」は替歌の詞章と言うより、「こまつ」の誤記と考える方が妥当であろう。

(19) 東遊「求子」歌の詞章は「あはれ、ちはやぶる、賀茂の社の、姫小松、あはれ、姫小松、万代経《よろづよふ》とも、色は変《かは》、あはれ、色は変《かは》らじ」である。
(20) 引用は小学館日本古典文学全集本（底本は黒川本）による。
(21) 催馬楽「安名尊」の詞章は「あな尊《たふと》、今日の尊さや、古《いにしへ》も、はれ、古も、かくやありけむや、今日の尊さ、あはれ、そこよしや、今日の尊さ」である。
(22) 催馬楽「美濃山」の詞章は「美濃山に、繁《しじ》に生《お》いたる、玉柏、豊明《とよのあかり》に、会ふが楽しさや、会ふが楽しさや」である。
(23) 植田恭代『源氏物語の宮廷文化』第Ⅲ章「催馬楽の響き」参照。
(24) 引用は岩波新日本古典文学大系本（底本は古代学協会蔵大島本）による。
(25) 引用は岩波新日本古典文学大系本（底本は宮内庁書陵部蔵本）による。
(26) 植田恭代『源氏物語の宮廷文化』第Ⅲ章「催馬楽の響き」参照。
(27) 山田孝雄『源氏物語之音楽』二三一～二三七頁。志田延義『続日本歌謡圏史』第二章「風俗圏歌謡」参照。
(28) 風俗歌「西京なる」の詞章は「西京なる御達《ごたち》は、綾千疋、縑《かとり》千疋、繰りあげて、居るかと、しのびきするや、ぬのびきするや、蟋蟀の、何《な》ど姦《かだ》むかし、荻の花や」である。
(29) 風俗歌「鳴り高し」第三歌の詞章は「あな喧《かま》、子供《こんども》や、密《みそ》かなれ、大宮近くて、鳴り高し、あはれの、鳴り高し」である。
(30) 風俗歌「伊予の湯」の詞章は「伊予の湯の、湯桁《ゆげた》は幾つ、いさ知らず、や、算《かず》へず数《よ》まず、やれ、そよや、なよや、君ぞ知るらうや」である。
(31) 風俗歌「常陸」の詞章は「常陸にも、田をこそ作れ、あだ心、や、かぬとや君が、山を越え、雨夜来ませる」である。
(32) 風俗歌「鴛鴦」の詞章は「鴛鴦《をし》、鸍《たかべ》、鴨さへ来居る、蕃良《はら》の池の、や、玉藻はま根な刈りそ、や、生《お》ひも継ぐがに、や、生ひも継ぐがに」である。
(33) 風俗歌「八乙女」の詞章は「八乙女は、我が八乙女ぞ、立つや八乙女、神のや（ま）す、高天原に、立つ八乙女、立つ八乙女」である。

3　『梁塵秘抄』巻二相伝者の肖像続考

——伝正韵筆古筆切二点紹介——

はじめに

『梁塵秘抄』巻二は、現在のところ天理図書館蔵本のみが知られる孤本である。それは江戸期の転写本であるが、原本はその奥書から、室町時代の連歌師で、正徹の弟子であった正韵《いん》の筆写本であったことが確認できる。

正韵をめぐっては、かつて「正韵小考―『梁塵秘抄』巻二相伝者の肖像―」（『国文学研究』第一一〇集〈一九九三年六月〉／『中世歌謡の文学的研究』〈一九九六年・笠間書院〉第一部第一章第三節所収）と題する拙稿においてその事績を紹介した。その折に、正韵の書写活動として「詠百首和哥（宗仲・重誠）」、武田本『伊勢物語』、並びに古筆切二点について言及しておいた。このうち二種の古筆切は、いずれも正韵を伝称筆者とする「源氏物語切」と「後撰和歌集切（秋部中巻・二九四～三〇〇）」である。詳細については前掲の拙稿を参照いただきたいが、このほど正韵を伝称筆者とする新たな古筆切二点の存在を確認したので、本節において紹介したい。

一　新出「後撰和歌集切」

まず、一点目は『後撰和歌集』（慶賀哀傷巻・一三九九～一四〇〇）の断簡である。前掲の「後撰和歌集切（秋部中巻・二九四〜三〇〇)」とツレの関係にある古筆断簡に位置付けることができる。当該の古筆切は久曽神昇『古筆切影印解説　六勅撰集編』(一九九六年・風間書房)に写真入りで紹介された。同書には「第三八図　伝連歌師正韵筆四半本　二五・五糎×一五・一糎」として、次のような翻刻と解題が見える。

めの身まかりてのちすみ侍ける所のかべに
かの侍ける時かきつけて侍けるてを見侍て
　　　　　　　　　　　兼輔朝臣
ねぬ夢にむかしのかべをみつるよりうつゝに物ぞかなしかりける
あひしりて侍ける女の身まかりにけるをこひ
侍けるあひだに、よふけて鷗《「をし」(朱)》のなき侍ければ
　　　　　　　　　　　閑院左大臣
夕されば音になくをしの独してつま恋すなる声ぞかなしき
七月《「ふん」(朱)》ばかりに左大臣のはゝ《「寛平源氏欣子母女御菅原御子菅丞相女」(朱)》身まかりにける

古筆了任の極札(一三・四糎×二・一糎)に「徹書記門弟正韵めの身まかり(分家印)」(裏白)とある。正徹は小松康清の子で弘和元年(一三八一)備中国に生れ、父母とともに上京、東洞院に住んだ。早く冷泉為尹、今川了俊を知った。応永十三年東国に下向し足利持氏をも訪ねた。応永二十四年頃から東福寺の書記となり寺内に住み松月と命名した。以来歌壇の活躍をつづけ、長禄三年(一四五九)七十九歳で没した。その門弟正韵は全く知られていない。

右の解題末尾の「門弟正韵は全く知られていない」という記述には問題がある。正韵は前掲拙稿で述べたように『梁塵秘抄』巻二を書写伝承した人物で、少ないながらいくつかの事績が知られているからである。

いずれにしても、これまで二点の古筆切だけが知られていた正韵に、新たな古筆切が発見され、しかも既に知られていた「後撰和歌集切」のツレであることは注意される。

二　新出「千載和歌集切」

次に正韵を伝称筆者とするもう一点の古筆切を紹介する。それは近時大阪教育大学小野研究室蔵となった「千載和歌集切」である（[図1]）。この断簡の大きさは縦二〇・八糎×横一五・七糎である。また、附属する極札の大きさは縦一三・八糎×横二・〇糎で、「正韵筆徹書記門弟つけて侍ける（印）」とある。印面は朝倉茂入が使用したもので、極札の裏書きはない。

次に翻刻を掲げる。

【極札】正韵筆　徹書記門弟 つけて侍ける　印

つけて侍ける　　二条大皇大后肥後
九重にやへ山吹をうつしてはゐての河津の心をそくむ
　水辺款冬といへる心をよめる
　　藤原定経
くちなしの色に染ぬる山吹の花の下行ゐての河水

款冬を読る
惟宗広言
いかなれは春をかさねてみつれともやへにのみさく山吹の花
百首哥たてまつりける時款冬の哥とて
よめる
藤原清輔朝臣
款冬の花の妻とはきかねともうつろふなへになく川津哉

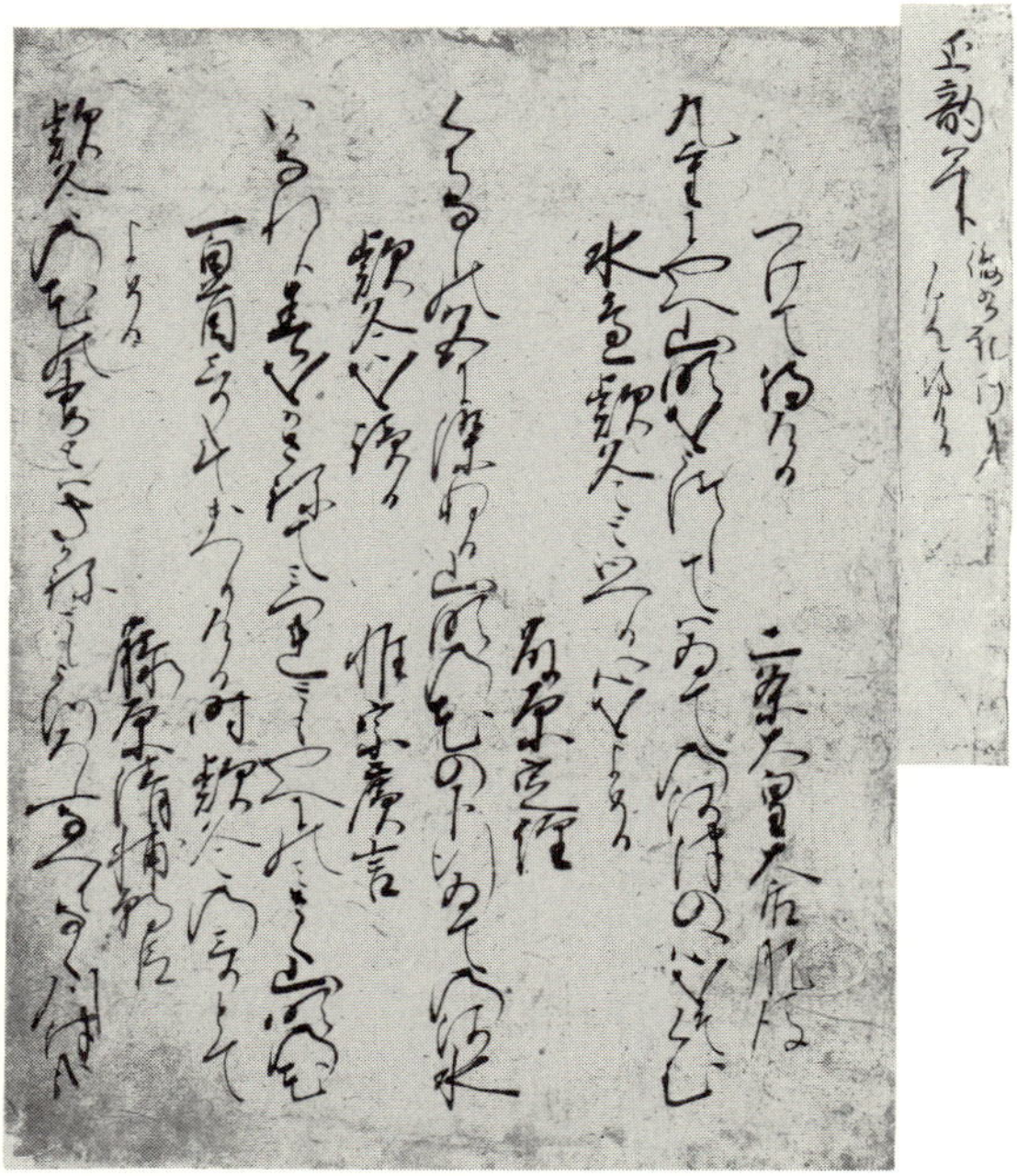

［図１］伝正韵筆「千載和歌集切」

この断簡の出典は『千載和歌集』春部下巻・一一三、一一五～一一七で、途中一一四番歌が欠脱している。それは「水辺山吹といへる心をよめる」という詞書を持つ藤原範綱の「吉野川岸の山吹咲きぬれば底にぞふかきいろは見えける」の歌である。『千載和歌集』の諸本でこの歌を欠いている系統は確認できないので、これが裁断されて断簡となる以前の正韵書写と伝えられる写本自体か、もしくはその写本のもととなった原本かが一一四番歌を欠いていたと考えることができる。おそらく、次の一一五番歌と同じ詞書であるために、目移りによって一首を写し落としたものであろう。

おわりに

以上、正韵筆とされる古筆切二点を新たに紹介した。正徹の弟子で能登国に住んだ正韵が、和歌や連歌に携わったことは既に知られていたが、これらの古筆切の存在からは、古典籍の書写活動も盛んに行っていた形跡を窺うことができ、きわめて注目される。『梁塵秘抄』巻二を書写し、後代に伝承した正韵が、そのような文芸的な環境にあったことは想像に難くないであろう。

4　親鸞和讃の表現美
――『三帖和讃』の強さと美しさ――

和讃《わさん》とは和語、すなわち日本語による仏教讃歌である。早くサンスクリットによる梵讃《ぼんさん》が作られ、漢讃《かんさん》が続き、そして我が国に和讃が興った。それらはいずれも口頭で唱える仏教讃歌であったから、韻律に様々な工夫が施されることとなった。和讃は七五調の音数律に乗せて唱えられる。日本語においては、歴史的に五音節と七音節を中心とした韻律が育まれてきたことは広く知られているであろう。奈良時代成立の『古事記《こじき》』『日本書紀《にほんしょき》』所収の歌謡に目を向ければ、そこには五音節と七音節の韻律が次第に確立されてきた形跡を見ることができる。日本語を代表する五音節と七音節の韻律には、五七調と七五調の二種類があった。一般に五七調は重厚感があり、七五調は流暢であるとされる。和讃はこのうちの七五調を採っている。

改めて言うまでもなく、七五調は和讃のみならず、和歌・連歌・俳句といった文芸や、演歌・Jポップなどの流行歌謡に至る幅広い日本語韻文に見られる形式である。しかし、和讃やそこから独立した今様《いまよう》においてこそ、その表現効果である流暢さが最大限に活用されているように見受けられる。そもそも音数律は、歌謡において他の詩歌以上に重要視されてきた経緯がある。それは歌詞に伴っている音楽上のリズムと、音数律とが深く関係しているからに他ならない。その結果、歌謡には古くから七音節と五音節を基軸とした何種類かの定型が形成されてきた。中でも七音節と五音節を交互に長々と続ける和讃形式と、そのうちの四句すなわち七・五／七・五／七・五／七・五の四八音節で構成される今様形式は代表格である。和讃や今様に共通するのは、そこで歌われる内容が仏教信仰を中心とする讃歌であるという点に他ならない。それは仏教という宗教にかかわる神聖な宗教音楽であると同時に、壮大な宗教文芸でもあった。以下、親鸞の『三帖和讃《さんじょうわさん》』（高田専修寺本）の表現について、今様との関わりを軸として述べていきたい。

親鸞の『三帖和讃』の際立った特徴は、それに「和讃」という名称が付されているにもかかわらず、基本的な歌形が今様形式によって構成されていることにある。もっとも前述したように、今様形式は七音節と五音節を交互に続ける歌謡で、長編の和讃のうちの四句に相当するので、今様を連続して唱えれば、形式上それは和讃となる。しかし、今様においては四句で完結させようとする短詩型文芸としての意識が濃厚である。すなわち、『三帖和讃』の仏教讃歌は今様のような短詩型文芸の意識を基本としつつも、「和讃」の名称からすれば、同時にそれを歌群として構成しようとする長編文芸の意識をも志向したものと言うことができる。

さて、親鸞の和讃以前の仏教讃歌として忘れてはならないものは、いずれも平安時代後期に成立した『来迎讃《らいごうさん》』と『梁塵秘抄《りようじんひしよう》』所収の今様法文歌《ほうもんのうた》の二種であろう。「娑婆《シヤバ》界《カイ》ハ厭《イト》フベシ、厭ハバ苦《ク》海《カイ》度《ワタ》リナム、安養界《アンヤウカイ》ハ欣《ネガ》フベシ、欣ハバ浄土へ詣《マヰ》リナム……」で始まる源信（恵心僧都）作と伝えられる『来迎讃』は、我が国最初期の浄土教和讃として名高い。この和讃は同じく極楽浄土の讃歌として、後代の親鸞の和讃に継承されることとなった。

また、『梁塵秘抄』所収今様法文歌は、その美しさと力強さで親鸞の和讃の成立を直接に導いたものと考えられる。例えば、「十方仏土《じつぽうぶつど》の中《なか》には、西方《さいほう》をこそは望むなれ、九品蓮台《くほんれんだい》の間《あひだ》には、下品《げぼん》なりとも足んぬべし」「われらは何して老いぬらん、思へばいとこそあはれなれ、今は西方極楽の、弥陀の誓ひを念ずべし」などは、阿弥陀如来とその浄土である極楽を激しく求めて止まない歌である。西方極楽浄土への往生にかける熱い思いが、整った定型の調べと美しい日本語の響きによって、余すところなく表現されている。これを現代風に言えば、仏へのラブレターに他ならない。すなわち、親鸞の和讃を一言で言えば、それは阿弥陀如来と極楽浄土への熱烈なラブレターであるということになる。そして、そのラブレターは絶妙であった。上手なラブレターを書くにはそれなりのレトリックが必要とされる。相手の心をつかむような表現の工夫が必要ということだ。ラブレターの素材は自ら発する直接的な愛の言葉であったり、時に有名な恋愛小説や詩からの引用であったりする。それらの素材を彩るものは、表現のレトリックであろう。

先に紹介した今様法文歌に特徴的に見られるのは、強調表現である。「十方仏土の中には……」という法文歌では、第二句目に「こそ」という強意の係助詞を置き、数ある浄土の中から西方極楽往生をひたすらに願う自らを、助動詞「なり」の已然形「なれ」で力強く断定して結ぶ。そして後半では極楽に往生できるのなら、九品《くぼん》（往生の九つの等級）の最下位のランクである「下品《げぼん》」でも満足である旨を歌う。あえて最下位でもかまわないとすることで、内容的にも強い決意が響き渡ることになる。

続くもう一首の法文歌「われらは何して……」でも同じく第二句目に「こそ」を置いて、「あはれなれ」と自分のこれまでの不信心を強く歎く表現で結ぶ。これは自らの過去の生き方への強い反省の表明となる。そして、後半で阿弥陀如来の誓願に帰依する意向を高らかに歌い上げる。そこにも「今は」という表現を用いることで、不信心であった過去の時間を現在の時点で断絶させ、阿弥陀信仰に生きるための未来の時間を、自ら保障することを内外に宣言する。このように、諸手を上げて阿弥陀如来に帰依することを歌い上げることによって、何よりも阿弥陀に向けた明確な自己アピールのメッセージとなり得ているのである。つまり、巧みなレトリックを用いて書いた阿弥陀へのラブレターの成功例と言えよう。

さて、親鸞の和讃であるが、今様法文歌に勝るとも劣らない様々なレトリックが施されている。まず、『三帖和讃』の冒頭に置かれた『浄土和讃』所収「讃阿弥陀仏偈和讃《さんあみだぶつげわさん》」を見てみよう。

光雲無碍如虚空《くわううんむげにょこく》

一切《いっさい》の有碍《うげ》にさはりなし
光沢《くわうたく》かぶらぬものぞなき
難思議《なんしぎ》に帰命せよ

この和讃は「阿弥陀如来の光明は、何物にも遮《さえぎ》られることなく一切の衆生に及ぶ。そんな想像を超えた智慧《ちえ》の仏に帰依するべきである」と説いている。表現として注目されるのは、第三句目の強意の係助詞「ぞ」と、その結びである形容詞「なし」の連体形「なき」の使用である。その結びに用いられた「なし」は第二句の末尾にも見られる。つまり強い否定語である「なし」を二度重ねて使うことによって、人間の力や叡知を遥かに超えた阿弥陀如来の超能力を浮き彫りにするのである。

そして、末尾には「帰命せよ」という命令の意を含んだ強い勧誘の表現を置く。ここには阿弥陀の絶対的な力と、それにすがるしか方法のない弱い衆生が対比的に描かれることになる。その際の強調表現や強い否定表現、命令表現は、実に的確に人々の心に響き渡るのである。まさに、日本語のレトリックを知り尽くした達人の創作した歌謡と言っても過言でない。『三帖和讃』の中には同様の例がきわめて多く見られる。もう一例を左に掲げておく。

極悪深重《ごくあくじんぢゅう》の衆生は
他の方便《はうべん》さらになし
ひとへに弥陀を称してぞ
浄土にむまるとのべたまふ（『三帖和讃』のうち『高僧和讃』源信）

「罪深い悪人である我々衆生は、阿弥陀如来の名号を称《とな》える以外浄土に赴くことはできない」と言っているのだが、この歌でも強意の係り結びや、否定表現の「なし」が有効に機能している。

親鸞和讃の力強い表現は、断定の助動詞「なり」の多用からも窺うことができる。数ある用例の中から、一例だけ紹介するならば、阿弥陀の前身であった法蔵菩薩を讃《たた》え、帰依を勧める次のような和讃の例が挙げられる。

安楽仏土の依正《えしやう》は
法蔵願力《はふざうぐわんりき》のなせるなり
天上天下《てんじやうてんげ》にたぐひなし
大心力《だいしんりき》に帰命せよ（『三帖和讃』のうち『浄土和讃』所収「讃阿弥陀仏偈和讃」）

「極楽浄土の素晴らしさは、法蔵菩薩の願力によってもたらされたものであるから、その力に従うばかりである」として、法蔵の卓越した願力を断定的に誉める歌である。

次に対句表現の使用について述べる。対句は和讃のリズムを整えるとともに、反復による強調の響きを持つ。例えば『無量寿経』の教えを和讃の形に置き換えた次のような歌がある。

善知識にあふことも
をしふることもまたかたし
よくきくこともかたければ
行ずることもなほかたし（『三帖和讃』のうち『浄土和讃』大経意《だいきやうのこころ》）

「優れた指導者に出会うことも、逆に指導者がよき弟子を得て仏法を教えることも容易ではない。また、仏法を正しく理解することも難しく、それを行うことはなおさら難しい」と説く。「こと」と「かたし」の反復によって、仏の道を行く険しさを強調しているのである。これも『無量寿経』の思想の要点を衆生に教導し、阿弥陀信仰へと導くための歌謡であるが、究極的には阿弥陀の絶対的な他力を讃えることに繋がっている。先のラブレターの譬えを用いるならば、このラブレターに用いられた素材は、先行する有名作品から引用されたものと言えよう。

これ以上、和讃の具体例を挙げることは控えるが、ここまで具体的に述べてきた親鸞和讃の日本語表現は、力強くかつ破綻がない。ことばが厳しく詮議され、寸分の隙もない表現が選ばれているのである。親鸞の和讃は阿弥陀如来へのラブコールとして、力強く、しかもリズム感溢れる美しい調べを作り出す日本語を、選び抜いて創作されているのである。

5　室町小歌の遊び心
――ことば遊び・慣用句摂取――

一　歌謡とことば遊び・慣用句

歌謡とは、それが流行した各時代に生きた人々によって生み出された匿名の文学である。一部には作者が判明している創作性の強い歌謡も存在しているが、大部分の歌謡の作者は不明である。歌謡は古くから、儀式や宴などの場における当意即妙な当座の花であった。そしてそれは、すぐに忘却の彼方へと追い遣られる一過性の花でもあった。しかし、中にはその歌謡の持つ性格や人々の愛好によって、実を結ぶ歌謡も稀に存在した。それら好運な歌謡の多くは、詞章であることばに、結実を促す力を内包していたはずである。その力のひとつとして、歌謡詞章のことば遊びや慣用句があったものと考える。絶妙なことば遊びや慣用句が施された歌謡は人々に愛唱され、後代にまで記録されることとなった。その意味においてことば遊びや慣用句は、歌謡詞章の中核に位置し、また武器ともなったことであろう。

ところで、室町時代に流行した歌謡は、室町小歌と呼ばれる短詩系詞章の歌であった。室町小歌の中にも、巧妙なことば遊びや慣用句が用いられた詞章が多く見られる。ここでは室町小歌を例に、歌謡文学におけることば遊び・慣用句の諸相について具体的に指摘し、そこに籠められた室町人の遊び心を明らかにしていきたい。なお、ことば遊びの具体的諸相については、小著『ことば遊びの文学史』（一九九九年・新典社）、及び『ことば遊びの世界』

（二〇〇六年・新典社）を参照願いたい。

二　〝しゃれ〟

〝しゃれ〟は同音異義を活用したことば遊びで、〝判じ物〟や〝なぞ〟も〝しゃれ〟を母胎として成立している。〝しゃれ〟は日本語によることば遊びの中でも、もっとも使用例が多いものと言える。日本の古典文学作品中に見られることば遊びにおいても、和歌に掛詞、物名《もののな》等の同音異義を基盤とする技巧があるように、もっともよく親しまれたものである。歌謡文学においても、〝しゃれ〟の用例は他のことば遊びと比較すると群を抜いて多い。室町小歌には、伝統和歌以来の掛詞が見られる他、当代語の同音異義を用いた〝しゃれ〟を眼目とする歌謡も散見する。

『閑吟集』から二例を示しておく。

○花ゆゑゆゑに、顕《あら》はれたよなう、あら卯《う》の花や、卯の花や

○新茶の茶壺よなう、入れての後《のち》は、こちゃ知らぬ、こちゃ知らぬ（『閑吟集』三三一〈狭義小歌〉）

前者は「卯」が「憂」の掛詞となっており、「あら憂」（ああ、辛《つら》い）という当代の口語が置かれている。また、後者は「茶壺」に女性の性器を暗示した性的な歌謡であるが、「こちゃ」は「新茶」に対する「古茶《こちゃ》」であり、同時に自分を指示する「此方《こち》は」との掛詞になっている。この口吻も口語的と言える。

三　〝三段なぞ〟

我が国のことば遊びを語る際に、無視することができないものに〝なぞ〟がある。日本文学における〝なぞ〟の

歴史はきわめて古い。早く『万葉集』の表記の中に、〝なぞ〟と密接にかかわる戯書《ぎしょ》と呼ばれるものがあった。平安時代には〝なぞ〟のブームがあり、『枕草子』や源俊頼の私家集『散木奇歌集《さんぼくきかしゅう》』などに、〝なぞなぞ合〟〝なぞなぞ物がたり〟などとして見えている。これらは出題に対して、その答えを直接的に求めるという形式で、いわゆる〝一段なぞ〟と呼ばれる〝なぞ〟であった。この形式は室町時代に至って、ひとつのピークを迎えたと言える。宮廷において天皇とその側近の公家の間で流行し、多くの〝二段なぞ〟が生み出されたからである。

　中世に続く近世に入っても、初期は中世以来の〝二段なぞ〟が主流であったが、享保年間（一七一六～三六）頃に至り〝二段なぞ〟から〝三段なぞ〟への大きな転換期を迎えた。すなわち、享保年間以後の〝なぞ〟の主流は、〝三段なぞ〟に取って代わられるのである。〝三段なぞ〟は〝二重なぞ〟〝なぞかけ〟とも呼ばれ、「～とかけて～と解く。その心は～である」という〝なぞ〟で、今日においても落語家が高座で好んで行うレパートリーのひとつである。これには〝しゃれ〟が活用されることが多い。しかし、これは享保年間に至って突然出現したわけではない。早く室町小歌の中にその発想によるものが見えるのである。

○身は近江舟かや、志那《しな》（死な）で漕《こ》（焦）がるる（『閑吟集』一三〇〈狭義小歌〉）

○身は鳴門舟かや、阿波《あは》（逢は）で漕《こ》（焦）がるる（『閑吟集』一三一〈狭義小歌〉）

○身は撥釣瓶《はねつるべ》よ、水（見ず）に浮かるる（『宗安小歌集』八二）

○三草山《みくさやま》より出づる柴人、荷負ひ（匂ひ）来ぬればこれも薫物《たきもの》（「隆達節歌謡（草歌〈雑〉）」四三〇）

　第一首目では、我が「身」を「近江舟」だろうかとする。すなわち、我が「身」とかけて「近江舟」と解くのである。その心は「しな（死な・志那）で、こ（焦・漕）がるる」である。死をもって辛い恋から逃れることもできず、ただ焦がれているだけの我が「身」を、〝しゃれ〟によって、琵琶湖の港町志那で日夜漕がれている「近江舟」と解く。この小歌を聞く者は「身」と「近江舟」の結びつきの意外性に舌を巻いたことであろう。

第二首目においても同様である。愛しい人に逢うことも叶わず、欝屈するわが「身」を、「鳴門舟」と解いている。それは同音異義二語を含むその心の「あは（逢は・阿波）で、こ（焦・漕）がるる」という〝しゃれ〟によって、成立することば遊びであった。

第三首目は我が「身」を「撥釣瓶」と解く。心は「みず〈づ〉（見ず・水）に浮かるる」である。

第四首目は「隆達節歌謡」の中でも、歌詞の上からは古い来歴を持つとされる「草歌」のうち、「雑」に属する一首である。この歌では、「三草山より出づる柴人」を「薫物」と解いている。心は「にほひ（荷負ひ・匂ひ）来ぬれば」である。これには新潟県柏崎市の綾子舞《あやこまい》「小原木《おはらぎ》」に類歌が見られ、『言継卿記《ときつぐきょうき》』弘治二年（一五五六）二月一六日条によれば、その折の香合の懸物の趣向として用いられた歌謡でもある。

四　〝判じ物〟

日本語を代表することば遊びの一種に、〝判じ物〟または〝判じ絵〟と呼ばれるものがある。〝判じ物〟は絵と文字、時には図形や品物などを用いて読解させるもので、今日でも広告などに散見する。例えば、おいしい味を意味する「うまい」を表現するのに、馬と胃の絵を並べて読ませるのがこれである。この例によっても明らかなように、〝判じ物〟の基盤には同音異義によることば遊びの〝しゃれ〟が活用されていることが知られる。また同時に、不特定の人を相手に読解させる意味において〝なぞ〟としての要素も見られる。いわば、〝しゃれ〟を視覚的に表現したことば遊びで、その読解には〝なぞ〟的要素があるものと言える。

ところで、室町小歌にも〝判じ物〟にかかわる例を見出すことができる。それは次に掲げる石野広通『蹄渓随筆《ていけいずいひつ》』所収記事の中に確認できる。

広通わらはにて侍りし比、享保の中年、童部《わらはべ》のもてあそぶ赤き表紙かけたる本に、鯉《こい》を絵がき、苧《を》を絵がき、せ文字を左字《ひだりじ》にかき、田をかき、矢をかき、小判を槍にて男の突所《つくところ》を絵書、是を解して云、恋をさせたやかねつく人に云り。誠に愚なる古風の戯本也。しかしながら、此哥世に流布して、人よくしりたればこそかくは書たるらめ。おもひ出るまゝに記之。

これによれば、筆者の広通が子どもであった享保年間に見た赤本の〝判じ物〟に、「鯉を絵がき、苧を絵がき、せ文字を左字にかき、田をかき、矢をかき、小判を槍にて男の突所を絵書」いたものがあったという。その赤本ではそれを、「恋をさせたやかねつく人に」と読解させていた。広通はその後、江戸渋谷にあった室泉寺所蔵の古い「隆達節歌謡」歌本を披見する機会があり、その折にこの歌が「隆達節歌謡」の一首であったことを確認したのである。ちなみにこの歌謡は、「隆達節歌謡（小歌）」一八〇番歌の「恋をさせたや鐘撞く人に、人の思ひを知らせばや」の一節である。

五　〝回文〟

日本語のことば遊びの一種に〝回文〟がある。〝回文〟は仮名表記で上下いずれからも、同語・同文となるものを言う。日本文学の中では平安時代以来、回文和歌・狂歌や回文連歌・俳諧・発句といった韻文文学に、〝回文〟が見られる。〝回文〟は言語の音の持つ遊戯性に依拠したものであるが、同時に呪的な性格をも併せ持っていたようである。そのためか、古い回文和歌には神に奉る神祇歌での使用例が多い。

ところで、室町小歌の周辺にも〝回文〟が用いられた例が現われた。それは次の一首である。

○ながきよの、とおのねぶりの、みなめざめ、なみのりぶねの、おとのよきかな

（『全浙兵制考《ぜんせつへいせいこう》』附録『日本風土記』所収「琴譜」）

『全浙兵制考』は中国明代の万暦二〇年（日本元号の文禄元年〈一五九二〉に相当）に侯継高という人物が編集した書物である。日本との関係で言えば、同書の附録『日本風土記』には当時の倭寇の語った言語や歌った室町小歌に属する歌謡が、「山歌《さんか》」「琴譜《きんふ》」などの名称で書き留められていることが特記すべき点である（真鍋昌弘は「山歌」「琴譜」などの歌謡は日本国内で採集された歌が中国に伝わって書き留められたという説を発表しており、倭寇が明《みん》に伝えたという従来の説を否定している）。そして、その巻五には「琴譜」（琴歌）として「乃革気揺那、多和那捏不里那、密乃密索密、乃密那里不捏那、和多那揺気革乃」という室町小歌の書き留めが見え、続けて「此譜倒読二字、語意理相同、故曰回文」と説明が見える。これを仮名表記に変換すれば、「ながきよの、とおのねぶりの、みなみ（め）ざみ（め）、なみのりぶねの、おとのよきかな（長き夜のとをの眠りの皆目覚め波乗り舟の音のよきかな）」となる。そして、上下逆さまに読んでも同じ意が得られるので、「回文」と名付けられている旨の説明が追加されている。また、切意（歌意）として「十人共レ舟、夜長困倦、浪裡舟行、各皆醒看」と記される。すなわち、一〇人の人間が一緒に舟の中で眠り、夜長のために目覚め、航行中の波音に聞き入る様と解釈していることが知られるのである。この歌は日本の〝回文〟史上もっとも著名なもので、後代には初夢用の宝船に七福神の絵姿とともに摺り込まれることとなった。枕の下に宝船の絵を敷くという風習は、〝回文〟の歌謡に呪的な性格を感じ取った人々が、初夢に願いを込めたところから発した民俗行事であったものと考えられる。

六　〝倒言〟

〝倒言〟とはあることばや文を逆さに読んで、特定の意味を持たせることば遊びである。室町小歌の集成『閑吟集』には、次のような二首の狭義小歌が収録されている。

○きづかさやよせさにしざひもお（『閑吟集』一八九〈狭義小歌〉）

○むらあやでこもひよこたま（『閑吟集』二七三〈狭義小歌〉）

このうち前者は逆から読むと「おもひざしにさせよやさかづき（思ひ差しに差せよや盃）」となる。同じく後者は「またこよひもこでやあらむ（また今宵も来でやあらむ）」となる。これをわざわざ逆さまにして歌ったのにはそれなりの理由があろう。前者の場合、酒宴の席で思い差しの盃を与えられたいときの暗号もしくは呪文かとされる。また後者の場合には恋人の訪れを願う一種の呪文として、願いとは逆の内容を逆さまに歌ったものと考えられている。これらに共通することは、逆さまに歌うことで、何らかの強力な呪力を得ようとする心性である。日本の民俗として、御札《おふだ》を逆さまに貼ることが古くから行われてきたが、これも同様の効果を期待してのものであろう。

七　〝早口ことば〟〝畳語〟

古来から盛んに行われてきた日本語のことば遊びに、〝早口ことば〟がある。これは〝舌もじり〟とも呼ばれた。古くは同じ語を何度も反復させる形式として存在した。今日、同語の繰り返しによることば遊びを〝畳語《じょうご》〟と称しているので、これも併せて取り上げておきたい。次に歌謡の例を挙げておく。

○思へかし、いかに思はれん、思はぬをだにも思ふ世に（『閑吟集』一三二〈早歌〉）

○思うたを思うたが思うたかの、思はぬを思うたが思うたよの（『宗安小歌集』一三七）

二首はともに室町小歌の例である。「思ふ」を反復させて、小耳に挟んだだけでは意味の汲み取り難い機知に富んだ歌としている。しかし、歌謡としてのリズムのよさが重視されたようで、多くの類歌が存在する。

八　〝物尽くし〟

日本文学における表現のひとつに、〝物尽くし〟（〝物は尽くし〟とも）がある。古来様々な作品中に、ことば遊びの一種〝物尽くし〟が用いられている。『枕草子』やその江戸時代初期におけるパロディー作品『犬枕』、『尤之双《もつとものそ》紙《うし》』などがすぐに思い浮かぶであろう。〝物尽くし〟は本来、学習の手段としての実用的な役割を担っていたとされる。ここでは室町小歌から代表的な例一首のみを挙げておきたい。

○引く引くとて鳴子は引かで、あの人の殿引く、いざ引く物を歌はんや、いざ引く物を歌はん、春の小田《をだ》には苗代《なはしろ》の水引く、秋の田には鳴子引く、名所都に聞えたる安達原《あだちがはら》の白真《しらま》弓《ゆみ》も、今この御代《みよ》に留《とど》めた、浅香《あさか》の沼にはかつみ草、信夫《しのぶ》の里には綟摺石《もぢずりいし》の思ふ人に引かで見せめや……（『閑吟集』一五二〈狂言歌謡〉）

掲出した『閑吟集』所収歌謡の例は「引く」物尽くしである。歌謡において〝物尽くし〟の表現が多く用いられたのは、節付けに適した表現方法であったからであろう。また享受した人々の嗜好にも叶っていたことは言うまでもない。

九　慣用句

次に室町小歌における慣用句摂取の一面について論じていきたい。

そもそも、歌謡と慣用句との間には、強い結び付きが認められる。一、二の例を挙げよう。まず、江戸時代の慣用句や諺の集成『諺苑《げんえん》』に、伝承童謡を中心とする多くの歌謡が記し留められていることは周知である。また、尾張国熱田の伝承童謡を集成した笠亭仙果《りゅうていせんか》『熱田手毬歌　盆歌　童諺　附』は、小児が遊ぶ際に用いる慣用句「童《どう》諺《げん》」を「手毬歌」という伝承童謡の集成に並べて収めている。これは小寺《こでら》玉晁《ぎょくちょう》編の『尾張童遊集』（一名『児戯』）でも同様である。これらの事例は、歌謡が日常の言語体系の中から成立していることを重視した編集方針と言えよう。

ところで、『閑吟集』、『宗安小歌集』、「隆達節歌謡」、『全浙兵制考』付録『日本風土記』所収「山歌」等の室町小歌の中には、慣用句を摂取したと認定できる表現が多く見られる。すなわち、早く中世後期においても、当時の生活に密着した生き生きとした言語である口語の中から、歌謡詞章が成立していることが確認できるわけである。

以下、具体的に慣用句が摂取されている代表的な室町小歌のうち、『全浙兵制考』付録『日本風土記』所収「山歌」二首を具体的に掲出して、説明を加えておく。

○世の中は、月に叢雲、花に風、思ふに別れ、思はぬに添ふ（『全浙兵制考』付録『日本風土記』所収「山歌」）

○十七八は、二度候か、枯れ木に花が、咲き候かよの（『全浙兵制考』付録『日本風土記』所収「山歌」）

前者の「山歌」は、それ全体が慣用句として成立しているとも言えるが、厳密には「月に叢雲、花に風」という自然現象に属する部分と、「思ふに別れ、思はぬに添ふ」という人事に属する部分の二箇所に慣用句が用いられていると認定できるであろう。そもそも、これら二つの慣用句の発想の起源は、古く『源平盛衰記』巻第一一「金剛・力士兄弟の事」の「……定めなき浮世の習ひは、風に散る花のためし、雲に隠るる月の理。……」や、正徹『草根集』一〇三三一（部類本）・「述懐」所収の「此世にはほまれある名も何かせん花に春風月にうき雲」という和歌にまで遡ることが可能である。そして、「山歌」一首としては、冒頭に「世の中は」を置くことにより、意味の重なるこれら二つの古い慣用句を包含した、憂き世全体の儘《まま》ならなさを嘆く構成を採っている。しかし、言うまでもなく「世の中」という語には、男女の仲を指示する恋愛にかかわる表現伝統が脈流している。したがって、この歌謡を最後まで聴き終えれば、一曲（首）の重点は歌謡の後半の「思ふに別れ、思はぬに添ふ」という恋愛にかかわる部分に置かれていることが、自ずと理解できるのである。「山歌」は明《みん》時代の中国で書き留められた室町小歌であるが、この歌に付された中国題は「美女憶郎」と、人事を中心とした命名がなされている。美しい女性が昔恋人であった男性（郎）を追憶する歌と解されたのである。

後者の「山歌」は中国題を「青春嘆世」とする、若者を主人公にした歌謡である。冒頭に結婚適齢期を迎えた若い女性の年齢を示す数字「十七八」を置く歌は、日本の民謡に枚挙にいとまのない程多くの例を見出すことが可能である。十七八歳を人生の頂点に位置付けた歌謡群と考えられる。「十七八は、二度候か」で、若い時期はまた巡ってくるだろうか、いや二度とこないと表現する。一方、それを比喩的に繰り返すのが「枯れ木に花が、咲き候かよの」である。すなわち、これは人生の普遍的な真理を、寓意的に表現しているものと言える。そして、若い時にすべきことは、人生の「花」そのものと見倣される「恋」なのである。このテーマの歌謡は後代まで長く愛唱された。『延享五年小《えんきょうごねんこ》哥《うた》しやうが集』六二番歌に「若ひ折とて二たびあるか、枯れ木に花が二度咲（く）か」、『賤《しず》が歌《うた》袋《ぶくろ》』第五編に「若いときとて二夕度あろか、花が枯木に二度さこか」と、近世小唄調（三・四／四・三／三・四／五）の音数律に整理されて残されている。

以上、歌謡詞章におけることば遊び・慣用句の諸相を具体的に指摘してきた。歌謡において重要なことは、ことば遊びを含む歌が生み出された場の問題である。しかしながら、歌謡をめぐる資料には限界があり、残念なことに具体的な場を特定することが困難な状況にある。時には、それらを逞しく想像してみることも必要ではないかと考える。

6　歌謡文学と茶の湯
——堺文化圏と「わび」の心——

はじめに

「隆達節歌謡」は安土桃山時代から江戸時代初期にかけて、泉州堺の人高三隆達《たかさぶりゆうたつ》の節付けによって評判を取った一大流行歌謡である。その隆達は大永七年（一五二七）に誕生し、慶長一六年（一六一一）に八五歳の生涯を閉じたとされる。同時代に同じ堺で活躍した町衆は数多い。中でも千利休、今井宗久、津田宗及、山岡宗無など茶人として著名な商人の存在は無視できないが、その他にも早歌という歌謡に秀でた武士の松山新介がいた。

本節では安土桃山時代の歌謡界をリードした「隆達節歌謡」の心とことばの中に、同じ時空を生きた堺の茶人たちの「わび」の精神が反映されていることを具体的に指摘していく。なお、本節に関連する既発表拙稿に「隆達・『隆達節歌謡』と茶の湯」（『茶と文芸』〈二〇〇一年・淡交社〉所収／『韻文文学と芸能の往還』〈二〇〇七年・和泉書院〉第三章第四節所収）があり、本節と一部分重複する記述があることをお断りしておく。

一　隆達伝記とその歌謡

「隆達節歌謡」は和泉国堺の高三隆達が節付けして歌い出した流行歌謡である。一般には「隆達節」、「隆達小歌」

などとも呼ばれ、文禄・慶長年間（一五九二～一六一五）に一世を風靡した。伴奏には一節切《ひとよぎり》や扇拍子《おうぎびょうし》が用いられた。この歌謡は室町小歌の集大成であるとともに、近世歌謡の出発点とも言われる。一九九八年現在で集成できる歌謡数は五二一首に上る（現在では、さらに数首を加えることができる）。曲節面では「小歌《こうた》」と呼ばれる節と、それより古い来歴を持つ「草歌《そうが》」と称される節の二種類があった。七・五・七・五や七・七・七・七などの音数律を持つ短詩形の歌詞の歌が多い。歌詞の内容は恋歌が圧倒的に多く、全体の七割以上を占める。

一方、「隆達節歌謡」の担い手であった高三隆達の伝記資料は必ずしも多くはない。隆達没後に残された有力な伝記資料としては『顕本寺過去帳』があるに過ぎず、それさえも太平洋戦争中に焼失して現存していない。今日では同書を戦前に調査して、書き留めた『堺市史』の記述に拠る以外に確認のすべさえない状況なのである。

ところで、その『堺市史』所引の『顕本寺過去帳』には「自在院隆達友福云慶長十六辛亥年十一月廿五日卒、寿八十五歳、当顕本寺ニ葬」と記されている。この記述こそが、まさに隆達の生没年を記録した唯一無二の伝記記述なのである。したがって、現在では隆達の生没年を語る際に、必ず依拠しなければならない基礎資料となっている。『顕本寺過去帳』以外の隆達の消息を伝える記述としては、没後数十年して刊行された衣笠一閑『堺鑑』[1]（天和三年〈一六八三〉成立）がある。それには「高三隆達　元ハ日蓮宗ノ僧、当津顕本寺ノ寺内ニ住ス。有レ故還俗シ、高三氏ノ家ニ往テ、薬種ヲ商。年ヲ経テ小歌ノ節ヲ一流謳出スヨリ、世俗隆達流トテ謳賞翫」と見える。ここからは隆達が元々は日蓮宗（法華宗）顕本寺の僧であったこと、その後薬種商を営む高三家に入って商いに従事したこと、さらにその後新しい節付けの小歌を歌い出して、世間の評判を獲得したことが読み取れる。しかし、それぞれ断片的な記述の連続のため、詳しい還俗の経緯や隆達と高三家の関係については、不明瞭な記述に終始していると言わざるをえない。今日では他の周辺資料や伝承から、隆達の伝記が肉付けされて、次のような隆達の人物像が描かれるに至っている。すなわち、大永七年（一五二七）和泉国堺の薬種商高三家に隆喜の末子として誕生し、若くして高三家の菩提寺であった堺の顕本寺《けんぽんじ》に入った。天性の美声を生かし、世に「隆達節」と呼ばれる一大流行歌謡を歌い出した。後に長兄隆徳の死去に伴って、高三家の家督を嗣ぐ甥道徳の後見役として還俗した。慶長一六年（一六一一）一一月二五日に享年八五歳で没した。没後には「隆達節」と称されるようになった歌謡の創始者として仰がれ、また近代最初の本格的な芸能者としても喧伝された。後代の人々の隆達への関心の高さについては、拙稿「『隆達節歌謡』の世界―近世芸能の始祖高三隆達とその歌謡―」（堺都市政策研究所編『フォーラム堺学』第一四集〈二〇〇八年三月〉所収）及び『戦国時代の流行歌―高三隆達の世界―』（二〇一二年・中央公論新社〈中公新書〉）において詳述したので、ここでは省略する。

二　隆達周辺の茶の湯――三好家の人々――

隆達が人生を送った堺の町は室町時代後期には日本最大の国際貿易港で、会合衆《えごうしゅう》と呼ばれる有力商人たちによる自治が行われた文化都市であった。そもそも堺が国際的な貿易港となった背景には、戦国大名大内氏の政策に大きな要因があった。大内氏が関門海峡を塞いで通行税をかけたため、外国船はそれを嫌い紀伊半島と四国の間に位置する紀伊水道から北上して、堺に来航することになったのである。舶来の文明品が最初に入ってくるようになった堺の町は、次第に我が国の文化の中心となっていった。そこには「堺文化圏」とでも称するべき様々な文化が興り、それらを担う多くの文化人が登場した。その文化のひとつが「侘《わ》び茶」を標榜した茶の湯であり、「隆達節歌謡」を筆頭とする様々な歌謡であり、さらには連歌・音楽・芸能・書道などであった。

ところで、後年隆達が僧として住むことになる顕本寺は、享禄五年（一五三二）六月に日本史上の大きな舞台となった。室町幕府管領であった細川晴元は本願寺第十世証如らに働きかけて、堺にいた三好元長を一向一揆衆に攻めさせた。当時三二歳であった元長は敗走し、遂に顕本寺で自害を遂げたのである。晴元に遺恨を抱いた末期《まつご》の元長は、顕本寺の天井に自らの内臓を投げ付けたという。それが血天井伝説となって、近代にまで伝承された。これは隆達満五歳の折に起こった大事件であった。正確な年代を示す資料はないものの、そんな隆達が約二〇年ほど後には、この寺に入ることになったものと推定される。

元長の嫡男は畿内一帯を勢力下に置いた実力者三好長慶である。長慶は父の菩提を弔うため、弘治二年（一五五六）六月、顕本寺で二十五年忌千部経供養を営んだ。おそらく隆達が顕本寺に入って間もなくのことであったものと推定される。隆達が「隆達節歌謡」と称される歌謡によって一世を風靡するのは、さらに四〇年も先のことであるが、隆達と戦国の雄三好家父子とは、堺の顕本寺という空間軸で複雑に交錯を繰り返していたことになる。

長慶は武将として優れた才を発揮したが、それのみならず文芸の世界、とりわけ連歌の上手として著名であった。ここに長慶にまつわるひとつの鮮烈な逸話がある。永禄五年（一五六二）三月、三好軍は永原重隆らの六角軍と合戦を行った。この合戦の途中、長慶の弟三好実休（義賢）が根来寺衆徒の撃ち放つ鉄砲の流れ弾に当たり、非業の死を遂げることとなってしまった。折しも長慶は、お抱えの連歌師であった宗養や紹巴《じょうは》らと連歌会《れんがえ》を催していた。その一座は「葦間《あしま》にまじる薄《すすき》一むら」（一説に「薄にまじる葦の一むら」）という句に続く一句を付けあぐねていた。そんな中、弟の戦死の報に接した長慶が従容として「古沼の浅きかたより野となりて」という見事な句を付け、時をおかず自ら戦場に馳せたという。三好実休は堺で開かれた天王寺屋津田家の茶会にしばしば参会しており、茶人としての評判も高い武将であった。長慶、実休の兄弟の堺における活動を散見しただけでも、二人が種々の教養に精通していた様子が明瞭に見て取れる。堺にはそのような教養を支える厚い文化圏が形成されていたのである。

ところで、三好長慶の部下に、松山新介という名の諸芸に精通した武士がいた。新介は当時堺にいた武士たちから所望されて宴席に赴き、小鼓・尺八・早歌などを披露して喜ばれていたという。小瀬甫庵《おぜほあん》『太閤記』(2)は次のように記す。

永禄年中に松山新助と云し、三好家にをひて爪牙之臣に備りし者は、其初本願寺に番士などつとめ居たりしが、素性ゆうにやさしく、毎物まめやかに、万の裁判もおさおさしう、小鼓・尺八・早歌に達し、酒を愛して興有し者なり。其比泉州堺之津にして、三好家或方々之勇士、或其家々にをひて司有者共、此新助を呼出し、酒呑で浮世忘ん。互に戦場に可レ赴《おもむくべき》身なり。寔《まこと》に無《なき》は数そふ世に在て、何を期せんや。唯隙々求め遊び戯れんと云つつ、敵味方堺の南北に打寄酒など愛し興ずる時は、必松山をいざなひ出し慰しなり。

松山新介（甫庵『太閤記』では「新助」と表記）の活躍時期は、引用記事の冒頭にあるように、永禄年間（一五五八～七〇）のことであった。この時期は三好長慶の全盛期と言える時期に当たり、新介も長慶の家臣として堺を本拠に活動していた。新介は元は「本願寺」で「番士」を勤めていたとされるように、若い時に新興文化都市堺の先輩格に当たる文化の中枢基地京都の名刹「本願寺」の空気を吸っていたのである。そこで身に付けた芸能と生来の人柄の素晴らしさがあいまって、堺の人々に愛され、多くの宴席に招かれた。そして、それらの宴席で披露した座興によって、人々は儚い戦国の浮世で、一時の慰安を得たという。ここに記述された「寔に無は数そふ世に在て、何を期せんや」「唯隙々求め遊び戯れん」は、当時の人々の無常観を端的に表現したものである。室町時代後期に興り、一世紀以上にわたって愛唱された流行歌謡の室町小歌には、この無常の精神を反映した歌詞を持つ歌が数多く見られる。代表的な例として、『閑吟集』の「何《なに》せうぞ、くすんで、一期《いちご》は夢よ、ただ狂へ」（五五〈狭義小歌〉）を筆頭に、「夢の浮世にただ狂へ」（『慶長見聞集』巻五）、「夢の浮世をぬめろやれ、遊べや狂へ皆人」（『恨の介』上巻）などがあるが、本節で詳述する「隆達節歌謡」にも、「泣いても笑うても行くものを、月よ花よと遊べただ」（三〇三〈小歌〉）[3]が見られる。

松山新介の足跡は、津田宗達の茶会記にも残されている。それは『宗達自会記』[4]天文二〇年（一五五一）一一月二一日朝の次のような記録である。

人数　松山新介　岩成力介　中西　宗好
一ゐるり　平釜
一タイス　桶　かうし　杓立
一床　かたつき　天目、袋ニ入テ、貝台ニ、但、長盆ニ、
　茶、無上
其後、豊州（三好実休）再々御出仕、丸絵も御めにかけ候、つり物を進之候

新介を主客としたこの茶会には、同じく三好家の有力家臣と目されていた岩（石）成力介も同席していたが、注目すべきは茶会終了後に、三好実休がやってきたという記述に他ならない。永禄年間より前の天文年間（一五三二～五五）という早い時期に、三好家にかかわる人物たちが、堺文化圏の中枢を担った天王寺屋津田家の茶席に参会していたことが、確認できるわけである。

永禄年間の隆達は、満年齢で三一歳から四三歳であった。まさに、人生でもっとも充実した時期と言えよう。新介の年齢も隆達とそれほどの違いはなかったものと推定され、堺という空間を共にした二人の間に、何らかの面識があったことは十分に想定できる。前述したように、新介の主に当たる三好長慶が、顕本寺と深いかかわりを持っていたことを考え合わせれば、早歌という歌謡に秀でた新介は、その世界において、隆達の先輩格に位置付けることも可能である。実は「隆達節歌謡」の中にも「草歌」という名称で分類される歌謡群が存在するが、これは「早歌」の同音による当て字と考えられる。隆達の「草歌」は、新介の早歌から何らかのヒントを得た可能性がある。すなわち、茶の湯の世界ともかかわりを持った三好家の家臣松山新介の精神が、歌謡を通して隆達に受け継がれた可能性が考えられるのである。

三　隆達周辺の茶の湯――高三家の人々――

次に、隆達の一族である高三家の人々と、茶の湯とのかかわりを概観しておきたい。
まず、隆達の父とされる高三隆喜（高三三郎左衛門）は、茶人としても知られた人物であった。『宗達他会記』によれば天文一八年（一五四九）一一月二八日朝と、翌天文一九年一一月七日朝には「高三左会」と記されており、隆喜主催の茶会が開かれ、津田宗達が参会したことが確認できる。時に隆達は二二、三歳の青年期を迎えていた。この他にも、宗達が出席しなかった隆喜主催の茶会があったものと推測される。また、『宗達自会記』『宗達他会記』によれば、隆喜は天文一七年（一五四八）から二〇年の間に、記録上確認できるだけで、少なくとも八回は他家主催の茶会に参会している。

続いて高三家一族の人と思われる人物で、堺の会合衆を務めた高三隆世は、天正二年（一五七四）三月二四日の相国寺における信長茶会に参会している。この茶会には、隆世の他、千利休、今井宗久、津田宗及、山上宗二、紅屋宗陽、塩屋宗悦、茜屋宗左、松江隆仙、油屋常琢といった錚々たる堺の町衆が参会しており、これらの人物たちが会合衆を務めていたのではないかとの推測がなされている。なお、隆世は津田宗及の茶会にも参会している。

さらに『宗及自会記』に名前が見える高三姓の人物に、高三乗春、高三隆春、高三藤兵衛などがおり、いずれも隆達と血縁関係があった人々と考えられる。隆達の周囲には、堺文化圏に属して、茶の湯を嗜む親族が大勢いたのである。

四　隆達周辺の茶の湯――隆達交遊圏の人々――

次に、隆達と直接的に文化的な交流のあった人々を調査していくと、茶の湯とのかかわりが深いことが知られる。隆達は「隆達節歌謡」の歌詞を記し、その右傍らに節付けした歌本を多く残しているが、それら歌本には、贈った相手の名前が宛名として記されている場合が多い。稿者はそれらの宛名の人物を調査し、比定する作業を続けてきた。そして宛名の人物と隆達との間には、文化的な交流があったと認定し、隆達の交遊圏を具体化した。その結果、隆達交遊圏内にあった人物の多くは、茶の湯にも造詣が深かったことが判明した。

宛名の人物の中で、特に茶の湯とかかわりを持つ可能性のある人物としては、「宗丸老」「すみ屋道於老」「淀屋善三殿」が挙げられよう。これらの人物についての具体的な考証は、既に「隆達―説話・歌本・交遊圏―「宗丸老」「すみ屋道於老」「淀屋善三殿」をめぐって―」（『日本歌謡研究』第二四号〈一九八五年五月〉／『「隆達節歌謡」の基礎的研究』〈一九九七年・笠間書院〉第一部第二章第二節所収）において行ったので、ここでは以下に概略を述べるに留める。

「宗丸老」については、千利休の茶会記『利休百会記』天正一八年（一五九〇）一一月九日昼に名前が記載される針屋（播磨屋とも）宗丸に比定した。針屋宗丸は後代のものではあるものの『茶人大系譜』（文政九年〈一八二六〉自序）にも見えている。隆達が「宗丸老」に歌本を贈ったのは、その年紀から文禄二年（一五九三）のことで、『利休百会記』に名前が記載された天正一八年とは、わずかに三年の隔たりがあるのみである。利休、宗丸、隆達の三人が同じ堺の町に在住していたという観点からも、三人揃って堺文化圏に所属していた町衆と考えてよいであろう。

「すみ屋道於老」は、隆達が慶長四年（一五九九）八月の年紀とともに記した宛名である。この人についての詳細は不詳であるが、「道於」という名前は『明翰抄』（続群書類従本）第四一の「堺連歌師」の項に見える。また、『顕伝明名録』にも「堺連哥師」として登録されている。しかし、人名の一字目によって索引のように検索できる別本の『明翰抄』にも、「道於」は掲載されているが、その項には「堺　蜂屋」という説明書きが存在する。すなわち、『明翰抄』（続群書類従本）や『顕伝明名録』に見える「道於」は、蜂屋道於である可能性が高い。屋号が「すみ屋」ではないこの人は、隆達が歌本を贈った道於とは別人であろう。しかし、「蜂屋」と「すみ屋」という商人としての屋号を共に冠して呼称されるこの二人は、同じような身分階層に属していたことが推測できる。

そこで改めて「蜂屋道於」の人物像を明確にすることによって、もう一方の「すみ屋道於老」の輪郭の、少なくともその一部分を明らかにすることが可能であろう。堺の町衆連歌師であった蜂屋道於は、果たして茶の湯の造詣も深かったようである。『宗達他会記』によれば、永禄四年（一五六一）一二月四日朝に、『宗及他会記』によれば、永禄一二年（一五六九）一二月二六日朝に、「はちや道於」主催の茶会が開かれたことが知られる。また、「蜂屋道於」は他家で行われた茶会にも多く参会している。さらに『松屋名物集』にも、堺の町衆茶人の名が並べられている中に、「道於　角柱掛青磁花入」とある。以上の様々な記述からすれば、「蜂屋道於」は町衆連歌師としてだけでなく、町衆茶人としても活躍していたことになる。隆達が歌本を贈った「すみ屋道於老」も、おそらく「蜂屋道於」と同様に、堺の商人で連歌や茶道、さらには歌謡にも親しんだ文化人であったものと考えられる。

「淀屋善三殿」は大坂の豪商淀屋の関係者であろう。隆達と同時代に生存していた淀屋の当主は、初代常安と二代目の个庵《こあん》（言当）である。个庵は連歌や茶の湯に秀で、戯画や狂歌の世界でも活躍した。また、个庵は古今伝授を受けたが、それは「堺伝授」と称される系統の伝授であった。个庵も客員的存在ながら、堺文化圏に属していたと言ってよい。隆達が歌本を贈った相手は淀屋善三であり、それが个庵と同一人物か否かについては、現時点では明らかにし得ないが、いずれにしても「淀屋善三殿」の人物像は、堺文化圏に属し、茶の湯の嗜みもあった人と想定することが可能である。

以上、隆達が歌本を贈った「宗丸老」「すみ屋道於老」「淀屋善三殿」は、いずれも堺文化圏と深くかかわり、茶の湯の世界でも活躍した人物であるものと推定できるのである。

五　隆達周辺の茶の湯――隆達説話中の人物――

隆達には、数多くの説話が生み出された。それらについては小著『「隆達節歌謡」の基礎的研究』（一九九七年・笠間書院）第一部第二章第一節の中で、種々相を紹介し検討を重ねたので、ここでは重複を避けるが、隆達周辺の人物と茶の湯との関係という観点から、『堺市史』第二巻本編第二・第二四章第五節に掲載された『鹿野氏系図』（成立年代不詳）を取り上げておく。同書の伝本はこれまで管見に入らず、直接披見して確認することができない。したがって『堺市史』からの引用という形でしか紹介できないが、その中に次のような内容の記述が見られたという。

隆達の女を妻としてゐた宗無が、隆達の為めに一重（節）切を吹いたが、其調が妙で、聞くものの心耳を驚かしたといつて笛に合せて謡つた。

この記述によれば隆達には娘がおり、その娘が宗無の妻であったことになる。(5) ここに登場する宗無とは、住吉屋山岡宗無のことを指すであろう。山岡宗無は松永久秀の庶出の子と伝えられる人物で、茶人として著名であった堺の町衆である。『鹿野氏系図』の信憑性は必ずしも高いものとは言えないが、このような記述の存在は、隆達と宗無が共に同時代の堺に住み、同じ文化を共有していたところから生じたものであろう。隆達の生活環境は、茶人として名を馳せた宗無と近似するものであったことが窺われるのである。

六　隆達と茶の湯

それでは、隆達自身の茶の湯とのかかわりについて考えていきたい。残念ながら管見に入った限り、茶会記類に隆達の名前は見えない。しかし、隆達本人にかかわる様々な記述から、隆達と茶の湯との関係が、けっして浅くはないことが推測できる。

まず、山岡浚明『類聚名物考』(6)（安永九年〈一七八〇〉以前成立）には、「隆達和泉国堺に住しよし。連歌は牡丹花などの流なるべし」とあり、前述した隆達の交遊圏内にあった人々と同様に、連歌を嗜んだ旨が記される。また、『類聚名物考』は他書から関連記事を引用する類書であるが、隆達に関する項目には、次のような『桐隠随筆』（享保一五～一六年〈一七三〇～三一〉刊）の記述が引用されている。

又申云、堺の隆達月落軒と申候。連歌師にて能書、音声有之由、此うたひ物を隆達と申候。如何是も雑芸などの類にて候哉。仰云、隆達はつねの小哥の類也。しかれども今時の小哥とは格別也。

ここで隆達の号を「月落軒」としているのは誤りであるが、「連歌師にて能書」とあるのは見逃せない。「隆達節歌謡」の断簡は、しばしば古筆切として珍重され、古筆手鑑にも押されたが、それらの断簡に附属する極札には、隆達を「堺連歌師」とする例も散見する。隆達を「連歌師にて能書」と捉えるのは、後代の一般的な判断であったことが窺える。

以上の記述からもわかるように、隆達はその出自や交遊圏から考えても、連歌や茶の湯の嗜みがあったことは容易に推測できるのである。

七　「隆達節歌謡」と茶の湯

次に、隆達の残した歌謡である「隆達節歌謡」と、茶の湯との関係を確認していきたい。

「隆達節歌謡」の中には、茶掛の掛幅とされた断簡が存在する。現在七葉のツレの存在が確認されている「角倉素庵筆茶屋又四郎宛（本阿弥光悦下絵）断簡」や、明治・大正・昭和にかけて、茶人として知られた小林一三旧蔵の「年代不詳七首断簡」（逸翁美術館蔵）などが、それに当たる。これらの断簡については、小著『「隆達節歌謡」の基礎的研究』（一九九七年・笠間書院）第二部第一章及び『「隆達節歌謡」全歌集　本文と総索引』（一九九八年・笠間書院）において詳述したので、それらの小著に譲り、ここではそれらの存在を確認するに留める。

さてここで、「隆達節歌謡」の詞章そのものに見られる茶の湯の心について考えてみたい。ここで言う茶の湯の心とは、しばしば禅の心にも通じるものである。しかし、その前にまず文芸における茶の湯の心について確認しておきたい。堺の町で確立された茶の湯は、いわゆる「侘び茶」である。それは堺に出た武野紹鷗が、先師村田珠光の教えを発展させて作り上げた茶の湯であり、後に茶道とまで称されるに至る精神世界を伴った壮大な宇宙観に他ならない。紹鷗は文学を三条西実隆に学び、その世界への造詣も深かった。とりわけ藤原定家の歌論書『詠歌大概』を愛読し、そこに記された和歌創作上の秘訣である「古い言葉に新しい心を盛る」ことを、茶の湯の世界にも応用した。

武野紹鷗の発言を伝えるもっとも有名な記述に、『南方録』(7)覚書の、次のような一節がある。

紹鷗、わび茶の湯の心は、新古今集の中、定家朝臣の歌に

見わたせば花も紅葉《もみじ》もなかりけり

浦のとまやの秋の夕ぐれ

この歌の心にてこそあれと申されしとなり。花紅葉は則《すなはち》書院台子の結構にたとへたり。その花もみぢをつく〴〵とながめ来りて見れば、無一物の境界、浦のとまやなり。花紅葉をしらぬ人の、初よりとま屋にはすまれぬぞ。なが め〳〵てこそ、とまやのさびすましたる所は見立たれ。これ茶の本心なりといはれしなり。また、宗易、今一首見出したりとて、常に二首を書付、信ぜられしなり。同集、家隆の歌に

花をのみ待らん人に山ざとの
雪間の草の春を見せばや

これまた相加へて得心すべし。世上の人々そこの山かしこの森の花が、いつ〳〵さくべきかと、あけ暮外にもとめて、かの花紅葉も我心にある事をしらず。只目に見ゆる色ばかりを楽むなり。山里は浦のとまやも同前のさびた住居なり。去年一とせの花も紅葉も、こと〴〵く雪が埋み尽して、何もなき山里に成て、さびすましたまでは浦のとまや同意なり。さてまたかの無一物の所より、をのづから感をもよほすやうなる所作が、天然とはづれ〳〵にあるは、うづみ尽したる雪の、春に成て陽気をむかへ、雪間のところ〴〵に、いかにも青やかなる草が、ほつ〳〵と二葉三葉もへ出たるごとく、力を加へずに真なる所のある道理にとられしなり。歌道の心は子細もあるべけれども、この両首は紹鷗、利休茶の道にとり用ひらるゝ心入を聞覚候てしるしをく事なり。かやうに道に心ざしふかくさま〴〵の上にて得道ありし事、愚僧等が及ぶべきにあらず。

この一節は、侘び茶の創始者紹鷗と、その継承発展者利休の茶の心を端的に伝える記述として、よく知られている。侘び茶の精神を和歌によって示した逸話である。紹鷗は『新古今和歌集』所収藤原定家の「見わたせば……」を、侘び茶の心を示す歌とした。その説明として次のように述べる。すなわち、正式の茶道では使用する道具一式

（台子）を書院に飾るが、その豪華さはまさに「花紅葉」に喩えるべきものである。一方、侘び茶では特別な道具を何ら用いないが、常日頃から立派な台子を眺めている人にとっては、そんな侘び茶の世界は、まさに「浦のとまや（苫屋）」に譬えられるものと言える。「花紅葉」の世界を知らない人が、最初から「浦のとまや」に住むことはできない。それは「花紅葉」の世界を知り尽くした人こそが、「浦のとまや」の徹底した枯れた味わいの素晴らしさを真に理解できるからである。そして、これこそが「茶の本心」なのであると。

また、宗易（利休）も侘び茶の心を表現した和歌を、さらに一首発見したと言って、同じく『新古今和歌集』所収の藤原家隆の「花をのみ……」の和歌を大切にしたと言う。春になると世間の人々が、どこそこの桜の花はいつ咲くのかと夢中になり、ただ美しい花盛りを見ることに執着する。しかし、「浦のとまや」と同じように、寂びた住居である「山里」では、去年美しく咲いた桜花や鮮やかに色づいた紅葉の映像は、今ではすっかり雪に埋もれて、その残像さえも一切消え果て、何もない寂びの極致といった風景になっている。そんな「山里」は、まさに「浦のとまや」と同じである。侘び茶の無一物の世界から、自然に感慨を呼ぶ所作が生じることは、「山里」をすっかり覆い尽くした雪が春になって暖かくなると、次第に解け始め、隙間から青草が芽を出すように、一切の力を加えずに真の道理に至ることに他ならない。このように家隆の歌は、侘び茶の心に通底しているのだと説明される。

ここに記された侘び茶の精神とは、いったいいかなるものであるのか。まず、侘び茶を端的に示すキーワードは「無一物」である。華美な道具を一切使わず、そればかりか最低限の道具によって茶を立てるのである。それは一切の物や形を廃し、心のみによって茶を立てることを意味する。心の深さを評価できる人にとっては、豪華な道具などはまったく無意味なものである。このように侘び茶の本質は、心の深さにあり、また「花紅葉」に譬えられる華美な道具は一切用いない。譬えて言えば、「浦のとまや」や「山里」のような質素で飾らないスタイルを特徴とした。紹鷗、利休はあえて「浦のとまや」や「山里」の方に焦点を合わせ、その枯れた素晴らしさを強調して見せる。これは華美、贅沢を求める欲望多き人間への強烈なアンチテーゼであった。

しかし、ここで注意したいのは、侘び茶の「わび」の境地が単なる枯れたものへの逆説的な志向によるものではないという点である。定家が「花も紅葉もなかりけり」と詠み、家隆が「花をのみ待」つと歌うとき、そこには花や紅葉の鮮やかで美しい映像が目の前に出現する。それらの和歌を文字で黙読し、また声に出して読んで鑑賞する人々、さらには詠唱されたそれらの和歌を聞く人々の脳裏にも、一瞬のうちに花や紅葉の鮮烈な映像が湧き起こってくる。そして次の瞬間、その映像は消えてしまう。しかし、そこには確かな残像が残されている。その残像の明度によって、「浦のとまや」や「山里」の「わび」が心の中の目の作用を喚起し、それまでとは異なる新たな価値を持って輝いて見えるのだ。「わび」とは初めから何もない、ただ枯れて貧しい心やものを指す言葉ではない。豊かで美しい世界に逆照射されて、新たな価値が認識された極限の省略の世界に宿る心を指す語なのである。それはまた何気ない日常の中に潜み、見える者のみが見ることを許された精神世界の深い心に他ならない。

ところで、「隆達節歌謡」とはどのような歌謡であろうか。管見では詞章を中心としたその歌謡世界が「わび」の心と深く繋がっているものと考える。例えば「ただ遊べ、帰らぬ道は誰も同じ、柳は緑、花は紅《くれなゐ》」（「隆達節歌謡」二四〇〈小歌〉）は、後半に禅や茶の湯の掛物で用いられることが多かった「柳緑花紅」を和語に和らげた詞章が置かれている。ある意味では、これだけでも茶掛けにふさわしい詞章であるが、さらにこの歌の前半には、戦国の世の無常観を端的に示す「ただ遊べ、帰らぬ道は誰も同じ」が置かれる。これは前掲の「隆達節歌謡」三〇三番歌「泣いても笑うても行くものを、月よ花よと遊べただ」と軌を一にする歌と言える。前半の享楽的な浮世観は美しい「花紅葉」を堪能する価値観と相通じるものがある。「隆達節歌謡」には「月よ花よと暮らせただ、ほどはないものうき世は」（二七五〈小歌〉）、「花よ月よと暮らせただ、ほどはないものうき世は」（三五二〈小歌〉）という同工異曲の歌謡が存在し、美しさの象徴である「花」や「月」を堪能する享楽的な世界観を歌った例が見られる。しかし、二四〇番歌はそれを自然なことと評する「柳は緑、花は紅」を後半に置くことによって、価値の転換を図る。すなわち、柳は緑色が本来自然に具わっている本質的な色であり、また花も紅色が自然の色だと言うのである。柳や花は特別に飾り立てているわけではない、それぞれに与えられたごく自然の生を生きているに過ぎないのだと。転じて「花紅葉」の美しさも、それは自然が本来持っている本質に過ぎず、華やかさや美しさゆえに評価しようとするのは、人間の賢しらに他ならないのだと。たとえ「花紅葉」を美しいと感じてしまうのが、どうしようもない人間の性《さが》だとしても、その華やかで美しいものの対極の存在として捉えられてしまう「浦のとまや」「山里」を、質素であるがゆえに価値のないものと断ずるのは、これまた人間の賢しらであろう。「浦のとまや」も「山里」も、それぞれ天然自然の本質を持って存在しているゆえに、「花紅葉」の華やかさとは異なる美しさを持っているのである。その美しさは、表面的な華やかさとは無縁な、内面的で本質的な心の深さ、すなわちそれこそが「わび」に他ならない。「隆達節歌謡」には「梅は匂ひ、花は紅、柳は緑、人は心」（四五八〈草歌（春）〉）という歌謡もある。人間における本来の美的本質は、心の深さであると歌っている。

隆達が享楽的な人生観を歌うとき、それは必ず人の世の無常、儚さを背景に描く。前掲の三〇三番歌「泣いても笑うても行くものを、月よ花よと遊べただ」（小歌）もそうであったが、有名な「あら何《なに》ともなの、うき世やの」（草歌〈雑〉）という歌にも、無常というこの世の定めから逃れられない人間としての哀しみが歌われている。考えてみれば「花紅葉」の盛りの時期はあまりにも短く、その華やかな記憶のみが残像のように心の中に残されている時間の方が遥かに長い。その残像の照り返しによって、浮き彫りにされた枯淡の世界は、色や形の素晴らしさではなく、心の深さを尺度とする。人が無常の世を常住と捉えようとする時には、変わることのない永遠不滅の思想や心を求める。その意味で「柳緑花紅」は無常の中の常住であり、「わび」もまた無常の中の常住に他ならないのである。

「隆達節歌謡」には恋歌が多い。その中に「添うたより添はぬ契りはなほ深い、添はで添はでと思ふほどに」（二二六〈小歌〉）、「添うて退く身はある慣らひ、添はで思ふはなほ深い」（二二七〈小歌〉）という類似する表現および内容を持つ二首の歌謡がある。(8) 相思相愛の関係で結ばれる恋よりも、遂に連れ添うことのできない恋の思いの方が、遥かに深い思いであることを歌うが、これら二首はいわば恋愛の真髄に触れる内容の歌謡と言える。このような歌はそれまでの日本の詩歌史上ほとんど類例を見ない抒情である。和歌にも恋愛の相手の心が自分から離れてしまった嘆きを歌う例は古来枚挙にいとまがない。しかし、結ばれない恋を歌う際、前掲二首の「隆達節歌謡」のように、自らの心を客観的対象として、深い抒情を籠めて歌う歌は皆無と言っても過言ではなかろう。これを侘び茶の精神と重ね合わせて見るとき、両者にはその底流に共通点を持つことが確認できる。すなわち、愛しく想う人と添い遂げるという「花紅葉」に譬えるべき状態の時よりも、遂には添うことの叶わない「浦のとまや」「山里」の状態である時こそが、恋の奥深さや本質を味わうことになるというのである。恋愛の切なさを歌うこれらの歌謡こそ、究極の恋歌であり、「わび」にも通じる人の心の深みであろう。

考えてみれば日本文学のひとつの伝統に無常観があり、絶頂を過ぎたものへの深い造詣の精神や、目に見えないものを想像の力で遠く、深く思いやることへの志向があった。その精神を表現した文章の典型例は、次の『徒然草』(9) 一三七段（流布本）であろう。

花はさかりに、月はくまなきをのみ見るものかは。雨にむかひて月を恋ひ、たれこめて春の行方知らぬも、なほあはれに情ふかし。咲きぬべきほどの梢、散りしをれたる庭などこそ見所多けれ。歌の詞書にも「花見にまかれりけるに、はやく散り過ぎにければ」とも、「障る事ありてまからで」なども書けるは、「花を見て」と言へるにおとれる事かは。……（中略）……万の事も、始め終りこそをかしけれ。男女の情も、ひとへに逢ひ見るをばいふものか。逢はでやみにし憂さを思ひ、あだなる契りをかこち、長き夜をひとりあかし、遠き雲井を思ひやり、浅茅が宿に昔をしのぶこそ、色好むとは言はめ。望月のくまなきを千里の外までながめたるよりも、暁近くなりて待ち出でたるが、いと心深う、青みたるやうにて、深き山の梢に見えたる、木の間の影、うちしぐれたる村雲がくれのほど、またなくあはれなり。……（中略）……すべて、月・花をば、さのみ目にて見るものかは。

ここに記されているのは、まさに心の中の世界観に他ならない。絶頂を知る者が既にそれとは異なるもの、またそれを過ぎたものを目の前に見、心の中にある絶頂時の残像と比較して感慨を懐くのである。すなわち、無常のために変化してしまった現実のものを目の前にし、心の中に焼き付けられて、保存された完全なる状態を想うことによって生じる感慨の深さを説いていることになる。兼好によって文章化されたこの精神は、目には見えないものを想像の力によって遠く、深く思いやることを志向した中世の日本知識人たちが共有していた思想であろう。この思想が茶の湯の世界にももたらされ、村田珠光、武野紹鷗、千利休と発展継承された侘び茶の心に繋がっていく。一方で、日本の詩歌の世界でもこの精神は育てられ、遂には熟成して「隆達節歌謡」の恋愛観へも展開していったのである。前掲の『徒然草』では恋愛についても「男女の情も、ひとへに逢ひ見るをばいふものか。逢はでやみにし憂さを思ひ、あだなる契りをかこち、長き夜をひとりあかし、遠き雲井を思ひやり、浅茅が宿に昔をしのぶこそ、色好むとは言はめ」と断じる。思えばここに描かれた恋愛観は、日本的情念として詩歌の世界で生き続け、「隆達節歌謡」を経由して遥かに今日の演歌の世界にまで連綿と続いていると言える(10)。

おわりに

堺の町衆であった高三隆達は、工夫を凝らした節付けを伴った「隆達節歌謡」によって一世を風靡し、没後も長く我が国における近代芸能の始祖として崇敬された。隆達は同時代の茶人や連歌師などと共に、堺文化圏の担い手として活躍したが、「隆達節歌謡」の詞章にも堺文化の影響が色濃く反映している。そのひとつに侘び茶の精神――「わび」の心――がある。「わび」の心は無常に裏打ちされたもので、変化してしまった現実のものを目の前にし、心の中に焼き付けられ、保存された完全なる状態と比較することによって生じる深い感慨である。これこそが茶の湯や「隆達節歌謡」を通して、堺文化圏が育み完成させた日本人の精神文化に他ならない。

注

（1）引用は『続々群書類従』第八巻所収本文による。
（2）引用は岩波新日本古典文学大系所収本文による。
（3）「隆達節歌謡」の引用ならびに歌謡番号は小著『「隆達節歌謡」全歌集　本文と総索引』（一九九八年・笠間書院）による。
（4）茶会記の引用は『茶道古典全集』所収本文による。
（5）西山松之助は岩波文庫本『南方録』二二三頁「住吉屋宗無」脚注で「姓山岡、名は弥三、南渓と号した。堺で酒造を営み、妻は高三隆達の娘」とする。
（6）引用は国立国会図書館蔵写本による。
（7）引用は注（5）掲出岩波文庫本による。
（8）「隆達節歌謡」には多くの恋歌があり、内容も多岐にわたっている。その中には伝統的な恋歌とは一線を画するような内容の歌が多い。もちろん、すべての恋歌が「わび」の精神とつながっているわけではないが、「愛は誓うて添ひはせで、月よ花よと見たばかり」（一）、「面影は手にも溜まらずまた消えて、添はぬ情の恨み数々」（七八）、「思ひ切らうやれ、忘れうやれ、添はぬ昔もありつるに」（八八）、「笑止や、うき世や、恨めしや、思ふ人には添ひもせで」（二一九）のように、添うことが叶わないことを直接的に深い抒情を籠めて歌う歌群や、「相思ふ仲さへ変はる世の慣らひ、ましてや薄き人な、頼みそ」（一一）、「千歳旧るとも散らざる花と、心の変はらぬ人もがな」（二五九）などの恋の無常を歌う歌群、さらには「明日をも知らぬ露の身を、せめて言葉をうらやかに」（四）、「情あれただ朝顔の、花の上なる露の身なれば」（三一二）など、恋する我が身の無常を歌う歌群などがあり、すべて「わび」の心と通底している。

（9）引用は『完訳日本の古典』所収本文による。

（10）山本常朝『葉隠』に「恋の至極は忍恋と見立て候。逢ひてからは恋のたけが低し。一生忍んで思ひ死する事こそ恋の本意なれ。歌に「恋ひ死なん後の煙にそれと知れつひにもらさぬ中の思ひは」これこそたけ高き恋なれ」とある。

【参考文献】

小野恭靖『「隆達節歌謡」の基礎的研究』（一九九七年・笠間書院）

小野恭靖『「隆達節歌謡」全歌集　本文と総索引』（一九九八年・笠間書院）

小野恭靖「隆達・「隆達節歌謡」と茶の湯」（『茶と文芸』〈二〇〇一年・淡交社〉所収）

小野恭靖『韻文文学と芸能の往還』（二〇〇七年・和泉書院）

小野恭靖「『隆達節歌謡』の世界─近世芸能の始祖高三隆達とその歌謡─」（堺都市政策研究所編『フォーラム堺学』第一四集〈二〇〇八年三月〉所収）

小野恭靖『戦国時代の流行歌─高三隆達の世界─』（二〇一二年・中央公論新社〈中公新書〉）

7　俳文学作品に見る隆達・「隆達節歌謡」

はじめに

「隆達節歌謡《りゅうたつぶしかよう》」は一般に「隆達節」「隆達小歌」などと称される歌謡で、堺の顕本寺に住した高三隆達《たかさぶりゅうたつ》〈大永七年～慶長一六年〈一五二七～一六一一〉〉が歌い出して、安土桃山時代から江戸時代初期にかけての巷間を彩った一大流行歌謡である。稿者は「隆達節歌謡」に関する研究に携わり、以前に『「隆達節歌謡」の基礎的研究』〈一九九七年・笠間書院〉なる一書を上梓した。同書中には「「隆達節歌謡」と誹諧連歌」と題する一節を設け、「隆達節歌謡」と『誹諧連歌抄』〈『犬筑波集』〉との関係について考察した。また、別に「「隆達節歌謡」享受史年表〈慶長一六年〈一六一一〉～慶応四年〈一八六八〉〉」を作成して同書に収録し、管見に入った江戸期文芸中の隆達および「隆達節歌謡」に関連する多くの句や記述を位置付けた。そこに収録した江戸期文芸のうち、随筆と並ぶ大きな一群として俳文学作品があった。すなわち、江戸期において隆達および「隆達節歌謡」は、近代最初の芸能者とその芸能〈歌謡〉として注目され続けたと言ってよいが、とりわけ俳文学作品中で、注目を集めたことが指摘できる。詳しくは前掲小著〈以下、前著と呼ぶ〉、ならびに拙稿「「隆達節歌謡」の世界―近世芸能の始祖高三隆達とその歌謡―」〈堺都市政策研究所編『フォーラム堺学』第一四集〈二〇〇八年三月〉所収〉を参照いただきたい。

ところで、前著刊行後十数年を経て、当時作成した年表には漏れていた句や記述も複数見出された。そこで、本節では江戸期を中心とした俳文学作品に限定して、隆達および「隆達節歌謡」にかかわる記述を集成し、分類整理して提示することを目的としたい。

一　俳文学中に見る隆達・「隆達節歌謡」への言及

俳文学作品(1)の中には、隆達や「隆達節歌謡」に関する直接的な言及例が見られる。江戸期の俳人たちにとって、「隆達節歌謡」はきわめて関心の高い歌謡であった。その関心は音楽的なものというよりは、むしろ文学的なものであった。すなわち、早くに不明となった曲節よりも、歌本の中に書承された詞章の洒脱さの方に、深い関心が懐かれたのである。

以下、管見に入ったそれらの例を年代順に列挙して、簡単な説明を加えておく。なお、隆達・「隆達節歌謡」に関する記述部分には傍線を、「隆達節歌謡」の詞章の引用部分には波線を施す。また、後者に対応する実際の「隆達節歌謡」本文にも、同じく波線を施すこととする。(2)

【例1】

☆ふるきをしたふ中にりうたつが小うた見出て

独《ひとり》もゆくふたりも行候花の山　文鱗（『続虚栗《ぞくみなしぐり》』春之部六七　貞享四年〈一六八七〉）

これは「隆達節歌謡」の一首「独りも行き候、二人も行く、残り留まれと思ふ人も行き候」（「隆達節歌謡」三九〇〈小歌〉）を摂取した文鱗の句と、その前書の例である。作者文鱗は「隆達節歌謡」の古い歌本を見る機会を得て、この句を創作したのである。「隆達節歌謡」は慶長一六年（一六一一）に歌い手であった隆達を失って以降、急速に衰退し、既に貞享年間（一六八四〜八八）には曲節の実態が不明となっていた。しかし、隆達の名前だけは相変わらず有名で、隆達が残した歌本も数多く世に流布していた時期であった。この「独りも行き候……」という小歌は「隆達節歌謡」の中でも、きわめて著名な歌謡で、北川忠彦が「内百首」と呼んだ基本配列モデル一〇〇首の九九番目に位置している。管見に入った現存の「隆達節歌謡」歌本にも、一三種にわたって見られるから、江戸期においても「隆達節歌謡」のうちでは、比較的目に付きやすい歌謡であったものと推測できる。前書の「ふるきをしたふ中に」という文言に「隆達節歌謡」への追慕の念を読み取ることができよう。

【例2】

☆自庵隆達坊が一筆自作の証歌は、室君の手箱にのこりけるを、宗勲入道ひとよ切に吹合せて、今も世に、しげれ松山の風情をうたふとかや、烏《からす》が鳴けばもいのとや、家々酔賞のこよひとて、只一ふしをうめき出ば、……（以下略）（『焦尾琴』雅　元禄一四年〈一七〇一〉）

これは有名な記述で、前著においても詳述した。隆達自筆の歌本が室津の遊女の手箱に残っており、そこに記された詞章を大森宗勲〈元亀元年〈一五七〇〉～寛永二年〈一六二五〉〉の吹く一節切を伴奏として歌ったが、それは元禄の現在でも歌うことがあるらしいというのである。宗勲は当時随一の尺八の名手であった。この記事中に引用された詞章のうち、「しげれ松山」の方は確かに「いつも春立つ門の松、茂れ松山、千代も幾千代若緑」（『隆達節歌謡』三七〈草歌〈春〉〉）という歌の一節であるが、もう一方の「烏が鳴けばもいのとや」は、『業平踊歌』『万葉歌集』『松の落葉』『姫小松』各集所収歌謡の一節と考えられ、「隆達節歌謡」ではない。おそらく「鐘さへ鳴ればも往なうとおしやる、ここは仏法東漸の源、初夜後夜の鐘はいつも鳴る」（『隆達節歌謡』一二〇〈小歌〉）との混同による誤伝であろう。すなわち、「烏が鳴けばもいのとや」という詞章は「室君の手箱」の中の歌本には見られなかったはずで、その点の記述が不正確と言わざるを得ない。このあたりに、時代が降ったための影響が現われていると見るべきであろう。しかし、「隆達節歌謡」の歌本が「室君の手箱にのこ」されているという記述や、「家々酔賞のこよひ」という表現に、「隆達節歌謡」への深い思慕の念を汲み取ることができよう。

【例3】

☆隆達が破菅笠《すげがさ》しめをのかつら長く伝はりぬ。是からみれば、あふみのや。……（以下略）

（『暁台句集』上・春之部六七前書　文化六年〈一八〇九〉）

この記述は元禄期に活躍した絵師　英一蝶《はなぶさいっちょう》の「朝妻舟図」画賛を引用したものである。ここには隆達の歌った歌謡に「破菅笠しめをのかつら」なる詞章の一首があり、後代まで「長く伝」わっていたことが記されている。しかし、「隆達節歌謡」にこの詞章の歌はない。これは『糸竹初心集』（寛文二年〈一六六二〉刊）所収「すげ笠ぶし」の一節である。しかも、続く「是からみれば、あふみのや」という文句も『糸竹初心集』の中の「近江踊」という歌の一節なのである。一蝶は当時まだ歌われ続けていた『糸竹初心集』所収歌謡を、「隆達節歌謡」と誤解していたのである。「隆達節歌謡」は元禄時代に至ると、その実態がまったくわからなくなっていたことを示す資料と言える。なお、「隆達節歌謡」には「身は破《や》れ笠、来もせですげなの君や、懸けて置く」（「隆達節歌謡」四四二〈小歌〉）という一部類似した詞章の歌が見られる。いずれにしても、文化年間の成立である『暁台句集』は、一蝶の画賛をただそのままに引用するのみである。誤伝を多く含みながらも、隆達および「隆達節歌謡」の情報は江戸期の文人たちに愛され、リレーのバトンを渡すかのように、後代にまで受け継がれていったのである。

【例4】

☆りうたつ自筆の唱歌百余章、その奥に草歌と部をわけたるものまた百余章を続く。ある説に、この法師早歌といふものをうたひてと書けるは、この草と早との違るにや、いぶかし。入歯に声のしはがれてとおしまれけるも、幾むかしにかなりけむ。ちか頃は遺風の投ぶし、はし間の月にもうたふ人おぼろなるを、さる方の文車よりもとめ出て、いてうの古葉ひろふにたへず。樟脳のかほりをしのびたりけるに、桐生の月鴻や花のみやこの便にも見せばやと古郷のにしき雁字をめぐらして、此集ものには織入たりけり。その唱歌の中に、あら何ともなの浮世やの、あらなにともなきのふは過てふくと汁　翁、章句の風味てんとたまらぬ酔眼を見ひらきぬ。（『はいかい隆たつ』序　文化八年〈一八一一〉）

『はいかい隆たつ』は江戸期の俳人たちが、いかに隆達とその歌謡を珍重したかを端的に物語るもっとも重要な俳書である。文化八年閏二月に、月鴻という俳人によって刊行された。この俳書は、「隆達節歌謡」の諸伝本中最大の収録歌数を誇る「年代不詳三百首本」（現在、国立国会図書館所蔵）から二四首を直接透き写しして、墨譜とともに抄録しており、「隆達節歌謡」享受史上、もっとも注目される資料と言えよう。建部巣兆によって記された序文には「りうたつ自筆の唱歌百余章、その奥に草歌と部をわけたるものまた百余章を続く」と「年代不詳三百首本」の具体的な情報が見え、さらに「この法師早歌といふものをうたひてと書けるは、この草と早との違るにや」と記す。これは「隆達節歌謡」のうちの「草歌」が、テンポの速い歌を意味する「早歌」の音通による当て字であることを推測する内容であるが、現代の歌謡史研究において通説となっていることを、既に江戸時代後期の段階で指摘した記述としてきわめて注目される。歌本の伝来についても、桐生の俳人月鴻が「さる方の文車よりもとめ出」たことがわかる。そして「隆達節歌謡」の一首として紹介される「あら何ともなの浮世やの」は、確かに「年代不詳三百首本」の中に「あら何ともなの、うき世やの」（「隆達節歌謡」二六〈草歌（雑）〉）として収録されている。そしてこの歌謡に続けて、芭蕉の「あらなにともな（や）きのふは過てふくと汁」という『江戸三吟』（延宝六年〈一六七八〉）に収録された句を引用する。ここでは、芭蕉の句が「隆達節歌謡」を摂取して成立したものであることを暗示していよう。今日では「あらなにともな」という表現は、「融」「芦刈」「舟弁慶」「熊坂」などに見られる（具体的には後述）謡曲の常套表現で、芭蕉の句は必ずしも「隆達節歌謡」に拠ったものではないとされている。しかし、少なくとも月鴻や巣兆は「隆達節歌謡」の歌本を直接披見して、俳諧の先達芭蕉の句を想起し、芭蕉が

「隆達節歌謡」に拠ったものと推測したのである。江戸期の人々にとって、「隆達節歌謡」の詞章は歌本を通してしか得ることのできないものに過ぎなかったが、そこには思わぬ発見もあったのである。同様の例は石野広通が渋谷室泉寺蔵の「隆達節歌謡」歌本によって、幼時の赤本の判じ物になっていた歌謡「恋をさせたや鐘撞く人に、人の思ひを知らせばや」（「隆達節歌謡」一八〇〈小歌〉）が、「隆達節歌謡」であったことに気付いたという『蹄渓随筆』の記事もある。[3]

なお、『はいかい隆たつ』序に見える「入歯に声のしはがれて」は、後述する『阿羅野』（元禄二年〈一六八九〉）所収の冬文の「隆辰（達）も入歯に声のしはがるる」という句を引用したものである。

【例5】

☆隆達とすみれ二冊、しん上仕候。（『一茶集』書簡編・斗囿宛　文化八年〈一八一一〉五月）

この書簡の記述は、一茶が斗囿に『はいかい隆たつ』と『菫草』の合計二冊の本を貸すことを記したものである。同年に刊行された『はいかい隆たつ』を、一茶や周辺の俳人たちが、いち早く読んでいることが窺え興味深い。後述するように、一茶の連句集に一瓢が隆達の名を詠み込んだ句を残しているが、一茶のかかわった俳壇でも、隆達・「隆達節歌謡」は注目すべき存在であったことがわかる。

【例6】

☆隆辰（達）節面白かりける席上也。をうなどもとりどりに今宵ををしむ。

（『蔦本集《つたのもと》』三六四前書　文化一〇年〈一八一三〉）

七夕の夜、親しい者たちが集まった宴の席で「隆達節歌謡」が披露され、興趣があったという記述である。本来の「隆達節歌謡」は文化年間（一八〇四～一八）には、実態が忘れ去られて久しいので、ここに記された「隆辰節」は本来の「隆達節歌謡」ではないことは言うまでもない。つまりは、当時の俳人たちによって、これが「隆達節歌謡」だと思われる節付けで、勝手に歌われたものに過ぎないのである。しかし、歌本は残り、この直前の時期には『はいかい隆たつ』が刊行されて、「隆達節歌謡」の詞章のうち二四首が公に提供されているのであるから、曲節はともかく、詞章は「隆達節歌謡」本来のものであった可能性が高いであろう。

【例7】

☆むかし隆達がうつくしかりし声も入歯にしわがれ行たるに、次に出るもの江戸梁雲あり。

（『俳諧《はいかい》鼠道行《ねずみのみちゆき》』序　文化一二年〈一八一五〉）

この記述は前掲『はいかい隆たつ』序と同様、『阿羅野』所収の「隆辰（達）も入歯に声のしはがるる」という冬文の句を引用したものである。「江戸梁雲」は半太夫節を創始した江戸の浄瑠璃太夫で、初代の江戸半太夫（生年不詳～寛保三年〈一七三四〉）を指す。正徳年間（一七一一～一六）に剃髪し、坂本梁雲と号した。弟子に十寸見河東《ますみかとう》がいる。

二　俳諧作品中に見る隆達の名称

次に、俳諧作品中に隆達の名が詠み込まれた例を年代順に列挙し、一括して指摘していきたい。

【例8】

☆雨をふらす竜たつ節の田植歌　　長重（『俳諧洗濯物』（寛文六年〈一六六六〉）

【例9】

☆小六ころりと今はなきあと
りうたつと云づくにうがはやり出

小六がしに、かばねとなり申たれば、りうたつがはやり出たるとな。ここはかうより外はつくまいか。

（『清十郎追善奴俳諧』六八・六九　寛文七年〈一六六七〉）

【例10】
☆りう辰の年に小歌やうたひぞめ　　市村氏（『立志歳旦帳』延宝四年〈一六七六〉）

【例11】
☆堺を出て西海のなみ
りうたつへ哥の望《のぞみ》をなげきしに　　保有

（『物種集』七九四　延宝六年〈一六七八〉）（『二葉集《ふたばしゅう》』一三四二　延宝七年〈一六七九〉）

【例12】
☆立達や未来をうたふ千よの春　　正長

（『洛陽集』上一〇　延宝八年〈一六八〇〉）（『俳諧雑巾』延宝九年〈一六八一〉）

【例13】
☆隆辰も入歯に声のしはがるる　　冬文（『阿羅野』員外八二六　元禄二年〈一六八九〉）

【例14】
☆ふし似せてみん隆達がゆり落し　　言海（『俳諧うたたね』元禄七年〈一六九四〉）

【例15】
☆竜達の歌や鶯の出家落　　亀洞（『庭竈集』二五三　享保一三年〈一七二八〉）

【例16】
☆隆達が口にまかせし秋の月　　同（一瓢）（『一茶集』連句編一一六―五　文化一二年〈一八一五〉一〇月）

以上の例の中の隆達の名には、様々な漢字が当てられている。このうち、時代の比較的早い【例8】『俳諧洗濯物』の「竜たつ節」、【例10】『立志歳旦帳』の「りう辰」、【例12】『洛陽集』および『俳諧雑巾』の「立達」などは同音異義が意図的に掛けられており、それに沿った漢字表記が採用されているため、誤表記とは言えない。しかし、【例13】『阿羅野』の「隆辰」や、【例15】『庭竈集』の「竜達」は表記の必然性が認められず、本来の隆達の名の音に通じる他の漢字で代用しただけの観が否めない。隆達に対する思い入れという意味では、時代が降るにつれて徐々に翳りを見せ始めていると言ってよかろう。

三　俳文学中の「隆達節歌謡」摂取

次に、具体的な言及はないものの、俳諧作品中に「隆達節歌謡」の特徴的な表現や、語彙の一部が摂取された可能性のある例を挙げていきたい。ただし、これらの表現は、「隆達節歌謡」以外の中世以来の歌い物（例えば謡曲や狂言歌謡）などに見られる例も多く、必ずしも「隆達節歌謡」から直接的に摂取されたとは断定できないことを断っておく。

【例17】

☆さあうたへしげれ松山千世の宿　重頼（『犬子集』九四一　寛永一〇年〈一六三三〉）
☆高声でしげれ松山ほととぎす　信元（『崑山集』三〇八五　慶安四年〈一六五一〉）
☆さあうたへしげれ松山千代の声　重頼（『崑山集』四三八七　慶安四年〈一六五一〉）
☆揚屋には茂れ松山うたふらん　幾音（『宗因七百韻』三七六　延宝五年〈一六七七〉）

以上、四句を【例17】として一括して掲出した。これらの句の中には「しげれ松山」という表現が共通して見えている。これは早く『二根集』（文禄四年〈一五九五〉）に、次のように記述される歌謡と深くかかわる表現に他ならない。

☆北方、関何似斎にて、千句巻頭／海もうみしげりなのりそほととぎす　宗碩／宗長云。「しげれ松山」の
　小哥に似たりと云。

この指摘に関連する歌謡としては、次のような複数の室町小歌の例が指摘できる。

※茂れ松山茂らうには木陰に茂れ松山（『閑吟集』七〈狭義小歌〉）
※茂れ松山茂らうにや木陰で茂れ松山（『宗安小歌集』六一）
※いつも春立つ門の松、茂れ松山、千代も幾千代若緑（「隆達節歌謡」三七〈草歌（春）〉）

このうち三首目は「隆達節歌謡」の例であるが、『二根集』の成立時期から考えると、文禄年間末年から慶長年間に流行した「隆達節歌謡」の直接的影響はないと言えそうである。おそらく『閑吟集』や『宗安小歌集』の詞章が、直接的な典拠となったものであろう。しかし、【例17】に掲げた四句に関しては、むしろ「隆達節歌謡」とかかわる可能性が高いと考えられる。時代的にも『閑吟集』や『宗安小歌集』に収録された小歌は、既に遥か昔の歌謡となっていたであろうし、『犬子集』と『崑山集』には「隆達節歌謡」にも見られる「千代（世）」が併せて摂取されているからである。「しげれ松山」という詞章は、祝言の表現として中世以降の流行歌謡で長く歌われたが、「隆達節歌謡」でも歌われたことによって、俳諧作品中に摂取されたものと言えよう。

【例18】

☆春鳴は声もしゆんなり郭公《ほととぎす》　元次（『玉海集』六一　明暦二年〈一六五六〉）
※聞くもしゆんなり郭公、二人寝る夜はなほ（「隆達節歌謡」一三〇〈小歌〉）

「隆達節歌謡」の特徴的な表現である「しゆんなり郭公」が、『玉海集』所収の句に摂取されている例を掲出した。

「しゅんなり」とは、身にしみじみと感じることで、「隆達節歌謡」には「もののしゅんなは春の雨、なほもしゅんなは旅の独り寝」（四六四〈小歌〉）という歌もある。

【例19】

☆さらさらさつと風のたつ浪　友知（『時勢粧《いまようすがた》』三二四七　寛文一二年〈一六七二〉）

☆霰こそさらさらさつとふるすだれ　勝盛（『続山井』五二九一　寛文七年〈一六六七〉）

☆さらさらさつとさらにとんじやく　惟然（『二葉集《じょうしゅう》』六四一　元禄一五～一六年〈一七〇二～〇三〉）

☆彼岸経さらさらさつと埒あけて　同（一瓢）

（『一茶集』連句編一一五―七　文化一二年〈一八一五〉一〇月）

「さらさらさつと」という特徴的な擬音語を用いた句を四例掲出した。これらの句には、「世の中は霰よの、笹の葉の上のさらさらさつと降るよの」（「隆達節歌謡」五〇一〈小歌〉）という歌の詞章の影響が認められると考える。中でも『続山井』の例は「さらさらさつと」の他にも、「霰」「ふる」が共通しており、「隆達節歌謡」との関係はきわめて密接である。

【例20】

☆も往なうかいの鐘のおとまし　如自（『時勢粧』二七九一　寛文一二年〈一六七二〉）

☆もいのもいののわかれきのどく　宗因

（『宗因千句』八八〇　寛文一三年〈一六七三〉）（『二葉集《ふたばしゅう》』五二一　延宝七年〈一六七九〉）

☆鐘をひつさげもいのとおしやる　西花（『天満千句』三四六　延宝四年〈一六七六〉）

☆たまたまあふてなぜにいのとは（『物種集』二七三　延宝六年〈一六七八〉）

「も往（い）なう（の）」という特徴的な中世の口語表現が用いられた句を四例掲出した。これには「鐘さへ鳴れば、も往なうとおしやる、ここは仏法東漸の源、初夜後夜の鐘はいつも鳴る」（『隆達節歌謡』一二〇〈小歌〉）、「鐘は初夜、鳥は空音を鳴くものを、も往なうも往なうとは何の恨みぞ」（『隆達節歌謡』一二一〈小歌〉）という二首との関係が指摘できる。中でも、第一句目の『時勢粧』には、「鐘」という語も共通しており、きわめて密接である。

【例21】

☆あら何ともなや昨日は過ぎてふくと汁（芭蕉『江戸三吟』延宝六年〈一六七八〉）

☆花に趣向ああら何ともなや候（『近来俳諧風躰抄』延宝七年〈一六七九〉）

☆あらなにともな人は何とて秋の空　道立（『左比志遠理』一〇三一　安永五年〈一七七六〉）

「あら何（なに）ともな」という特徴的な中世口語表現を盛り込んだ句を三例掲出した。第一句目は芭蕉作の著名な句で、既に述べたように『はいかい隆たつ』序は「あら何ともなの、うき世やの」（『隆達節歌謡』二六〈草歌（雑）〉）の摂取例として紹介している。しかし、同時に次のような謡曲の一節に例が見られる。

※あら何ともなや、さてここをば何処としろし召されて候ふぞ（謡曲「融」）

※あら何ともなや候、このよしをやがて申さうずるにて候（謡曲「芦刈」）

※頼みても頼みなきは人の心なり、あら何ともなや候ふ（謡曲「舟弁慶」）

※あら何ともなや、誰と知らで回向はいかならん（謡曲「熊坂」）

すなわち、必ずしも「隆達節歌謡」だけからの直接的な摂取とは言えないものの、中世の口語として謡曲や歌謡を通して、近世にまで伝えられた表現の摂取例として注目される。

【例22】

☆人はよいよい何にてもやぶれ車でわがわるい（『二葉集《じょうしゅう》』六一一前書　元禄一五～一六年〈一七〇二～〇三〉）

これは句の前書として歌謡が紹介されている例である。歌謡詞章は「人はよいものとにかくに、破れ車よ輪が悪い」（「隆達節歌謡」三七四〈小歌〉）と小異があるが、その音数律（七〈三・四〉・五・七〈三・四〉・五）から、江戸期以前の古い伝承歌謡を紹介したものと判断できる。しかも、それが「隆達節歌謡」と見事に一致しているのである。また、この歌謡の眼目である「輪《わ》」と「我《わ》」の同音異義による〝しゃれ〟が、最初に用いられたのは「隆達節歌謡」に他ならない。その後、この表現は洒脱なものとして、江戸期の歌謡にも継承されたが、『二葉集《じょうしゅう》』と一致するものは管見に入らない。「隆達節歌謡」の詞章が一部替えられて歌われ、流行していたのを書き留めた可能性がある。いずれにしても「隆達節歌謡」の抒情を継承する詞章を書き留めた例として、看過できないものである。

以上の他、母利司朗(4)が指摘するように、貞門俳諧における「体言＋候」の表現は、「雪の上降る雨候よ、君は消え消えと、消え消えと」（「隆達節歌謡」四七五〈小歌〉）のような、室町小歌の流れを汲むものとして注意しておく必要がある。

四　俳文学と「隆達節歌謡」の共通性

前項では、俳諧作品中に「隆達節歌謡」の特徴的な表現や、語彙の一部が摂取された可能性のある例として、【例17】から【例22】までの合計六例を指摘したが、それより関係の希薄な例は枚挙にいとまがないほど指摘できる。すなわち、俳諧作品中の表現や語彙に、「隆達節歌謡」のキーワードのひとつとしても見られるものが、共通して使用されている例がこれに当たる。紙幅の関係で、以下数例のみを列挙しておく。なお、☆が俳諧作品の例で、※が「隆達節歌謡」である。

【例23】

☆さかぬまはしんきの花の盛哉　利次（『毛吹草』七六三　寛永一五年〈一六三八〉）

☆霜枯に咲は辛気の花野哉　宗房（『続山井』五五四五　寛文七年〈一六六七〉）
※心（辛）気の花は夜々に咲く、情の花の一夜咲かぬか（「隆達節歌謡」二二一〈小歌〉）

【例24】

☆独子《ひとりご》を月よ花よとあまやかし　昌房（『誹諧独吟集』一六三一　寛文六年〈一六六六〉）
☆月よ花よ起請を入る箱根山　西鶴（『俳諧大句数』四九　延宝五年〈一六七七〉）
☆月よ花よ遠く生るる子を捨て（『二葉集《ふたばしゅう》』一六九五　延宝七年〈一六七九〉）
☆月よ花よ諸魚実相のほとけじま　一雄（『松島眺望集』九八七　天和二年〈一六八二〉）
☆月よ花よとこそおもひ者　嘯山（『平安二十歌仙』一七〇　明和六年〈一七六九〉）
※愛は誓うて添ひはせで、月よ花よと見たばかり（「隆達節歌謡」一〈小歌〉）
※月よ花よと遊ぶ身でもな、あただうき世を捨てかぬる（「隆達節歌謡」二七四〈小歌〉）
※月よ花よと暮らせただ、ほどはないものうき世は（「隆達節歌謡」二七五〈小歌〉）
※泣いても笑うても行くものを、月よ花よと遊べただ（「隆達節歌謡」三〇三〈小歌〉）
※花よ月よと暮らせただ、ほどはないものうき世は（「隆達節歌謡」三五二〈小歌〉）

【例25】

☆池波のよるよる来るやおちひねり　幾音（『大坂独吟集』六一　延宝三年〈一六七五〉）
※唐崎の松かや我は独り寝て、波の夜々もの思へとは（「隆達節歌謡」一二八〈小歌〉）

【例26】

☆叶はざる恋をさせたやほととぎす　静真（『玉海集』一〇六八　明暦二年〈一六五六〉）
※恋をさせたや鐘撞く人に、人の思ひを知らせばや（「隆達節歌謡」一八〇〈小歌〉）

【例27】

☆さけやさけ実は成次第木々の花　長頭丸（『崑山集』一五三三　慶安四年〈一六五一〉）
☆露の世に身は成次第なり次第　宗隆（『時勢粧』三〇九二　寛文一二年〈一六七二〉）
☆ともかくも仕ぬる身よ成次第　維舟（『時勢粧』五九〇五　寛文一二年〈一六七二〉）
☆なり次第夕顔の実はふつつかに　維舟（『時勢粧』六六一三　寛文一二年〈一六七二〉）
☆もとよりも塵の身体成次第　維舟（『時勢粧』六七三三　寛文一二年〈一六七二〉）
☆身はなり次第荻のあれ庵《いほ》　松口（『功用群艦』六三九　延宝七年〈一六七九〉）
※夢のうき世の露の命のわざくれ、なり次第よの、身はなり次第よの（「隆達節歌謡」四八五〈小歌〉）

以上の他、「柳は緑、花は紅」「木曽の梯《かけはし》」「伊勢編笠」「年寄れば」「異なもの」「十七八」などの表現は、「隆達節歌謡」と俳諧作品に頻出する。一種の慣用的表現として、共通性があったものと考えられる。また、「隆達節歌謡」五一八（小歌）の「会者定離、誰も逃れぬ世の中の、定めないとは、なう偽り」は、『毛吹草』巻二「世話」に収録された「あふはわかれ」という俚諺（言）を漢語にして歌ったという関係にある。共に世相を敏感に映し出す文芸であった俳諧作品と歌謡に見られる共通性と言える。

おわりに

以上、「俳文学中に見る隆達・「隆達節歌謡」への言及」「俳諧作品中に見る隆達の名称」「俳文学中の「隆達節歌謡」摂取」「俳文学と「隆達節歌謡」の共通性」という四項に分類して、近世の俳文学と「隆達節歌謡」との関係を指摘してきた。管見に入った例は全体のから見れば、氷山の一角に過ぎないものと推測される。その意味で、大方の御教示を切に望むものである。

注

（1）俳文学作品の引用は基本的には『古典俳文学大系』所収本文により、句番号も同書に従った。なお、同書に未収録の一部作品の引用については、私に校訂した本文を掲げた。
（2）「隆達節歌謡」の引用は小著『「隆達節歌謡」全歌集　本文と総索引』（一九九八年・笠間書院）所収本文により、歌番号も同書に従った。また、「隆達節歌謡」には「草歌」と「小歌」の二系統の歌謡があるが、それらについても区別して明記した。さらに「草歌」の場合にはその歌の所属する部立も存在するので、それについても記した。
（3）前著二五五〜二五七頁参照。
（4）母利司朗「〈候〉字の俳諧史」（『連歌俳諧研究』第八四号〈一九九三年三月〉）

8　歌謡調の文体
――仮名草子のリズムという視座から――

はじめに

江戸時代初期に行われた物語類に、仮名草子と呼ばれる作品群がある。その中には、韻文的なリズムを内在する一群の作品が散見される。従来、それらの作品群の文体は、語り物に擬された文体とされ、その代表格である幸若舞曲や古浄瑠璃、説経節、さらには御伽草子などに依拠したものであることが指摘されてきた。そして、他方では一致する表現の多さから、謡曲との深い関係も注目を集めてきた。確かに作品の冒頭部分や末尾部分には、幸若舞曲、古浄瑠璃、説経節、御伽草子などに慣用される表現が据えられており、仮名草子作品の一群が語り物に類した先行文芸や、芸能の語り口で統括されていることは否定できない。また、表現の基盤に謡曲詞章の摂取が認められることも間違いない。

しかし、管見によれば、それらのリズムの中核をなしているのは、むしろ当時流行していた巷間の歌謡であるものと考える。当時の流行歌謡は、その枠内に謡曲の一節を切り出して歌う大和節《やまとぶし》、近江節《おうみぶし》、田楽節《でんがくぶし》などをも取り込み、さらには当代の新進流行歌謡としての小歌が、初期歌舞伎踊の歌謡としても摂取されるなど、周辺芸能ともきわめて密接な関係を有していた。管見では仮名草子作品は、これまで指摘されてきた幸若舞曲、古浄瑠璃、説経節、謡曲、御伽草子などの数多くの文芸や芸能との関係よりも、むしろ流行歌謡との関係の方が、より密接で注目すべきものと考える。さらに言えば、稿者は仮名草子作品の中に、〝歌謡調文体〟と呼ぶべき性格を認定できるものと考えている。(1) それは仮名草子作品中に、直接的に流行歌謡が取り込まれていることと同時に、地の文の表現にも、間接的に流行歌謡詞章の部分部分が摂取されていることによっている。一見して和歌的と思われる表現が、実は当代の流行語を交えた歌謡の詞章に依拠している例も多いのである。またそれに加えて、仮名草子作品の表現自体に、歌謡と親近する短い息継ぎが連続して置かれていることも指摘できる。このような表現の多用は、リズムやテンポを短詩型文芸としての歌謡の息遣いと、シンクロさせているものと考えることができる。仮名草子作品においては、謡曲詞章の短い一節を典拠とする表現も数多く見られるが、それも謡曲の一節が歌謡として享受されたことを背景に置いて考えれば、リズムやテンポを重視した歌謡調文体の創出に寄与したものと言えよう。

さらに付け加えるならば、仮名草子は当時の現代文芸として、今という時代性(以下、〝当代性〟と呼ぶ)を、様々な風俗描写を通して浮き彫りにする文芸である。その今という時代は、時として数年から十数年前という時代設定を採る場合もある。しかし、いずれにしてもその時代設定のために、流行歌謡の直接、間接の摂取を頻繁に行うことになる。その際には、流行歌謡とも深くかかわる地名や事件を随所に配置することも怠っていない。時代を彩る道具として、流行歌謡を背景に持つ事象ほど有効なものは他にないからである。

以下、『竹斎』『恨の介』の両作品を中心に、それらに内在するリズムとしての流行歌謡の力について、具体的に考えていくこととする。

一　『竹斎』と流行歌謡

①流行歌謡の作品中への挿入

近世初期の流行歌謡は、「隆達節歌謡」をはじめとする小歌であった。それは室町小歌の流れを汲む比較的短い詞章からなる歌謡で、室町時代後期から約百年間にわたって、人々の口の端に上《のぼ》せられた。『竹斎』(2)には古活字本（元和九年〈一六二三〉頃までに刊行）と、それを増補した製版本（寛永一二～一三年〈一六三五～三六〉頃成立）が残されている。

まず、具体的な流行歌謡の作品中への挿入に関して言えば、古活字本には末尾部分に「お江戸口説舟歌」が採録されている。これは製版本でも小異の詞章で掲載される。古活字本にはその舟歌以外の歌謡の挿入は見られない。

一方の製版本では、上巻に「遊女遊君集まりて、若き人々打交り、三味線胡弓《しやみせんこきう》に綾竹《あやたけ》や、調べ添へたるその中に、石村検校《いしむらげんげう》参られて、歌の調子を上げにけり」という七・五調を基調とする歌謡調文体を持つ地の文に続けて、「情《なさけ》は今の思ひの種よ。辛きは後《のち》の深き情よ」「雨の降る夜に誰が濡れて来《こ》ぞの、誰そとおしやるはよそ心」「又ざざんざ」などの流行歌謡詞章が挿入されている。石村検校の創始した三味線歌謡は、組歌と呼ばれる短詩系歌謡を組み合わせた形式を採るが、その詞章には室町時代以降に流行した小歌が数多く摂取されており、むしろ室町小歌の集成とでも呼ぶべき観がある。(3)

さらに上巻には「内裏《だいり》女郎衆《ぢよろしゆ》の集りて、御酒盛とぞ見えにける。酒宴もやう〳〵過ぎぬれば、いざや踊らん人々とて、小歌の節こそ面白けれ」という、これも七・五調を基調にした歌謡調文体の地の文に続けて、「心尽しの内裏奉公《ばうこ》や。辛苦《しんく》しながら殿は持たひで、若きが二度と有ものか。あゝ辛気《しんき》や、わざくれ」という室町小歌の系譜を

引く流行歌謡の詞章も収録されている。(4)

下巻に至ると「さても今思ひ当りて候。世中の流行歌に、「人と契らば薄く契りて、末まで遂げよ。紅葉々《もみぢば》を見よ。薄ひ(ママ)が散るか。濃きぞ先づ散る物で候」とあり」という「隆達節歌謡」に見え、その後「阿国歌舞伎踊歌」にも採られた詞章が確認できる。以上のように、『竹斎』では古活字本から製版本に移行するにつれて、流行歌謡の採録が増加し、前後の文体も流行歌謡のリズムに即した、いわゆる歌謡調文体に整えられていることが確認できる。さらに注意しておかなければならないのは、それらの流行歌謡詞章が具体的に記された歌謡の場に、「三味線」「胡弓」「綾竹」といった楽器名、「石村検校」という音曲作者名、さらには「遊女遊君」「若き人々」という享受者層などを据えて、音のある風景を巧みに描き出していることである。作品全体に聴覚的な効果がもたらされるのは、歌謡詞章そのものを含めた歌謡調文体による緩急のリズムを持った音律と、音を喚起する具体的な楽器や人物たちの描写に他ならない。

②歌謡詞章の作品中への摂取

次に『竹斎』地の文の中で、当時の流行歌謡を踏まえたと思われる表現の一端を製版本から指摘しておく。もっともよく知られた例は、下巻末尾近くの「かくて湯島を下《くだ》りければ、寺々は軒を並べ、二六時中の称名の声、響き出たる鐘の音は、百八煩悩の夢を覚ます。誠に仏法東漸《とうぜん》に有と言へば、有難かりける霊地かな」である。この部分には、「隆達節歌謡」(5)一二〇番歌の「鐘さへ鳴ればも往《い》なうとおしやる、ここは仏法東漸の源、初夜後夜の鐘はいつも鳴る」が踏まえられているものと考えられる。

一方、古活字本では同じ部分が、「かくて湯島を下りければ、寺々は軒を並べ、諸法実相の称名の声、二六時中に怠らず、初夜より後夜に至るまで響出でたる鐘の声は、百八煩悩の夢を覚ますとかや。仏法東漸に有りと言へば、誠に有難かりける霊地なり」と見える。両者はほぼ同文ではあるが、製版本の方が、より整理されたリズミカルな文章と言える。また、製版本引用部分末尾の「かな」という音が、「なり」と比較してより韻文的な響きを持ち、緩急のめりはりを付けている。すなわち、古活字本から製版本に移行するに従って、稿者の言う歌謡調文体がより洗練された具体例として指摘できる。

引き続き他の例を製版本から列挙すれば、次のような流行歌謡の詞章を踏まえた表現が数多くちりばめられている。

「緑髪《りよくわつ》は柳の糸の乱る、が如しといへども」「あ、辛気な上人様や」「名残は数々惜しけれども、慕ひ行くべき身ならねば」「会者定離《ゑしやでうり》と聞く時は逢ふは別れの始めぞとかねては思ひ」「我が心誰《たれ》取上げて乱れ髪結《ゆ》ふ人も無き柴垣《しばがき》の隔つる中となりぬらん」「引手に靡く花薄《はなずすき》色に出づると言ひやせむ」「人の情《なさけ》は薄紅葉《うすもみぢ》いつより濃くは染めぬらん」「ものや思ふと夕顔のたそかれ時の」「独寝《ひとりね》の夢も結ばぬ小夜千鳥《さよちどり》」「巡《めぐ》り〳〵て小車《をぐるま》の」「我が身の上に奈良坂や児手柏《このてがしは》の双面《ふたおもて》」「恋草の種取り植ゆるものならば狭《せば》くやあらん武蔵野も」「雲の上なる月影は、手にも取られぬ事なれども」「中々に見ずは恋にはならじものを、あら恨めしの目の役《やく》や」「誠に夢の浮世の業《わざ》、戯《たはぶ》れ事や現《うつつ》ぞと思はれ申」「千夜《ちよ》も一夜《ひとよ》も同じ事」「会者定離の習ひにて、会ふは別れの例《ためし》也」「夢の中に夢を見し」（以上、上巻）

「情は人の為ならず、我身に廻る小車《をぐるま》の、遣《や》る方も無き思ひをも」「今宵《こよひ》は此処《ここ》に仮寝《かりね》して」（以上、下巻）

これらの例の中には謡曲出自の詞章も存在するものの、『閑吟集』、『宗安小歌集』、「隆達節歌謡」に収録された室町小歌の詞章と関わる例が圧倒的で、謡曲から直接に摂取したと考えるよりは、謡曲の一節を切り出して歌っていた流行歌謡から摂取されたと考える方が妥当であろう。

なお、下巻には「草鞋《わらんじ》足を磨針《すりはり》山、番場《ばんば》と落つる夜嵐に、旅寝の夢は醒《さめ》が井の」といった宿場名や「清見寺《せいけんじ》」という寺院名が登場するが、それらはきわめて当代的な地名であった。前者は『閑吟集』二一六番歌の「面白の海道下りや……磨針峠《すりはり》の細道、今宵は此処に草枕、仮寝の夢をやがて醒《さめ》が井、番場《ばんば》と吹けば袖寒む……」という放下の歌謡と深く関わっている。もとは放下師の持ち歌であったものが、後に巷間に広く流布して流行歌謡化したもので、この歌謡には当代流行歌謡の担い手高三隆達《たかさぶりゅうたつ》自筆の歌稿が存在したと伝えられる（『声曲類纂』による）。一方、後者の「清見寺」は、『閑吟集』一〇三番歌の小歌にも歌われた駿河国にある臨済宗の名刹である。地方に所在したとはいえ、交通の要衝の東海道沿いにあって流行歌謡の中に歌われ、当代においても著名であった寺院が『竹斎』に取り上げられていることになる。また、下巻には「清洲《きよす》の宿」という宿場名が登場しているが、この「清洲」は「清須」とも表記された尾張国の旧城下町で、後述する殉死に関わる事件の発端となった松平忠吉が城主として治めていた土地である。

歌謡調文体という観点からは、作品中の古歌謡詞章の摂取も見逃せない。朗詠や今様といった古歌謡の詞章の一節ではありながら、『竹斎』成立時代においても、人口に膾炙した表現であったものが摂取された例として、上巻の「千手の御誓ひには枯れたる木にも花咲くと承れば」「朝《あした》に紅顔《かうがん》あつて世路《せいろ》に誇るといへども、夕《ゆふべ》には白骨《はつこつ》となりて朽ちぬとかや」「盲亀《まうき》の浮木《ふぼく》、優曇華《うどんげ》と存じ候」「軽漾激《けいやうげき》し影、唇を動かせば、花の物言ふに異ならず」、下巻の「枯れたる木にも花咲くと」「万《よろづ》の仏の願よりも」「諫鼓《かんこ》も苔《こけ》深ふして、鳥驚かずとも言つつべし」などが指摘できる。これらの表現を随所に配置する『竹斎』は、全編を通して歌謡の持つリズムを有効に生かした作品と言ってもよいであろう。

③流行歌謡関連事件・風俗の作品中への挿入

次に歌謡調文体の考察という点からは外れるが、流行歌謡に関連する事件や風俗が作品中に挿入された点について指摘しておきたい。

製版本『竹斎』には、京都黒谷における男色後追い自殺未遂事件（以下、〝黒谷事件〟と称す）が挿入されている。この事件の記述は古活字本にはなく、製版本での増補であることが明瞭であるが、これは慶長一二年（一六〇七）三月に、尾張国清須城主松平忠吉が江戸芝で逝去したことに始まる事件（以下、〝監物事件〟と称す）をモデルにしている。この件については、芸能文化史研究会例会で稿者が言及した内容に基づき、花田富二夫が「『竹斎』東下考」（『大妻女子大学紀要』第二三号〈一九九一年三月〉／後に『仮名草子研究―説話とその周辺―』〈二〇〇三年・新典社〉に収録）を発表した。詳細は花田論考に譲るが、モデルとなった監物事件については、当時の流行歌謡であった「隆達節歌謡」と深く関わっている。その点については、小著『「隆達節歌謡」の基礎的研究』（一九九七年・笠間書院）第二章第三節「隆達説話と交遊圏―小笠原三九郎をめぐって―」、同第四節「隆達と小笠原監物」の中で詳細に論じた。ここには要点のみを記しておく。

「隆達節歌謡」と呼ばれる歌謡を歌って、安土桃山時代から江戸時代初期に一世を風靡した和泉国堺の高三隆達は、自ら節付けした書簡のような形態の歌本を、同時代の様々な人々に贈っていた。その宛先の一人に、小笠原三九郎という名の人物が存在した。その人物には別筆で、「松平下野様之御若衆組御内之御年寄の子也」という注記が付されており、その注記を辿っていくと、小笠原《おがさわら》監物《けんもつ》忠重《ただしげ》という人物が浮かび上がってくる。管見によれば、小笠原三九郎は小笠原監物忠重その人、もしくはその兄弟に相当する。ここに登場してくる監物忠重は当代の著名人であった。彼は注記で「松平下野様」と称された尾張清須城主松平忠吉（徳川家康四男）の寵臣で、男色（注記の「御若衆組御内」に相当）の相手でもあった。父の小笠原和泉守吉次は、松平忠吉の筆頭家老（注記の「御年寄」に相当）であり、父子ともに忠吉に仕えていた。その後、慶長一一年（一六〇六）に至り、監物は寄子の改易事件をめぐって主君忠吉に遺恨を懐き、遂には出家の身となって陸奥国松島に出奔することとなった。ところが、その翌年に当たる慶長一二年三月五日、忠吉は江戸に滞在中であったが、かねてからの病が重篤となり、そのまま病死した。すると翌六日には早くも家臣の石川主馬《しゅめ》と稲垣将監《しょうげん》の二人が、忠吉の後を追って殉死を遂げたのである。そして、その一〇日後の一六日には、監物忠重が蟄居していた松島から江戸に到着し、翌日の芝増上寺での忠吉葬礼に合わせて追腹を切ることとなる。ところが、事件はこれで終わったわけではなかった。監物殉死の後、その小姓であった佐々木清九郎（『当代記』に見える名／『尾陽雑記』には佐々喜内とある）が監物の後を追って、これまた殉死を遂げたのである。この事件は当代の人々の耳目を大いに驚かせ、実録的な仮名草子作品の『けんもつさうし』も登場した(6)が、その後殉死は一種のブームとも言える風俗現象を引き起こすことにもつながった。後述する『恨の介』にも、この監物事件が大きな影響を与えており、その後の寛永年間（一六二四〜四四）にも男色刃傷事件が起こっており、それをもとに『藻屑《もくず》物語』が成立した。

次に、『竹斎』製版本で増補された黒谷事件について概観しておきたい。主人のお伴で京都太秦の薬師如来参詣を果たした播磨国の武士が、下向途中に一六、七歳の若衆を見初めた。播磨の男は薬師如来に祈誓し、その御利益によって、若衆と一夜の契りを結ぶことができた。しかし、その後、若衆は急病で死んでしまう。播磨の男は若衆の墓所を訪れて、自分の愛した若衆の名が「佐々木采女《うねめ》」であることを知る。そして、七日間の弔いを済ませた後、黒谷で後追いの切腹を志したが、主人と寄親に反対され、遂には説得されて思い留まり、髪を剃って黒谷に籠り、その後、東国へ下向したのであった。この黒谷事件と、前述の監物事件のうち後半の佐々木清九郎殉死事件には、いくつかの類似点がある。まず、武士を主人公とした事件である点が共通している。そして、その武士をめぐる男色と殉死に関わる事件である点も一致する。また、寄親と寄子の関係が、共に大きな要素として関与している。さらには、登場人物の中に「佐々木」姓を名乗る人が、共に見られる点も無視できない。

しかし、ここで重要なのは、黒谷事件のモデルが監物事件と確定できるか否かという問題ではない。江戸時代初期に、当時の人々の耳目を驚かせて、社会的に大きな衝撃を与え、殉死という風俗現象を生み出す原因ともなった監物事件を、踏まえたと考えられる黒谷事件が、『竹斎』製版本で増補されたことであり、さらには監物事件には、当代の流行風俗である「隆達節歌謡」の担い手高三隆達が関わっていたことに他ならない。

二　『恨の介』と流行歌謡

①流行歌謡の作品中への挿入

次に、『恨の介』[7]に目を転じてみよう。『恨の介』には大別して写本、古活字本（元和年間初期頃刊行）、製版本（寛永年間後期頃成立）の三系統が残されている。このうち、写本と古活字本は、古態を示す類似した内容を持ち、製版本には、本文に多くの改変の手が加えられている。以下、古活字本を中心として、『恨の介』と歌謡とのかかわりを具体的に検証していきたい。

まず、具体的な流行歌謡の作品中への挿入に関して言えば、既に古活字本の段階で複数の例が指摘できる。上巻には「音羽《おとは》の瀧《たき》に立寄りて見るに、落ち来る水に盃を浮べ」という『閑吟集』一九番歌の放下歌「面白の花の都や……祇園、清水、落ち来る瀧の、音羽の嵐に……」を踏まえたと思われる歌謡調の地の文に続けて、「さもいつくしき女房たち、又は若衆も打交り、手まづ遮《さいぎ》る盃を、彼方此方《かなたこなた》と取り交し、遊山《ゆさん》ばかりと聞えける」という『和漢朗詠集』を典拠とする表現による宴席の描写が置かれる。そしてその次には、「夢の浮世をぬめろやれ、遊べや狂へ皆人」という「隆達節歌謡」の流れを汲む流行歌謡が挿入され、引き続き「電光朝露《でんくわうてうろ》、石の火の光の内を頼む身の、しばし慰む方も無し。よしそれとても力無し」と、これまた歌謡調文体の地の文を続けていく。さらに、その後には、「「とても籠《こも》らば清水《きよみづ》へ、花の都を見下《みおろ》して」「とゞろ〳〵と鳴神《なるかみ》も、こゝは桑原」などゝいふ、当世流行《はや》る小歌共、しどろもどろに歌いなし、「浜松の音はざゝんざ〳〵」今を盛《さかり》と聞えける」とあって、流行歌謡三首を連続して挿入しながら、七・五調を基調とした地の文の連続で、宴席の場面を形成していく。この部分はまさに、歌謡調文体の面目躍如といった観がある。

同じく上巻には「瑠璃《るり》をのべたる御手にて、撥音《ばちおと》高く弾き鳴らし、「八声《やこゑ》の鳥は偽《いつはり》を歌ふた。まだ夜は夜中、しめて御寝《およ》れよの」「思ひ明《あか》し寝は、松風も寂し。情は今の思ひの種よ、辛きは今の深き情よ。何時《いつ》さて花の縁《えん》とならふずよの」などと、迦陵頻伽《かれうびんが》の御声にて、さもほのかに歌はせ給へば、……」という箇所が見られる。ここにも七・五調の地の文を置き、続けて二首の流行歌謡詞章を挿入している。

次に製版本のみに見られる流行歌謡の挿入例は、増補箇所の多い下巻に見られる。恨の介と雪の前が初めて対面して酒席に移る場面は、古活字本では「さてその後《のち》御帳台《ちやうだい》には、雪の前殿、菖蒲《あやめ》の前、紅《くれなゐ》なり。恨の介と四人にて、御土器《かはらけ》など回《めぐ》らされ、誠に情深くぞ見えにける」と単調に記すが、製版本では挿絵を入れて次のように詳細に描写している。

此さかづきをうらみのすけひかへければ、あやめ殿、かれうびんの御こゑにて、たうせいはやりけるりうたつぶしとおぼしくて、ぎんじ給ひけるは、

きみが代は千世にやちよをかさねつゝいわをとなりてこけのむすまで

とありければ、うらみかたじけなしとて、三どほしければ……くれなゐ殿、天女のせうがをあざむける御こゑにてこれも、りうたつぶしを

いろかをもおもひもいれずむめの花つねならぬ世によそへてぞ見る

とうたはれければ、みな人申されけるは、くれなゐ殿は、つねにはこうたをも御くちづさみも候はぬに、たえなる御ぎんせいやとぞ、ほめられける。

右に「りうたつぶし」、すなわち「隆達節歌謡」とされる二首のうち、一首目は通常上句を「君が代は千代に八千代にさざれ石の」と歌う今日国歌となっている歌詞で知られ、「隆達節歌謡」にも代表歌として多くの歌本に見えている。二首目は、『和漢朗詠集』巻上・春部・紅梅や『新古今和歌集』雑上・一四四四に収録された花山院の和歌であり、現在までに確認されている「隆達節歌謡」のどの歌本にも収録されていない。ここでは、著名な古歌を「隆達節歌謡」風の節付けで歌ったものと解釈しておきたい。『恨の介』においては、既に古活字本の段階で、二箇所の宴席場面に流行歌謡が挿入されていたが、製版本では最後の宴席場面にも、流行歌謡を増補したことがわかる。しかも、そこに挿入された流行歌謡は、慶長年間（一五九六〜一六一五）に大流行した「りうたつぶし」であった。『恨の介』は冒頭に、「そも〳〵比《ころ》はいつぞの事なるに、慶長九年の末の夏、上の十日の事なれば……」という明確な時代設定がなされている。「隆達節歌謡」は、この時代設定を補強する風俗として挿入されたものなのである。(8)『恨の介』でも『竹斎』と同様に、流行歌謡を作品の随所に置いて時代色を演出するとともに、歌謡を核としたリズミカルな文体が形成されていることが指摘できるであろう。

なお、『恨の介』には右に掲出した他にも、音曲が登場する場面が随所に見られる。上巻から一例のみを挙げれば、前掲の「音羽《おとは》の瀧《たき》に立寄りて見るに……」から「瑠璃《るり》をのべたる御手にて……」の間に当たる部分に、「遊ばせしその琴を壁に背《そむ》けて置かせられ、今様の三味線を転手《てんじゆ》きりゝと押し廻《まは》し、糸を調べて甲《かん》を取り、合《あひ》の手を弾かせらる」とある。そして、続けて三味線のデザインに延々と言及する。その胴には「都の内を蒔きにける」、すなわち、洛中洛外の名所が蒔絵として描かれていたとするが、その具体的説明が「祇園・清水・賀茂・春日……」と続き、鞍馬、四つ塚、鳥羽などで筆が止まらず、八幡《やはた》、禁野《きんや》、天王寺の石の鳥居にまで及んでいく。その部分には、道行歌謡の典型的な表現である〝物は尽くし〟が採られているのである。物は尽くしは『恨の介』の中では、美人の形容にも用いられるが、そのテンポやリズムは歌謡調そのものと言える。

②歌謡詞章の作品中への摂取

次に、『恨の介』の中で当時の流行歌謡を踏まえたと思われる表現を、古活字本から指摘しておく。まず最初に言及しておかなければならないのは、登場人物名「葛《くず》の恨の介」「夢の浮世の助」「松の緑の介」「君を思の介」「中空恋の介」である。これら人物の命名の典拠については、既に浅野建二に指摘があるように[9]、当時を代表する流行歌謡であった室町小歌の詞章を踏まえたものである。

『恨の介』地の文の中にも、当時の流行歌謡を踏まえたと思われる表現は多い。上巻からは「吉野・初瀬《はつせ》の花盛、龍田の紅葉《もみぢ》とてもかくやらん」「恋を駿河の富士の嶺《ね》を」「楊柳《やうりう》の風に靡《なび》くが如し」「若き時の習ひ御免《ごめん》あれ」「今さら思ひ廻《まは》せば小車《をぐるま》の、遣《や》る方無《かたな》さの涙なり」、下巻からは「飛び立つばかり思ひ寝の」「……とは思へども思ふ事、叶はねばこそ憂き世なれ」「明日《あす》は無間《むけん》・果羅国《からこく》の、閻浮《えんぶ》の塵ともならばなれ」「恋には死なれぬ物なれば」「鮑《あはび》の貝の片思ひ」「恋に焦がるゝ人々を」「青柳の糸なつかしや」「夢ならば、覚めての後はいかゞせん」「会者定離の習、素《もと》より驚くべきにあらず」「素より会ふは別れ、生は死の習なり」等が指摘できる。

また、作品中の古歌謡詞章の摂取例には「万《よろづ》の仏の願よりも、千手《せんじゅ》の誓《ちかひ》は頼もしや」「春を止《とど》むるに春止まらず」「身を観ずれば、岸の額《ひたひ》に根を離れたる草、命《いのち》を念ずれば、江の辺《ほとり》に繋がざる舟」などが見られる。これらも『恨の介』という作品を、歌謡調文体として成立させるために大きな働きをしている。

③流行歌謡関連事件・風俗の作品中への挿入

早く田中伸は『恨の介』のテーマを、当時の時代的風潮である殉死に求め[10]、その最初の事件である松平忠吉をめぐる殉死が、この作品に反映していることを指摘した。『恨の介』には、主人公恨の介と雪の前の関係を仲介する服部庄司の後家が、関白秀次事件を語って聞かせるくだりがある。その際、秀次の妻妾たちが自害したことを述べるが、史実としては処刑されたところから、物語の中ではあえて殉死という設定を選んだと考えるわけである。これに従えば、雪の前の死後に庄司の後家、菖蒲の前、紅の三人が自刃するという物語展開自体も、当然ながら殉死を指向したものと考えてよいであろう。すなわち、恋物語『恨の介』を貫く重要でしかも当代性溢れるモチーフのひとつに、殉死があると言うことができる。換言すれば、『恨の介』は忠吉への殉死事件、中でもその中核に据えられる監物事件の反映を見せる点で、『竹斎』と同様に、慶長という時代の申し子とも呼ぶべき作品と考えられる。そして、流行歌謡は時代性を演出するもっとも有効な風俗描写であり、しばしば同時代の事件とも深く関わる。監物事件の主人公小笠原監物は、高三隆達とのかかわりが指摘できることは既に述べた。『恨の介』においては、製版本下巻の酒席場面に、「隆達節歌謡」という時代風俗が挿入されたことにより、時代性の設定に、よりいっそうの徹底が行われたことのみ指摘しておきたい。

三　その他の諸作品と流行歌謡

以上、『竹斎』『恨の介』の中に見られる流行歌謡の諸相について概観してきた。これら二作品は歌謡詞章を用いることで、当代性を演出するとともに、作品の基調となる文体も、歌謡の表現を基盤に置き、リズムやテンポを創出していた。このことは他の何編かの仮名草子作品においても、同様に指摘することが可能である。ここでは紙幅の都合上、代表的な仮名草子作品中に挿入された流行歌謡を具体的に列挙しておくに留める。

まず、『薄雪物語』には、上巻に「心づよき君には尚もたのみあり、青柳よりも雪折の松」「世の中は月にむら雲花に風、おもふに別れおもはぬに添ふ」、下巻に「くもの家にあれたる駒はつなぐとも二道かくる人はたのまじ」「わが恋は千本の松も枯れはてて大海山となるよりもなを」「逢ふはなを別れのはなとおもへただ逢はずばなどか名

残おしとは」などの流行歌謡、もしくはそれを一部改変した詞章が採られている。(11)

『浮世物語』冒頭には、「いな物ぢや、心は我がものなれど、まゝにならぬは」とあるが、この歌は『異なもの』という別の仮名草子作品の冒頭にも置かれ、その書名の由来となったことが知られている。『浮世物語』には他にも、「明日は閻浮《えんぶ》の塵ともなれ、わざくれ浮世は夢よ、白骨いつかは栄耀をなしたる」という流行歌謡が採られているが、これは前述したように『恨の介』下巻の地の文にも見られるものである。

『似我蜂物語《じがばちものがたり》』には、上巻に「あの山見さひ、此山見さひ、いたゞきつれた、をはらぎを」、中巻に「おれとそなたの中だによくば、ふたりのおやはへちまのかわのだんぶくろ〳〵」「金をたゝいて仏にならば、鍛冶屋町の若衆はてんとしやり〳〵仏」「今の都のはやり物、河原かぶき子いらぼの茶わん、をれがきまゝのくまで性《しやう》、しばがきまちにこっぽり町、やっこたゞなの道心者」「はなげのばして月な見そ、かつらおのこのまねきやるに」などの流行歌謡が見える。(12)

おわりに

以上、主として『竹斎』『恨の介』両作品の考察を通して、仮名草子作品のリズムを形成する要素として、歌謡調文体が存在したことを具体的に指摘してきた。そこには実際に、当代の流行歌謡が作品の核として挿入されるとともに、地の文にも数多くの歌謡詞章が織り込まれ、作品全体の流れを形作っていることを確認した。また、直接的な歌謡調文体の考察からは外れるが、流行歌謡に関連する事件や風俗が、作品中に挿入されたことについても述べた。時代の最前線の要素を取り込んで成立し、読者を獲得した仮名草子という物語群にあっては、流行歌謡を多用した歌謡調文体の採用が、その人気に拍車をかける一因となったと言えそうである。

注

（1）管見では御伽草子も、本節で述べる仮名草子と同様に、歌謡調文体によって構成された作品と考える。また、謡曲や幸若舞曲、古浄瑠璃、説経節も広義の歌謡調文体と考える。
（2）『竹斎』古活字本の引用は、『竹斎（対校本）』（古典文庫・第一七一冊）をもとに、私に校訂した本文を用いる。また、整版本は日本古典文学大系『仮名草子集』（岩波書店）所収本を用いる。
（3）詳細は京都市立芸術大学日本伝統音楽研究センター編『日本伝統音楽資料集成』1～3「三味線組歌詞章註解」（二〇〇二年三月～二〇〇四年三月・京都市立芸術大学／小野恭靖他執筆）参照。
（4）この流行歌謡の類歌については、『全浙兵制考』付録『日本風土記』巻之五所収「山歌」の「十七八は、二度候か、枯れ木に花が、咲き候かよの」、『延享五年小哥しやうが集』の「若ひ折とて二たびあるか、枯れ木に花が二度咲くか」、『賤が歌袋』五編の「若いときとて二タ度あろか、花が枯木に二度さこか」などがある。詳細は小著『中世歌謡の文学的研究』（一九九七年・笠間書院）第三部第一章第一節参照。
（5）引用は小著『「隆達節歌謡」全歌集　本文と総索引』（平成10年・笠間書院）所収本文を用いる。
（6）小著『「隆達節歌謡」の基礎的研究』（平成9年・笠間書院）第一部第二章第四節参照。
（7）『恨の介』古活字本の引用は、日本古典文学大系『仮名草子集』（岩波書店）所収本を用いる。また、製版本は京都大学附属図書館蔵本（横山重旧蔵本）をもとに、私に校訂した本文を用いる。
（8）注（6）に同じ。
（9）「『仮名草子集』と歌謡」（『解釈』第一八巻九号〈一九七二年八月〉／後に『日本歌謡・芸能の周辺』〈一九八三年・勉誠社〉所収）
（10）「「うらみのすけ」の発想をめぐって」（『国文学研究』第三二集〈一九六五年一〇月〉）
（11）浅野建二『日本歌謡・芸能の周辺』（一九八三年・勉誠社）所収「歌謡余録」に指摘がある。
（12）野田寿雄「近世初期小説と歌謡」（『日本歌謡集成』月報八〈一九八〇年四月〉）に指摘がある。

9　近世歌謡と出版
――詞章本という観点から――

近世音楽と密接にかかわるジャンルに近世歌謡がある。歌謡と音楽は時に伴侶のように並行し、また時には独立した存在として並存する。共に聴覚世界の住人ではあるが、どちらかと言えば、音楽が楽器をベースとするのに対し、歌謡は人の声を基盤に置く。ただし、歌謡は文字資料として、文学世界の仲間の数に入れられる場合もあり、様々な顔を持っていると言ってよい。中でも、江戸期の歌謡、すなわち近世歌謡は、そこに含められる歌謡の種類がきわめて多く、内容的にも多岐にわたる。ここでは、まずその属性をもとに、近世歌謡の概説を行いたい。その際、全体を四種類に大別して述べていくこととする。

まず、第一に近世歌謡の中には職芸歌謡（臼田甚五郎の命名による）と呼ばれる歌謡群がある。これは専門的な演唱者による歌謡で、楽器の演奏を主とし、歌謡を従とした器楽曲がその代表格である。具体的としては一節切《ひとよぎり》尺八の歌謡や箏曲、三味線歌謡などが挙げられる。これらの歌謡を収録する集成には、『松の葉《まつのは》』『糸竹初心集《しちくしょしんしゅう》』『大幣《おおぬさ》』などがある。第二には流行歌謡がある。これは主としてまず都市から起こり、周辺地域に伝播していく歌謡である。都市は劇場や遊里を抱え、酒席を囲む機会も多かった。そのような場から発信される新しい歌謡が流行の源となり、広く巷間に広がって行った。『松の落葉《まつのおちば》』『山家鳥虫歌《さんかちょうちゅうか》』『潮来風《いたこぶり》』『音曲神戸節《おんぎょくごうどぶし》』などの集成がある。第三には地方の民俗歌謡がある。これは主として、労働や労作にかかわる作業歌と言える。代表的な集成には『鄙廼一曲《ひなのひとふし》』や『巷謡編《こうようへん》』などが存在する。さらに、これら三分類には含まれない第四の歌謡群として、教訓的な歌謡、いわゆる教化《きょうか》歌謡もある。禅僧や心学者などが庶民教化のために、多くの歌謡を創作して歌わせたのがこれである。代表的な集成に『絵本倭詩経《えほんやまとしきょう》』、『和河《わか》わらんべうた』、『絵入　神国石臼歌　全』、盤珪永琢《ばんけいようたく》『うすひき歌』、白隠慧鶴《はくいんえかく》『おたふく女郎粉引歌』などがある。

以上、近世歌謡を四種類の歌謡群に分類して概説したが、実際には四種類のうちの複数の性格を併せ持つ歌謡もあり、また逆にいずれにも属さない歌謡も行われた。しかし、それらは特殊な少数の例として、ここでは直接的な言及を行わないこととする。

ところで、このような多岐にわたる近世歌謡を一括りにして論じることは、たとえそれがどのような観点であっても、かなりの困難をきたすことになる。詞章本という観点もその例外ではない。したがって、以下には職芸歌謡、流行歌謡、民俗歌謡、教化歌謡それぞれの代表的な歌謡集を取り上げて、個々具体的に論じるに留めたい。

まず、職芸歌謡の代表的な集成として、『松の葉』の書誌と出版を中心に述べる。『松の葉』は元禄一六年（一七〇三）六月、京都寺町通二条上ル町の井筒屋庄兵衛、万木治兵衛の連版である。五巻五冊からなるが、外題の表記はそれぞれ「松の葉」（第一冊）、「まつのは」（第二冊）、「まつの端」（第三冊）、「待農波」（第四冊）、「まつの半」（第五冊）としている。編者は秀松軒と名乗る人物であるが、この人物についての正確な伝記は未詳である。流石庵羽積編『歌系図』（天明元年〈一七八一〉成立）によれば、本書巻二所収の長歌のうち、「夏草」（朝妻検校作曲）、「月見」「花見」（以上二曲の作曲者は小野川検校）の三曲の作詞者は秀松軒という。本書の序文や跋文の筆致も重ね合わせてみれば、文才溢れる巷間の粋人であったものと推定される。なお、書名はこの編者の号にちなんで、付けられたものである。

次に内容を略述する。まず全体の巻頭でもある第一巻の冒頭に、秀松軒の序文を置く。そして、第一巻は三味線組歌全二一曲（本手、端手、裏組各七曲ずつ）を収録し、巻末に「秘曲相伝之次第」を付す。第二巻は佐山検校作

「若緑」から武州花都作「東雲《しののめ》」に至る長歌五〇曲を収録する。第三巻は端歌七三曲（本調子三五曲、二上り一六曲、三下り四曲、騒ぎ一八曲）を収録する。第四巻は吾妻浄瑠璃二一曲（半太夫節一四曲、栄閑節三曲、土佐節二曲、若山五郎兵衛節一曲、式部節一曲）を収録する。第五巻は古今百首投節（一〇〇首）を収録し、続いて「歌音声幷三味線弾方心得」を付す。また全編末尾には跋文を置く。音楽的観点から注目される本書の特徴は、楽器の音を表現した口唱歌や間投語、囃子詞、擬音語・擬態語の表記にある。例えば、第二巻所収の長歌「ふじまふで（富士詣）」には、しゃぎりの音として、「おひやりこひやり、ひやりこひやりこ、ひやりひやり、らんらららりつるんろ、る、りやちやらららるろ」が記載される。また、第三巻所収の端歌「唐人歌」の「かんふらんはるたいてんよ、ながさきさくらんじや、ばちりこていみんよ、でんれきえきいきい、はんはうろうふすをれえんらんす」という歌詞は、中国語の音を仮名に音写したものである。

次に流行歌謡から、『松の落葉』と『山家鳥虫歌《さんかちょうちゅうか》』の書誌と出版を中心に述べる。『松の落葉』は六巻六冊で、外題題簽には、六冊すべて「増補／ゑ入」という角書を置く。第一冊から第三冊までの表記は「松の落葉」、第四冊は「まつのおち葉」、第五冊は「まつのをちは」、第六冊は「松のをちは」である。『松の葉』の後をうけて編集、刊行したことを明確に示す目的の書名である。編者は不詳であるが、本書の前身に当たる『落葉集』（元禄一七年〈一七〇四〉刊）の編者は大木扇徳であり、本書も同じ編者である可能性が高い。本書の成立に至るまでには複雑な経緯がある。元禄一七年三月に内題を『落葉集』とする七巻本が、『松の葉』と同じ井筒屋庄兵衛、万木治兵衛を版元として上梓された。この書の外題題簽には、「絵入　松の落葉」という別名が見える。この『落葉集』は宝永六年（一七〇九）正月に、同じ版元から五巻本の改訂版が出版された。その書名は『松竹梅』（内題及び柱刻、外題題簽には『絵入落葉増補　松竹梅』とあり）であった。そして、さらに翌年の宝永七年九月には、その増補改訂本である七巻本の『松の落葉』（内題、外題題簽には『増補絵入　松の落葉』とあり）が、これも井筒屋庄兵衛、万木治兵衛から刊行されるに至った。本書は『松の葉』の後をうけて、『松の葉』に収録されなかった同時代の劇場歌謡を集成したものである。すなわち、第一巻所収の「中興当流吾妻浄瑠璃」と第二巻所収の「中興当流浄瑠璃」は、浄瑠璃歌謡、第三巻「中興当流丹前古今節」と第六巻「中興当流所作」は、歌舞伎歌謡である。第四巻所収の「古来中興踊歌百番」も、歌舞伎の踊歌出自である。第五巻の「古来中興当流はやり歌」のみが、唯一流行歌謡の性格を持つ歌謡群と言える。本書の特徴は、「古来中興踊歌百番」所収の踊歌に多く見られる擬音語・擬態語を基調とする囃子詞の表記にあり、さらに第五巻の流行歌謡のうち、「法性寺入道」には早口ことばにかかわる歌謡が収録されている点にも求めることができる。

一方、『山家鳥虫歌《さんかちょうちゅうか》』は版本の外題を音読したもので、この命名は『古今和歌集』仮名序に由来するものであるが、浅野建二によれば訓読して「やまがのとりむしうた」と読む可能性も残るという。また、後述する写本系伝本の外題は、「諸国盆踊《しょこくぼんおどり》 唱歌《しょうか》」というまったく別のものとなっている。編者は自ら付した序文で、天中原長常南山と号しているが、最近の佐々木聖佳の研究[1]によって、この人物が天文学者の原長常であったことが確認された。長常は大坂の懐徳堂で五井蘭州に天文学を学んだ人物で、『天文経緯鈔』『天文経緯問答和解』などを著した。そのうち『天文経緯問答和解』の出版記録によれば、作者を「鴻池屋治郎兵衛」また「千葉一敬」とする。鴻池屋治郎兵衛は豪商鴻池屋の別家の人物である。佐々木は長常が鴻池屋治郎兵衛である可能性を説くが、あるいは長常が治郎兵衛や千葉一敬に依頼して、代理作者として開板の許可申請を行ってもらった可能性もある。それというのも『享保以後　大坂出版書籍目録』によれば、『山家鳥虫歌』開板願には作者として、「中野得信」という名が記載されているからである。それによれば、得信は河内国大井村（現、大阪府藤井寺市大井）に居住していたらしい。

ところで、この歌謡集の系統には版本『山家鳥虫歌』と、写本『諸国盆踊唱歌』の二種類がある。版本は明和九年（一七七二）八月、大坂天満の書肆神崎屋清兵衛の開版である。写本系統はその一伝本を戯作者柳亭種彦が所持していたところから、種彦本系統とも称される。両系統の先後関係については、挿絵歌の位置、本文異同、近世小唄調（七〈三・四〉・七〈四・三〉・七〈三・四〉・五）の音数律などから判断して、版本『山家鳥虫歌』の成立および刊行が先行し、『諸国盆踊唱歌』はその写本系統であるものと考えられる。諸本については、版本『山家鳥虫歌』の上下巻揃いの伝本として、高木市之助氏旧蔵本のみが知られ、上巻のみの零本として、京都大学附属図書館大惣旧蔵本（種彦本系統伝本の下巻との取り合わせ本）がある。『諸国盆踊唱歌』系統（種彦本系統）に属する伝本はいずれも写本の東洋文庫蔵本、蓬左文庫蔵本（小寺玉晁編『続学舎叢書』第五冊所収）、京都大学附属図書館大惣旧蔵本（下巻のみ）が知られている。内容的には、近世中期の流行歌謡や民謡三九八首（挿絵歌六首を含む）を、国別に編集した画期的な歌謡集と言える。また、国別に伝説や『人国記』をもとにした風俗に関する記述を添える。各地域に残る古い日本語が方言として、歌詞中に反映されている例が散見され、貴重である。

続いて、第三番目に掲げた地方の民俗歌謡の書誌と出版について言及する。ここでは、そのグループの代表格である『鄙廼一曲』について記す。この歌謡集の原本は写本で、表紙に「諸国田植唄　全」と直書きし、その上に「鄙廼一曲」と書いた黄色の題簽を貼り付けている。編者は江戸時代に出た民俗学者の草分け菅江《すがえ》真《ま》澄《すみ》である。文化六年（一八〇九）頃に第一次の成立を見、その後若干の歌謡を増補して、文化九年の早い時期に最終完成したものと推定される。内容的には、編者が実際に踏査採集した民俗歌謡の集成である。収録歌謡の数は数え方によって多少の誤差が生ずるが、約七〇種類、三四〇首余に及ぶ。序文に「春女《つきめ》の臼唄、雲碓唄《ふみうすうた》、磨臼唄《ひきうすうた》も……（中略）……書い付くればさはなり。それが冊子の中に、田唄、神唄もかい交ぜ、はてはては船唄、木伐《きこり》唄、金掘《かねほ》り、蹈鞴《たたら》踏《ふ》みが歌ふも、剣舞《けんばい》、念仏踊、盆躍の唱歌までも掻集めて」とあるように、主として労働や労作にかかわる作業歌を収録する。中でも『鄙廼一曲』編集の前年と推定される文化五年に完成させ、秋田藩主佐竹義和《よしまさ》に献上した『百《もも》臼之《うすの》図《かた》』が、諸種の臼を実見に及んだ成果であることを反映して、本書においても、臼唄が全体の二割以上を占めている点が注目される。これは真澄の民俗歌謡への関心が、臼唄を基盤としていることを裏付けている。また、臼唄を含めたすべての歌が、東日本各地の人々によって、日々の生活の中で実際に歌われていた生活に根ざした生きた歌謡である点が貴重である。例えば、「科埜《しなの》（信濃）の国、舂唄《つきうた》、曳臼唄《ひきうすうた》ともに諷《うた》ふ」として採集された歌のうち、「忍び夜夫《よづま》と雷雨《かんだち》あめは、ささらざめけどのがとげぬ」の「のがとげぬ」は、長続きしないの意味の方言である。また、「同（越呉〈越後〉）国風俗、佐委左以《さいさい》ぶし」の一節「桶ごしがんがと投げて、破《こふ》してたもるなや」の「破《こふ》して」は、「破《こわ》して」の訛りであるなど、興味深い歌謡の例は枚挙にいとまがない。

　第四のグループとして掲出した教化歌謡からは、『絵本倭詩経』（［図2］［図3］）と『和河わらんべうた』について述べる。『絵本倭詩経』の編者は、六甲山陰樵夫（馬山樵夫）という人物で、明和八年（一七七一）に大坂池田屋岡田三郎右衛門から出版された。上中下三冊の版本が国立国会図書館、東京芸術大学附属図書館、東北大学附属図書館狩野文庫などに所蔵されている。上巻一二丁、中巻一一丁、下巻一二丁からなり、各葉見開きの両頁を使って、歌謡一首が散らし書きで摺られ、その歌謡に対する注解が併せて収録されている。残りの大部分のスペースは、その歌謡から喚起される場面の絵が大きく摺られており、あたかも絵本のような趣向が採られている。これが外題の由来である。収録される歌謡は全三三首であり、主として儒教道徳の「孝」「忠」にかかわる教訓的な内容を持っている。江戸期に多く見られる歌謡を用いて教訓が行われた教化歌謡集と言える。

　『和河わらんべうた』は敬斎と号する人物が幼少の頃、大和国出身の大橋某という老人から大和・河内両国の民謡集を贈られたが、大橋翁没後の寛政元年（一七八九）秋に貴重な形見として、整理、編集された歌集である。編集後すぐに、大坂の書肆増田源兵衛から仮綴五丁の版本一冊として刊行された。一首一行書きで、合計六四首の教化歌謡を収録する。なお、第二のグループに属する歌謡集として紹介した『山家鳥虫歌』に収録される歌謡の中にも、教化歌謡としての要素を持つ歌群があることを指摘しておく。実際に『絵本倭詩経』『和河わらんべうた』に

右：［図 2］『絵本倭詩経』内題
下：［図 3］『絵本倭詩経』挿絵

右：［図４］『おたふく女郎粉引歌』冒頭部
下：［図５］『主心お婆々粉引歌』冒頭部

収録される教化歌謡のうち、『山家鳥虫歌』にも採られている歌は多い。また禅僧の立場から庶民教化を意図した盤珪永琢《ばんけいようたく》『うすひき歌』や白隠慧鶴《はくいんえかく》『おたふく女郎粉引歌』（〔図4〕）、『主心お婆々粉引歌』（〔図5〕）、神官の立場から庶民教化を意図した薗原旧富《そのはらひさとみ》『絵入　神国石臼歌　全』などが相次いで刊行され、後代の心学者創作による多くの教化歌謡を導き出したことは、特記すべきことである。

　最後に、近世歌謡の研究史について言及しておく。近世歌謡研究は早く高野辰之『日本歌謡史』（一九二二年・春秋社）によって先鞭がつけられ、それを受け継いだ国文学者の藤田徳太郎『近代歌謡の研究』（一九三七年・人文書院）が基礎を築き上げた。その後も国文学研究の一領域として、笹野堅、志田延義、浅野建二、真鍋昌弘、須藤豊彦、小野恭靖などの国文学者によって担われてきた。志田は『日本歌謡圏史』（一九五八年・至文堂）で、歌謡史を「歌謡圏」によって捉える研究を推進し、近世歌謡研究にも新たな局面を開いた。また、浅野は『日本歌謡の研究』（一九六一年・東京堂）、『日本歌謡の発生と展開』（一九七二年・明治書院）によって、近世歌謡を含む日本歌謡史のトピックを深く掘り下げ、国文学研究の一分野としての歌謡研究を確立した。その後、真鍋『中世近世歌謡の研究』（一九八二年・桜楓社）、須藤『日本民俗歌謡の研究』（一九九三年・桜楓社）、小野『近世歌謡の諸相と環境』（一九九九年・笠間書院）などによって、近世歌謡研究は着実な成果を積み上げてきたと言える。

　一方、音楽学の方面から研究を推進した研究者に、忍頂寺務、平野健次、竹内道敬らがいる。中でも竹内は『近世芸能史の研究』（一九八二年・南窓社）、『近世邦楽研究ノート』（一九八九年・名著刊行会）などの著書において、詞章本という観点からも大きな成果を上げている。テキストとしては、高野辰之編『日本歌謡集成』が初期の代表的なもので、続いて志田延義他編『続日本歌謡集成』が『日本歌謡集成』に採録されなかった作品の拾遺的役割を担ったが、同時に新しい研究成果を踏まえた画期的な成果でもあった。また、平野健次他編『日本歌謡研究資料集成』は資料そのものを写真版によって取り上げた集成で、懇切な解説が光る。

注

（1）佐々木聖佳「『山家鳥虫歌』編者考―天文学者、原長常―」（『日本歌謡研究』第五〇号〈二〇一〇年一二月〉）

10　絵で読む流行歌謡

はじめに

我が国には古来多くの歌謡が興り、流行し、そして消滅していった。当然のことながら、歌謡にはその詞章（歌詞）を紡ぎ出した作者がいたはずであるが、あまりにも人々の生活や人生に密着していたがために、文学作品としての位置付けが与えられず、作者もその大半が伝えられなかった。いや、それどころか元の詞章が場や折に合わせて適宜歌い替えられることもあり、作者の意図を超えた変化を常態としていた。それと言うのも、人々がそれぞれの人生の喜怒哀楽に接するたびに歌謡を欲し、生きるための支えとしたからである。しかし、このように人生の伴侶とも呼ぶべき貴重な存在であった歌謡も、歌い捨てが基本的性格であったがために、圧倒的多数は自然淘汰され、今日まで伝承されるに至らなかった。

時代は移り、科学文明花盛りの現代にあっても、人間の喜怒哀楽に大きな変化はない。したがって、我々の世代にまで伝えられた数少ない古来の歌謡の詞章には、時空を超えた普遍性がある。言うなれば、流行歌謡の詞章の中には、古今東西を問わず普遍的な人間の喜びや悲しみが冷凍保存されているのである。そして、我々がそれに向き合った瞬間に解凍され、私たちの前に親しい存在として立ち現われてくる。それは現代人にも実に大きな感動と共感を与えてくれる。しかし考えてみれば、これは歌謡のみに限ったことではない。同じことは、和歌や物語をはじめとする優れた文学作品、音楽や美術、さらには演劇などの作品にも言えることであろう。そして、そのような力を持った過去の作品を、我々は古典と呼んでいるのである。

さて、我々に伝えられた珠玉の古典のうち、本節では日本の歌謡と絵画との関係について考えていきたい。歌謡はそれが歌われる時代に生きる人々のリアルタイムでの喜怒哀楽を表現するため、その時代の人々の嗜好を鋭敏に反映する。一方の絵画資料もまた同様の性格を持っていた。歌謡と絵画はいつの時代においても、その時代の指向にもっともふさわしい最先端の形式で創作され、享受されたのである。いわば両者は最新のファッション同士の間柄で、両者には濃密な出会いがあったのである。稿者はかつて我が国の歌謡史を概観し、それぞれの時代の流行歌謡が、どのように絵画資料とかかわったかについて具体的に述べた小著『絵の語る歌謡史』(二〇〇一年・和泉書院)を上梓した。同書では平安時代から明治・大正時代に至る歌謡と絵画との具体的なコラボレーションの例として、『平家納経』、中世物語絵巻、風流踊絵、近世初期風俗画、近世美人画、禅画、赤本の判じ物、おもちゃ絵等を取り上げて紹介した。

以下、これらの歌謡と絵画資料との関係を、それぞれの代表例によって順次紹介しつつ、『絵の語る歌謡史』刊行以後の新見や新資料を追加することによって、両者の関係についての考察をさらに深めていくこととする。

一　『平家納経』と歌謡

歌謡は基本的には口頭で享受され、伝承されるものであった。古来数多くの歌謡が歌い捨てられ、今日にまで伝えられることなく消滅していった。しかし、時代が降るにつれ、若干の歌謡の詞章が記録されるようになる。まずは史書、物語の本、和歌集などの中に、その一部が書き残され、その後単独の歌謡書、歌謡集も成立した。それらはいずれも書物の形態で後代に伝えられることになった。つまり、従来は口承であった歌謡が、次第に書承されるようにもなり、詞章が書き留められるに至ったのである。その結果、異伝歌や替歌を具体的に確認することも可能となるが、それは本節で述べる問題とは性格を異にするので、ここでは言及しない[1]。

さて、歌謡を記録した書物の成立によって、歌謡は絵画との間に様々な関係を持ち始めることとなった。一般的な例としては、歌謡集の料紙に下絵が施されたり、挿絵が入れられたりした。また、きわめて注目すべき事例として、巻子本形態の書物を装飾する表紙絵・見返し絵・紙背絵の意匠に歌謡が絵画化された例が挙げられる。それは『平家納経』の例である。『平家納経』は長寛二年（一一六四）に、平家一門が安芸国宮島の厳島神社に奉納した装飾経である。全部で三三巻を数えるが、その内訳は法華経が二八巻、無量義経・観普賢経・阿弥陀経・般若心経・平清盛自筆の願文が各一巻となっている。法華経二八巻のうち方便品《ほうべんぼん》・薬草喩品《やくそうゆぼん》・宝塔品《ほうとうほん》・提婆品《だいばほん》・寿量品《じゆりようほん》・分別《ふんべつ》功徳品《くどくほん》・妙音品《みようおんほん》・普門品《ふもんぼん》・陀羅尼品《だらにほん》・厳王品《ごんのうほん》・法師功徳品《ほうしくどくほん》の表紙、見返し、料紙の天地、紙背等に調度類が描き出されており、これは歌絵《うたえ》と認定できる。歌絵とは後代に判じ絵、もしくは判じ物と称された絵の前身に当たるもので、和歌や歌謡などの詞章を絵によって表現し、それを解読させる遊戯性の強い絵画を指す。歌絵の歴史については小著『ことば遊びの文学史』（一九九九年・新典社）で詳細に述べたので参照いただきたい。

実は、『平家納経』には平安時代後期の流行歌謡であった今様法文歌を、歌絵によって表現した例を複数指摘できるのである。これはすなわち『平家納経』制作時点で、神仏習合時代の神に奉納する経典という性格を満たす流行歌謡が選ばれ、書物の意匠として書き入れられたことを意味している。亀田孜[2]によれば厳王品の表紙には「そのほと」「長夜」「の」などの文字が描き入れられているという。これは『梁塵秘抄』巻一・一八番歌及び巻二・一九四番歌に重出する今様法文歌「釈迦の月は隠れにき、慈氏《じし》の朝日はまだ遥か[3]、そのほど長夜《ぢやうや》の闇《くら》きをば、法華経のみこそ照らいたまへ」の歌絵である。亀田はまた「しつかに」「山りむ」「ひとりゐて」「す道」などの文字が描き入れられた法師功徳品(4)の見返し絵には、現存の『梁塵秘抄』に収録されていない「山林静かに独りゐて、修道法師《すだうほふし》の前にこそ、普賢薩埵《ふげんさつた》は見え給へ(5)」という今様法文歌の歌絵による意匠が認められるとも指摘している。

さらに小松茂美(6)によれば、厳王品の見返し絵に、瓶、岩、水鳥などの絵と「五百」「あな」「仏と」などの文字が書き入れられているという。これは『梁塵秘抄』巻一・二一番歌および巻二・二二番歌重出の「釈迦の正覚《しやうがく》成ることは、このたび初めと思ひしに、五百塵点劫《ごひやくぢんでんごふ》よりも、彼方に仏に成りたまふ」という今様法文歌の歌絵と解釈できる。また、宝塔品の紙背にも『梁塵秘抄』巻二・七二番歌「幼き子どもは稚《いとけな》し、三つの車を請ふなれば、長者はわが子の愛《かな》しさに、白牛の車ぞ与ふなる」という今様法文歌が、歌絵として描かれているという。この歌謡は『梁塵秘抄』の中の「法華経二十八品歌」に属し、譬喩品《ひゆぼん》の歌意を歌った一首である。すなわち、もと譬喩品に使用される予定であった料紙が反故となり、後にその紙背が宝塔品に再利用されたため、この歌絵がその紙背に見えるのではないかと推定できる。

二　中世物語絵巻と歌謡

室町時代に創作された物語草子は、古く〝お伽草子〟と呼ばれたが、今日では一般に〝室町時代物語〟と称されることが多い。それらの作品は、奈良絵と通称される絵画を伴う冊子本形態の奈良絵本や、奈良絵に類似した挿絵と詞書を、巻子本形態で交互に配する絵巻の伝本が見られる。後者の絵巻の中には、実際には鎌倉時代末期成立の作品も見出されるので、ここでは仮に中世物語絵巻と呼んでおきたい。それらの絵巻の挿絵には、登場人物（動物などの異類も含む）の傍らに多く、その人物の発した言葉や音声が書き入れられている。それらは画中詞または絵詞と呼ばれるが、現代で言えばさしずめ漫画の吹き出しに相当し、当時の口語による会話や歌謡が多数認められる。

以下に若干の例を掲げておく。

まず『天狗草紙』という作品がある。鎌倉時代末期の永仁四年（一二九六）成立の絵巻で、異本に『魔仏一如絵《まぶついちにょえ》詞《ことば》』という外題を持つ伝本も存在する。内容は南都北嶺の旧宗派や新興の浄土教系宗派、禅宗などに携わる僧侶たちの横暴、驕慢ぶりを天狗に譬えて批判し、徹底的な風刺を行った異色の絵巻である。その一本に、当時芸能に携わって諸国を遊行した放下僧の実態を描いて戯画化したくだりがあるが、そこには朝露、蓑虫、電光、自然居士という四人の放下僧の姿が描き出されている。その傍らに「□□ぬものをやまきのとを、なとまつ人のこさるらむ」という歌謡らしき画中詞が書き入れられているのである。ここに見える歌謡は、後の室町小歌の集成『閑吟集』（永正一五年〈一五一八〉成立）二五四番の放下歌「大舎人の孫三郎が、織り手をこめたる織衣、牡丹、唐草、獅子や象の、雪降り竹の籬《まがき》の桔梗と、移れば変る白菊の、大舎人の竹の下、裏吹く風も懐かし、鎖すやうで鎖さぬ折木戸、など待つ人の来ざるらん」の類歌である。また、「おもしろ（面白）きものはれ、はたゝがみいなづま（稲妻）、にわかぜうまう（俄焼亡）つじかぜ（辻風）、やぶ（破）れたる御ぐわんじ（願寺）、人はな（離）れのふるだう（古堂）、からつた（唐蔦）おほ（多）きおほすぎ（大杉）、すゞ（涼）しくぞおぼ（思）ゆる」という僧形の天狗の歌は、既に『梁塵秘抄』にも類似表現のある〝物尽くし〟の詞章を採る。そして、この歌は『梁塵秘抄』三九七番歌「見るに心の澄むものは、社毀《やしろこぼ》れて禰宜《ねぎ》もなく、祝《はふり》なき、野中の堂のまた破れたる、子産まぬ式部の老いの果て」を彷彿とさせる。『梁塵秘抄』所収歌では「毀れ」た「社」や「破れた」「堂」を、「見るに心の澄むもの」とするのに対し、絵巻の歌謡では「破れた」「御願寺」や「人離れの古堂」を、稲妻、俄焼亡、辻風などと同様に「おもしろきもの」とする。これは魔界の住人である天狗の活躍の場を歌う歌謡として、ふさわしい詞章と言えるであろう。

次に、『是害房絵《ぜがいぼうえ》』に書き入れられた歌謡について述べたい。『是害房絵』は作者未詳の説話的な絵巻で、既に鎌倉時代末期には成立していたものと考えられる。そのあらすじは、唐の天狗是害房（「善界坊」とも表記）が来日し、日本の大天狗日羅房の手引きで、比叡山の諸僧と法力を競い合う。しかし、是害房はことごとく勝負に敗れ、散々な目に遭うことになる。その後、是害房は身体を回復させて唐に帰国することを願い、日羅房の導きによって、湯治に向かう。七日過ぎて回復した是害房は、日羅房をはじめとする日本の天狗たちに見送られて、帰国の途に着く。この絵巻の伝本のうち、曼殊院本の下巻第一図には「フル（古）カラカサ（唐傘）カ、是害房、コボネ（小骨）ヲ（折）レテミ（見）ユルハ」「庭ノマリ（毬）カ、是害房、ヲ（追）イマハ（回）リテ、ケ（蹴）ラル、ハ」など七首の歌謡が見られる。一方、後代の増補本である慶応義塾大学図書館蔵本に至ると、「いや、ゐせ（似非）うた（歌）かや、善界坊、こし（腰）お（折）れてみ（見）ゆるは」など合計一二首に増加している。ここに見える歌謡はいずれも即興的かつ寄物的な詞章を持ち、古く宮中の五節の際に歌い囃された〝物云舞《ものいひてのまい》〟と類似する性格を有している。

『藤の衣物語絵巻』は従来、前半部だけの残欠本が『遊女物語絵巻』と呼ばれてきた作品である。物語は都の太政大臣の息子一行が住吉詣での折、海辺の遊女宿に泊るところから始まる。そこで主人公（太政大臣の息子）は、美貌の遊女かうしゅ（寿）と契り、かうしゅは女の子を出産するが、体調を崩したかうしゅは今様を歌いながら息絶える。かうしゅの娘が一〇歳となった時、太政大臣邸で五節の遊びがあり、娘は太政大臣家に引き取られる。しかし、その時主人公は失踪していた。その後、娘の方は春宮のもとに入内し、二人の皇子を儲けて后宮となる。一方、この間主人公は山伏となって諸国を巡っていたが、山伏となった主人公と娘は、互いに名乗ることもなく擦れ違い、遂に主人公は亡くなる。

物語中では遊女かうしゅが臨終に際して「さら（娑羅）やりむじゅ（林樹）の木のもと（下）に、かくると人にみ（見）えしかど」という今様を歌う。この歌謡は『梁塵秘抄』一九一番歌「娑羅や林樹の樹の下に、帰ると人には見えしかど、霊鷲山の山の端に、月はのどけく照らすめり」の前半部分に相当する。この今様をかうしゅが歌うことによって往生が約束され、永遠の命を生きることになるのである。

この物語の画中詞にも注目してみよう。第一段の絵は住吉詣での一行を迎えた遊女たちが、芸能を披露して都の貴族たちをもてなす場面である。物語本文には、「鼓などはうちやりて、朗詠し、今様などうたひすさぶ」とある。遊女の長者の傍らに施された画中詞には、「君をはじ（初）めてや、み（見）る時はや」とあり、きくしゅ（寿）という名の遊女の画中詞には、「千世もへ（経）ぬべしや」と記される。これらは「君を初めて見る折は、千代も経ぬべし姫小松、御前の池なる亀岡に、鶴こそ群れ居て遊ぶめれ」という著名な今様の一節である。この歌は『平家物語』の中で、推参した仏御前が清盛を前にして歌うことで知られる。この他にも遊女を描いた挿絵の画中詞には、多くの歌謡が書き入れられている。宴の場面の描写として、本文と交響させた有効な画中詞と評することができよう。

三　風流踊絵と歌謡

早く室町時代から行われ始めた風流踊は、江戸時代初期の寛永年間（一六二四〜四四）には、三代将軍徳川家光の愛好に支えられて新たな展開を遂げる。それは諸大名による家光への上覧風流踊が催されたことによるものであり、その際の貴重な踊歌資料が数点残されるに至った。また、それに続く時代には、近世風俗画として、風流踊の水脈を受け継いだ踊歌の絵画資料（以下〝風流踊絵〟と称す）も残された。今日までに紹介された資料の中の一点に国立国会図書館蔵『おどりの図』がある。

『おどりの図』は元禄年間（一六八八〜一七〇四）頃の成立と推定され、住吉踊・お伊勢踊・懸《かけ》踊・小切子《こきりこ》踊・小町踊・唐子《からこ》踊・泡斎《ほうさい》踊・指物《さしもの》踊の八種類の風流踊が、画賛形式の詞書入りで描かれている。最初の住吉踊の絵には、金地の団扇を右手に持って踊る一二人の踊衆が描かれる。それらの踊衆は真紅・茶色・香色（黄土色）の垂れ布を付けた黒い笠をかぶり、彼らが作る踊りの輪の中央には、薄香色の垂れ布と真紅・茶色・青色の布や袋で飾った風流の長傘を持つ僧形の人物と、御幣を振りかざして音頭を取る神官風の男が描かれている。そして詞書は、「住吉の岸の姫松、めでたさよ、と歌ひおさ（納・治）まりし代に、大伴家持、皇《すべらぎ》の御代栄へんと、東なる陸奥山に黄金花咲く。此御代より、よすか、よかるべき。これの御裏に井戸掘れば、水は湧かいで、金が湧く、と歌ひて団扇にて、拍子《ほうし》取り、舞ふ面白さ」とある。この詞書は、絵に金地の団扇を右手に持つ踊衆が描かれていることと対応している。意匠や持ち物に趣向を凝らした風流の踊が、絵と詞書によってまさに重層的に表現されているのである。すなわち、絵画と歌謡の出会いによって、この踊りの具体的な様子が的確に記録され、その雰囲気までもが後代に伝えられたのである。

四　近世初期風俗画と歌謡

戦国の世の集大成とも呼べる安土桃山時代から江戸時代初期は、中世から近世への橋渡しとしての役割を担った時期でもあった。この時期は美術史においても、町衆の居住地を描いた洛中洛外図屏風に代表される中世後期の作品から、近世の元禄絵画に至る間に位置し、風俗画と呼ばれる市井の生活風景が好んで画題とされた。それらの絵画は近世初期風俗画と呼ばれるが、その中には当時の人々の愛唱した歌謡が、画賛として書き入れられている例があり注目される。

例えば、「名所花紅葉図」(7) は掛幅に仕立てられた江戸時代初期成立の肉筆風俗画で、上段に高尾山の紅葉、中段に吉野山の桜、下段向かって右側に野田の藤、その左側に下男と少女を従えた男女が向き合って会話を交わす姿を描く。また上段と中段には散らし書きの画賛が入れられている。その画賛は「み（見）ても〳〵見あ（飽）かぬは、よしの（吉野）、さくら（桜）、のだ（野田）のふぢ（藤）、たかお（高尾）のもみぢ（紅葉）、さま（様）のた（立）ちすがた（姿）」という歌謡である。これは、江戸時代前期の遊里を中心とした流行歌謡の詞章の一節である。歌謡集で確認すると、『淋敷座之慰《さびしきざのなぐさみ》』（延宝四年〈一六七六〉成立）所収「吉原紋尽しのたたき」の一節と重なる。「吉原紋尽しのたたき」は、謡曲のようにシテ（遊里の客である男性）とワキ（遊女）の掛け合いの歌となっており、当該の一節は遊女であるワキの歌唱部分である。すなわち、この絵の下段に描かれた男女は、掛け合いで「吉原紋尽しのたたき」を歌っているのであり、その中の聞かせどころである歌枕が連続する一節が選ばれて、絵画化されたのである。

五　近世美人画と歌謡

江戸時代前期の寛文年間（一六六一〜七三）頃に多く描かれた絵画の一ジャンルに美人画がある。ここに例として掲出する「若衆図」[8]は、女性を描く一般的な美人画とは異なり、若衆歌舞伎の役者を描いたものではあるが、描かれた人物の美しさを絵画化した作品として、広義の美人画に位置付けられる。美人画には、画賛として歌謡が書き入れられる例が散見する。画賛に歌謡が用いられた最大の理由は、そこに描かれた人物が芸能にかかわる技芸を職業とするためである。

「若衆図」も寛文年間頃の成立で、初々しい少年の美貌が描かれる。絵の上部に「かりは（狩場）の鹿はあす（明日）をもし（知）らぬ、たはむ（戯）れあそ（遊）べ夢の憂よ（世）に」という画賛が入れられている。この画賛も、同時代に流行していた遊里歌謡の詞章の一節である。歌謡文献を検索すると、『吉原はやり小哥そうまくり』（寛文一二年〈一六七二〉以前刊）所収「かはりぬめり哥」の一節に当たる。これは上方で流行した〝ぬめり〟の替歌として、江戸吉原界隈で享受された歌謡であった。類歌は同時代の『淋敷座之慰』所収「春駒くどき木やり」にも見える。しかし、この歌謡の主題や表現の基盤は、既に室町小歌の中で確立されたものであった。例えば『閑吟集』五五番歌「何せうぞ、くすんで、一期《いちご》は夢よ、ただ狂へ」、「隆達節歌謡」に「明日をも知らぬ露の身を、せめて言葉をうらやかに」、「ただ遊べ、帰らぬ道は誰も同じ、柳は緑、花は紅」、「月よ花よと暮らせただ、ほどはないもの、うき世は」、「夢のうき世の露の命の、わざくれ、なり次第よの、身はなり次第よの」などと見える歌謡が先行する。阿国歌舞伎に始まる初期歌舞伎踊歌は、短章の室町小歌を多く摂取して繋ぎ合わせた詞章で知られる。この画賛もおそらくは、もと室町小歌の詞章に依拠して成立した若衆歌舞伎踊歌の一節であろう。すなわち、この画賛は書き留めがわずかしか残されていない若衆歌舞伎踊歌の詞章を補うものとして、注目すべき例と言える。

六　禅画と歌謡

江戸時代の絵画史上、けっして忘れてはならないジャンルに禅画がある。禅画には禅の故事を描いて、その世界への入門的な役割を果たした禅機画と、庶民教化のために描いた戯画がある。禅画の大家としては、臨済宗中興の祖とも尊称される白隠慧鶴《はくいんえかく》と、その後に登場した同じく臨済宗僧の仙厓義梵《せんがいぎぼん》が双璧と言えるが、二人の禅画には当時の流行歌謡が画賛に用いられた例が多く見られる。その大半は庶民向けの戯画においてであるが、一部の禅機画の中にも歌謡画賛を確認できる。以下に二、三の例を挙げる。

白隠に「鮭と鳥図」と呼ばれる戯画がある。この絵画の題材は、瀬を泳ぐ二匹の鮭と、樹下にとまる一羽の鳥で、画賛は「鮭は瀬に住む、鳥は木にとまります、人は情けの下たにすむ」とある。これは江戸期において人口に膾炙した歌謡の類歌で、近世歌謡の代表的集成の中に、多くの掲載例を確認できる。例えば、『落葉集』（元禄一七年〈一七〇四〉刊）巻四・古来中興当流踊歌百番・こんぎやら踊に「鮎は瀬にすむ鳥や木にとまる、どうしてなう、はてなう、人は情のこんぎやら〳〵、きやらこんぎやらこ〳〵、下にすむ、……」とある他、『延享五年小哥しやうが集』（延享五年〈一七四八〉成立）、『山家鳥虫歌』（明和九年〈一七七二〉刊）、『和河《わか》わらんべうた』（寛政元年〈一七八九〉成立）、『淡路農歌』（文政八年〈一八二五〉成立）、『巷謡篇』（天保六年〈一八三五〉自序）等、いずれも冒頭の魚を「鮎」とする多くの類歌の存在を指摘できる。白隠は貞享二年（一六八五）の誕生で、明和五年（一七六八）の入寂であるから、生存中にこれら歌謡集のうち、何点かは成立していたことになる。すなわち、白隠は当時流行していたこの歌謡の「鮎」を、「鮭」に替えて画賛としたのである。

ところで、この歌の眼目が末尾の「人は情けの下に住む」にあることは言を俟たない。したがって、白隠の主張もその点に存するはずである。これは『施行歌』という名の和讃において、他者への施行を勧めた白隠の姿勢と、軌を一にしたものと言えよう。冒頭の詞章を、生まれた河川を求めて戻る習性を持つ「鮭」に差し替えることによって、白隠は「人」が「情け」を求めて慕い集まることを強調したものと考えられる。

白隠「お福団子図」は、画面向かって右にお福が坐り、中央の囲炉裏で五串の団子を焼いている構図を採る。左端には「団子串にさいて待夜はこいで、びんぼ男やのどすばり」という画賛が書き入れられている。これは『延享五年小哥しやうが集』四七六番歌「団子串にさゐて待（つ）夜は来ひで、貧乏男や喉すばり」と見える歌謡である。なお、〝お福〟は一般に〝お多福〟と呼ばれ、布袋とともに白隠がしばしば禅画に用いた寓意像であった。この二種の寓意像は、当時の庶民に愛好されていたもので、ともに後述するおもちゃ絵の〝ちんわん節〟にも歌い込まれている。白隠禅画にお福が描かれた例は、この「お福団子図」の他にも、「お福お灸図」「おたふく女郎図」「布袋お福を吹く図」「葵御前道行図」等があり、絵画「おたふく女郎粉引図」とその画賛を発展させた歌謡集『おたふく女郎粉引歌』も存在する。

一方、仙厓の禅画も白隠のそれと同様に、ほとんどすべてに画賛が書き入れられている。それらの中には当時の巷間に流布し、人口に膾炙していた歌謡や諺とかかわる例が多く見られ、貴重である。

出光美術館蔵の仙厓の禅画に「桜に駒図」と銘打つ一点が存在する。画賛は「咲た桜になぜこま繋、駒がいさめば花が散る」である。これは近世を代表する歌謡として、広く知られる名歌である。『延享五年小哥しやうが集』、『春遊興』（明和四年〈一七六七〉刊）、『山家鳥虫歌』等に同じ歌謡が収録される。仙厓は「芸子図」にもこの歌謡を画賛として用いており、愛唱歌であったらしい。仙厓にとって、「駒」は心の寓意であった。時として、美しい桜の花を散らしてしまうような放埒な心を戒めたものであろう。

七　赤本の判じ物と歌謡

『はんじ物つくし当世なぞの本』という外題の赤本が、江戸期に出版された。扇面形や梨形の枠内に書き込まれた判じ絵（判じ物）が、上下二段組で構成されている。ここではそのうちの一図を、やや具体的に紹介しておく。

廿九（二九）番は、扇面形の中に書き込まれた判じ物である。まず漢字「作」を四つ置き、漢字平仮名混じりで「丹波の」、「馬」の絵、平仮名で「かたなれと」、丸囲みした漢字「今」、漢字平仮名混じりで「お江戸の」、大小二本の刀を腰に差した侍の絵、そして最後に大蛇の絵が置かれる。これは「与作丹波の馬方なれど、今はお江戸の、二本差しじゃ」と解読できる。すなわち、江戸前・中期を代表する流行歌謡であった小室節の一節に相当する。この歌謡は『落葉集』（元禄一七年〈一七〇四〉刊）、『延享五年小哥しやうが集』、『山家鳥虫歌』等の歌謡集に収録され、近松門左衛門の名作『丹波与作待夜の小室節』（宝永五年〈一七〇八〉大坂竹本座初演）まで生み出した。その流行歌謡の詞章を、この赤本の作者が判じ物に仕立てたことになる。この例は、流行歌謡が近世文化を象徴する赤本や判じ物と深くかかわる享受をされていたことを教えてくれる貴重な資料と言ってよい。

八　おもちゃ絵と歌謡

〝おもちゃ絵〟と称される子ども向けの錦絵版画がある。それは江戸時代末期から明治時代初期にかけて、盛んに摺られた一枚物の出版物である。判じ物や物尽くし絵、芝居の組み上げ絵、双六など多種に及ぶが、それらの中には、歌謡の詞章を細かく区切り、それぞれに彩色摺りの絵を添えて、コマ割りした例が見られる。その代表格は、〝ちんわん節〟のおもちゃ絵である。各コマ毎に読点を付して、詞章を掲出すれば次のようである（後述する文正堂版『しん板ちんわんぶし』による）。

ちん（狆）、わん、ねこ（猫）にやアちう、きんぎよ（金魚）にはな（放）しがめ（亀）、うし（牛）もうもう、こま（狛）犬にすず（鈴）がらりん、かいる（蛙）が三ツでみひよこひよこ、はとぽつぽに、たていし（立石）石どうろ（燈籠）、こざう（小僧）がこけてゐる、かい（貝）つ（衝）くかい（貝）つ（衝）く、ほてい（布袋）のどぶつ（土仏）に、つんぼゑびす（恵比寿）、がん（雁）がさんば（三羽）でとりゐ（鳥居）に、おかめ（亀）にはんにや（般若）に、ひうどんちやん、てんじん（天神）、さいぎやう（西行）、子もり（守）に、すまふとり（相撲取）どつこい、てんわう（天王）わいわい五十（重）のとう（塔）、おうま（馬）が三びき（匹）ひんひんひん

ちんわん節は、一枚摺のおもちゃ絵の中でも多くの異版を持ち、豊富な資料に恵まれている。『絵の語る歌謡史』

では嘉永五年（一八五二）刊の歌川重宣画『しんばん』、慶応三年（一八六七）刊の歌川芳藤画『しん板ちんわんぶし』（文正堂版）、以下一八点を集成したが、さらに次のような九点の資料が管見に入った。1から9の番号を付して紹介しておく。

1　『しんぱんちう《ママ》はんぶし』（歌川芳員画・安政四年〈一八五七〉刊・遠彦版）
2　『新板ちんわんぶし』（歌川国久画・安政四年〈一八五七〉刊・芝泉市版）
3　『しんばんちんわんぶし』（絵師不詳・明治三〇年〈一八九七〉刊・片田長次郎版）
4　『しん板ちんわぶ《ママ》し』（絵師不詳・明治三七年〈一九〇四〉刊・花香留吉版）
5　『しん板ちんわん猫』（歌川周重画・刊年不詳・通二丸鉄板）
6　『しん板ちんわんぶし』（歌川国とし〈利〉画・刊年不詳・長谷川常次郎版）
7　『ちうはんぶし』（一英斎芳艶画・刊年、版元不詳）
8　『しん板ちんわんぶし』（絵師、刊年、版元不詳）
9　『新ばん子供ちんわんぶし』（絵師、刊年、版元不詳）

1は『思文閣古書資料目録』第一八六号（二〇〇四年四月）に掲載されたおもちゃ絵である。2・3・9はインターネット上に紹介された資料で、3については写真も公開された。4と5は大阪教育大学小野恭靖研究室蔵となった一枚摺のおもちゃ絵で、5については『絵の語る歌謡史』の中で紹介したいせ辰版『新ばん手遊ちんわん』の原画である。6と7は関西大学図書館蔵。8は『福地書店目録』（二〇〇八年五月号）に掲載された一点である。

なお、以上の他、大正一五年（一九二六）に大阪菓子売りの浪華趣味道楽宗から、木版彩色摺の畳紙入りで刊行された『ちんわん唄カルタ』があり、近時、大阪教育大学小野恭靖研究室蔵となった。

このように、多くのおもちゃ絵に摺られたちんわん節は、元々は江戸の町のわらべうたとして、嘉永年間（一八四八〜五四）頃から流行したが、後に全国的な広がりを見せ、遂には大阪でもカルタが売り出されるに至った。『日本伝承童謡集成』には東京の雑謡として掲載される他、兵庫県の雑謡（尻取り・早口歌）として、さらには富山県の手毬歌としても採集されている。明治から大正に至る時代には、関東から西に広がり、北陸・近畿にも伝承されていたことを裏付けている。

おわりに

以上、歌謡と絵画資料との関係を、時代順にその代表例によって紹介した。その中で、小著『絵の語る歌謡史』刊行以後の新見や新資料を追加した。このように概観すると、日本歌謡史は、まさに日本絵画史と共に歩んできた観がある。日本人の心の中で、歌謡と絵画は深く結び付けられていたと言えよう。歌謡史を辿ることは、各時代を生きた人々の心の歴史を訪ねることに他ならないが、その際に人々（主として歌謡の享受者層）が絵画とも親しく付き合い、歌謡と共に心の糧としたことに、思いを巡らすこともけっして忘れてはならないのである。

注

（1）この問題については拙稿「口承と書承の間」（『歌謡とは何か』〈二〇〇三年・和泉書院〉所収／小著『韻文文学と芸能の往還』〈二〇〇七年・和泉書院〉Ⅰ論考編第二章第一節に再録）で述べた。参照願いたい。

（2）「平家納経の絵と今様の歌」（『仏教芸術』第一〇〇号〈一九七五年二月〉）

（3）この詞章は巻一・一八番歌による。巻二・一九四番歌ではこの句の「遥か」の後に「なり」が続く。

（4）注（2）掲出の亀田論文ではもと勧発品《かんぱつほん》であったものと推測している。

（5）この今様は三句で、本来四句形式であるはずの一句を欠いているが、おそらく第一句の「山林静かに独りゐて」と「修道法師の前にこそ」の間に七・五音もしくは八・五音の一句があったものと推定される。
（6）『平家納経の研究』（一九七六年・講談社）
（7）反町弘文荘主宰『古書逸品展示大即売会目録』（一九七五年一月・日本橋三越本店）一三二頁掲載。
（8）『江戸庶民の絵画』（『日本美術全集』第二二巻〈一九七九年・学習研究社〉）掲載。

【参考図書】

小野恭靖『絵の語る歌謡史』（二〇〇一年・和泉書院）
小野恭靖『韻文文学と芸能の往還』（二〇〇七年・和泉書院）
小野恭靖『ことば遊びの文学史』（一九九九年・新典社）

11　新出おもちゃ絵の歌謡考
――『新板小供うたづくし』紹介――

はじめに

江戸時代末期から明治時代にかけて、子ども向けの一枚摺り版画が世に多く流布した。それらの版画は当時を代表する浮世絵師が手がけた作品で、今日では〝おもちゃ絵〟と呼ばれている。稿者はこれまでおもちゃ絵の中に摺られた歌謡について注目し、多くの資料を紹介するとともに、考察を重ねてきた(1)。

本節では近時、大阪教育大学小野研究室蔵となった、新出のおもちゃ絵の歌謡資料である『新板小供《ママ》うたづくし』を影印と翻刻によって紹介し、当該資料の位置付けを行う。本資料は「小(子)供うた」と銘打つものの、わらべうた(伝承童謡)だけを収録する他のおもちゃ絵資料とは異なり、収録する六首(曲)のうちの大半を端唄や俗曲とする点に大きな特徴がある。

一　『新板小供うたづくし』解題

『新板小供うたづくし』は、一枚摺りのおもちゃ絵である。大きさは縦三七・〇糎×横二五・〇糎。彩色のいわゆる錦絵で、上段の郭外に「新板小供うたづくし」という表題、「国あき画」という作者(絵師)名、ならびに

「小林板」という版名が摺られている。また、左下には張り出しの郭が見えるが、そこには「御届　明治十八年月　日」「画工兼出版人　本所区林町一丁目二バンチ　小林新吉」という刊記が摺られている。これは上部の版名に「小林板」とある版元が、具体的に記されていることになる。

郭内は一段六コマの六段組で、合計三六のコマからなる。一段目右を起点として、左へと順にコマを読み進めていくと、歌謡の詞章が立ち上がってくる。最初のコマは、蝶と蜻蛉《とんぼ》が飛んでいる下に虫籠を持った子どもの絵が描かれ、周囲の余白に歌謡の冒頭を意味する庵点《いおりてん》を置き、その下に「てう〳〵とんぼやきり〴〵す」という歌詞が見える。続いて一段目を左に読み進めると、一段目の左端までの六コマで、一首（曲）の歌となることがわかる。その歌詞の意味を捉えて、漢字を当てて表記すると、「蝶々蜻蛉《とんぼ》や蟋蟀《きりぎりす》、その山で、お山で囀《さいづ》るのが、松虫鈴虫、轡《くつわ》虫《むし》、おっちょこちょいのちょい」（各コマ毎に読点で区切って表示、以下同様）となる。この歌は明治時代を代表するわらべうたのひとつで、一般に「蝶々とんぼ」の名で親しまれた。東京上野音楽会編『近世俚謡歌曲集』（大正四年〈一九一五〉・盛林堂）にも掲載されている。

続いて二段目右端が二首（曲）目の最初のコマであるが、そこには擬人化されて着物を着せられた兎が描かれる。余白部分には、庵点の下に「う、さぎ〳〵なにをみて」とあり、左に追っていくと、三段目の右から三コマ目までで「兎兎何を見て、跳ねまする、十五夜お月さま、見るから浮かれて、搗《つ》き抜《ぬ》き団子に、薄《すすき》に枝柿《えだがき》、枝豆芋栗《えだまめいもぐり》、大きな蛤《はまぐり》、皆さん好きだんべい」となる。この歌は江戸時代後期から明治時代にかけて、巷間に流行した端唄「十二月」のうち、八月に相当する部分の歌詞である。

三段目の右から四コマ目からが三首（曲）目の歌謡となる。最初のコマは、祭太鼓を叩こうとする男児の絵の余白に、庵点を伴った「いなりまつりのたいこのね」という歌詞が見える。この歌は左に並ぶ五・六コマ目の二コマに続き、合計三コマの短章の歌詞で終わる。漢字を当てるならば、「稲荷祭《いなりまつり》の太鼓の音《ね》、狸狸《たぬき》や独《ひと》りで、つくづく考え（へ）腹鼓《はらつづみ》」となる。この歌は現在のところ類歌を探し出すことができないが、歌詞はわらべうたとして歌われたものと見なして差し支えないものと推測される。

四段目の右端から四首（曲）目が始まる。最初のコマには隅田川らしき川堤の春景色の絵が描かれ、余白に庵点を伴った「はなのやよひはむこうじま」という歌詞が見える。その段を左に読み進めていくと、左端までの合計六コマで「花の弥生《やよい》は向島《むこうじま》、お酒《ささ》の機嫌《きげん》で土手を見れば、お茶の姉さん狐《きつね》で、来《き》なせい帰りは夜桜《よざくら》、花魁《おいらん》眺めて格子《こうし》へ、首挟《はさ》む」という歌詞が摺られていることがわかる。この歌謡も前掲の「兎兎何を見て……」と同様に端唄「十二月」の一節で、こちらは三月に相当する部分の歌詞である。また、この歌詞の部分は「こりゃこりゃ」という囃子詞を伴わせて歌うこともあったようで、「コリャコリャ節」という名称の歌謡としても知られていた。歌詞自体は妖艶な内容を持つ大人向けの歌で、一見子どもにはそぐわない内容と思われるが、おもちゃ絵として摺り入れられたところからすれば、子どもにも愛唱された流行歌謡であったと判断できる。これは現代でもアイドル歌手が性的な内容の歌詞を歌い、同世代の子どもたちの間で流行する場合があることと軌を一にするものであろう。

次に第五段目に移る。右端のコマは赤い首輪と鈴を付けた猫が、赤い座布団の上で右前脚を上げている絵が描かれる。余白には庵点を伴った「ねこじやねこじやと」という歌詞が見える。続けて左のコマを読むと、合計四コマで「猫じゃ猫じゃと、仰《おつしやい》ますなこの猫が、猫が足駄《あしだ》履《は》いて、絞《しぼ》りの浴衣《ゆかた》で来るものか」という歌詞となる。この五首（曲）目は著名な端唄「猫じゃ（ぢや）猫じゃ（ぢや）」の歌詞である。この場合の「猫」とは「山猫」などとも称された遊女のことを暗示したもので、前歌と同様に子どもには不相応な内容と思われる。しかし、子どもたちがどの程度まで内容を理解できていたかは別として、おそらく彼らの間でも流行した歌謡であったからこそ、このようなおもちゃ絵に登場してきたものであろう。

五段目の右から数えて五コマ目から、このおもちゃ絵の最後のコマに当たる六段目の左端までの合計八コマに、第六首（曲）目が摺られている。最初のコマには空を高く見上げる男児の姿が描かれ、余白に庵点を伴った「五月のぼりはちまきにかしわもち」という歌詞が見える。以下、続けて左にコマを読み進めていくと「五月幟《ごがつのぼり》は粽《ちまき》に柏餅《かしわもち》、菖蒲刀《しょうぶがたな》や、義経弁慶、神功皇后《じんぐうこうごう》、加藤が虎狩り、鍾馗《しょうき》が力めば、鬼めが怖がる、大きな鯉を揚げ」という歌詞となる。これもまた前掲の端唄「十二月」の一節で、五月の部分に当たる。この歌詞は男児の節句である端午の節句を歌ったもので、子ども歌にふさわしい内容と言える。しかし、一般の流行歌として広く歌われた端唄であるところからすれば、わらべうたとは異なる性格を持った歌であると言えよう。

以上、このおもちゃ絵には合計で六首（曲）の子ども歌が掲出されていることになるが、その大半は巷間に流行した俗曲とも言うべきものである。その意味で、従来紹介してきたわらべうたのみを掲載するおもちゃ絵の歌謡資料とは大きく異っている。

このおもちゃ絵を描いた絵師「国あき」は、二世歌川国明であろう。この人は初世歌川（平沢）国明の弟で、歌川国貞（三世豊国）の門人となり、明治二一年（一八八八）に五四歳で没したという。すなわち、死去の三年前の仕事がこのおもちゃ絵ということになる。

二　『新板小供うたづくし』翻刻

以下、『新板小供うたづくし』を、大阪教育大学小野研究室蔵本によって紹介し、併せて影印（［図6］）を掲げる。翻刻に際しては庵点や表記の清濁や踊り字などについて、可能な限り原文通りの表記に従うこととする。また、一コマに記された歌詞を一行として掲載する。

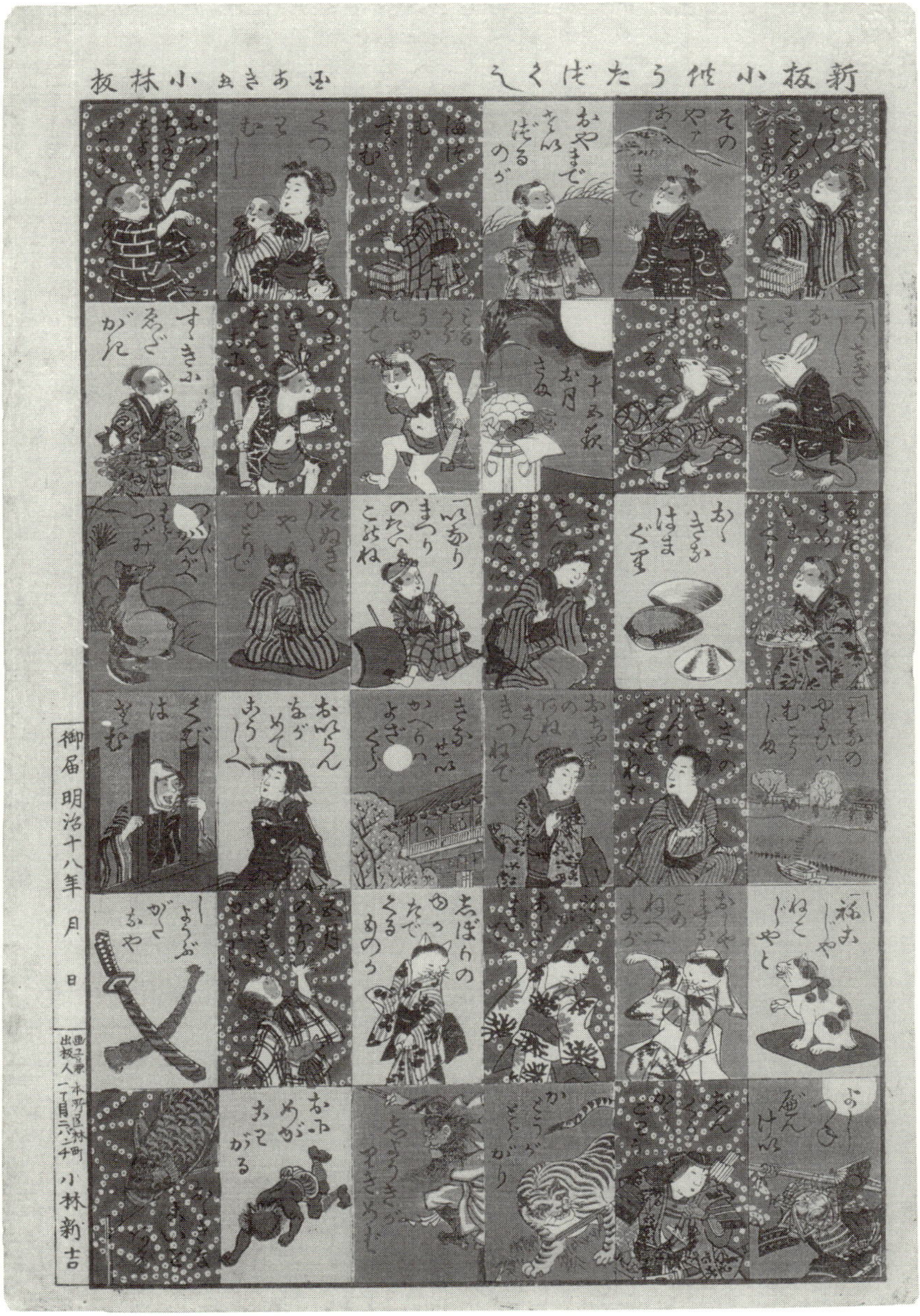

［図６］おもちゃ絵『新板小供うたづくし』

【翻刻】

「てう〳〵とんぼやきり〴〵す
そのやァあゝまで
おやまでさいづるのが
まつむしすゞむし
くつわむし
おつちよこちよいのちよい　（以上、第一段目）

「うゝさぎ〳〵なにをみて
はねまする
十五夜お月さま
みるからうかれて
つきぬきだんごに
すゝきにゐだがき　（以上、第二段目）

ゐだまめいもくり
おゝきなはまぐり
みなさんすきだんべい
「いなりまつりのたいこのね
たぬき〳〵やひとりで
つく〴〵かんがへはらつゞみ　（以上、第三段目）

「はなのやよひはむこうじま
おさゝのきげんでどてをみれば
おちやのあねさんきつねで
きなせいかへりはよざくら
おいらんながめてこうしへ
くびはさむ　（以上、第四段目）

「ねこじやねこじやと
おしやますなこのねへヱこが
ねこがあしだはいて
しぼりのゆかたでくるものか
「五月のぼりはちまきにかしわもち
しようぶがたなや　（以上、第五段目）

よしつねべんけい
じんぐうかうごわう

かとうがとらがり　おにめがこわがる
しようきがりきめば　おゝきなこいをあげ
（以上、第六段目）

おわりに

以上、新出のおもちゃ絵の歌謡資料として、大阪教育大学小野研究室蔵『新板小供うたづくし』を紹介した。以下、覚え書きとしてその他のおもちゃ絵の歌謡資料について触れておく。

従来紹介されてきたおもちゃ絵の歌謡資料は、そのほとんどが江戸版であった。本節で紹介した『新板小供うたづくし』も、江戸で版行されたものである。しかし、近時稿者は大阪版の資料も確認することができた。版元は大阪長堀橋の井上市衛である。縦一五・二糎×横二三・七糎の錦絵である。横長の版画であり、これは江戸版と異なる一般的な大阪版の特徴を具えていることになる。資料の詳細かつ具体的な内容については、次節で述べることとしたい。

注

（1）以下のような拙稿を発表した。ご参照願いたい。
・「「狆わん」の歌謡考」（『近世歌謡の諸相と環境』〈一九九九年・笠間書院〉第二章第八節所収）
・「近世歌謡の絵画資料」（『歌謡―文学との交響―』〈二〇〇〇年・臨川書店〉所収）
・「〝ちんわんの歌謡〟続考」（『学大国文』第四三号〈二〇〇〇年二月〉）
・「ちんわん節―おもちゃ絵と歌謡」（『絵の語る歌謡史』〈二〇〇一年・和泉書院〉Ⅸ所収）
・「おもちゃ絵の歌謡考」（『日本歌謡研究』第四一号〈二〇〇一年一二月〉）

・「おもちゃ絵の歌謡続考」（『大阪教育大学紀要（第I部門）』第五一巻第二号〈二〇〇三年二月〉）
・「絵で読む流行歌謡」（『國學院雜誌』第一一〇巻第一一号〈二〇〇九年一一月〉）

12　新出大阪版おもちゃ絵の歌謡資料紹介

はじめに

江戸時代末期から明治時代にかけて、子ども向けの一枚摺り版画が世に多く流布した。それらの版画は、当時を代表する浮世絵師が手がけた作品で、今日では〝おもちゃ絵〟と呼ばれている。おもちゃ絵には、美濃紙の半紙寸法（B４判）に当たる大判の江戸版と、それより幅の細いサイズの上方版があった。今日知られる上方版は、ほとんどすべてが大阪版である。稿者はこれまでおもちゃ絵の中に摺り入れられた歌謡について注目し、多くの資料を紹介するとともに、考察を重ねてきた。(1)しかし、それらの資料は江戸版に限られており、歌謡が摺り入れられた大阪版のおもちゃ絵は従来管見に入っていなかった。しかし、このほど歌謡が入れられた無題の大阪版おもちゃ絵資料を、大阪教育大学小野研究室で所蔵することができたので、影印と翻刻によって紹介するとともに、位置付けを行いたい。

一　井上市衛版おもちゃ絵　解題

当該の資料は、縦一五・二糎×横三三・七糎の大きさの横長一枚摺りおもちゃ絵である。江戸版とは異なる横長の版画であり、一般的な大阪版の特徴を具えている。多色摺りのいわゆる錦絵で、郭の内外ともに表題はない。郭内は一段一二コマの四段組で、合計四八のコマからなるが、最下段の四段目右端、すなわち右下隅のコマに刊記が摺り入れられている。そこには「□月十八日出版」「印刷兼発行者　大阪長堀橋　井上市衛」と見える。

このうち、出版時期に関しては、月に相当する□部分の摺りが薄く、判読することができない。もとより年記は摺られていないから、具体的な出版時期は不明といわざるを得ない。そこで全体の摺りの状態や内容等から判断すると、おおよそ明治時代中期の刊行と推定することができる。

本文は第一段目の右を起点として、左へと順に一二のコマを読み進めていくことになる。最初のコマは縹《はなだ》色の着物に朱色の帯を締め、縹色の頭巾をかぶった人物が両手を挙げて踊っている絵が描かれ、周囲の朱地の余白に、「ごんべがたねまく」という詞が見える。続いて左のコマを順に読み進めると、第一段目の左端までの一二コマで、一首（曲）の歌謡詞章が立ち上がってくる。それぞれの詞の意味を捉えて漢字を当て、各コマ毎に読点で区切って表記すると次のようになる。

権兵衛《ごんべ》が種蒔《たねま》く、烏《からす》が穿《ほぜく》る、三度《さんど》に一度《いちど》は、追《お》はずばなるまへ、向《む》ふの小山《こやま》に、十六《じゆうろく》、島田《しまだ》が、出《で》てきて、
拱《こまね》く、何《なに》かはさて置《お》き、行《ゆ》かずはなるまい、ずんべら〳〵〳〵

この歌詞は、三重県や愛知県で広く伝承された「種蒔き権兵衛」と呼ばれる民謡である。この民謡は、三重県北牟婁郡海山町（現紀北町）に伝承された民話があり、そこから発生した民謡と言われる。今その代表とされる海山町の民謡の歌詞を紹介すれば、次のようである。

権兵衛が種まきゃ、烏がほぜくる、三度に一度は、追はずばなるまい、ズンベラ、ズンベラ、向うの小山の、
小松の小蔭で、十六島田が、出て来て小招く、なにをか捨ておけ、行かずばなるまい、ズンベラ、ズンベラ

前掲のおもちゃ絵の歌謡と、この民謡との間には異同が見られる。しかし、両者を比較すると、おもちゃ絵の歌

詞の方に欠脱が考えられるものの、同一歌謡と認定することができる。なお、おもちゃ絵の第一段目に位置する一二のコマに描かれた絵は、いずれも一コマに一人の人物が踊っている絵で、当該の歌詞部分を歌いながら、この絵の通りに踊れば「種蒔き権兵衛踊」を完成させることができる。絵の人物は着衣や人相からして、すべて別人として描かれているから、本来は多くの人が集団で参加して、輪踊りもしくは列踊りの形態で踊っていたものと推定される。その一人一人をクローズアップして描いたという設定なのであろう。

続く第二段目に位置する一二のコマであるが、擬人化された雌狐と人間の男の絵が、一部を除いて交互に登場し、両者の問答という設定を取っているものと考えられる。第一段目と同様に、本文の意味を捉えて漢字を当て、各コマ毎に読点で区切って表記すると、次のようになる。

結《むす》んでおくれ、手《て》も美《うつく》しい、好《す》かん事《こと》、堪《たま》らん〱、御代《おか》はり致《いた》しませふ、豪《あら》い御馳走《ごちそう》、手《て》も心地好《ここちよ》い事《こと》、御《お》加減《かげん》は、やつとこせは〱、ちやん〱、序《ついで》に日和《ひより》を見《み》て、給《たも》れきい〱

これに該当する歌謡は管見に入らない。おそらく歌謡ではなく、雌狐とその雌狐に騙された男との掛け合いの台詞なのであろう。

第三段目と第四段目は、擬人化された雄狐と人間の男の一続きの掛け合いである。本文の意味を捉えて漢字を当て、合計二三各コマ毎に読点で区切って表記すると、次のようになる。なお、コマを亘って一語の漢字で表記できる場合には右傍らの（　）内に示した。

いいへ〱、下《した》に〱、歩《あゆ》め〱、はい、へゑ〱、叩《たた》いた〱、どこ、どん〱、ひら〱、ヒヱラ〱、静《しづ》かに〱、ちやん〱、ぱん、きつ（狐）、ねの、よめ、い、り（嫁入り）、狐《きつね》の、ぎよ、れつ（行列）、下《した》に、下《した》に

これも歌謡ではなく、雄狐と男の掛け合いの台詞と考えてよいであろう。

以上、このおもちゃ絵には一首（曲）の歌謡と、二種の掛け合いの詞が掲載されていることになる。注目すべき

は、冒頭の歌謡が「種蒔き権兵衛」と題された著名な民謡であることに他ならない。この民謡は江戸時代に実在した上村権兵衛を主人公にした民話から生み出されたもので、その飄々とした歌詞が子どもにも受け入れられたものであろう。ちなみに権兵衛は武士の家に生まれたが、父の死後に百姓となった人物である。しかし、元武士であったため、農作業はおぼつかなく、種を蒔くそばから鳥に食べられてしまうような状態であった。それでもあきらめなかった権兵衛は、やがて村一番の百姓になったと伝えられる。

また、この歌謡は昭和三年（一九二八）には、藤原義江によって「権兵衛が種まく」という題でレコード化された。その歌詞は、「権兵衛が種まく、烏がほじくる、三度に一度は、追わずばなるまい、ズンベラ、ズンベラヨー」であった。さらに戦後には、歌詞を元にした合唱曲が生み出されたが、それには民謡とはかけ離れた「黒人霊歌」の曲が用いられたという。

このおもちゃ絵を描いた絵師は不明であるが、明治時代中期刊行の大阪版であることを考えれば、二代目長谷川貞信か、その周辺にいた人物と思われる。

二　井上市衛版おもちゃ絵　翻刻

以下、井上市衛版おもちゃ絵を大阪教育大学小野研究室蔵本によって紹介し、併せて影印を掲げる（［図7］）。翻刻に際しては、清濁や踊り字などの表記は、可能な限り原文のままとする。また、一コマに記された歌詞を一行として掲載する。

［翻刻］

ごんべがたねまく　―　からすがほぜくる

さんどに一どは
おはずばなるまへ
むこふのこやまに
十ろく

しまだが
でてきて
こまねく
なにかはさておき

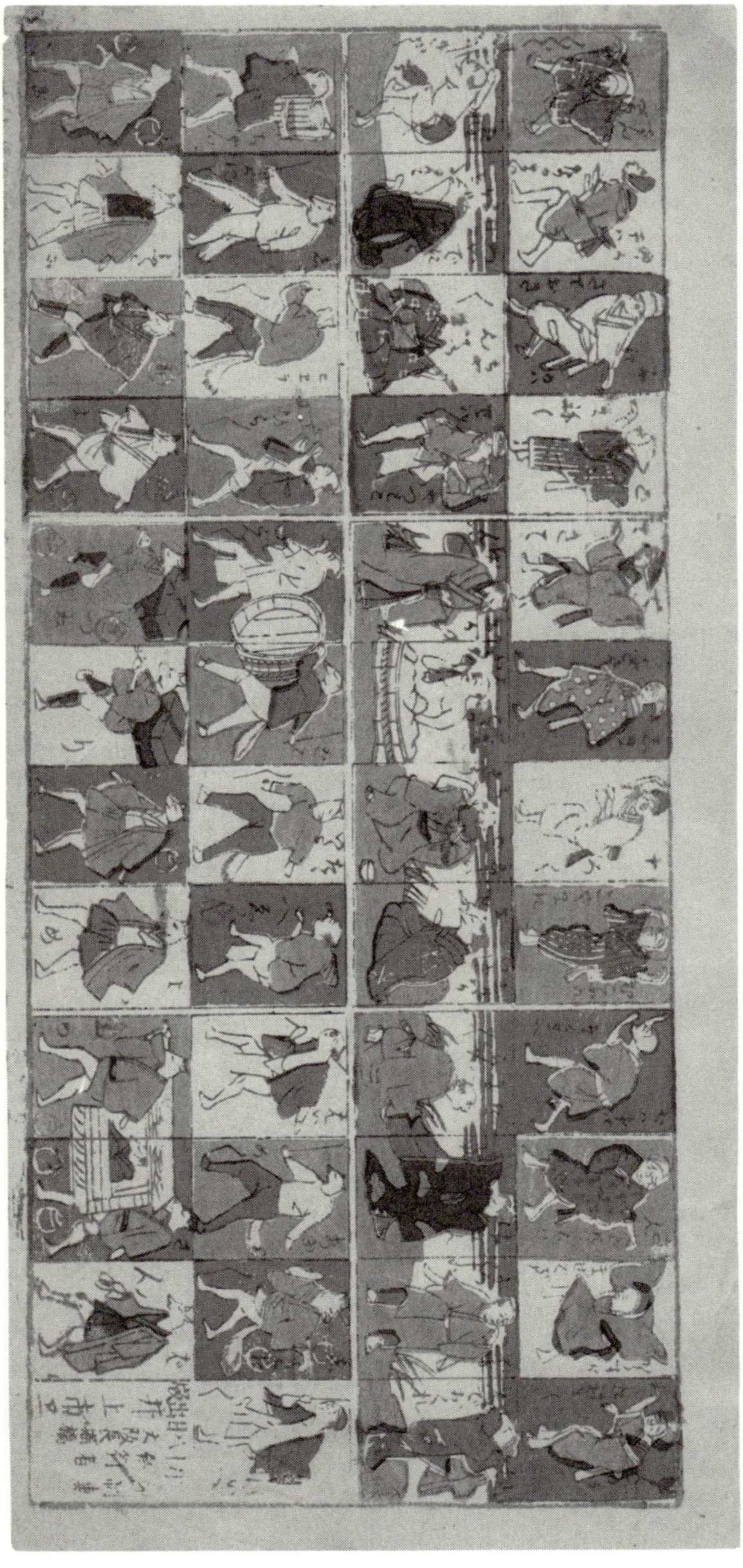

［図7］井上市衛版おもちゃ絵

ゆかずはなるまい
ずんべら〳〵〳〵
（以上、第一段目）

結んでおくれ
てもうつくしい
すかん事
たまらん〳〵
おかはりいたしませふ
ゑらいごちそう
てもこゝちよい事
おかげんは
やつとこせは〳〵
ちやん〳〵
ついでに日よりをみて
たもれきい〳〵
（以上、第二段目）

いいへ〳〵
したに〳〵
あゆめ〳〵

はい
へゑ〳〵
たゝいた〳〵
どこ
どん〳〵
ひら〳〵
ヒヱラ〳〵
しづかに〳〵
ちやん〳〵
（以上、第三段目）

ぱん
きつ
ねの
よめ
い
り
きつねの
ぎよ
れつ

したに　一　したに　（以上、第四段目）

おわりに

以上、新出の大阪版おもちゃ絵の歌謡資料として、大阪教育大学小野研究室蔵井上市衛版を紹介した。流行歌謡が摺り入れられたおもちゃ絵は、未紹介のものが相当数残されている。今後、順次紹介していきたいと考えている。

注

（1）以下のような拙稿を発表した。ご参照願いたい。

・「「狆わん」の歌謡考」（『近世歌謡の諸相と環境』〈一九九九年・笠間書院〉第二章第八節所収）

・「近世歌謡の絵画資料」（『歌謡―文学との交響―』〈二〇〇〇年・臨川書店〉所収）

・「〝ちんわんの歌謡〟続考」（『学大国文』第四三号〈二〇〇〇年二月〉）

・「おもちゃ絵の歌謡考」（『日本歌謡研究』第四一号〈二〇〇一年一二月〉）

・「ちんわん節―おもちゃ絵と歌謡」（『絵の語る歌謡史』〈二〇〇一年・和泉書院〉Ⅸ所収）

・「おもちゃ絵の歌謡続考」（『大阪教育大学紀要（第Ⅰ部門）』第五一巻第二号〈二〇〇三年二月〉）

・「絵で読む流行歌謡」（『國學院雜誌』第一一〇巻第一一号〈二〇〇九年一一月〉）

・「新出おもちゃ絵の歌謡考―『新板小供うたづくし』紹介―」（『大阪教育大学紀要（第Ⅰ部門）』第六〇巻第一号〈二〇一一年九月〉）

13　田植踊歌の風流

はじめに

東北地方が民俗歌謡の宝庫であることは、広く知られている。民俗歌謡とは、労作唄（歌）や祝唄を中心とした日常生活に深く関わる歌謡群である。菅江真澄《すがえますみ》『鄙廼一曲《ひなのひとふし》』（文化六年〈一八〇九〉成立）には、江戸期におけるその地の民俗歌謡が多く採集されている。同書に採集された歌謡詞章を概観して、すぐに気付くことは、伝承地域に根ざした独自の表現を持つ歌が見られる一方で、他の複数の地域に伝承された歌ときわめて近似する詞章も、かなりの数が存在するということである。その背景には、歌謡の伝播の問題があることは言うまでもない。しかし、ここで問題にしたい点は各地の民俗歌謡の中に、その土地独自の表現を超えた、いわゆる流行表現や流行歌謡の詞章の一部が認められる事実である。

ここでは、山形県村山地方の田植踊歌（達磨寺田植踊歌〈山形県東村山郡中山町〉・中郷田植踊歌〈寒河江市中郷〉・日和田田植踊歌〈寒河江市日和田〉）をもとに、その中に見られる流行表現、流行歌謡詞章の一部を具体的に指摘する。流行歌謡には様々な位相があるが、ここで主として問題にしたいのは、江戸期（近世）に都市部で流行した歌謡との関係についてである。

田植踊は稲作の過程を歌舞化した豊年予祝の踊りで、田遊びを風流化したものである。したがって、田植踊歌は必ずしもすべてが、労作唄を基盤にしたものというわけではない。しかし、そこには籾摺唄とかかわる労作唄も見られる。また、田植踊歌のほとんどが、祝言性や予祝性を表わす祝唄として機能している。この点も民俗歌謡の性格のひとつと言える。そして、特にそれらの祝唄は歌詞の上から、流行歌謡と深くかかわる例が多い。この点について、具体例を挙げて考察する。その結果、田植踊歌の中の祝唄が、〝歌詞の風流〟とでも呼ぶべき性格を担っていたことを浮き彫りにしていきたい。

一　近世流行歌謡とかかわる田植踊歌

江戸時代には、都市を中心とした文化圏から多くの歌謡が発信され、流行歌謡として東北地方も含めた全国に広がっていった。ここで考察の対象とする山形県村山地方の田植踊歌の歌詞の中にも、多くの流行歌謡の断片が認められる。以下に、それらの例を具体的に列挙して、考察を加えることとする。最初に○として田植踊歌の歌詞を掲げ、次に※として関連する流行歌謡を掲出する。また、その他の備考がある場合には、☆を付して記すこととする。

なお、田植踊歌の出典は、『田植踊哥記』『田植踊、並びに枡取り舞、花笠舞唄』が達磨寺田植踊歌のテキスト、『中郷田植踊唄本』が中郷田植踊歌のテキスト、『日和田弥重郎花笠田植踊の唄』が日和田田植踊歌のテキストである。[1]

例（A）

○イカン　門やまんつ〔松〕のなああんあ　一の枝にな　遠のおの御鷹がな　巣うんうをかけ

（『田植踊哥記』【御正月の歌始】）

○イースン　門の松のな　一の枝にな　殿のお鷹がな　巣をかけ

〇ソウレワ　門や松の一の枝に　御殿《おんど》の鷹が　オヤ巣をかけ（『中郷田植踊唄本』【それは】唄）
（『田植踊、並びに枡取り舞、花笠舞唄』【お正月】唄）

※目出た目出たが、たび重なりて、鶴が御門《ごもん》に、巣をかけた
（『延享五年小哥しやうが集』〈延享五年（一七四八）写〉二五〇番歌）

※鶴が御門《ごもん》に、巣をかきよならば、亀はお庭に、甲を乾《ほ》そ（『延享五年小哥しやうが集』二五一番歌）

※白鷺や、船の舳《へさき》に、巣をかけて、波にゆられて、しやんと立つ
（『山家鳥虫歌』〈明和九年（一七七二）刊〉二〇五番歌）

※目出度目出度が、三つかさなれば、鶴が御庭に、巣をかける
（『賤が歌袋』〈文政五年（一八二二）刊〉二五六番歌）

ここに挙げた村山地方の田植踊歌の諸例は、共通して「鷹」が「門松」の「一の枝」に「巣」を「かけ」たことを歌う。これは〝屋形《やかた》賛《ほ》め〟と呼ばれる予祝の表現である。すなわち、歌われる対象の家に新年早々に瑞兆が現われる表現を採ることによって、繁栄を予祝するわけである。一方、『延享五年小哥しやうが集』以下の歌謡集に収録された近世の流行歌謡には、「鶴」が「門」や「庭」に「巣」を「かけ」たと歌う例が見られる。これも同じく祝唄としての性格を持っている。すなわち、田植踊歌は当時流行していた祝唄の表現を基盤とし、地方の実情や指向に叶った鳥である「鷹」や、新年という折に適合した「門松」の「一の枝」に改変した歌詞が伝承されたものと考えられる。

例（B）

〇ア　夫《それ》はや　家《か》まや蔵〔鎌倉〕の御所の　やん家方《やかた》はな　二階作りでな　やん八つむね〔棟〕

〇ア　夫《それ》はや　七つ八つのむ子〔棟〕をな　あん上げてなや　二階作りでな　やん八つむね

〇ア　ソーレワヤー　鎌倉の御所の　館はな二階づくりでな　八つ棟

（以上、『田植踊哥記』【あや〔綾〕】歌〈午前の歌〉）

〇ア　ソーレワヤー　七つ八つ棟をな　上げてな　二階づくりでな　八つ棟

（以上、『田植踊、並びに枡取り舞、花笠舞唄』【綾】唄）

※四方白壁、八つ棟作り、前は大川、蛇が鼻よ（『延享五年小哥しやうが集』七八番歌）

※鎌倉の、御所のお庭で、十七小女郎が酌をとる、ゑいそりや、十七小女郎がしやくをとる

（『大幣』〈貞享二年（一六八五）刊〉獅子踊前歌）

※鎌倉の御所のお庭で十七小女郎が酌をとる、えいそりや十七小女郎が酌をとる……

（『落葉集』〈宝永元年（一七〇四）刊〉巻三・中興当流丹前出端「成相」）

※鎌倉の御所のお庭で、十三の小女郎が酌をとる。目につかば、連れて御坐れよ、江戸品川の浜までも

（大田南畝『麓廼塵』〈天保三年（一八三二）頃写〉所収「ほそり」）

☆鎌倉の御所のお前で、七つ小女郎がしゃくをとる、酒よりも肴よりも、七つ小女郎が目についた

（白隠慧鶴「皿回し布袋図（甲）」画賛〈明和五年（一七六八）以前成立〉）

例（B）に掲出した村山地方の田植踊歌の諸例は、「鎌倉の御所」が「八つ棟」造りであるとする基本的な表現を共有している。しかし、田植踊歌を離れた一般の歌謡においては、通常この二種のキーワードは別々に登場する。すなわち、建築物の豪華さを歌う「八つ棟」と、〝鎌倉節〟という名で広く流布した「鎌倉の御所」から歌い始める歌とが、それぞれ別個に歌われるのである。まず、「八つ棟」と歌われた「八棟造り」は、棟や破風が多く豪壮な屋根を持つ建物を言う。江戸期の裕福な民家に多く見られた建造様式であった。それを歌い込むことによって、歌われた対象の家の繁栄を寿ぐ狙いがあったものと考えられる。一方、「鎌倉の御所」は武家政治発祥の地の「鎌

倉」の「御所」を歌う。華やかな都会「鎌倉」の、中枢的な場所である「御所」の持つ繁栄のイメージが愛好されたものであろう。流行歌謡においては、『延享五年小哥しやうが集』七八番歌のように、「八棟造り」の屋敷を歌う例と、『大幣』所収「獅子踊前歌」以下の諸例のように、「鎌倉の御所」を歌い込むものが確認できる。(2) 特に後者は〝鎌倉節〟とも総称され、日本全国にわたる広い地域で、風流踊歌系統の歌謡として流布した。また、白隠慧鶴の禅画には掲出した例以外にも、「棒廻し布袋図」に「鎌倉の御所のおまいで」という画賛が書き入れられており、(3) この歌謡が白隠居住の駿河国でも歌われていた風流踊歌系統の流行歌であったことが推定できる。村山地方の田植踊歌では、その両者が融合した形の歌詞として、残されている点がきわめて興味深い。

以上、「近世流行歌謡とかかわる田植踊歌」として、ここに掲出した田植踊歌二例は、いずれも華やかな風流性と祝言性を持っている。すなわち、風流性と祝言性を重視した田植踊歌が、当時の流行歌謡を摂取したのである。

二　近世芸能の歌いものとかかわる田植踊歌

江戸時代には多くの芸能が興り、その多くは歌謡を伴っていた。それらの担い手の多くは、門付けの芸能者たちであったが、彼らによって東北地方も含む全国に広められた。山形県村山地方の田植踊歌の歌詞中にも、芸能にかかわる多くの歌謡の断片が認められる。以下に、それらの例の一部を具体的に列挙して、簡単な考察を付することとする。

例（C）

○見さいな〳〵、何にやら舞か見さい〳〵、何にやらかにやらない程に〳〵こくだいまえ〔黒大舞〕とのはや〔囃〕したり。（『田植踊哥記』【男升舞取り歌】）

☆見さいな〱、お餌差舞を見さいな……（鳥刺踊唄《とりさしおどりうた》）
☆見さひな〱、国入りを見さひな、あごの長がひ李之助が国入りを見さひな、無々々々無々々々
（白隠慧鶴「杢之助《もくのすけ》図」画賛）

「見さいな〱」で歌い始める歌は、物真似や身振りを主体とした芸能性の強い鳥刺踊唄（刺鳥刺唄《さいとりさしうた》）である。[4]白隠の禅画「杢之助図」は、奴姿の杢之助が踊る構図に、この類歌の画賛が書き入れられている。『田植踊哥記』所収【男升舞取り歌】は、そういった賑やかな芸能における歌謡を元に仕立てられた歌詞と言える。

例（D）

○めでたや〱　春の始めに　春駒何頭《なんど》や
○夢にソレ見てさえ　よいとや申す〱　男《お》巻《まき》女《め》巻《まき》は　諸国の名馬は
○お庭にずらりと引き連れ参れば　ハイシイドウ〱　よいとや申す
（以上、『日和田弥重郎花笠田植踊の唄』【春駒】節）

☆目出度目出度や、春の初めの春駒なんぞ、夢に見てさへよいと申す……（新潟県佐渡市佐和田町の春駒の歌）
☆春の始の春駒なんど、夢に見てさへ好ひとや申す（白隠慧鶴「布袋春駒図」画賛）

『日和田弥重郎花笠田植踊の唄』所収【春駒】は、門付芸の春駒を摂取した歌詞である。この歌詞の歌は、北関東から中部地方を中心とした各地に伝承されている。白隠の禅画にも「布袋春駒図」がある他、『故事要言』や『嬉遊笑覧』にも記述が見える。江戸期の正月を代表する門付芸の一種であった。

以上、「近世芸能の歌いものとかかわる田植踊歌」として、ここに掲出した田植踊歌二例は、いずれも祝言性や娯楽性を基盤とした芸能と深いかかわりを持っている。日本全国に流布していた芸能系歌謡の歌詞が、村山地方の田植踊歌として定着したものと考えられる。

三　周辺地域の民俗歌謡とかかわる田植踊歌

山形県村山地方の田植踊歌の歌詞中には、東北地方を中心とした地域の民俗歌謡と共通する例も多い。ここで言う民俗歌謡とは、労作を伴った歌謡の意味である。次に、それらのうち一例のみを具体的に示す。

例（E）

○つんばくら　床屋の破風《はふ》に巣をかけて　金吹《きんぶ》く金吹《きんぶ》く左様なら　お目出度う御座る

（『中郷田植踊唄本』【つんばくら】唄）

※燕《つばくろ》は船の艫舳さ、巣をかけて、波は打てども、子は育つ

（『鄙廼一曲』〈文化六年（一八〇九）頃成立〉陸奥国風俗・金掘唄）

※燕《つばくら》は酒屋の屋根に巣をかけて、夜明けりゃ、酒こせ、売れと囀る（『俚謡集』岩手県気仙沼郡麦押歌）

※つばくろは酒屋の破風《はふ》に巣をかけて、夜明ければ、酒出して売れと、さえずるよ（秋田の米磨《とぎ》唄）

「燕」が店先の「破風」に「巣をかけて」と歌う歌謡は、東北地方各地に残る種々の民俗歌謡に見られる。村山地方でも、元々労作唄として流布していた民俗歌謡の歌詞を、田植踊歌に持ち込んだものであろう。しかし、その歌詞には、祝言性が濃厚に現われている。すなわち、民俗歌謡の中でも祝言性の強いこの歌が、田植踊歌に採用されたものと考えられる。

おわりに

以上、村山地方の田植踊歌の歌詞を、「近世流行歌謡とかかわる田植踊歌」「近世芸能の歌いものとかかわる田植踊歌」「周辺地域の民俗歌謡とかかわる田植踊歌」の三種類に分類して、具体的に述べてきた。その結果、田植踊歌の祝言性や娯楽性を浮き彫りにすることができたと考える。それは〝歌詞の風流〟とでも呼ぶべき性格を持っており、それによって来たる年の豊年を予祝する田植踊歌の基本的な性格が満たされたわけである。今後も山形県村山地方の田植踊歌が、その地域に住む人々の心を継承する歌謡として、大切に伝承されていくことを切に望むものである。

注

(1)　引用は居駒永幸『東北文芸のフォークロア』(二〇〇六年・みちのく書房)所収本文による。成立時期は『田植踊哥記』が明治三九年(一九〇六)、『田植踊、並びに枡取り舞、花笠舞唄』が昭和五六年(一九八一)、『日和田弥重郎花笠田植踊の唄』は昭和五四年(一九七九)という。なお、『中郷田植踊唄本』は発行年不明であるが、昭和五五年(一九八〇)刊行の『芝橋村誌』所収本文と付き合わせて校訂したものとされる。

(2)　流行歌謡において「鎌倉の御所」が歌い込まれた例は枚挙にいとまがないほど多い。ここには一部の代表的な例のみを掲出した。

(3)　詳細については小著『絵の語る歌謡史』(二〇〇一年・和泉書院)Ⅵ参照。

(4)　出典名を記さない民俗歌謡類の引用は、浅野建二編『日本民謡大事典』(一九八三年・雄山閣出版)所収本文による。

Ⅱ　歌謡と教化

1　『うすひき哥信抄』翻刻と解題

はじめに

「うすひき歌」と称される歌謡には、労作唄（歌）とは別に、教訓を目的とした教化歌謡がある。(1)教化歌謡の「うすひき歌」はきわめて創作性が強い。稿者は「うすひき歌」に注目し、薗原旧富『臼挽歌』と『うすひき哥信抄』の存在に言及した。本節ではそれら二種の歌謡集のうち、『うすひき哥信抄』に焦点を合わせて論じることとする。『うすひき哥信抄』所収歌謡は、全体として仏教的性格がきわめて強く、中でも浄土教信仰を勧める内容を持つ歌謡が多いことが指摘できる。まずは『うすひき哥信抄』の全文を翻刻紹介する。

一　『うすひき哥信抄』概説

『うすひき哥信抄』は『国書総目録』に、著者を諦住《たいじゅう》として安永八年（一七七九）版と文政一一年（一八二八）版の二種類の版本の存在が登録されている。前者は東京国立博物館と早稲田大学附属図書館、三重県立図書館に、また後者は石川県立図書館李花亭文庫に、所蔵がある旨の記載がある。また、『古典籍総合目録』には、安永七年（一七七八）版として弘前市立図書館蔵本、安永八年版として弘前市立図書館蔵本、玉川大学図書館蔵本、國學院高等学校藤田小林文庫蔵本、文政一一年版として弘前市立図書館蔵本がそれぞれ掲載されている。

管見によれば、以上の他に安永八年版として石川県立図書館小倉文庫蔵本、石川県立歴史博物館大鋸《おおが》コレクション蔵本(2)、津市図書館橋本文庫蔵本、大阪教育大学小野研究室蔵甲本、大阪教育大学小野研究室蔵乙本があり、文政一一年版として駒澤大学永久文庫蔵本、真鍋昌弘氏蔵本、架蔵本がある。なお、安永八年版には出版記録が残されている。すなわち、『享保以後　江戸出版書目』に「宇すひき哥信抄」として、「同（安永）八亥孟春」「全壱冊」「墨付三十一丁」「作者　釈諦住」「板元　京　菊屋喜兵衛」「売出し　出雲寺和泉」と見える。管見によれば、文政版は安永版の求版本で、両者は冒頭部分(3)と刊記(4)を除いてほぼ同一内容であるが、細かな点で異同が見られる。(5)

以下、安永八年版の大阪教育大学小野研究室蔵甲本によって、本書を概観する。本書は縦二二・七糎×横一五・七糎の袋綴じ本で、全三〇丁。表紙の左端には「うすひき哥信抄　伊賀国 油屋三左衛門」という外題が摺られた題簽が貼付されている。表紙見返しには、右側の枠に「江左諦住師撰」という文字と挽臼《ひきうす》の一部分の絵が見える。中央の枠には内題「うすひき哥信抄」の文字が刻される。そして、左側の枠に「此書は伊賀《いか》の国油屋《あぶらや》何某当流安心の志《こゝろざし》ふかく家族《かぞく》にしめさんため臼引哥《うすひきうた》をつくれるを注《ちう》しはべる」という説明が付される（図8）。冒頭部は第一丁表一行目に「うすひき歌信抄序」とあり、二行目から序文が始まる。この序文の末尾には「安永戊戌のとし　釈諦住書」とあって、安永七年（一七七八）に諦住という名の僧侶が記したことが知られる。この諦住は俗名を粟津義圭といった人物である。近江国の響忍寺《こうにんじ》（浄土真宗大谷派）に生まれ、『和讃即席法談』をはじめとする多くの説教本を著した。寛政一一年（一七九九）五月一〇日に死去した。したがって、編者の諦住にとって、『うすひき哥信抄』の

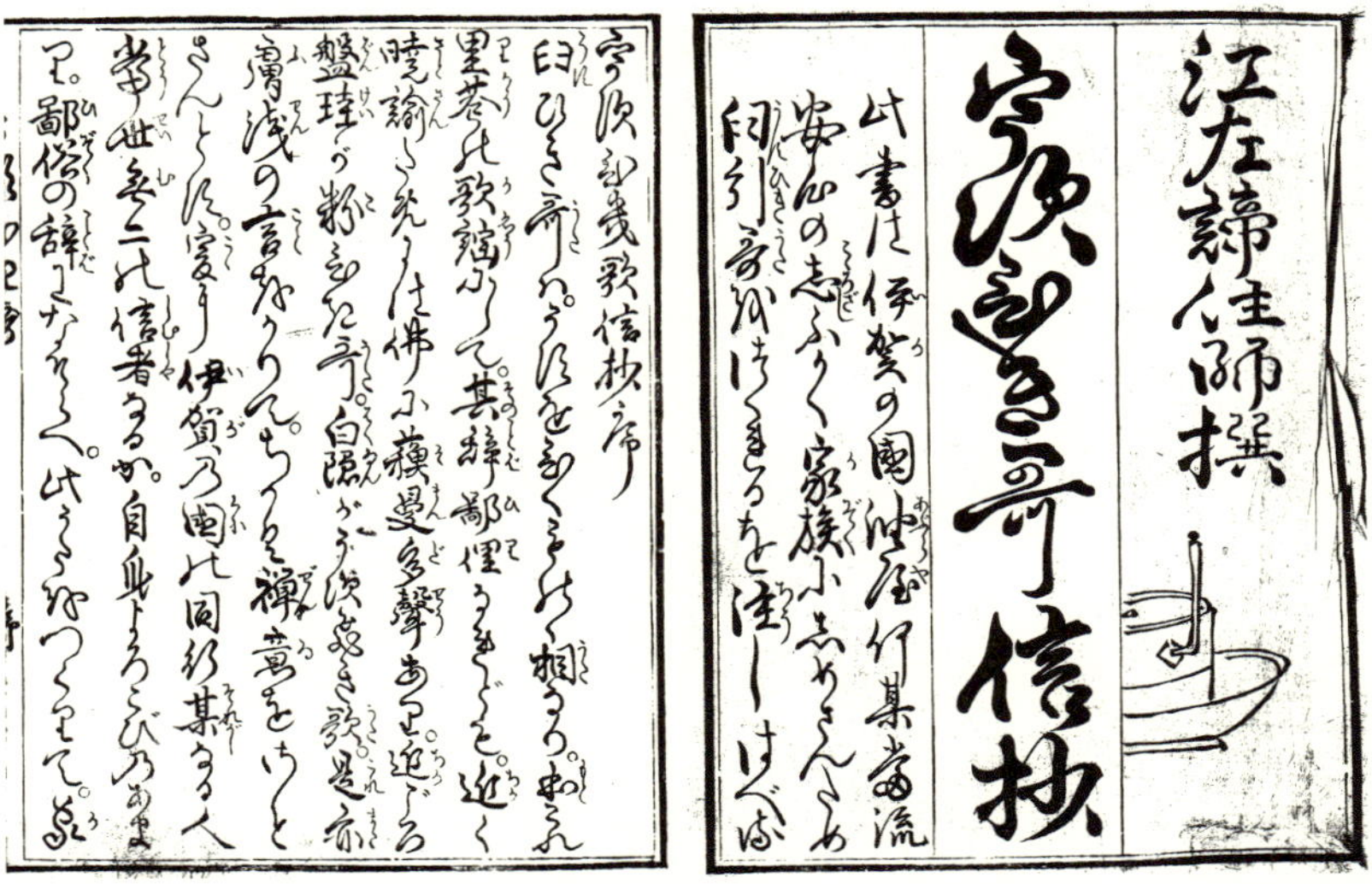

［図8］『うすひきうた信抄』表紙見返し、第1丁表（大阪教育大学小野研究室蔵甲本〔安永八年版〕）

安永八年版は生存中の刊行で、文政一一年版は死後の刊行ということになる。

また、序文には本書所収の「うすひき哥」の作者が「伊賀の国の同行 某《それがし》」で、その歌に触れて感動した諦住自身が注釈を付けたことが明記されている。この「伊賀の国の同行 某《それがし》」の部分は、同じ安永八年版でも異同があり、大阪教育大学小野研究室蔵乙本、石川県立図書館小倉文庫蔵本などでは「油屋三左衛門」と具体的に記されている。[6] なお、この人については末尾三〇丁裏に「三左衛門 歓《よろこび》の歌《うた》一首」という記述もある。

諦住が草した序文に話題を戻すと、そこには近世教化歌謡の代表格である盤珪永琢『粉ひき哥』（実際は『うすひき歌』という名称）、白隠慧鶴『うすひき歌』（実際は『粉引歌』〈『おたふく女郎粉引歌』『主心お婆々粉引歌』〉という名称）が引き合いに出されている。諦住は同じ仏教者として大先達に当たる二人の教化歌謡を挙げて、本書所収の歌謡を、ひいては本書そのものを権威付けすることを目論んだのであろう。

序文に続いて、「うすひき哥」とそれぞれの歌の注釈が二九丁分置かれている。具体的に見ていくと、第二丁目は冒頭の一行目に、「うすひき歌信抄」という内題があり、以下第三〇丁裏まで三一首の近世小唄調（七〈三・四〉／七〈四・三〉／七〈三・四〉／五）歌謡と注釈が施されている。第三〇丁裏は、一行目がその前を承けて第三一首目の教化歌謡「きのふけふまで振袖着《ふりそでき》たに、けさは鳥《とり》辺《べ》の灰《はい》となる」の注釈である。そして、二行目には「以上うすひきうた」とあり、三行目に「三左衛門　歓《よろこび》の歌《うた》一首」、四〜五行目に「ありがたや御法《みのり》の山《やま》のいたゞきへをりのぼりする谷底《たにそこ》のわれ」という道歌が掲載されている。

安永八年版は、巻末に「安永八年己亥孟春」「皇都書林　寺町通松原下ル町　菊屋喜兵衛」[7]という刊記が見える。文政一一年版の刊記は、第三〇丁目の末尾に、安永版と同様「安永八年己亥孟春」と記し、続けて「文政十一年戊子二月求版」「皇都書林　醒井通五条下ル二丁目　丁子屋庄兵衛」とある。[8]さらに裏表紙の見返しに、大きく四角囲みにした「平安書林　油小路魚店上ル町　三文字屋和助」と見える。本書の内容は浄土真宗の立場から、仏教信仰を勧める教訓的歌謡となっている。[9]

二　『うすひき哥信抄』翻刻

次に、安永八年の大阪教育大学小野研究室蔵甲本を元に、『うすひき哥信抄』の翻刻を掲げる。翻刻に際しては、漢字と仮名は元のままとしたが、旧漢字については新字に直し、清濁及び句読点を付した。また歌謡については、頭に算用数字の歌番号を施すとともに、七・七・七・五の句ごとに新たに読点を付した。

【翻刻】

うすひき哥信抄

うすひき歌信抄序

臼《うす》ひき哥《うた》はうすをひくものゝ相《うた》なり。本《もと》これ里《り》巷《かう》の歌《か》謡《ゑう》にして、其辞鄙俚《そのことばひり》なれども、近《ちか》く暁諭《さとさん》ためには仏に蘇《そ》曼多《まんだ》声《せう》あり。近《ちか》ごろ盤珪《ばんけい》が粉《こ》ひき哥《うた》、白隠《はくゐん》がうすひき歌《うた》、是亦膚《これまたふ》浅《せん》の言《こと》をかりて、ちかく禅意《ぜんゐ》をさとさんとす。爰《こゝ》に伊《い》賀《が》の国《くに》の同行某《それがし》なる人、当世無《とうせいむ》二の信者《しむじや》なるが、自身よろこびのあまり、鄙《ひ》俗《ぞく》の辞《ことば》になぞらへ、此うたをつくりて、家《か》人《じん》におしゆ。其言浅《そのことあさ》ふして、其旨《そのむね》ふかし。余是《これ》を読《よ》んで一称三嘆《いつしようさんだん》す。時《おり》々要文《ようもん》の類似《るいじ》するものを輯《あつ》めて、其言《そのこと》を証《しやう》す。誰《たれ》か是《これ》を讃仏乗転法輪《さんぶつじやうてんぼうりん》の因縁《ゐんゑん》たらずといはんや。

安永戊戌のとし　　釈諦住書

うすひき歌信抄

1　鐘《かね》でしらすも、太鼓《たいこ》でよぶも、余所《よそ》に迷《まよ》ひし、わし故《ゆへ》に

抑《そも〳〵》、法蔵《ほうざう》五劫《こう》に思惟《しゆひ》して、父子《ふし》相逢《あひあは》ん願《ねが》ひを発《をこ》し、弥陀《みだ》十劫に覚《さとり》を唱《とな》へて、父子《ふし》相迎《あひむかへ》ん力《ちから》を設《まう》け給ひしより以来《このかた》、四十八願《ぐわん》ねんごろに、我迷《わがまよ》ひ子《ご》やあると喚《よび》給へども、二十五有《う》の中《うち》いづくにこそ斯《こゝ》にありと答《こた》ふる音《をと》もなかりつるほどに、恋哀《こひかなしみ》給ふ御心、さぞやる方《かた》もなく思召《おぼしめし》けん。しかるに我等《われら》今本家《いまほんけ》を思ひ出して、始《はじめ》て父《ちゝ》の名《な》を呼《よば》ひたちぬ。此南無阿弥陀仏の声《こゑ》をきこし召つけぬる悦び、又置《おき》どころなく思し召べし。　向阿父子相迎

2　数《かず》の念仏で、参《まい》るでなひが、御恩《ごをん》をもはゞ、ただ念仏

毎日《まいにち》の所作《しよさ》に六万《まん》十万《まん》の数遍《すへん》を念珠《ねんじゆ》をくりて申候はんと。二万三万を念珠《ねんじゆ》をたしかに一つづゝ申候はんと。何《いづ》れかよく候べき。答《こた》ふ、凡夫《ぼんぶ》のならひ、二万《まん》三万を課《あつ》とも、如法《によほう》には叶ひがたからん。唯数遍《たゞすへん》の多からんには過《すぐ》べからず。名号《みやうごう》を相続《そうぞく》せんためなり。必《かなら》ずしも数《かず》を要《よう》とするにはあらず。たゞ常《つね》に念仏《ねんぶつ》

せんがためなり。数《かず》を定《さだめ》ぬは懈怠《けだい》の因縁《ゐんゑん》なれば、数遍《すへん》をすゝむるにて。又云、たゞ一念《ねん》二念を唱《とな》ふとも、自力《じりき》の心《こゝろ》ならん人は自力《じりき》の念仏《ねんぶつ》とすべし。千遍万遍《べんまんべん》を唱《とな》へ、百日千日夜昼励《よるひるはげ》み唱《とな》ふとも、ひとへに願《ぐわん》力《りき》をたのみ、他力《たりき》をあふぎたらん人の念仏は、声々《しやう〳〵》念々《ねん〳〵》しかしながら他力《たりき》の念仏にてあるべし。又云、天《てん》に仰《あふ》ぎ地《ち》に伏《ふ》しても悦ぶべし。此度本願《ほんぐわん》にあふ事を。行住座臥《ぎやうじうざぐわ》にも報ずべし。彼《かの》仏の恩徳《をんとく》を。頼《たの》みても頼《たの》むべきは乃至《ないし》十念《ねん》の詞《ことば》、信じても猶信ずべきは必得往生《ひつとくわうじやう》の文《もん》なり。　元祖黒谷伝

3
愚痴《ぐち》の此身《このみ》を、わたさんための、御《ご》誓願《せいぐわん》かや、有《あり》がたや

夫《それ》、五劫思惟《ごかうしゆひ》の本願《ほんぐわん》といふも、兆載永劫《ちやうさいゑうがう》の修行《しゆぎやう》といふも、たゞ我等《われら》一切衆生《しゆじやう》をあながちにたすけ給はんがための方便《ほうべん》に。阿弥陀如来御辛労《あみだにょらいごしんろう》ありて、南無阿弥陀仏といふ本願《ほんぐわん》をたてまし〳〵て。又是《これ》によりて阿弥陀仏のむかし法蔵比丘たりし時、衆生《しゆじやう》 仏《ぶつ》にならずは我《われ》も正覚《しやうがく》ならじとちかひ給ひしとき、其《その》正覚すでに成《じやう》じ給ひし姿《すがた》こそ、いまの南無阿弥陀仏にてありけりと思ふべき者《もの》なり。　御文章

4
慈悲《じひ》な諸仏《しよぶつ》の、御手にももれた、わしをたすけむ、阿弥陀様《あみださま》

抑《そも〳〵》、男子《なんし》も女子《によにん》も罪《つみ》の深《ふか》からん輩《ともがら》は、諸仏《しよぶつ》の悲願《ひぐわん》を頼《たの》みても、今の時分《じぶん》は末代悪世《まつだいあくせ》なれば、諸仏《しよぶつ》の御ちからにては中《なか》々叶《かなは》ざる時なり。是《これ》に依《よつ》て阿弥陀如来と申奉るは、諸仏《しよぶつ》にすぐれて十悪《あく》五逆《ぎやく》の罪《ざい》人を、われたすけんといふ大願《ぐわん》をこしまし〳〵て、阿弥陀仏となり給へり。

5
御法《みのり》きく身《み》と、そだてし御恩《ごをん》、わすれまひぞや、身《み》の一期《いちご》

無始《むし》より以来《このかた》、六賊《ぞく》のために掠《かす》められて、一善《ぜん》をだにも蓄《たくはへ》ざりつる身の、いかでかゝる超世《てうせ》の本願《ほんぐわん》に逢《あふ》て、大善《だいぜん》の名号を唱《とな》えつらん。是しかしながら、大慈《だいじ》大悲《ひ》の善巧難酬難謝《ぜんけうなんしうなんしや》の仏恩《ぶつおん》なり。たとひ骨《ほね》を砕《くだき》ても、たやすく報《ほう》じつくすべからず。すべからく身《み》の堪《たへ》んほど唱《とな》へて報《むく》ひ奉るべし。　向阿西要抄

憂身《うきみ》とも今は歎《なげ》かじ説《とく》のりにあふはあだなる契《ちぎ》りならねば　頓阿

6

いにしへにいかなる契《ちぎり》ありてかは弥陀《みだ》につかふる身《み》となりにけん　永観

ねてもさめても、となよとあるに、わすれ暮《くらす》は、浅《あさ》ましや

弥陀《みだ》大悲《ひ》の誓願《せいぐわん》をふかく信《しん》ぜん人は皆《みな》、ねてもさめてもへだてなく南無阿弥陀仏を唱《とな》ふべし。弥陀《みだ》の浄土《じやうど》をねがふひと外儀《げぎ》のすがたはことなりと、本願《ほんぐわん》名号《みやうごう》信受《しんじゆ》して、寤寐《ごび》にわするゝことなかれ。斯《か》る御教化《ごけうけ》を蒙《かうむ》りながら御恩《ごおん》のほどをわすれがちなるはさて〳〵浅《あさ》ましきぞとなり。

《欄外小書》三左衛門店へ出て帳面を扣ゐるに、称名暫くもやむことなく、油など取にきたるを帳面につける間も称名やまざれば、折には間違《まちがひ》もありけり。家内のものいさめてせめて帳付け給ふ間は称名をやめ給へといへば、三左衛門取てもつかず、わづか五分壱匁のことさへわすれまひとて帳に記すぞかし。まして永々劫をたすけ給ふ如来広大の御恩、これが暫時《ざんじ》もわすれられふかと申されけるとなん。

7

持戒破戒《ぢかいはかい》も、むかしの人《ひと》よ、とても濁《にご》れる、わしが身《み》は

法然《ほうねん》上人にすかされ参らせて、たとひ地獄《ぢごく》に落《おち》たりとも、更《さら》に後悔《かうくわい》すべからず。其故《そのゆへ》は自余《じよ》の行《ぎやう》をはげんで、生死《しやうじ》を離《はな》るべき身《み》が念仏して地獄《ぢごく》に落《おち》て候はゞこそすかされ参らせてと云後悔《かうくわい》も候はめ。いづれの行《ぎやう》も及《およ》びがたき身《み》なれば、迚《とて》も地獄《ぢごく》は一定《ぢやう》 栖家《すみか》ぞかし。　歎異抄

薄地《はくぢ》の凡夫《ぼんぶ》、弥陀《みだ》の浄土に生《むま》れん事、他力《たりき》にあらずは道絶《みちたへ》たることなり。乃至《ないし》浄土《じやうど》を荘厳《しやうごん》する本意《ほんゐ》、造《ざう》悪不善《わくふぜん》の輩《ともがら》の輪廻《りんゑ》のきわまりなからんを引導《いんどう》し、破戒浅智《はかいせんち》の族《やから》、出離《しゆつり》の期《ご》なからんを哀《あは》れまんがためなり。　元祖和語灯

8

現世《げんぜ》いのりや、物忌《ものいみ》せまひ、弥陀《みだ》の光《ひかり》の、中なれば

弥陀如来《みだによらい》の遍照《へんぜう》の光明《くわうみやう》の中《うち》に、おさめとられまいらせて、一期《ご》の間《あいだ》は此光明の中にすむ身なりとおもふべし。さて命もつきぬれば、たゞちに真実《しんじつ》の報土《ほうど》へ送《おく》り給ふなり。　御文章

9

　利他《りた》の信行《しんぎやう》うる人は、願《ぐわん》に相応《さうわう》するゆへに、教《けふ》と仏語《ぶつご》にしたがへば、外《げ》の雑縁《ざうゑん》さらになし

ねてもさめても、南無阿弥陀仏、外《ほか》のいふこと、道草《みちくさ》よ

譬《たと》へば人ありて念仏の行をたて、毎日《まいにち》に一万遍《まんべん》を唱《とな》へて、其外《そのほか》はひめもすに遊《あそ》び暮《くら》し、夜《よ》もすがらねむりおらんと。又同じく一万遍《べん》を申て、其後経《そのゝちきやう》をよみ、余仏《よぶつ》を念《ねん》ぜんと。いづれか勝《すぐ》れたるべき。法華《ほふけ》に即往安楽《そくわうあんらく》の文あり。是を読《よま》んに遊び戯《たわむ》れんに同じからんや。薬師《やくし》に八菩薩《はちぼさつ》の引導《ゐんどう》有。是を念ぜんは、むなしく眠《ねむら》んに似《にる》べからず。かれを専修《せんじゆ》とほめ、これを雑修《ざつしゆ》と嫌《きら》はん事、いまだ其意《こゝろ》を得《え》ずと。今是を按《あん》ずるに、猶専修《なをせんじゆ》を勝《すぐ》れたりとす。其故《そのゆへ》はもとより濁世《じよくせ》の凡夫《ぼんぶ》なり。事にふれて障《さわ》り多《をほ》し。弥陀《みだ》是をかゞみて、易行《いぎやう》の道をおしゐ給へり。ひめもすに遊《あそ》びたはぶるゝは散乱増《さんらんざう》のものなり。夜《よ》もすがらねむるは睡眠増《すいみんざう》のものなり。是皆煩悩《これみなぼんなふ》の所為《しよゐ》なり。絶《たち》がたく伏《ふく》しがたし。遊《あそ》びやまば念仏をとなへ、ねぶりさめば本願《ほんぐわん》をおもひ出《いづ》べし。　聖覚唯信抄

10

　あみだ仏といふよりほかは津のくにの難波《なには》のこともあしかりぬべし　元祖

つとめはげんで、ゆかれぬ御国《みくに》、おしへひとつで、参るかや

心《こゝろ》に妄念《まうねん》もやまぬにつゐても、本《もと》よりわがちからにて往生すべきにあらず。仏《ほとけ》の願力《ぐわんりき》に縋《すが》りてこそ、此度往生《わうじやう》は遂《とぐ》べき道理《どうり》なれば、仏の本願《ほんぐわん》は衆生《しゆじやう》の力にならんと誓《ちか》ひ給へり。其御力を頼《たのま》ずして自力《じりき》を励《はげ》む心、仏の本願《ぐわん》によりつかざる故《ゆへ》に、仏《ほとけ》の本願に我《わが》心たがひて、行業《ぎやうがう》は弱《よわ》く悪性《あくしやう》は強《つよ》し。故《かるがゆへ》に往生《わうじやう》せず。此ことはりを心得て、仏の本願はもとより煩悩具足《ぼんなふぐそく》の我等《われら》がためなれば、身《み》の調《とゝの》はざるにつひても、たすけさせ給へと思へば、必《かならず》　如来《によらい》の摂取《せつしゆ》の御心もふかく、護念《ごねん》の御心も厚《あつ》くして、機感相応《きかんさうわう》するゆへに、往生《わうじやう》　決定《けつぢやう》なり。　元祖念仏得失義

11

をしゐあるとて、すこしの悪《あく》も、好《この》むまひぞや、身《み》の一期《いちご》

12

本《もと》は無明《むみやう》の酒《さけ》に酔《ゑひ》て、貪欲瞋恚愚痴《どんよくしんゐぐち》の三毒《どく》をのみ好みめしあふて候ひつるに、仏の誓《ちか》ひを聞《きゝ》はじめしより、無明《むみやう》の酔《ゑひ》もやう〳〵にすこしづゝさめ、三毒《どく》をもすこしづゝ好《この》まずして、阿弥陀仏の薬《くすり》を常《つね》に好《この》みめす身となりておはしましあふて候ぞかし。然《しか》るに猶酔《なをゑひ》もさめやらぬに、重《かさ》ねて酔《ゑひ》をすゝめ、毒《どく》も消《きへ》やらぬに、毒《どく》をすゝめられ候らんこそ、浅《あさ》ましく候へ。　聖人末灯抄

山《やま》や海《うみ》にも、越《こへ》たる御恩《ごおん》、わすれ暮《くらす》は、浅《あさ》ましや

須弥山《しゆみせん》は高《たか》けれども、八万由旬《まんゆじゆん》に過ず。大海《たいかい》は深《ふか》けれども、三千尋《ひろ》の涯《かぎり》あり。たゞ広大無辺《かうだいむへん》にして限《かぎ》りなきは、弥陀《みだ》の御恩《ごおん》なり。其心を御和讃《わさん》に

　如来大悲《によらいだいひ》の恩徳《おんどく》は、身《み》を粉《こ》にしても報《ほう》ずべし、師主知識《ししゆちしき》の恩徳《おんどく》も、骨《ほね》をくだきても謝《しや》すべし、弘誓《ぐぜい》のちからをかぶらずは、いづれのときにか娑婆《しやば》をゐでん、仏恩深《ぶつおんふか》く思ひつゝ、つねに弥陀を称《しやう》ずべし

往生《わうじやう》　一定《ぢやう》と思ひ定《さだ》められ候ひなば、仏《ほとけ》の御恩《ごおん》をおぼしめさんには、殊事《ことゞ》は候べからず　聖人御消息

たゞ南無阿弥陀仏〳〵と声《こゑ》に出して、かの恩徳を深《ふか》く報尽《ほうじん》申ばかりなりと心得べきものなり。　御文章

しかるに我等《われら》煩悩妄念《ぼんなふもうねん》に隔《へだて》られて、御恩《ごをん》を思ひいづることもたへ〴〵なるは、誠《まこと》に浅間敷《あさましき》心ならずや。痛《いたむ》べし。恥《はづ》べし。

13

やがて御傍《をそば》へ、召下《めしくだ》さるゝ、何《なに》と物忌《ものいみ》、せまひもの

敬《きやう》　仏房《ぶつばう》の云、後世者《ごせしや》はいつも旅《たび》にいでたる思ひに住《じう》することなり。常《つね》に一夜のやどりにして、始終《しじう》の栖家《すみか》にあらずと存るには、障《さわ》りなく念仏の申さるゝなり。　一言芳談

敬《きやう》　仏房奥州地回国《ぶつばうをうしうぢくわいこく》の時、ある逆旅《たびやど》に泊《とま》りしに、其家四方《そのいへしはう》の壁《かべ》も崩《くづ》れ、柱《はしら》かたぶき、軒破《のきやぶ》れて、見ぐるしき分野《ありさま》なり。敬《きやう》　仏房主《ぶつばうあるじ》にむかひて、何《なに》ゆへ斯《かく》はすみあらし給ふぞ。手をゐれて壁《かべ》をもつゞり、軒《のき》をしもしつらひ給ふべしとありしに、主答《あるじこた》へて、さればとよ。我等《われら》は所替《ところがへ》する筈《はず》にて名取郡《なとりこほり》に好家《よきいへ》を求《もと》め

おきしほどに、ちかぐ〱に此家《いへ》を爰《こゝ》に其儘《そのまゝ》すて置《おく》なれば、成《なり》ゆくまゝにて置《をく》なりといふを聞《きゝ》て、それよ。やがてすて行家《ゆくいへ》とおもへば、構《かま》ふ気《き》もなく、執心《しうしん》もなし。我身《わがみ》も西の彼方《あなた》に既《すで》に七宝《ほう》の目出度家居《いへゐ》をかまへて、いまや〱と待受《まちうけ》給ふ。追付《おゝつけ》すてゆく娑婆《しやば》ぞと思へば、たゞ何事もなりゆくまゝにて、構《かま》ふ気《き》もなく、執心《しうしん》もなしとて千行《せんかう》の涙《なみだ》にむせばれけるとぞ。

ながらへてつゐにすむべき都《みやこ》かは此世《よ》はよしや兎《と》ても角《かく》ても　西行

あはれ世《よ》は玉敷《たましき》とても秋《あき》の田《た》のかり庵《いほ》ならぬすまゐやはある　後水尾院御製

14

船《ふね》を浮《うか》べて、帆《ほ》かけてまつに、のらでかなしむ、死出《しで》の旅《たび》

本願《ほんぐわん》の疑《うたがはしき》敷事もなし。極楽《ごくらく》の願《ねが》はしからぬにてはなけれども、往生《わうじやう》一定《ぢやう》と思ひやられて、疾《とく》参り度《たき》心の朝夕《あさゆふ》はしみぐ〱とも覚ずと仰《おほ》せ候事、まことによからぬ御事に候。浄土《じやうど》の法門《はうもん》を聞《きけ》ども聞ざるが如《ごと》くなるは、此度三悪道《あくどう》より出て、罪《つみ》いまだ尽《つき》ざるもの也と。経《きやう》にも説《とか》れて候。又此世《よ》を厭《いと》ふ御心のうすくわたらせ給ふにて候。其故《そのゆへ》は西国《さいごく》へ下らんとも思はぬ人に、船《ふね》をとらせて候はんに、船《ふね》の水に浮《うか》ぶことなしとは疑《うたが》ひ候はねども、当時《とうじ》さして入ル間敷《まじ》ければ、いたく嬉《うれ》しくも候間敷《まじき》ぞかし。扨《さて》、敵《てき》の城《しろ》なんどにこめられて候はんが、辛《から》くして逃《にげ》てまかり候はん道に、大なる河海《かわうみ》などの候て、渡《わた》るべき様《やう》もなからん折《をり》、親《をや》の許《もと》より船《ふね》をまうけてむかへに給《たび》たらんは、さしあたりていか斗か嬉《うれ》しく候べき。是が様に貪瞋煩悩《どんしんぼんなふ》の敵《かたき》に縛《しばら》れて、三界《がい》の焚籠《ほんろう》にこめられたる我等《われら》を、弥陀悲母《ひも》の御 志《こゝろざし》深《ふか》くして、名号《みやうがう》の利《り》剣《けん》をもちて、生死《しやうじ》のきづなを切《きり》、本願《ほんぐわん》の要船《ようせん》を苦海《くがい》の波《なみ》にうかべて、彼岸《かのきし》につけ給ふべしと思ひ候はん嬉《うれ》しさは、歓喜《くわんぎ》の涙袂《なみだたもと》にしぼり、渇仰《かつがう》のおもひ肝《きも》にそむべきにて候。せめて身《み》の毛《け》もいよだつほどにおもふべきにて候を、疎《のさ》に思召候はんは、本意《ほんゐ》なく候へども、それも断《ことはり》にて候。罪造《つみつく》る事は教《おし》へ候はね共、心に染《そみ》て覚候。其故は無始《むし》より以来《このかた》、六趣《しゆ》にめぐりし時《とき》も、形《かたち》はかはれども心はかはらずして、色《いろ》々さ

まぐ〳〵に作《つく》り習《なら》ひて候へば、今もうゐ〳〵しからず。やすくつくられ候へ。念仏申て往生《わうじやう》せずやと思ふことは、此度始《はじめ》てわづかに唱《とな》へたる事にて候へば、急《きう》には信《しん》ぜられ候はぬなり。其うへ人の心は頓機《とんき》漸《ぜん》機《き》とてふたしな候なり。頓機《とんき》は聞てやがてさとる心にて候。漸機《ぜんき》はやう〳〵さとる心にて候なり。物まふでなどを仕《し》候に、足《あし》はやき人は一時に参りつく所へ、足《あし》をそきものは日暮《ぐら》しにも叶《かな》はぬやうには候へども、参る心だにも候得ば、遂《つい》にはとげ候様《やう》に、願《ねが》ふ御心だに渡《わた》らせ給はゞ、年《とし》月を重《かさ》ねても御心も深《ふか》くならせおはしますべきにて候。　元祖黒谷伝

15

領解《りやうげ》すまして、気儘《きまゝ》にするは、聞《きか》ぬむかしが、ましぢやもの

抑《そも〳〵》、いにしへ近年《きんねん》この頃《ごろ》の間に於て、諸国在々所々《しよこくざい〳〵しよ〳〵》に於て、随分仏法者《ずいぶんぶつぽうしや》と号《がう》して、法門《はうもん》を讃嘆《さんだん》し、勧化《くわんげ》をいたす輩《ともがら》の中《なか》において、更《さら》に真実《しんじつ》にわが心当流《とうりう》の正義《ぎ》にもとづかずと覚ゆる也。其故《そのゆへ》をいかんといふに、先《まづ》かの心中《しんぢう》に思《おも》ふ様《やう》は我《われ》は仏法の根源《こんげん》をよく知り皃《がほ》の体《てい》にて、しかもたれに相伝《さうでん》したる分《ぶん》もなくして、あるひは縁《ゑん》のはし、障子《じやうじ》の外《そと》にて、たゞ自然《じねん》と聞《きゝ》とり法門《はうもん》の分斎《ぶんざい》をもて、真実《しんじつ》に仏法に其志《こゝろざ》しは浅《あさ》くして、我《われ》より外は仏法《ぶつぽう》の正義《しやうぎ》を存知《ぞんじ》したるもののなきやうに思ひ侍《はべ》り。是《これ》によつて、さまぐ〳〵も当流《とうりう》の正義《しやうぎ》をかたの如《ごと》く讃嘆《さんだん》せしむる人を見ては、あながちにこれを偏執《へんしう》す。すなはち、我《われ》ひとり能《よく》しりがほの風情《ふぜい》は、第一に驕慢《きやうまん》の心にあらずや。　御文

是等《これら》のたぐひ世間《せけん》にまゝおほし。古哥《こか》に、

　世の中《なか》の麻《あさ》はあとなく成にけりこゝろの儘《まゝ》の蓬《よもぎ》のみにて　平泰時

16

腹《はら》のたつとき、暫《しばらくし》死んで、ながひ此世《このよ》と、おもふまひ

三井寺《みゐでら》の行観《ぎやうくわん》僧都《さうづ》、恒《つね》に門弟《もんてい》に示《しめ》して云、毎日本尊《ほんぞん》を礼《らい》する毎《ごと》に、即今臨終《たゞいまりんじう》なりと観《くわん》じて、一心《しん》に念仏し、しばらくがうち死《し》んでみるべしと。和論語《わろんご》に見えたり。往《いに》し元禄年中《げんろくねんぢう》、江戸の霊岸嶋《れいがんじま》といふ所に、

伊勢屋の何甲《なにがし》とて有徳《うとく》なる町人は性質律義《せいしつりちぎ》にして、しかも後世《ごせ》のこゝろざし深《ふか》かりけり。越前《ゑちぜん》の太守《たいしゅ》の諸事雑用《しよじざつよう》の品々を請合《うけあひ》けるが、常《つね》々用事《ようじ》多かりけるに、あまり用事の重《かさ》なりて忙敷時《いそがしきとき》は、俄《にはか》に万事《ばんじ》を放《はう》下《げ》して、二階座《かいざ》敷《しき》に引籠《こも》り、蒲団《ふとん》うちかづきてねぶり臥《ふ》せり。妻子《さいし》も家来《けらい》も初のほどは、心地不快《こゝちふくわい》なるゆへならんとて怪《あやし》まざりしが、要用共《ようやうども》の繁《しげ》くかさなる度毎《たびごと》に、いつも斯《かく》の如《ごと》くなれば、後々《のち》は妻子《さいし》も不《いぶか》審《しく》思ひ、いか成故《ゆへ》ありてか、斯《かく》大切の用事《やうじ》の重《かさ》なりて、極《きわめ》て忙　敷時《いそがしきとき》に至《いた》ることに、悠々《いう》と隙《ひま》らしく睡《ねぶ》り臥《ふ》して居《ゐ》給ふやと問《と》へば、主《あるじ》が云、余《あま》りに要用《ようやう》の雑事《ざつじ》多くかさなりて忙《いそがは》しければ、しばらく死《し》んでみるなり。死《し》すれば何の用事《やうじ》もなく、何《なに》の忙敷《いそがしき》事もなく、心地《こゝち》やすらかなり。死《し》したる時に臨《のぞ》んでの用意《やうゐ》にては、唯後世《たゞごせ》のつとめこそ第一の急用なるぞと申けるとなん。敬仏房《きやうぶつばう》の死《し》なば死《し》ねかしとだに思へば、一切大事はなきなり。道理《どうり》をつよくたてゝ、生死界《しやうじかい》の事《こと》を物がましく思ふべからずと申されしも、実《げに》思ひ合《あわせ》されたり。

17　人《ひと》のあしきは、わがなすわざよ、幾世《いくよ》へぬらん、前《まへ》のあく

前《さき》の世の契《ちぎ》りをしらではかなくも人をつらしと思ひぬるかな

つらき身のもとの報《むくひ》はいかゞせん此世《この》の後《のち》のゆめはむすばじ　定家

18　利根才覚《りこんさいかく》、物《もの》よみしても、後生《ごしやう》しらぬは、蜘助《くもすけ》よ

八万《まん》の法蔵《はうざう》をしるといふとも、後世《ごせ》をしらざるを愚者《ぐしや》とす。たとひ一文不知《ふち》の尼入道《あまにうどう》なりといふとも、後世《ごせ》をしるを智者《ちしや》とすといへり。　御文章

19　心《こゝろ》とゞめて、御法《みのり》をきゝやれ、佐渡《さど》の金山《かなやま》、ここに有《ある》

世間《せけん》の人、かりなる夢《ゆめ》のうちの財宝《ざいほう》は誠《まこと》にほしく思ひ合《あふ》て、日夜《にちや》に営《いとな》みたづねあへり。仏法《ぶつぽう》を心にそめて勤求《つとめもと》むる人希《まれ》也。世間《せけん》は心にそみ、仏法《ぶつぽう》は好《この》み行《ぎやう》ずる心なからんは、生死《しやうじ》の里出《さといで》がたかるべし。我心《わが》

にてはからひ知るべし。誠《まこと》に生死《しやうじ》を恐《おそ》れ、涅槃《ねはん》を願ふ心あらん人は、世間《せけん》を瓦礫《ぐわりやく》の如《ごと》くにすてゝ、仏法《ぶつぱう》を金玉《きんぎよく》の如《ごと》くにもてあそぶべし。此心なくば、いかゞ生死《せうじ》の里《さと》を出ることあらんや。　無住雑談集

死《し》してのち我身《わがみ》にそふる宝《たから》には南無阿弥陀仏にしく物ぞなき　元祖

真実《しんじつ》の信心《しんじん》ならで後《のち》のよのたからとなれる物はあらじな　祖師

20

御法《みのり》かず〳〵、耳《みゝ》には聞《きけ》ど、心《こゝろ》とめねば、詮《せん》ぞなや

不如実修行《ふによじつしゆぎやう》といへること鸞師《らんし》釈《しやく》しての給《たま》はく、一者信心《しやしんじん》あつからず、若存若亡《にやくぞんにやくまう》するゆへに二者信心《しやしんじん》一ならず。決定《けつぢやう》なきゆへなれば三者信心相続《しやしんじんそうぞく》せず。余念間故《よねんけんこ》とのべたまふ三心展転相成《てん〳〵さうじやう》ず。行者《ぎやうじや》こゝろをとゞむべし。信心《しんじむ》あつからざるゆへに、決定《けちぢやう》の心《しむ》なかりけり。かへす〴〵仏法《ぶつぱう》に心をとゞめて、取やすき信心をとりて、もろともに今度《こんど》の一大事《だいじ》の往生《わうじやう》を能々《よく〳〵》とくべきものなり。

21

思《おも》ひ出《いだ》せば、わが友《とも》だちの、なきがをほきに、成《なり》にけり

往事《わうじ》渺茫《べうばう》として、すべて夢《ゆめ》に似《に》たり。旧友零落《きういうれいらく》して、半泉《なかばいづみ》に帰《き》す。　白氏文集

常《つね》よりもはかなき頃《ころ》の夕《ゆふ》ぐれはなくなる人《ひと》ぞかぞへられぬる

22

聞《きか》ぬ人《ひと》より、きくのもましか、ひとのわるさを、いほよりも

抑《そも〳〵》、今日は鸞聖人《らんしやうにん》の御明日《ごめいにち》にして必報恩謝徳《かならずほうをんしやとく》の志《こゝろざし》をはこばざる人これすくなし。しかれども、かの諸《しよ》人《にん》のうへに於《おい》て、相心得べき趣《おもむき》はもし本願他力《ほんぐわんたりき》の真実信心《しんじつしんじん》を獲得《ぎやくとく》せざらん。未安心《みあんじむ》の輩《ともがら》は、今日にかぎりて、あながちに出仕《しゆつし》をいたし、此講中《かうじう》の座敷《ざしき》をふさぐを以《もつ》て、真宗《しんしう》の肝要《かんよう》とばかり思はん人は、いかでか我聖人《わがしやうにん》の御意《ぎよゐ》には相《あひ》かなひがたし。しかりといへども、我在所《わがざいしよ》にありて、報謝《ほうしや》の営《いとなみ》をも運《はこば》ざらんひとは、不精《ぶしやう》にも出仕《しゆつし》を致《いた》しても宜《よろ》しかるべき歟《か》。

23

後生願《ごしやうねが》ふは、老《をゐ》ての事《こと》と、のばす人《ひと》こそ、御笑止《おしようし》や

むかし唐土《もろこし》に一人の僧《さう》あり。其友張祖留《そのともちやうそりう》にむかひて、世《よ》の無常《むじやう》を説《とき》、念仏をすゝめければ、三頭《さんとう》いまだ了《れう》せずと答《こと》ふ。それは何事と問《とふ》に、親枢《しんきう》いまだ挙《きよ》せず。男婚女嫁《なんこんじよか》いまだおわらずといふ。まだ両親《りうしん》も無《ぶ》事《じ》なり。男子《なんし》にいまだ妻《さい》をむかへず。女子《によし》をいまだ嫁《かし》づけず。此《この》三つのことすまざれば、後世《ごせ》願《ねが》ふ段にあらず。三事《さんじ》事《こと》すむで後《のち》、しづかに念仏し、後世《ごせ》を願《ねが》ふべしとなり。僧《さう》心づきなく覚て、重《かさ》ねてはすゝめざりしが、此友幾程《このともいくほど》なくして、急病《きうびやう》にて命終《おは》れり。僧弔《さうとぶら》ひにゆき、詩《し》を作《つく》りて云、吾友《わがとも》を張祖留《ちやうそりう》と名《なづ》く。伊《これ》に念仏をすゝむれば三頭《さんとう》をとく。あやしむべし。闇公分暁《あんこうぶんぎやう》なきことを。三頭《さんとう》いまだ了《れう》ぜず、便《すなはち》来勾《らいかう》すと。過し頃《ころ》、此人に無常《むじやう》をおしゑ、念仏《ぶつ》をすゝめけるに、いまだ両親《りうしん》を送《おく》らず。嫁娶《かじゆ》を勅断《ちよくだん》せず。此三つの事終《おは》りて其後《そのゝち》、しづかに念仏すべしと申けるが、其事一つも遂《とげ》ざるに、無常《むじやう》の使《つかひ》を越《こさ》れしは、閻魔大王《ゑんまだいわう》何とうろたへ給ふぞとなり。

古歌《こか》に

おもへたゞ髪《かみ》に霜《しも》なき人《ひと》だにも消《きえ》ゆくことはあわれうきよに　慈鎮

24
思《おも》ひうちなら、色外《いろほか》に出《で》る、念仏《ねぶつ》申さぬ、信《しん》もなや

真実《しんじつ》の信心《しんじん》には必《かならず》 名号《みやうがう》を具《ぐ》す。名号には必《かならず》しも願力《ぐわんりき》の信心《しんじむ》を具《ぐ》せず。　御本書

真実《しんじつ》信心の行者《ぎやうじや》は口にも出《いだ》し、色にも其姿《そのすがた》は見ゆるなり。　御文章

25
合点《がてん》させんと、八千余《はちせんよ》たび、ほとけ嫌《ぎら》ひな、わし故《ゆへ》に

大聖世尊娑婆《だいしやうせそんしやば》往来《わうらい》八千遍《べん》の御苦労《ごくろう》有。我等《われら》悪《あく》人凡夫《ぼんぶ》をして、弥陀他力《みだたりき》の本願《ほんぐわん》に引入たまはんとなり。故《かるがゆへ》に聖人の御讃《ごさん》に娑婆《しやば》永劫《ゑうがう》の苦《く》をすてゝ、浄土無為《じやうどむゐ》を期《ご》すること、本師釈迦《ほんししやか》のちからなり。長時《ちやうじ》に慈恩《じをん》を報《ほう》ずべしと示《しめ》し給へり。長時《ちやうじ》とは娑婆《しやば》にての事《こと》にあらず。浄土へ参りてのち、ゆる〳〵釈迦《しやか》の御恩《ごをん》をも報《ほう》ずべしとなり。聖覚法印《せいかくほうゐん》の云々。電光朝露《でんくわうてうろ》の命、芭蕉泡沫《ばせうはうまつ》の身《み》、わづかに一世《いつせ》の勤修《ごんじゆ》をもちて、たち

26

まちに五趣《ごしゆ》の古郷《ふるさと》をはなれんとす。豈《あ》にゆる〳〵諸仏《しよぶつ》をかねんや。諸仏菩薩《しよぶつぼさつ》の結縁《けちゑん》は随心供仏《ずいしんくぶつ》のあしたを期《ご》すべし。大小　経典《きやうでん》の義理《ぎり》は、百法　明門《みやうもん》のゆふべをまつべし。一土《いちど》を願ひ、一仏《ぶつ》を念《ねん》ずる外は、其《その》用あるべからず。　唯信鈔

あらしあてまひ、善信様《ぜんしんさま》を、やろか越路《こしぢ》の、雪国《ゆきぐに》へ

抑《そも〱》、祖《そ》師聖人《ししやうにん》東北国廿五年の御化導《ごけどう》、其間《あいだ》の御苦労《ごくろう》のかず〳〵は、言《こと》の葉《は》も絶《たへ》たり。あるとしの冬《ふゆ》、越後《ゑちご》のくに川上郡《かわかみかふり》　関川《せきがわ》山にゆきくれ給ひて、松のかげに一夜《ひとよ》をあかさんとし給ふに、折節《をりふし》西風のはげしくて、寒気《かんき》たへがたければ、御弟子中袖房風をして御枕もとの風をふせぎつゝ、かく読《よま》れける、

越路《こしぢ》なる関川山《せきがわやま》に行《ゆき》くれて松《まつ》にやどかる旅《たび》まくらかな　聖人《しやうにん》　取あへ給はず、

さむくともたもとにいれよ西《にし》の風弥陀《かぜみだ》のくにによりふくとおもへば

《欄外小書》祖師聖《そししやう》人三十五歳、勅勘《かん》を蒙《こうぶ》り給ひて越後《ゑちご》の国に流《ながされ》給ふ。我其時《われそのとき》にありなば、いかにもして聖人をとゞめ奉らふものをと、厚信《かうしん》のあまりやるせなき心思ひやられて殊勝《しゆしやう》なり。

27

うれしとふとや、月日《つきひ》のたつは、やがて参るぞ、彼国《かのくに》へ

仏力無窮《ぶつりきむくう》なり。罪障　深重《ざいしやうじんじう》の身《み》をおもしとせず。仏智無辺《ぶつちむへん》なり。散乱放逸《さんらんほういち》の者《もの》をすつる事なし。たゞ信《しん》心を要《じむよう》とす。其外をかへりみざるなり。信心決定《しんじむけつぢやう》しぬれば、三心おのづからそなはる。本願《ほんぐわん》を信《しん》ずることまことなれば、虚仮《こけ》の心なし。浄土を待《まつ》こと疑《うたがひ》なければ、回願《ゑぐわん》の思ひあり。　聖覚唯信抄

極楽《ごくらく》は日《ひ》に〳〵ちかく成《なり》にけりあはれうれしき老《おひ》の暮《くれ》かな　元祖

うれしさの涙《なみだ》もさらにとゞまらず永《なが》きうきよの関《せき》をいづとて　定家

28

やがて参《まい》らせ、下《くだ》さるからは、わるい身持《みもち》を、せまひぞや

年頃念仏《としごろねんぶつ》して往生《わうじやう》を願《ねが》ふしるしには、もとあしかりし我《わが》心をも思ひかへして、友同行《ともどうぎやう》にもねんごろに心のおはしましあはゞこそ、世《よ》をいとふしるしにても候はめとこそ覚へ候へ。能々《よく》御心得候べし。　末灯抄

往生《わうじやう》の信心《しんじん》は釈迦弥陀《しやかみだ》の御すゝめに依《よつ》て、おこるとこそ見えて候へば、さりともまことの心おこらせ給ひなんには、いかゞむかしの御心のまゝにては候べき。　末灯抄

念仏《ねんぶつ》だに申せば、悪見《あくけん》を正見《しやうけん》に翻《ひるがへ》すと云は、罪《つみ》を造《つく》る身《み》なれども、念仏だに申せば仏《ぶつ》の大慈《じ》大悲《ひ》にて、捨《すて》給はずと信《しん》ずべきなり。いづれの仏《ほとけ》か罪《つみ》をいみじと思召さん。弥陀もさこそは思召らめど、大悲妙《たへ》にして他力《たりき》の願《ぐわん》を起《おこ》し給へり。罪《つみ》は塵《ちり》ばかりも生死《しやうじ》を出る障《さはり》りと戒《いまし》めつゝしむべし。去《さり》ながら慎《つゝし》めども其甲斐《かひ》なく、戒むれどもしるしなし。妄念《もうねん》もやまず、罪業《ざいごう》もやまざるにつけても、我身のつたなき分際《ぶんざい》をかへりみて、一向一心に弥陀の願力を頼みて、往生を遂《とぐ》べし。　元祖念仏得失義

29　髪《かみ》のゆひたて、菩薩《ぼさつ》に似《に》たが、すぐに大蛇《だいじや》に、成《なる》とかや

30　すぐに大蛇《だいじや》を、たすけんために、変成男子《へんじやうなんし》の、願《ぐわん》もある

弥陀《みだ》の名願《みやうぐわん》によらざれば、百千万劫《ごう》すぐれども、いつゝのさわりはなれねば、女身《によしん》をいかでか転《てん》ずべき。

弥陀《みだ》の大悲《だいひ》ふかければ、仏智《ぶつち》の不思議《ふしぎ》をあらはして、変成男子《へんじやうなんし》の願《ぐわん》をたて、女人成仏《によにんじやうぶつ》ちかひたり。

31　きのふけふまで、振袖着《ふりそでき》たに、けさは鳥辺《とりべ》の、灰《はい》となる

実《げに》や光陰《くわうゐん》の駒《こま》の足《あし》いそがはしく、屠洲《としう》の羊《ひつじ》の歩《あゆ》みあはたゞし。生《しやう》は日《にち》々に遠《とをさ》かり、死《し》は念《ねん》々に近《ちか》づきぬ。露命《ろめい》の漸《やうや》く縮《ちゞま》りゆく事を思ふべし。在家《ざいけ》は夢中《むちう》に暫《しばら》く妻子《さいし》をもち、出家《しゆつけ》は夢中《むちう》に暫《しばら》く寺院《じゐん》をもち、夢《ゆめ》のうちに種々《しゆ〳〵》の苦楽《くらく》を受《うく》。栄辱《えいぢよく》悲歓《ひくわん》は、みな是邯鄲《これかんたん》の夢《ゆめ》のたはむれなりとしるべし。殊《こと》に女人《によにん》の身《み》は、容儀《あうぎ》をかざり、桜梅桃李《わうばいとうり》の花の姿《すがた》、人に恋《こひ》られいつくしまれて、全盛《ぜんせい》ならびなきも、いつとなく庭《には》の白《しら》菊《ぎく》あしたの霜《しも》にしほれて、顔色《がんしよく》のおとろへゆくありさま、面影《おもかげ》のかはらで、年《とし》のつもれかしと願《ねが》ふも、

つゐに見ぐるしきつまとかわりゆきて、果《はて》はみな化野《あだしの》の露《つゆ》ときへ、鳥辺野《とりべの》の煙《けぶり》とたちのぼる。まことにたのみすくなきは、娑婆《しやば》のならひぞかし。故《かるがゆへ》に御文章《ごぶんしやう》にさてしもあるべきことならねばとて、野外《やぐわい》におくりて、夜半《よは》の煙《けぶり》となしはてぬれば、たゞ白骨《はくこつ》のみぞのこれり。あはれといふもなか〳〵おろかなり。されば人間《にんげん》のはかなきことは、老少不定《ろうしやうふぢやう》のさかひなれば、たれの人もはやく後生《ごしやう》の一大事《だいじ》を心にかけて、阿弥陀仏《あみだぶつ》をふかくたのみ参らせて、念仏申べきものなりと示《しめ》し給へり。

いざ桜《さくら》われもちりなん一盛《ひとさか》りありなば人にうきめ見えなん
のこりなくちるぞめで度《たき》　桜花《さくらばな》ありて世《よ》の中《なか》はてのうければ

以上、うすひきうた
三左衛門　歓《よろこび》の歌《うた》一首
ありがたや御法《みのり》の山《やま》のいたゞきへをりのぼりする谷底《たにそこ》のわれ

安永八年己亥孟春
皇都書林　寺町通松原下ル町　菊屋喜兵衛

おわりに

本節では「うすひき歌」の名を持つ教化歌謡集の『うすひき哥信抄』を紹介した。『うすひき哥信抄』は浄土教信仰に基づく歌謡を三一首収録し、併せてそれら歌謡について、浄土教関係の法語を引用紹介して解説とした書物である。複数の異なる版本が残されており、多くの読者を得たことが知られる貴重な教化歌謡集として重要である。

注

（1）「うすひき歌」は別に「粉ひき歌」とも称される。臼挽きは臼のうちでも円筒形の碾（挽）き臼で、麦や蕎麦などを挽き砕いて粉にする作業で、粉を取るところから粉挽きとも言った。したがって、「うすひき歌」と「粉ひき歌」とは、同じ作業を行う際に歌われた労作唄（歌）の名称なのである。なお、「粉ひき歌」にも教化歌謡があることは言うまでもない。その代表格が、白隠慧鶴作の『おたふく女郎粉引歌』『主心お婆々粉引歌』である。

（2）石川県立歴史博物館大鋸コレクション蔵本は、安永八年版ではあるが、版元は京都の「池田屋新助」であり、他本と異なっている。また、序文は文政一一年版と同文で、菊屋喜兵衛版の序文とは異同がある。池田屋新助を版元とする安永八年版は、文政一一年版への移行途上の姿を見せる中間段階の版と推定できる。

（3）文政一一年版の序文は、安永八年版のうち、大阪教育大学小野研究室蔵甲本と一致する。

（4）文政一一年版の刊記は「安永八年己亥孟春　文政十一年戊子二月求版　皇都書林　醒井通五条下ル二丁目　丁子屋庄兵衛　平安書林　油小路魚店上ル町　三文字屋和助」とある。

（5）巻軸の31番歌の注釈中の「歩《あゆ》み」「遠《とをさ》かり」の部分のルビが落ちている。

（6）安永八年版のうち、大阪教育大学小野研究室蔵乙本、石川県立図書館小倉文庫本などの序文は「臼《うす》ひき哥《うた》はうすをひくもの丶相《うた》なり。本《もと》これ里巷《りかう》の歌謡《かあう》にして、其辞鄙俚《そのことばひり》なれども、近《ちか》く暁諭《さとさん》ためには仏に蘇曼多声《そまんだせう》あり。近《ちか》ごろ盤珪《ばんけい》が粉《こ》ひき哥《うた》、白胤《はくゐん(ママ)》がうすひき歌《うた》、是亦膚浅《これまたふせん》の言《こと》をかりて、ちかく禅意《ぜんゐ》をさとさんとす。爰《こゝ》に伊賀《いが》の国《くに》油屋三左衛門は当世無二《とうせいむ》の信者《しむじや》なり、隣里郷党これを今清九良といふ。すなわち此うたをつくりて、家人《かじん》におしゆ。其言浅《そのことあさ》ふして、其旨《そのむね》ふかし。余是《これ》を読《よ》んで一称三嘆《いつしようさんだん》す。時《おり》々要文《ようもん》の類似《るいじ》するものを輯《あつ》めて、其言《そのこと》を証《しやう》す。誰《たれ》か是《これ》を讃仏乗転法輪《さんぶつじやうてんぱうりん》の因縁《ゐんゑん》たらずといはんや」とある。

（7）注（2）参照。

（8）石川県立図書館李花亭文庫の刊記は「安永八年己亥孟春　文政十一年戊子二月求　皇都書林　西六條油小路魚棚上ル町　三文字屋和助」とある。

（9）本書には浄土宗僧の著作も引用されているが、基本的には浄土宗を継承した浄土真宗の宗旨に基づいている。また、本書の「祖師」は親鸞を指している。

2　「うすひき歌」研究序説

はじめに

日本歌謡史において「うす（臼）ひき（引・挽）歌」と呼ばれる歌謡は、「麦つき（搗・舂）歌」という名称で呼ばれる歌謡と並んで数多く伝えられている。その「うすひき歌」は、別に「粉ひき歌」とも称される。臼挽きは臼のうちでも円筒形の碾（挽）き臼を使って、麦や蕎麦などを挽き砕いて粉にする作業で、粉を取るところから粉挽（引）きとも言ったからである。したがって、「うすひき歌」と「粉ひき歌」とは同じ作業を行う際に歌われた労作唄（歌）の名称なのである。これらの歌謡のうち、本節では、「うすひき歌」について考察を加える。「うすひき歌」は、その内容から大きく以下の二種類に分類することができる。

まず第一に民俗歌謡のうちの労作唄として伝えられる歌謡群がある。この労作唄としての「うすひき歌」こそが、この名称にもっとも忠実な歌謡であり、この名の歌謡の基本的な概念を示すものでもある。これに属する歌謡は、種々の歌謡集成に多くが残されている。少しだけ例を挙げれば、江戸期の菅江真澄『鄙廼一曲』には、この名称を持つ労作唄が三河国、近江国、出羽国などでかなりの数採集されているし、また『麓廼塵』にも関東地方の労作唄としての「うすひき歌」が採録されている。

ところが、いま述べた労作歌とは別に、「うすひき歌」にはその概念から派生した第二の歌謡群がある。(1) それは宗教者や思想家たちが庶民教訓のために創作した、教化歌謡としての「うすひき歌」である。中でも著名な「うすひき歌」は、盤珪永琢の不生禅の思想を盛り込んだいわゆる盤珪『うすひき歌』である。盤珪は江戸時代前期に、播磨国揖西郡浜田村（現在の兵庫県姫路市網干区浜田）の龍門寺に住んだ臨済宗の高僧で、元和八年（一六二二）に生まれ、元禄六年（一六九三）に没した。盤珪は自らの信念とする不生禅の教義に基づいて歌謡を創作し、人々が日常生活の中で口ずさめることを目指した。その歌謡こそが、『うすひき歌』という名称で親しまれている歌謡である。(2) なお、盤珪にはもう一種類『麦春歌』と呼ばれる歌謡も伝えられる。こちらは盤珪自身が直接に創作したものではなく、伊予国大洲（現在の愛媛県大洲市柚木）の如法寺において、盤珪の説法を聴聞した俳人の懶石《らんせき》が、盤珪の説法を歌謡化したものと伝えられる。

この盤珪『うすひき歌』とは別に、「うすひき歌」の名称を持つ教化歌謡がさらに何種類か残されている。それらの中でも薗原旧富《そのはらひさとみ》『臼挽歌』と、諦住《たいじゅう》『うすひき哥信抄』は双璧と言えよう。本節では盤珪『うすひき歌』とは別種の「うすひき歌」のうち、『臼挽歌』と『うすひき哥信抄』という二種の教化歌謡を取り上げて、位置付けることとする。

一　薗原旧富『臼挽歌』

まず、薗原旧富『臼挽歌』について考えて行きたい。この歌謡書は『国書総目録』に「臼挽歌」として立項され、著者は薗原旧富、活字翻刻が『蕗原拾葉』（全二二冊、昭和一〇～一七年、鮎沢印刷所刊）第一四冊に掲載される旨が登録されている。(3) ただし、『国書総目録』には写本、版本ともに所蔵の記載がない。しかし、管見によれば外題を『臼挽唱歌』とする諸本と、『うすひき哥』（外題表記は『宇寿比喜哥』『宇須比起哥』『宇寿飛起哥』など複数あり）とする少なくとも二種類の版本が上梓されている。二種類のうち、まず外題を『臼挽唱歌』とする版本について取り上げる。管見によれば、少なくとも東京都立中央図書館加賀文庫、早稲田大学附属図書館、西宮市立郷土資料館の三箇所に所蔵されている。縦二一・八糎×横一五・八糎の紙縒りによる仮綴じ本で、(4) 本文部分は歌謡本文九丁、「書題目」と銘打った広告一丁の合計一〇丁からなる。ただし、表紙、裏表紙とも、本文料紙と同じ薄様の楮紙が用いられているので、都合一二丁の形態を採る冊子本と言える。なお、西宮市立郷土資料館蔵本のみは、「書題目」と銘打った第一〇丁を欠いており、表紙、裏表紙を含めて全一一丁である。また、附録末尾の「怠《おこた》るな」に続けて、「玉田氏著」という墨書の書き入れがある。

表紙の左端には、外題「臼挽唱歌」が四角囲みで摺られる。各丁の表、裏ともに一面八行。冒頭の本文第一丁表一行目に「うすひき哥」という内題が掲げられ、二行目以下は「うたをうたへや真実《まこと》とうたへ、哥《うた》は心《こゝろ》の花《はな》じやもの」から始まる歌謡本文が、第七丁裏の六行目二文字目まで続く。この「うすひき哥」と命名された歌謡は、近世小唄調（三・四／四・三／三・四／五）を基本とした短歌謡を連ねたもので、(5)「国《くに》の開闢《かいびやく》をしへの道《みち》は、神《かみ》の御文《みふみ》に明《あきら》けし」まで全部で九二の短歌謡から構成される。第七丁裏の残り二行分は空白とし、第八丁表の一行目に「附録」として、新たに「祝《いはひ》うたへよ先日《まづひ》の本《もと》に、年《とし》のはじめの神祭《かみまつ》るのは」から始まる別の歌謡が収録される。その歌が第九丁裏四行目の六文字目で終わる。この「附録」の歌謡は、基本的に近世小唄調の形式を採る二二の短歌謡から構成されるが、冒頭の「祝《いはひ》うたへよ…」の短歌謡が三・四／四・三／三・四／五・二という形式であることからもわかるように、例外も見られる。(6) 結びの句は「神《かみ》の御《み》国《くに》ぞ皆人々《みなひと〴〵》も、祭《まつ》りいはいて怠《おこた》るな」である。第九丁裏は五行目から七行目に相当する箇所を空白とし、最終行に「うすひき哥終」と刻す。(7) 第一〇丁は表裏ともに出版広告であるが、表に「神道講義　十巻」「年中故事　十巻」「菅家世系録　三巻」「中臣祓註解　二巻」「神国柱立　一巻」などとともに本書を意味する「臼挽唱歌　一巻」という書名が見える。そこには「此書は神々の事を唱歌に作り児女の口すさみとせし書也」とある。他に刊記はない。

なお、この『臼挽唱歌』には写本もあり、岩国徴古館に所蔵されていることが確認できる。

次に、早稲田大学附属図書館蔵本の翻刻を掲げる。翻刻に際しては、漢字と仮名の用字はもとのままとしたが、清濁を付し、旧漢字については新字に直した。また近世小唄調を基調とする各歌ごとに句点を用いて区切り、それより小さな区切り部分に読点を施した。

【翻刻】

うすひき哥

うたをうたへや真実《まこと》とうたへ、哥《うた》は心《こゝろ》の花《はな》じやもの。神《かみ》の御国《みくに》のこの日《ひ》のもとに、生《うま》れ出《いで》たる嬉《うれ》しさよ。神《かみ》の御末《みすゑ》の其《その》たね継《つい》で、人《ひと》と生《うま》れし嬉《うれ》しさよ。人といふもの尊《たふと》ひものよ、人になるのが神《かみ》の道《みち》。天《あま》の岩《いは》戸の阿那《あな》面《おも》白《しろ》の、鈴《すゞ》の御音《みおと》のたうとさよ五十鈴《いすゞ》真鈴《ますゞ》や駅路《ゑきろ》の鈴《すゞ》に、悪魔《あくま》障碍《しやうげ》は近《ちか》よらず。祓《はらひ》よめとは春日《かすが》の神《かみ》の、あつき恵《めぐみ》の御《み》をしへぞ。悪事《あくじ》災難《さいなん》罪事《つみこと》科《とが》を、祓《はらひ》よみてぞはらひさる。思《おも》はざりきのあやまりごとも、つもりつもれば科《とが》と成《な》る。庭《には》の木《こ》の葉《は》も心《こゝろ》の塵《ちり》も、はらひはらへどまたつもる。天津《あまつ》御法《みのり》の直日《なを》の影《かげ》て、罪《つみ》の消《きえ》るは人しらぬ。今日《けふ》の天照日《あまてるひ》の御神《おんかみ》を、祭《まつ》りいのれよ天《あめ》が下《した》。物《もの》の出来《でき》るは日《ひ》の神《かみ》よりぞ、御月祭《おつきまつ》りは十五日。廿八日御星《おほし》の祭《まつ》り、はらひ清《きよ》めて身《み》をいはへ。廿三夜と八日の月を、待《まつ》は女《をんな》の身《み》のいのり。神《かみ》の定《さだ》めの一六日は、寿命《じゆみやう》 福《ふく》徳《とく》うくる日《ひ》ぞ。夏至《げし》や冬至《とうじ》や彼岸《ひがん》の節《せつ》は、こゝろ清《きよ》めて日《ひ》を拝《をが》め。猿田彦《おさる》待《まち》には七色菓子《なゝいろくはし》の、外《ほか》に備《そな》へよ白餅《しろもち》を。庚 申《かのへさる》の夜鶏《よとり》まで遊《あそ》べ、盤上《ばんじやう》 糸竹《たけ》さま〴〵に。甲子《きのへね》の日は大《だ》巳《い》(ママ)貴《こく》命祭《まつ》り、御饌《みけ》に備《そな》へよ黒米《くろまへ》を。己巳《つちのとみ》の日《ひ》は食稲《うが》神《じん》祭《まつ》り、さゝげ備《そな》へよ赤飯《あかめし》を。甲子《かつし》巳待《みまち》をよくつとむれば、おもふ願《ねが》ひは叶《かなふ》とよ。旅《たび》へ行人《ゆくひと》道祖《だうそ》の神《かみ》を、祭《まつ》り祈《いの》りて門出《かどで》せよ。神《かみ》の長田《ながた》の稲穂《いなほ》の末《すへ》と、朝飯《あさけ》夕飯《ゆふけ》を戴《いたゞ》けよ。衣裳《いしやう》きるのは斎機殿《いむはたどの》の、神《かみ》の御衣《おんぞ》の影《かげ》としれ。衣《きぬ》にあやある色染《いろそめ》なすは、天《あま》の羽槌《はづち》の神教《かみをしへ》。鏡《かゞみ》 取持《とりもち》化粧《けはい》をするは、天《あま》の糠戸《ぬかど》の神《かみ》のかげ。榊折《さかきおり》取簪《とりかんざし》さすは、天《あま》の鈿女《うずめ》の神《かみ》をしへ。竹《たけ》をけづりて笄《かうがい》さすは、神《かみ》の臍《ほぞ》の緒《を》断《たつ》はじめ。紙《かみ》を漉《すき》そめ文《ふみ》かくことは、天《あま》の日鷲《ひわし》の神《かみ》をしへ。刀脇差刃《かたなわきざしは》物《もの》のはじめ、天目《あまめ》一箇《ひと》の神《かみ》をしへ。麻《を》績機織物《うみはたおりもの》たちぬふて、あつさこらへぬ神教《かみをし》へ。塩土翁《しほつおきな》の煮《に》たまひし、塩《しほ》のはじまり船桴《ふねいかだ》、橋《はし》の通《かよ》ひも神教《かみをしへ》。山《やま》に生《お》ひ立海《たちうみ》より出《で》るも、神《かみ》の恵《めぐみ》の種《たね》と知《し》れ。異国島《ゐこくしま》々諸越《もろこし》よりも、物《もの》の来《きた》るは神《かみ》の徳《とく》。神《かみ》の御恩《ごおん》と父母《ふも》の恩《おん》、たとへがたしや海山迄《うみやままで》も。神《かみ》は正直《しやうじき》誠《まこと》を照《てら》す、正実《まこと》なければ闇《やみ》の夜《よ》ぞ。人《ひと》は正直天事《しやうじきまこと》が柱《はしら》、まことなければ身《み》はたゝぬ。我《われ》が心《こゝろ》は天照神《あまてるかみ》の、みたまものぞと常《つね》にしれ。我《われ》が心《こゝろ》に偽《いつわり》あれば、伊勢の御鏡《みかゞみ》かき曇《くも》る。神《かみ》の鏡《かゞみ》はよく思《おも》へ、闇《やみ》も月夜《つきよ》も見るかゞみ。親《おや》を内宮外宮《ないくうげくう》と仰《あふ》げ、かぎりあらしや孝《かう》の道《みち》。親《おや》につかへて孝行《かう〳〵》なせば、富《とみ》も宝《たから》もふりきたる。親《おや》のおふせに背《そむ》けるものは、はては罪科身《つみとがみ》にむくふ。主《しゆ》の御影《みかげ》で此身《このみ》が立《たつ》と、しれば勤《つとめ》も苦《く》にならぬ。たとへ物こと発明《はつめい》なりと、二心《にしん》ある人身《ひとみ》はたゝぬ。善《よい》も悪《わる》ひも噂《うわさ》はうそよ、見るると聞《きく》とは違《ちが》ふもの。忠《ちう》と孝《かう》とを忘《わす》れたものは、狗《いぬ》の中《なか》でも野良狗《のらいぬ》よ。狗《いぬ》は夜《よ》を守《も》る鶏《とり》や時告《ときつぐ》る、道知《みちし》らぬ身《み》の哀《あはれ》さよ。今日《けふ》の此日《このひ》にまた哀《あは》れぬと、己《おの》が仕業《しわざ》をはげめかし。照《てら》しまします此御影《このおんかげ》を、知《し》らで暮《くら》すかうか〳〵と。仁愛深《なさけふか》ふて正直《しやうじき》なるは、神《かみ》の心《こゝろ》に叶《かなふ》ぞよ。己《おの》が心《こゝろ》の横《よこ》しまごとが、つもり〳〵て罰《ばち》うくる。怒《いか》るこゝろは破《やぶ》れのもとよ、天霊淳直《みたますなを》にしとやかに。祝《いは》ふこと葉《ば》も呪咀《のろふ》も口《くち》よ、いふな筋《すぢ》なき仇言《あだごと》を。我《われ》と我身《わがみ》をつまみて知《し》れよ、人《ひと》のいたさはいか斗《ばかり》。さむいひだるい心《こゝろ》のほどを、しりて恵《めぐめ》や下々《した〴〵》を。たゝき廻《まは》して仕《つか》ふな人《ひと》を、つかはるゝ子は猶可愛《なほかあい》。情《なさけ》なかりし其罪咎《そのつみとが》の、末《すへ》は身《み》をせめ子にむくふ。人《ひと》を苦《くる》しめ宝《たから》を持《もつ》な、やがて其子《そのこ》は門《かど》に立《たつ》。人《ひと》の奢《おごり》はどこともなしに、登《のぼ》り〳〵て落《おつる》としれよ。栄耀栄華《ゑようゑいぐは》も程過《ほどすぎ》ぬれば、後《のち》は悲《かな》しむ種《たね》としれ。欲《よく》と色《いろ》とは水火《すいくは》の二つ、過《すぎ》て流《なが》れて家《いへ》を焼《や》く。烏雀《からすすゞめ》のさえづる声《こゑ》を、閨《ねや》で聞《きく》のは皆《みな》そむき。ゐんの結《むす》びは私《わたくし》ならず、能《よい》も悪《わるい》ひも神結《かみむす》び。岩堅帯《いはたおび》とて五つ月ならば、帯《おび》を結《むす》びて紐解《ひもとく》な。月《つき》のさはりは七日《なぬか》の間《あいだ》、心《こゝろ》かためて帯《おび》とくな。丙午《ひのへむま》の日《ひ》庚《かのへ》や申《さる》に、帯《おび》を解《とく》のは身《み》の毒《どく》よ。地震上鳴大風吹《ぢしんかみなりおほかぜふく》は、天《てん》の怒《いか》りと恐《おそ》れみよ。二十四節《せつ》の其時々《そのとき〳〵》は、骨《ほね》の継目《つぎめ》とつゝしめよ。四季《しき》の土用《どよう》に北斗《ほくと》を拝《おが》む、人《ひと》に身《み》に咲金花《さくこがねばな》。酒《さけ》は至極《しごく》の薬《くすり》といへど、過《すぎ》りや其身《そのみ》の毒《どく》となる。我身《わがみ》堅固《けんご》に長生《ながいき》せずは、生《むま》れ出《いで》たるかひもなし。有《あり》とあらゆるそのこと〴〵を、知《しろ》と思《おも》ふは皆《みな》まよひ。我《われ》と我身《わがみ》の行状《なりふり》しるを、是《これ》を物知《ものし》る人《ひと》といふ。家業精出《かげふせいだ》し実義《じつぎ》なものは、人《ひと》の見《み》る目《め》の鏡《かゞみ》なれ。たとへいか如《やう》のことありとても、道《みち》にまよふな邪路《わきみち》へ。儒道仏法《じゆだうぶつぽう》二つの教《をしへ》、是《これ》は中比来《なかごろき》たものぞ。国《くに》のをしへをいやしむ人《ひと》は、酒《さけ》に酔《ゑい》ます唐土酒《からざけ》に。神《かみ》の咄《はな》しに腹《はら》たつものは、親《おや》を御経《おきやう》でたゝくのか。明日《あす》の事《こと》より今日《けふ》こそ大事《だいじ》、後《のち》のことより今《いま》のこと。寺《てら》や道場《だうぢやう》は先祖《せんぞ》の霊《たま》家《や》、祠堂《まつりどころ》とかねてしれ。忌日命日其亡霊《きにちめいにちそのなきたま》を、涙《なみだ》こぼして手向《たむけ》せよ。神《かみ》の御恩《ごおん》と先祖《せんぞ》の影《かげ》で、此身《このみ》暮《くら》すとこゝろえよ。神《かみ》や仏《ほとけ》になろとは迷《まよ》ひ、兎角誠《とかくまこと》の人《ひと》となれ。人《ひと》のかたちは皆人《みなひと》なれど、道《みち》にたがへば人《ひと》でなし。梅《むめ》に桜《さくら》よいろ〳〵花《はな》に、うつり安《やす》しや人《ひと》ごゝろ。脇目《わきめ》ふらずに敬《うやま》ふものは、国《くに》の主《あるじ》と我夫《わがおつと》。世界万国国土《せかいばんこくこくど》はあれど、日本《にほん》ほどよい国《くに》はない。東夷粟散辺土《とういそくさんへんど》といへど、君子国《くんしこく》とて並《ならび》ない。日本《こゝ》の烏《からす》が日赤日明《かあかあ》と鳴《なく》は、支那《から》の烏《からす》に習《ならふ》たか。国《くに》の開闢《かいびやく》をしへの道《みち》は、神《かみ》の御文《みふみ》に明《あきら》けし。

附録

祝《いはひ》うたへよ先日《まづひ》の本《もと》に、年《とし》のはじめの神祭《かみまつ》るのは。天《あま》の岩窟《いはと》に其影《そのかげ》はじめ、今《いま》もかはらぬ神《かみ》の国《くに》。稔《とし》のはじめの折移《をりうつる》とて、祝《いはひ》いたゞく其源《そのみなもと》は。諾冊《きみ》の二尊《にそん》の瓊矛《にほこ》の先《さき》に、落《おち》てかたまる淡路島《あはぢしま》。稚産霊《わかくむすび》の神祭《かみまつ》るのは、正月《むつき》七日の若菜粥《わかながゆ》。二季《にき》の社日《しやにち》に田畑《たばた》の神《かみ》を、祭《まつ》りや穂《ほ》に穂《ほ》が咲《さく》としれ。桃《もゝ》の節句《せつく》は粟島様《あはしまさま》を、女夫祭《めおとまつ》りの雛《ひな》錺《かざ》り。八十八夜《や》に御日待《おひまち》すれば、夏《なつ》の病《やまひ》をよけるとぞ。卯月《うづき》八日は花生《はないけ》たてゝ、花《はな》の祭《まつ》りの魂《たま》よばひ。五月五日は武具錺《ものゝぐかざ》り、神《かみ》の教《をしへ》の跡《あと》ぞとよ。夏越祓《なごしはらひ》は千歳《ちとせ》の命《いのち》、延《のぶ》とこそきけよく祈《いの》れ。天《あま》の棚機姫様《たなばたひめさま》は、衣物《きもの》はじめの神《かみ》なれば、糸《いと》け捧《さゝ》げて祭《まつ》り置《おけ》。生見魂《いきみたま》とて指鯖《さしさば》おくる、親子《おやこ》おとゝひ身《み》をいはへ。盆《ぼん》の踊《おどり》は門火《かどび》を焼《たい》て、黄《よ》泉門《みと》塞神祭《ふさがるかみまつ》り。二百十日に吹風毒《ふくかぜどく》よ、竜田《たつた》広瀬《ひろせ》の神祈《かみいの》れ。八月朔日《はづきついたち》田《た》の実《み》の祭《まつ》り、初穂《はつほ》さゝげてよく祈《いの》れ。

九月九日白山姫《しらやまひめ》の、ちらぬ命《いのち》の菊《きく》の酒《さけ》。亥《ゐ》の子祝《こいは》へよ富福智恵尊《とみさきまつり》、餅《もち》を撞《つき》つゝ、福《ふく》をつく。神迎《かみむか》へとて社《やしろ》へ参《まい》る、是《これ》も神代《かみよ》の跡《あと》ぞとよ。十二月《しはす》中比《なかごろ》煤払《すゝとり》するは、是《これ》も神事の備《そな》へぞよ。極月《しはす》三十日は大歳神《おほとしがみ》の、歳《とし》を守《まも》りの神《かみ》の恩《おん》。神《かみ》の御国《みくに》ぞ皆人々《みなひとぐ》も、祭《まつ》りいはひて怠《おこた》るな。

　うすひき哥終

右に翻刻を掲出した版本『臼挽唱歌』の他に、もう一種類別の版本が管見に入った。それは外題を『うすひき哥』とする版本で、これまでに管見に入った伝本は少なく、鳥取県立図書館蔵本（外題は題簽に手書きで「宇寿比喜哥」）、大阪教育大学小野研究室蔵本（外題は題簽に手書きで「宇須比起哥」［図9］）、架蔵本（外題は直書きで「宇寿飛起哥」［図10］）があるのみである。いずれも本文五丁に、表紙と裏表紙がかけられた版本である。縦二二糎前後×横一五糎前後の大きさで、架蔵本のみは紙縒りによる仮綴じ本である。本文は歌謡のみ五丁からなっている。この版本も前掲の『臼挽唱歌』と同様に、刊記はない。表紙の左端には題簽が貼られ、外題が「宇寿比喜哥」「宇寿飛起哥」などと墨書される。架蔵本のみは打付け書きで「宇寿飛起哥」と銘打たれている。各丁の表、裏ともに一面九行。冒頭の本文第一丁表一行目に「うすひき哥」という内題が摺られ、鳥取県立図書館蔵本と架蔵本は、その行の下に「玉田氏弘之」という名前が墨書される。[8] 二行目以下は「神《かみ》の御国《みくに》のこの日本《ひのもと》に、生《うま》れ出《いで》たるうれしさよ」から始まる歌謡本文が、第五丁裏の四行目末尾まで続く。歌謡の結びは「国《くに》の開闢《かいびやく》をしへの道《みち》は、神《かみ》の御典《みふみ》に明《あき》らけし」である。この「うすひき哥」も近世小唄調の形式を採る短歌謡八二首から構成されるが、それらすべてが『臼挽唱歌』所収「うすひき哥」に見られる。[9] すなわち、『うすひき哥』所収の「うすひき哥」は、『臼挽唱歌』所収「うすひき哥」に完全に包摂される関係にあると言える。両者の関係を次に表として示しておく。なお、×はその歌を欠いていることを意味している。

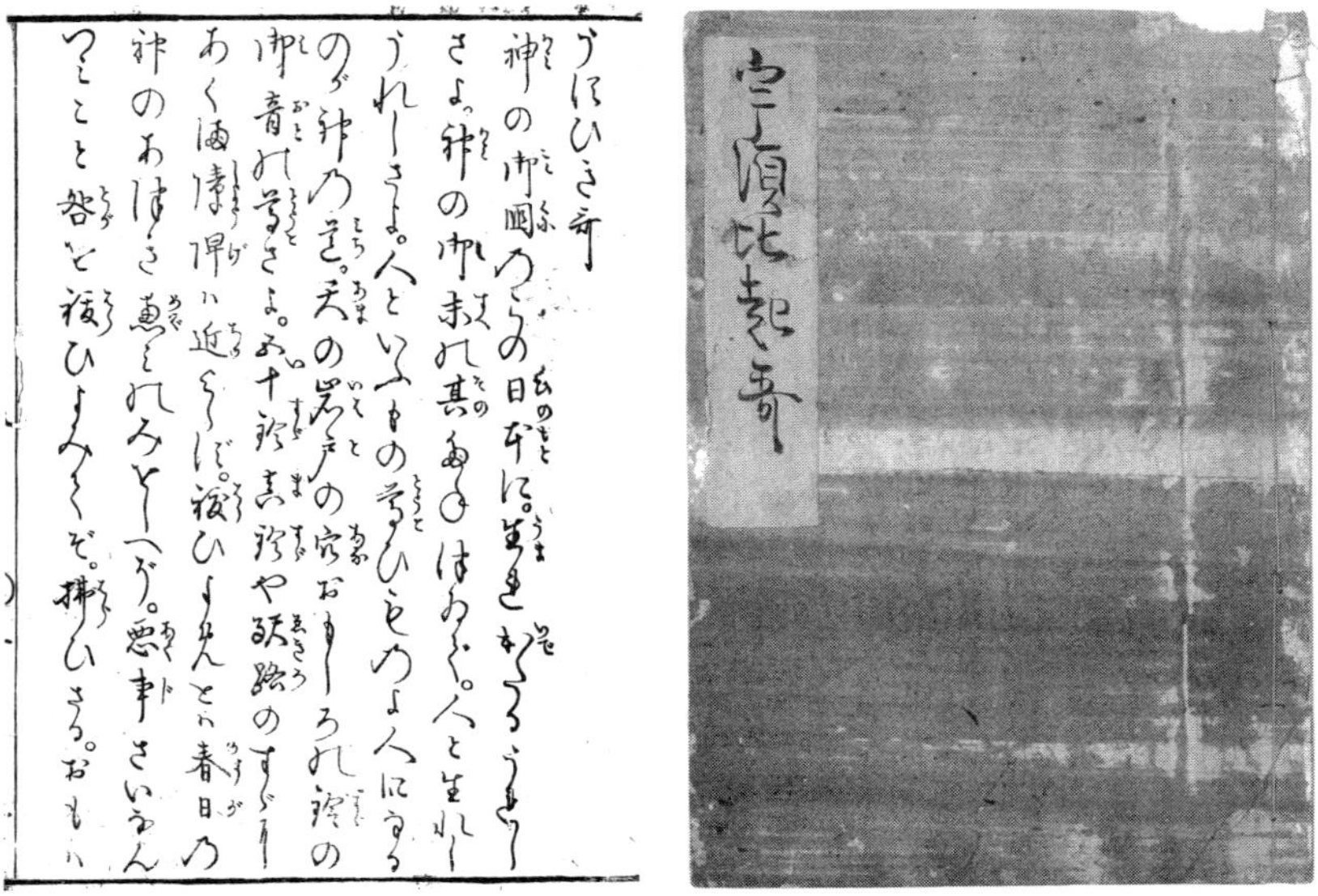

［図９］大阪教育大学小野研究室蔵本『宇須比起哥』表紙、冒頭部

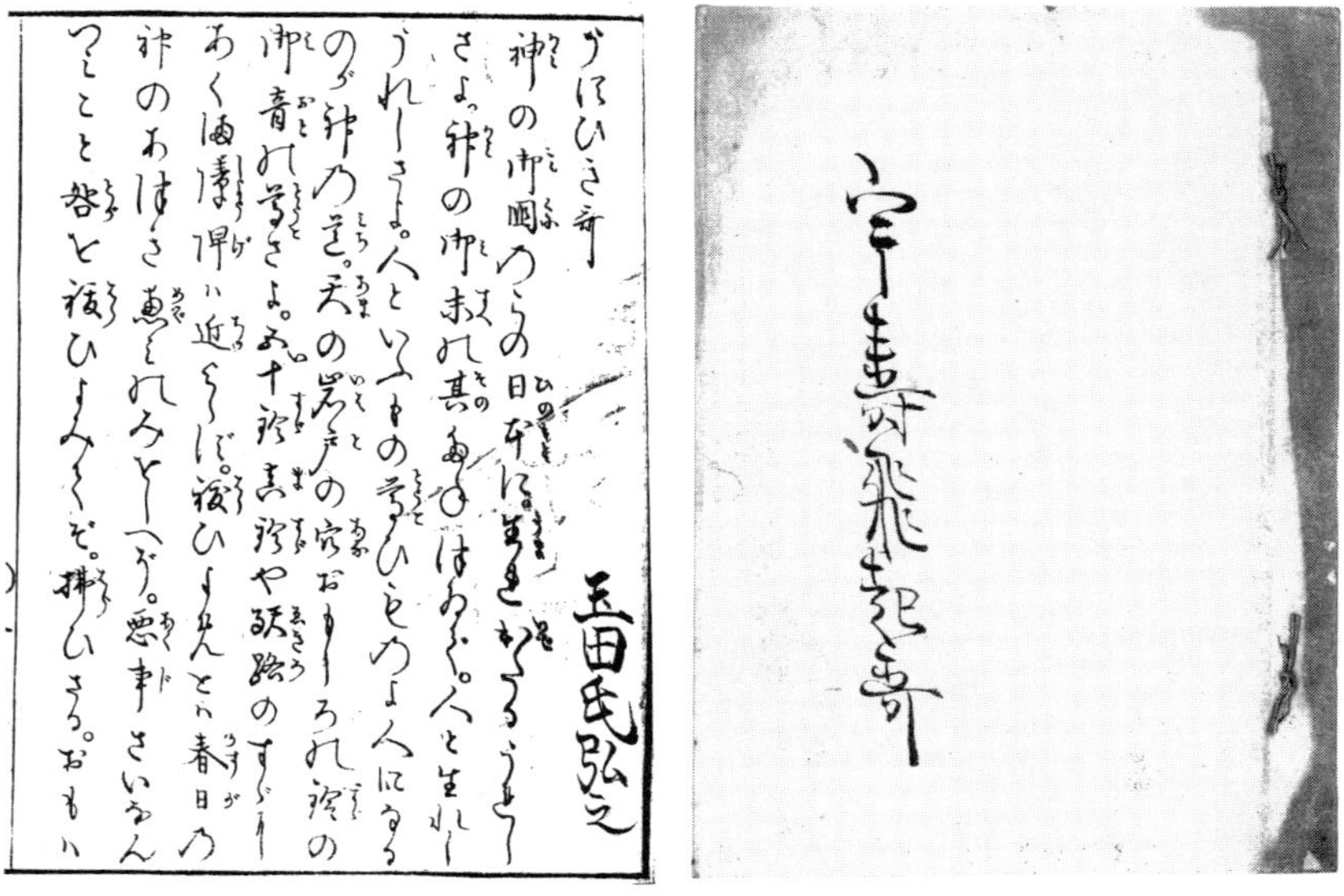

［図10］架蔵本『宇寿飛起哥』表紙、冒頭部

『うすひき哥』	『臼挽唱歌』
×	1
1〜46	2〜47
×	48 49
47〜54	50〜57
×	58 59
55〜57	60〜62
×	63
63	64
58〜62	65〜69
64〜72	70〜78
×	79 80
73〜81	81〜89
×	90 91
82	92

版本『うすひき哥』には一連の歌謡が結ばれた後に、一行分の空白を置いて、各二行書きの道歌二首が四行分で摺られている。和歌は「命《いのち》つぐくひもの着《き》ものすむいへ羅《ら》かみのめぐみぞ君《きみ》は御《み》かけそ」「世中《よのなか》はなにゝつけても神を思《おも》へかみのめぐみを遊《ゆ》めわする奈《な》よ」の二首であるが、これらの道歌は『臼挽唱歌』には見られないものである。

ところで、前述のようにこの薗原旧富『臼挽歌』は、信濃国の文献資料を集成した叢書『蕗原拾葉』に収録されている。それを紐解くと、この教化歌謡をめぐる新たな事実が知られることになる。『蕗原拾葉』所収『臼挽歌』は版本『臼挽唱歌』と深いかかわりを持っている。すなわち、『臼挽唱歌』と同一の近世小唄調を基調とした短歌謡九二首を同じ順番で連ね、それに続けて「附録」として、『臼挽唱歌』にはない二二首の短歌謡を掲載する。九二首の歌謡本文は、一部に漢字と平仮名の用字の相違は認められるものの、『臼挽唱歌』と一致している。ただし、『蕗原拾葉』には冒頭に編者中村元恒の識語、玉田永教の「増補臼挽哥序」と題する序文、前述した末尾の「附録」が置かれている。冒頭の識語と序文を次に掲出する。なお、私に句読点を施す。

薗原氏著木曽古道記、美濃御阪越等、能通国史。蓋異能之士也。余慕其為人。今視此書亦其所著也。鄙陋之語本是土苴耳。固不足論、已愛其人故、又不廃其書。即尚友之意也。

天保壬辰三月　元恒識

増補臼挽哥序

深《ミ》草《クサ》苅《カル》科野《シナノ》の国吉蘇《クニキソ》の緑野《ミドノ》の薗原《ソノハラ》氏の某《ソレガシ》ありて、御国《ミクニ》の道《ミチ》を仰《アフ》ぎ尊《タフトミ》び、学《マナビ》の窓《マド》に年月を重《カサ》ね、其道のしるべせしはよろこび限《カギ》りもあらじかし。猶も教《ヲシヘ》のねもごろなるを、麻衣《アサキヌ》のまくり手せしにも、芦《アシ》火たく伏家《フセヤ》迄《マデ》も、しらしめんとうす挽哥てふ著《アラハ》して、世に弘め置《ヲキ》ぬ。こや我が御国《ミクニ》の道を、かく安らかにいと尊くしも、心を用ひしこそ、玉ぢはふ神の御こゝろにも叶はめ。今やいさゝかたらざることの葉を補《ヲギナ》ひて、葎《ムグラ》の雫《シヅク》も流れて、よしの川の深き淵ともなれかしと玉田永教かい付ぬ。

文化元　きのえ子のとし

これによれば、この「うすひき哥」は元々信濃（科野）国木曽（吉蘇）の緑野に居住する薗原某が、「御国の道」を「しらしめんと」して創作したもので、そこに若干の言葉足らずの点があったので、それを玉田永教が補ったものであることがわかる。その年代は文化元年（一八〇四）であった。つまり、版本『臼挽唱歌』所収の歌謡は薗原旧富一人によって創作されたものではなく、玉田永教が増補したものであることが知られるわけである。一方、『うすひき哥』末尾には『臼挽唱歌』には見られない道歌二首が附属していることから、先に『臼挽唱歌』が成立し、その抄出本として不要な一〇首の歌謡を除いた『うすひき哥』が成立した可能性が高いことを指摘しておく。なお、架蔵本『宇寿飛起哥』に「玉田氏弘之」とあるのは、この版本『うすひき哥』を玉田氏一族の者が所蔵していたことを示すもので、永教もこの版本に何らかの関与をしていた可能性がある。ただし、版本『臼挽唱歌』に永教の序が見えないところからすれば、『蕗原拾葉』は版本『臼挽唱歌』を直接に収録したのではなく、永教が増補した『増補臼挽哥』という、おそらくは写本であった本を収録したものと推測される。その年が天保壬辰（三年〈一八三二〉）三月であった。

ここに紹介した薗原旧富創作、玉田永教増補の『臼挽歌』は、内容的には出版広告に「臼挽唱歌　一巻」とあるように、日本古来の神を崇敬する必要性を教え諭した教化歌謡である。また、神につながる先祖、ひいては親を崇拝すべきことにも言及されている。これは儒教道徳の中でも、とりわけ「孝」の精神を重視するもので、近世の他の教化歌謡と共通する特徴と言ってよい。ここに「孝」を説く新たな教化歌謡を紹介できたことは、きわめて有意義であると考える。

二　『うすひき哥信抄』

次に、『うすひき哥信抄』[10]について述べる。この歌謡書は『国書総目録』に、「うすひき歌信抄」として登録されている。著者は諦住《たいじゅう》、版本として安永八年（一七七九）版と文政一一年（一八二八）版の二種類が登録されている。前者は東京国立博物館と早稲田大学附属図書館、三重県立図書館に、また後者は石川県立図書館李花亭文庫に所蔵がある旨の記載がある。また、『古典籍総合目録』には、安永七年（一七七八）版として弘前市立図書館蔵本、安永八年版として弘前市立図書館蔵本、玉川大学図書館蔵本、國學院高等学校藤田小林文庫蔵本、文政一一年版として弘前市立図書館蔵本がそれぞれ掲載されている。管見によれば、以上の他に安永八年版として石川県立図書館小倉文庫蔵本、石川県立歴史博物館大鋸《おおが》コレクション蔵本、津市図書館橋本文庫蔵本、大阪教育大学小野研究室蔵甲本、大阪教育大学小野研究室蔵乙本があり、文政一一年版として駒澤大学永久文庫蔵本、真鍋昌弘氏蔵本、架蔵本がある。なお、安永八年版には出版記録が残されている。すなわち、『享保以後　江戸出版書目』に「宇すひき哥信抄」として、「同（安永）八亥孟春」「全壱冊」「墨付三十一丁」「作者　釈諦住」「板元　京　菊屋喜兵衛」「売出し　出雲寺和泉」と見える。管見によれば文政版は安永版の求版本で、序文等に小異はあるものの基本的にほぼ同一の内容である。縦二二・七糎×横一五・七糎の袋綴じ本で、全三〇丁。冒頭に一丁分の序があり、続いて二九丁分の本文が置かれる。冒頭の本文第一丁表一行目に「うすひき歌信抄序」とあり、二行目から序文が始まる。この序文の末尾には「安永戊戌のとし　釈諦住書」とあって、安永七年（一七七八）に諦住という名の僧侶が記したことが知られる。また、安永八年版のうち、大阪教育大学小野研究室蔵乙本や石川県立図書館小倉文庫本などの序文には、本書の「うすひき歌」の作者が、「伊賀の国油屋三左衛門」と明記されているものの、同じ安永八年版でも大阪教育大学小野研究室蔵甲本や、文政一一年版には「伊賀の国の同行某」とあり、そしてその歌に触れて感動した諦住自身が注釈を付けたことが明記されている。文政一一年版序文の「伊賀の国の同行某」は同版の表紙題簽に「伊賀国油屋三左衛門」とある人物を指している。また、序文には近世教化歌謡の代表格である盤珪『粉ひき哥』（実際は『うすひき歌』という名称である）、白隠『うすひき歌』（実際は『粉引歌』〈『おたふく女郎粉引歌』『主心お婆々粉引歌』〉という名称である）を引用している。諦住は同じ仏教者として大先達に当たる二人の教化歌謡を挙げて、本書所収の歌謡を、ひいては本書そのものを権威付けしようと志しているのである。第二丁目は冒頭の一行目に「うすひき歌信抄」という内題があり、以下第三〇丁裏まで三一首の近世小唄調歌謡とそれぞれの注釈が置かれる。第三〇丁裏は一行目がその前を承けて、第三一首目の教化歌謡「きのふけふまで振袖着《ふりそでき》たに、けさは鳥辺《とりべ》の灰《はい》となる」の注釈である。そして、二行目には「以上うすひきうた」とあり、三行目に「三左衛門　歓《よろこび》の歌《うた》一首」、四～五行目に「ありがたや御法《みのり》の山のいたゞきへをりのぼりする谷底《たにそこ》のわれ」という道歌が掲載されている。安永八年版は、巻末に「安永八年己亥孟春」「皇都書林　寺町通松原下ル町　菊屋喜兵衛」という刊記が見える。[11] 文政一一年版の刊記は第三〇丁目の末尾に、安永版と同様に「安永八年己亥孟春」と置き、続けて「文政十一年戊子二月求版」「皇都書林　醒井通五条下ル二丁目　丁子屋庄兵衛」とある。さらに裏表紙の見返しに、大きく四角囲みにした「平安書林　油小路魚店上ル町　三文字屋和助」と見える。本書の内容は仏教的性格が強く、中でも浄土教的性格がきわめて濃厚である。

本書にはこれまで翻刻紹介がなく、今後の教化歌謡研究上、欠くことのできない貴重な資料であるが、分量が多く本節で紹介する余裕がない。そこで本節では『うすひき哥信抄』の基本的な性格を指摘するに留めるとともに、翻刻は歌謡部分のみとし、別の節（本書第Ⅱ章第1節）で全冊の翻刻を行うこととする。

次に、大阪教育大学小野研究室蔵甲本によって『うすひき哥信抄』所収「うすひき歌」三一首の翻刻を掲げる。翻刻に際しては、漢字と仮名は元のままとしたが、旧漢字については、新字に直し清濁を付した。また頭に算用数字の歌番号を施すとともに、七・七・七・五の句ごとに読点を付した。

1　鐘《かね》でしらすも、太鼓《たいこ》でよぶも、余所《よそ》に迷《まよ》ひし、わし故《ゆへ》に
2　数《かず》の念仏で、参《まい》るでなひが、御恩《ごをん》をもはゞ、ただ念仏
3　愚痴《ぐち》の此身《このみ》を、わたさんための、御誓願《ごせいぐわん》かや、有《あり》がたや
4　慈悲《じひ》な諸仏《しよぶつ》の、御手にもれた、わしをたすけむ、阿弥陀様《あみださま》
5　御法《みのり》きく身《み》と、そだてし御恩《ごをん》、わすれまひぞや、身《み》の一期《いちご》
6　ねてもさめても、となよとあるに、わすれ暮《くらす》は、浅《あさ》ましや
7　持《ぢ》戒破《かいは》戒《かい》も、むかしの人《ひと》よ、とても濁《にご》れる、わしが身《み》は
8　現世《げんぜ》いのりや、物忌《ものいみ》せまひ、弥陀《みだ》の光《ひかり》の、中なれば
9　ねてもさめても、南無阿弥陀仏、外《ほか》のいふこと、道草《みちくさ》よ
10　つとめはげんで、ゆかれぬ御国《みくに》、おしへひとつで、参るかや
11　をしゑあるとて、すこしの悪《あく》も、好《この》むまひぞや、身《み》の一期《いちご》
12　山《やま》や海《うみ》にも、越《こへ》たる御恩《ごおん》、わすれ暮《くらす》は、浅《あさ》ましや
13　やがて御傍《をそば》へ、召下《めしくだ》さるゝ、何《なに》と物忌《ものいみ》、せまひもの
14　船《ふね》を浮《うか》べて、帆《ほ》かけてまつに、のらでかなしむ、死出《しで》の旅《たび》

領解《りやうげ》すまして、気儘《きまゝ》にするは、聞《きか》ぬむかしが、ましぢやもの
腹《はら》のたつとき、暫《しばらく》死《し》んで、ながひ此世《このよ》と、おもふまひ
人《ひと》のあしきは、わがなすわざよ、幾世《いくよ》へぬらん、前《まへ》のあく
利根才覚《りこんさいかく》、物《もの》よみしても、後生《ごしやう》しらぬは、蜘助《くもすけ》よ
心《こゝろ》とゞめて、御法《みのり》をきゝやれ、佐渡《さど》の金山《かなやま》、ここに有《ある》
御法《みのり》かず〳〵、耳《みゝ》には聞《きけ》ど、心《こゝろ》とめねば、詮《せん》ぞなや
思《おも》ひ出《いだ》せば、わが友《とも》だちの、なきがをほきに、成《なり》にけり
聞《きか》ぬ人《ひと》より、きくのもましか、ひとのわるさを、いほよりも
後生願《ごしやうねが》ふは、老《をゐ》ての事《こと》と、のばす人《ひと》こそ、御笑止《おしようし》や
思《おも》ひうちなら、色外《いろほか》に出《で》る、念仏《ねぶつ》申さぬ、信《しん》もなや
合点《がてん》させんと、八千余《はちせんよ》たび、ほとけ嫌《ぎら》ひな、わし故《ゆへ》に
あらしあてまひ、善信様《ぜんしんさま》を、やろか越路《こしぢ》の、雪国《ゆきぐに》へ
うれしとふとや、月日《つきひ》のたつは、やがて参るぞ、彼国《かのくに》へ
やがて参《まい》らせ、下《くだ》さるからは、わるい身持《みもち》を、せまひぞや
髪《かみ》のゆひたて、菩薩《ぼさつ》に似《に》たが、すぐに大蛇《だいじや》に、成《なる》とかや
すぐに大蛇《だいじや》を、たすけんために、変成男子《へんじやうなんし》の、願《ぐわん》もある
きのふけふまで、振袖《ふりそでき》着たに、けさは鳥辺《とりべ》の、灰《はい》となる

おわりに

『臼挽唱歌』『うすひき哥信抄』ともに、今後の教化歌謡研究の基礎資料に位置付けられる貴重なものである。教化歌謡の「うすひき歌」には、今後のさらなる検討が必要であると言える。

注

（1）「粉ひき歌」にも教化歌謡があることは言うまでもない。その代表格が白隠慧鶴作の『おたふく女郎粉引歌』『主心お婆々粉引歌』である。

（2）盤珪の禅の中核的な思想「不生」は「不生不滅」、生じもせず滅しもしない、ありのままの境地を言うが、その影響を受けた俳人に各務支考（寛文五年～享保一六年〈一六六五～一七三一〉）がいた。堀切実『俳聖芭蕉と俳魔支考』（二〇〇六年・角川書店）によれば、支考は「俗談平話」「かるみ」の俳風を唱えたが、それは盤珪の「平話説法」や仮名法語、『うすひき歌』などによる庶民への布教活動の影響を受けたものという。また、さらに盤珪の「不生禅」の流れは石門心学の手島堵庵（享保三年～天明六年〈一七一八～一七八六〉）の『いろはうた』（『女児ねぶりさまし』所収）にも受け継がれた。その心学の教えが美濃で大流行をしたことによって、支考が指導した美濃派の俳諧は、さらに盛行していったとする。なお、米沢弘「盤珪禅理解のために（Ⅱ）―不徹庵本系法語写本をめぐって―」（『文教大学国際学部紀要』第二巻〈一九九二年三月〉）には筆者所蔵の『盤圭《ママ》禅師法語』という外題の写本が影印で掲載されており、同書に三三首の「うすひき歌」が収録されていることが紹介されている。それらの歌謡を配列順に版本『うすひき歌』の歌番号で示すと、3、4、33、34、31、1、18、2、15、13（異同あり）、7、43、14、16、12（第三句に10、第四句に11混入）、11（第三・四句に10混入）、10（異同あり）、40、21（異同あり）、8、38、51、9、39、6、19（異同あり）、5（異同あり）、44、45（異同あり）、47（異同あり）、50、49、23となる。詳細は別稿で述べる予定である。

(3)『蕗原拾葉』は中村元恒編の正編一五〇巻五四冊、続編三三八巻一一七冊、巻外二〇巻九冊からなる大部の叢書で、信濃国にかかわる文献を集成している。天保年間（一八三〇〜一八四四）前後頃の成立で、『臼挽唱歌』については天保三年（一八三二）三月に収録されている。写本が長野県上伊那郡高遠町立進徳図書館、内閣文庫他に所蔵されている。なお、薗原旧富は『木曽古道記』（宝暦年間成立）という地誌の著作を持つ人物で、信濃国木曽地方に居住していた神官である。

(4) 早稲田大学図書館蔵本は、糸を用いた袋綴じ本となっているが、元は加賀文庫本と同じく紙縒りによる仮綴じ本であったものを改修した跡が見られる。

(5) 途中近世小唄調とは異なる「塩士翁《しほつおきな》の煮《に》たまひし、塩《しほ》のはじまり船桴《ふねいかだ》、橋《はし》の通《かよ》ひも神教《かみをしへ》」という三・四／五／三・四／五／三・四／五の歌謡、「神《かみ》の御恩《ごおん》と父母《ふも》の恩《おん》、たとへがたしや海山迄《うみやままで》も」という三・四／五／三・四／四・三の歌謡、「神《かみ》の鏡《かゞみ》はよく思《おも》へ、闇《やみ》も月夜《つきよ》も見るかゞみ」という三・四／五／三・四／五の歌謡、「人《ひと》の奢《おごり》はどこともなしに、登《のぼ》り〳〵て落《おつる》としれよ」という三・四／四・三／四・三／四・三の歌謡を含む。

(6) 他に「稔《とし》のはじめの折移《をりうつる》とて、祝《いはひ》いたゞく、其源《そのみなもと》は」という三・四／五・二／三・四／二・五の歌謡、「天《あま》の棚機《たなばた》姫様《ひめさま》は、着物《きもの》はじめの神《かみ》なれば、糸《いと》け捧《さゝ》げて祭《まつ》り置《おけ》」という三・四／五／三・四／五／三・四／五の歌謡を含む。

(7) 西宮市立郷土資料館蔵本は、末尾の第九丁裏の五行目に「玉田氏著」と摺られている。

(8) 玉田弘之という人物は後述する『蕗原拾葉』に、「増補臼挽哥序」を記した「玉田永教」と同一人物、もしくは何らかの血縁関係を持った人物と推定される。

(9) ただし、本文には小異のある短歌謡も複数確認できる。

(10)『うすひき哥信抄』については本書第Ⅱ章第1節で詳しく紹介したので、そちらも併せてご参照いただきたい。

(11) 安永八年版のうち、石川県立歴史博物館大鋸《おおが》コレクション蔵本の刊記は、「安永八年己亥孟春」「皇都書林　大宮通七条下ル三丁目　池田屋新助」とある。

3　薗原旧富『臼挽歌』再考
──名古屋市鶴舞中央図書館蔵本『神風童謡歌　全』紹介──

はじめに

薗原旧富《そのはらひさとみ》『臼挽歌』をめぐっては、『学大国文』第四九号（二〇〇六年三月）掲載の拙稿「「うすひき歌」研究序説」（本書第Ⅱ章第2節所収／以下、前稿と呼ぶ）の中で、早稲田大学附属図書館蔵本『臼挽唱歌』を翻刻紹介し、併せて『臼挽唱歌』より歌数の少ない『うすひき哥』、さらには『蕗原拾葉』所収の『臼挽歌』についても言及した。ところで、前稿では直接言及することを避けたが、薗原旧富『臼挽歌』をめぐる先行研究には、藤田徳太郎『日本民謡論』（一九四〇年・萬里閣）所収「薗原旧富の「神国石臼歌」」（初出は『書物展望』一九三九年六月号）、「江戸時代の教化歌謡」（初出は『書物展望』一九三九年七月号）の二論考がある。藤田は自らが購入した薗原旧富『神国石臼歌』を起点として、一般に旧富の『臼挽歌』と呼ばれている教化歌謡の展開について考証を行っている。その考証は前稿と深くかかわるので、以下、再度この教化歌謡について新出資料を紹介しつつ、管見を述べて行きたい。

一　藤田徳太郎旧蔵『神国石臼歌』について

藤田徳太郎は前掲の「薗原旧富の「神国石臼歌」」と題する論考の中で、自ら所蔵する『神国石臼歌』に関連する書物として、薗原家蔵『神国うすひき歌　全』を調査し、次のように報告した。

薗原家を捜索して、同書の最初の形を示すと思はれる稿本が出て来た。それは、表紙の題簽には『神国うすひき歌　全』とあり、内題には「神国童謡歌」それに「木曽　敬翁」といふ署名がある。敬翁、又は桂翁といふのは旧富の号である。本文の終に「都数百吟」「寛延四辛未年冬至日」とある如く、その歌数は丁度百首で、その中二首は貼紙して訂正してある。絵はない。又「宝暦改元辛未天仲冬甲子　隠士桃谷謹書」と終に記した「童謡歌之跋」が附いてをり、

致校合訖（「旧富」の印）

于時宝暦四甲戌年卯月吉辰

尾陽名古屋石町

柘植氏直勝拝写

といふ奥書がある。即ち、此の書は、旧富の門人、柘植直勝の書写したものである。

此の次に来るのが、私の手元にある書で、題簽には「石臼歌図入」、内題は、「神国童謡歌」を訂正して「神国石臼歌」とし、「木曽　敬翁」の署名をもミセケチにして「木曽　藤原旧富謹詠」としてある。又、本文の終には「都数百七吟」「寛延四辛未年冬至日」とあつて、その百七吟を又改めて「都数百十二吟」と記した。その如く此の書では、百七首の歌を記し、それを又おびたゞしく訂正し、歌詞を消したり、新作を加へたりして、結局百十二首にしたのである。それに「童謡歌之跋」がついてゐる事、前書と同じいが、その終の年月、署名については、これでは「宝暦二壬申天仲冬甲子　隠士桃谷謹書」とあり、更にその奥に「宝暦七丁丑年正月吉日」と書き足してある。此の本文跋文を通じて、前書と同じ柘植直勝の筆と認められるが、それを訂正した文字は旧富の自筆であると認められる。さうして、更に旧富は此の跋文に対して、「此跋不用」と記し、別

に「宝暦己卯年冬十二月　信陽吉蘇淇水天埜承安題」と記してある「石臼歌序」と、「宝暦庚辰年正月　信陽木曽三郁璞医道益題」「尾陽名護屋柘植広豊謹書」と、終に記した跋文が加へてあるが、此の新しく加へた序と跋とは、旧富の筆と認められる。此の他に「青与山人画」と記してある挿絵、及び署名はないが、同筆と思はれる絵が所々に貼りつけてある。

さらに、この二書によって判明したこととして、次のような考証を加えた。この記述は旧富『臼挽歌』の成立論の根幹にかかわる記述であるので、長文とはなるが、そのまま引用する。

つまり、此の書は、寛延四年に初稿成つて、それは百首であつたが、翌宝暦二年には百七首に増加した再稿が出来、その後次第に訂正を加へて、宝暦七年にはその増補訂正を終つた。かくて此の宝暦七年には第三の稿本が出来上つた筈で、それは百十二首となつてゐたのである。さうして、此の第三刊《ママ》（稿か）本によつて、宝暦十年に刊行せられた、刊本によると、右の再稿本に増訂せられてゐる通りに訂正せられて刊行されたのであつて、宝暦九年の天埜承安の序、宝暦十年の三郁道益の跋も出てゐるが、ただ初稿からあつて後に「此跋不用」と記された隠士桃谷の跋は削除せられてゐる。此の跋は旧富の経歴を知る上に必要な内容を含んでゐるが、多少その経歴に、虚構の事がらを記した所もあるやうであるから、その為めに除いたのであらう。歌の方も、仏教儒教を訴つた歌などは皆省かれ、或は訂正せられてゐるのである。又刊本では、本文の終に、松平君山の「題神国石臼歌後」と記してある詩を加へ、又、終には「蓬左　喬寛利図」「書林　尾州名古屋本町九丁目　菱屋久兵衛板」と記してあつて、名古屋から出版せられ、絵は名古屋の喬寛利が書いた事になるが、その絵がらは再稿本に貼付してある青与山人図と殆ど全く同一で、極く僅小な変改があるに過ぎない。更に又、刊本の本文の終には、「都数百十二吟」「宝暦元年冬至日」とあるが、宝暦元年は寛延四年の改元であり、又これによると歌数は総てで百十二首あるやうに見えるが、実は、再刊本の百七首を加除補訂して百十二首としたものに、此の刊本では、更に、その終に二首新作の歌が増加してゐるので、実数は百十四首であるが、それにもかゝはらず、再稿本には「都数百十二吟」とあつて、歌数を訂正してゐない。だから、これが第四の此の書の形で、かやうに次第に増補して来て、十年を経て漸く出来上つたのである。……（中略）……その後、此の書を増訂して刊行した人がある。それは私の手元にも、後刷本と見える粗末な一本があつて、表題には『臼挽唱歌』とあり、内題には『うすひき歌』とある。私の所のは序文が脱落してゐたので、何人の著で何年頃のものかわからなかつたが、その後、伊那高遠の進徳図書館に蔵される蕗原拾葉所収本を見ると、これには序文もついてゐる印刷佳良の刊本だつたので、それが明かとなつた。此の書には、玉田永教の書いた「文化元　きのえ子のとし」の「増補臼挽歌」序があるので、元来『増補臼挽歌』と題する書であり、玉田永教といふ人の著、文化元年頃に成つたものであるといふ事がわかる。

右に掲出した藤田の考証によれば、寛延四年（一七五一／この年一〇月二七日に宝暦と改元）に一〇〇首から構成される初稿本が成立し、翌宝暦二年（一七五二）に増補されて合計一〇七首の再稿本ができ、その後さらに補訂が加えられて、宝暦七年（一七五七）には一一二首からなる第三の稿本が完成し、それをもとにして宝暦一〇年（一七六〇）に版本が刊行されたことになる。ただし、版本には末尾にさらに二首の新作歌謡が増補されていて、実数は一一四首となったという。この間、初稿本と再稿本には「童謡歌の跋」と題した隠士桃谷の跋が見られたが、再稿本の書き入れに「此跋不用」と見え、三稿本以降はこれが削除され、新たに宝暦九年（一七五九）の天埜承安の序、宝暦一〇年の三郗道益の跋が付されたことが紹介されている。これは初稿本と再稿本刊本で「神国童謡歌」とあった書名が、「神国石臼歌」と変更されたことと無縁ではないであろう。旧富は当初この歌謡を収める一書を『神国童謡歌』と題していたが、宝暦二年以降七年までの間に『神国石臼歌』と変更した。ところが、書名変更前に執筆してもらっていた隠士桃谷の跋は、冒頭題を「童謡歌之跋」（傍線筆者、以下同様）とする上に、本文中にも

「嘗有作童謡百吟」とあって、新しい書名とは齟齬があった。また、「百吟」という数も既に増補前の過去のものとなっていたので、新たな序や跋が必要となっていた。そこで、三稿本以降は前述した天埜承安の序、三郎道益の跋が付けられることになったのである。また、版本にはさらに松平君山の「題神国石臼歌後」と題した詩が加えられ、挿絵も入れられているというが、この挿絵は再稿本に貼付されていたものとほぼ同一ということであるから、再稿本成立以後、おそらくは三稿本の段階で上梓を念頭において増補されたものであろう。版本の版元は「書林　尾州名古屋本町九丁目　菱屋久兵衛板」と記されており、名古屋の著名な書肆菱屋久兵衛の上板であることがわかる。

以上のように、考証に際して藤田は薗原家蔵『神国うすひき歌　全』（柘植直勝書写本）を初稿本、自ら所蔵する『神国石臼歌』を再稿本として位置付け、三稿本は『神国石臼歌』の書き入れをもとにしている。また、版本についても手元において直接に披見していることが記述から窺われる。この版本はかつて名古屋市鶴舞中央図書館にも所蔵されていたが、戦災で焼失した。今日では別の版本が大阪教育大学小野研究室の他、京都大学附属図書館に所蔵されている[1]ことが確認できる。さらに掲出した藤田の考証の最後部分には玉田永教編『臼挽唱歌』という表題の本が紹介されている。これは薗原旧富『臼挽歌』をもとに、後の文化元年（一八〇四）に版本として刊行された書であることが明らかにされている。この『臼挽唱歌』こそが、前稿で翻刻紹介した一書である[2]。

ところで、藤田が初稿本に位置付けた薗原家蔵『神国うすひき歌　全』の原本、もしくはその忠実な転写本と考えられる写本が存在している。それは名古屋市鶴舞中央図書館蔵の『神風童謡歌　全』（内表紙外題）とする一冊本である[3]。次にこの写本を翻刻し併せて紹介を行いたい。

二　『神風童謡歌　全』翻刻

名古屋市鶴舞中央図書館に、本文料紙第一丁目の内表紙に貼付された題簽の外題を『神風童謡歌　全』とし、本文冒頭の端作りの内題を『神国童謡歌』とする一冊本がある。縹色の無地表紙が掛けられ、全部で一一丁からなる袋綴じ写本である。ただし、第一丁目は楮紙の内表紙で、左上に縦一五・九糎×横三・八糎の題簽が貼付され、前述のように「神風童謡歌　全」と記されている。また第二丁目と第一〇丁目は遊紙であり、墨付は全八丁ということになる。写本の大きさは縦二四・三糎×横一七・一糎。函架番号は河シ／二三三で、同図書館の河村本に属しており、大正一二年（一九二三）七月一五日購求の蔵書印が押されている。収録歌謡は一〇〇首ちょうどである。以下、同書の本文を仮名遣い、清濁の表記、ルビ等すべて原本のまま翻刻する。ただし、旧漢字は新字に改め、本文の不審箇所には右傍に（ママ）を付す。また、原本には施されていない句読点については、和文、漢文ともに私に加えることとする。なお、虫食いによる判読不能箇所については□で示した。

【翻刻】

神風童謡歌　全

神国童謡歌　　　　木曽　敬翁

神の御国の此日の本に、生れ出たるうれしさよ。神のみすへの其種継て、人と生れし嬉しさよ。人といふもの尊とひものよ、人になるのが神の道。天の岩戸のあな面白の、鈴の御音《ミコヘ》のとふとさよ。五十鈴噦《クワイ》々すゝ音きけば、穢れこゝろもきよくなる。五十鈴真鈴や駅路の鈴に、悪魔しやうげは消て行。祓よめとは春日の神の、神の教へそよく□□□。悪事災難つみこと科を、はらひきよめの□□ぞ。はらひあらへば物きようなる、事のおこりの本を知れ。思はさりきのつみこと科も、つもり積れば山となる。庭の木の葉もこゝろの塵も、払ひはらへどまたつもる。天つ御法の直日の影で、罪のきゆるは人しらぬ。人のかたちは皆人なれど、常にたがへば人でなし。祓よむ人こゝろを正し、欲と色とを遠ざけよ。けふの天照日の神さまを、まつりいのれよ御朔日。もの、実入をよくてらします、御月まつりは十五日。廿八日御星のまつり、はらひきよめて身を祝へ。廿三夜と八日の月を、まつは女の身の祈たう。神の定めの一六日は、寿命福徳うくる日ぞ。夏至や冬至や御彼岸中は、心きよめて日を拝め。稚産霊《ワカメムスヒ》の神さままつる、正月《ムツキ》七日のわかな粥。桃の節句は富福姫《トミサキ》を、いわゐまつりの雛かざり。武具をかざりて茅纏《チマキ》の鉾《ホコ》の、おさまれる代の嬉しさよ。天の棚機《タナバタ》姫命衣物の神に、糸げ捧て能まつれ。生見魂とて指鯖もつて、親子おとゝい身をいはへ。盆のおとりは門火を焼て、黄泉門《ヨミド》塞《フサガ》る神まつり。八月朔日田の実の祭り、初穂さゝげてよくいわへ。九月九日は山祇神の、ちらぬ命のきくの酒。亥の子いわへよ富福《トミサキ》智恵尊《サマ》を、餅をつくのは福を附《ツク》。甲子の日は大己貴命《ダイコクサマ》や、巳己《(ママ)》は稲倉魂神《ヲガミタマ》。旅へたつ人道祖の神を、まつりいのりて門出せよ。神の長田の稲穂のすへと、朝飯《アサケ》夕膳《ユフケ》をいたゞけよ。衣装着るのは斎機殿の神の、御衣のかげとしれ。きぬにあやある色染なすは、天羽槌雄《アマノハツチヲ》の神をしへ。かゝみとり持化粧をするは、天の糠戸の神のかげ。紙を漉初文かゝするは、天の日鷲の神をしへ。刀脇指刃物のはしめ、天目《アメマ》一箇《ヒトコ》の神のさく。麻うみ機をり物たちぬひて、うへずこゞへぬ神教。家居つくりて養蚕をなして、田畑作るも神教。垣の筒男の老翁《オヽチ》の神の、煮初たまひし塩の恩。山に生立海より出るも、神の恵みのたねとしれ。異国嶋々中華よりも、物の来るのは神の徳。神の御恩と父母の恩、たとへかたしや海山□。神は正直誠をてらす、誠なければ闇の夜ぞ。人は正直天事《マコト》が柱、実《マコト》なければ身がたゝぬ。我か心は天照神の、みたまものぞと常に知れ。我か心こゝろにいつはり出れば、伊勢の御鏡早曇る。親は内宮外宮とあをげ、かぎりあらしや孝の道。おやにつかへて孝行なせば、神の恵みにあづかるぞ。親の仰を背けるものゝ、果は罪科身にむくふ。主の御影て此身がたてば、なんの勤か苦になろぞ。たとへものこと発明なりと、二こゝろある人はいや。忠と孝とをわすれた者は、犬の中ても野良《ノラ》犬よ。いぬは夜をもる鶏《トリ》は時告る、道しらぬ身の哀さよ。けふの此日に又あわれぬと、己が仕業をはげめかし。照しましますこの御影をば、しらて暮すよかうか〳〵と。天に日の神地に国つ神、いかでつみとが遁るべき。仁愛《ナサケ》ふかうて慈悲心あるは、神のこゝろにかなふ身ぞ。己か心のよこしまごとが、つもり〳〵てばぢ（ママ）となる。なさけなかりし其罪科の、末は身を責子にむくふ。人をくるしめ宝を持な、やがて其子は門にたつ。人の奢はどこともなしに、出来てあかるぞ落□□。ゐいよう栄花も程過ぬれば、後は悲しむ種としれ。欲と色とは水火のふたつ、過て流るゝ家をやく。鳥雀のさえつる声を、ねやで聞のは皆そむき。縁のむすびは私ならず、よひもわるいも神むすび。目かけ手かけを持のはわるひ、家のくつれの本としれ。間垣ゆひにし花折ものは、神のとがめに預るぞ。岩堅《イワタ》帯とて五月ならば、帯をむすひて紐とくな。月のさはりは七日の間、心堅めて帯とくな。ひのへ午の日庚申の日に、おびをとくのは身の毒よ。地震神鳴大風吹は、天のいかりとおそれみよ。二十四節の其時々は、ほねの継目とつゝしめよ。四季の土用に北斗をおかめ、身はまめやかにこがね花。酒は至極の薬といへど、すぎてその身のどくとなる。まめやかにして長生せねば、おもふ願はとげられず。有とあらゆる其事々を、しろとおもふはみなまよひ。我とわかみの行状《ナリフリ》知るを、是をものしる人といふ。家業精出し正直なるが、人のますみのかゞみなれ。儒道仏道とふたつの法が、きけば中比来てはやる。国の教をいやしむ人は、酒にゐひます唐土酒に。神の咄にはら立ものは、親を御経でたゝくのか。唐の聖人事物の恩も、神の御恩にかへらりよか。諸仏世尊の御恩といへど、何の恩やら訳しれぬ。神の御恩の今日しらで、後生ねかふのおろかさよ。あすの事よりけふ先いのれ、祈るこゝろは後もよや。寺や道場は先祖のみたま、おさめ所とかねてしれ。忌日命日其なきたまを、涙こぼしてたむけせよ。神の御恩と先祖の影で、此身暮すとこゝろへよ。神や仏になるとはまよひ、とかく誠の人となれ。梅よさくらよ色々花に、うつり安しや人ごゝろ。わきめふらずに敬ふものは、国のあるしとわが夫《セナ》と。国のあるしは日に栄へませ、常盤かきはといのるべし。祓よむもの禰宜じやといひて、笑ひ詣るに腹立な。世界億万国土はありと、日本程よいくにはない。東夷粟散辺土といへと、君子国とて並びない。唐のからす日赤《カアく》と鳴て、日本の烏に教たか。国の開闢教の道は、神の御文に明らけし。神の御恩をよくこゝろへて、儒道仏道の法もきけ。六根《ムネ》の清浄《キヨメ》の事品わけは、国の道知る人にとへ。

都数一百吟

寛延四辛未年冬至日

童謡歌之跋

関関和鳴《トキ》睢鳩《ハ》、君子《ノ》好《キ》逑《タグヒナリ》。且《ツ》人生静《ヲルハ》、天之《ノ》性也。感《シテ》二於物《ニ》一動《ハ》、性之《ノ》欲也。夫既有《ニ》レ欲矣、則《シテハ》不レ能レ無《コト》レ思。既有《ニ》レ思矣、則《シテハ》不レ能レ無レ言。必有《ス》二自然音《ノ》響節族一而不レ能レ已《コト》焉。此詩之所《レ》二以作《ル》一也。奥有《ニリ》二敬翁一先生一氏原《トモハ》名旧富《ハヒサ》初重《メ》旧叙二大和守一。高《ニ》望王《キミノ》遠裔千葉介常《ノ》胤末《ノ》流也。代代奉二仕神祇《ニ》一。而住《ス》二于木曽路三富野駅《ノ》邑《ニ》一矣。自レ幼穎才雄《ニ》弁而克《ク》読レ書《ヲ》比《コロ》レ壮《ナル》廃《シテ》二文学《ヲ》一、而後入《チルコト》二加持門《ニ》一久《シ》矣。観《ニ》二心於奈岐蘇岳《カノ》月《ニ》一、濯《ク》二身於木曽川《ノ》清流《ニ》一。而俛《ベン》焉《トシテ》積《ムコト》二苦循練行《ヲ》一有《リ》レ年。而后行法日《々ニ》精功験月《々ニ》著《ルシ》。所二以祈《ル》一者。則《チ》感所《シ》二以卜《スル》一者必応《スス》焉。是故芳《ノ》声《ニ》燦《サン》然《トシテ》鳴《ル》二于世《ニ》一。無レ貴《ト》無レ賤《ト》無レ老《ト》無レ少《トヒ》慕レ徳《ヲ》追レ風《ヲ》請《フ》レ教《ヲ》者絡繹《ラクエキタリ》。而教《ルニ》レ之以《ス》二神明天倫之直《ノ》道除災延齢神術《ヲ》一。則家《々ニ》誦《シ》レ祓戸《ヲ々ニス》鳴レ鈴《ヲ》者武甲信美尾三諸州之間門人頗多《タ》而已《ルキ》。所謂顕顕《タル》令徳宜《ク》レ民宜《ニシトニ》レ人。豈惑《ニシ》レ世誣《ヲシイルノヲ》レ民与レ徒不レ可二同日語《ヲル》一乎《ア、》嘘篤恭。而克《ニシテ》行《クフ》者《ノ》也。嘗有《テ》レ作二童謡百吟《ヲ》一

為《ルヤ》二其書一也。使下神裔之国人《ウトヲ》一専《ニス》二祭祈《ヲ》一誦《シテ》二祝詞《ヲ》一而可上報二宗祖《ニ》一也。次《ニ》事物《ノ》之紀原修身斎家之要証《トシテ》二神史《ヲ》一拠《テ》二本紀《ニ》一曲暢旁《サニノベアマネク》通《セリ》焉。且《ツ》欲レ排《ハイ》二斥《セキセント》腐儒妖僧邪弁《ヲ》一也。其言《ノ》温《ク》而厳也。簡《ニシテ》而尽《セリ》也。呼嗚用《タルコト》レ心《ヲ》深《イ》哉。古人有《リ》レ言《ルコト》、下《モ》達《シ》二於郷党閭巷《ニ》一、其言《ノ》粋然《トシテ》無レ不レ出二於正《ヲ》一者。況《ヤ》於《ヲヤ》二此《ノ》哥謡《ニ》一哉。是《レ》則《チ》自然《ノ》音響節族也。吾《レ》友《トシ》二先生《ト》一善依《シテ》解《シテ》二大意《ヲ》一而費《ヤスコト》二其端《ヲ》一爾。

宝暦改元辛未仲冬甲子

隠士桃谷謹書

三　『神風童謡歌　全』と『神国うすひき歌　全』

右に紹介した名古屋市鶴舞中央図書館蔵本『神風童謡歌　全』は、藤田が初稿本として紹介した蘭原家蔵『神国うすひき歌　全』（柘植直勝書写本）とほぼ同じ内容を持つものと認定できる。しかし、僅かな相違点も存在する。それは次に箇条書きにする以下の諸点である。

①蘭原家蔵本の表紙題簽には『神国うすひき歌　全』とあったが、鶴舞中央図書館蔵本の内表紙題簽には『神風童謡歌　全』（端作りの内題には『神国童謡歌』）とある。

②蘭原家蔵本では歌謡一〇〇首のうち二首については、貼紙して訂正してあったが、鶴舞中央図書館蔵本には訂正がない。

③蘭原家蔵本の末尾には「致校合訖（「旧富」の印）」「于時宝暦四甲戌年卯月吉辰」「尾陽名古屋石町　柘植氏直勝拝写」という奥書があったが、鶴舞中央図書館蔵本には見えない。

これらの相違から考えられることは、鶴舞中央図書館蔵本がより古い姿を留めているということに他ならない。①に掲げた薗原家蔵本の題簽に記された『神国うすひき歌　全』は、再稿本に「神国童謡歌」とあった内題の「童謡」を見せ消ちとして、「石臼」と書き直した後の書名と深くかかわっている。(4) これは藤田が「江戸時代の教化民謡」(『日本民謡論』所収)の中で「旧富が、初め『神国童謡歌』と題し、後『神国石臼歌』と改題したのも、盤珪のものに暗示を受けた所があるかも知れない」と述べるように、当時の他の教化歌謡の題名と歩調を合わせた可能性がある。いずれにしても鶴舞中央図書館蔵本の外題の方が、薗原家蔵本よりも古い名称を留めていることは疑い得ない。また、薗原家蔵本を直接確認できないため、推測に留まらざるを得ないが、②に掲げた二首の貼紙による訂正は、鶴舞中央図書館蔵本にも見える二首を訂正したものと考えるのが自然である。また、③に掲げた奥書の「于時宝暦四甲戌年卯月吉辰」は、続く「尾陽名古屋石町　柘植氏直勝拝写」の年次を記したものである。すなわち、薗原家蔵本の成立は宝暦四年(一七五四)以後となるが、藤田の鑑定では転写者の柘植直勝の自筆ということであるから、薗原家蔵本はそのまま宝暦四年の成立と考え得る。一方、鶴舞中央図書館蔵本は、「宝暦改元辛未仲冬甲子」の「隠士桃谷謹書」という跋の執筆年次(宝暦元年〈一七五一〉)で終わっている。すなわち、鶴舞中央図書館蔵本の方が古い成立時点の姿を留めていることになるのである。

おわりに

以上、本節では鶴舞中央図書館蔵本『神風童謡歌　全』という、藤田が未確認であった旧富の教化歌謡の原初形態の写本を翻刻、紹介したことになる。旧富は信濃国木曽在住であったが、その地を通る中山道の終着点であった名古屋とは深い関わりを持っていた。特に薗原家蔵『神国うすひき歌　全』の書写者であった柘植直勝や、版本に

「題　神国石臼歌後」（本書第Ⅱ章第4節に翻刻を掲載）という詩を寄稿した松平君山は、名古屋在住の学者であった。また、版本自体を名古屋の書肆菱屋久兵衛から出版し、その挿絵は名古屋の喬寛利という人物によって描かれていた。とりわけ、松平君山は名古屋の名士であったところから、菱屋久兵衛を版元とするこの出版には君山の尽力があったとも推測されるのである。すなわち、旧富の教化歌謡の成立と出版を考える際に、名古屋の地は切っても切れない重大な要素となっている。その名古屋に『神風童謡歌　全』が伝えられ、現在も鶴舞中央図書館に所蔵されていることは、きわめて自然な経緯であったのである。今後、版本と比較することによって、鶴舞中央図書館蔵本『神風童謡歌　全』の位置を相対化する作業が残されている。この点については次節に譲ることとする。

最後にもう一点だけ考えておきたいことは、藤田が「江戸時代の教化歌謡」（『日本民謡論』所収）の中で、「小田穀山の『越風石臼歌』（天明元年刊）の如きは、旧富の『神国石臼歌』と書名も酷似してゐて、影響関係があるかも知れない事は云つておきたい」としている点である。藤田は旧富の教化歌謡に鶴舞中央図書館本のような「神風童謡歌」という題があることを知らずにこれを指摘したわけであるが、本節での発見によって両書の書名は「風」という共通する文字を持っていたことになり、さらに近づいたと言ってもよかろう。(5) 今後、両書をめぐる影響関係については、さらに考察を深めていかなければならないであろう。

注

（1）『国書総目録』には「神国石臼歌」で立項し、宝暦元年版として京都大学附属図書館本と河野省三氏蔵本を掲載するが、これは版本末尾の「宝暦元年冬至日」とある年次によって判断した誤りである。すなわち、「宝暦元年冬至日」は旧富が初稿本に付した奥書で、それがそのまま再稿本、三稿本、版本に踏襲されているに過ぎない。本書の版本としての刊行年次は、三郁道益の跋が付けられた宝暦一〇年以降となる。藤田はそのまま宝暦一〇年を刊年と推定している。また、『国書総目録』には「神国石臼歌」の宝暦一二年版として、鶴舞中央図書館本と村野文庫本を掲出している。このうち前者は戦災によって焼失したことが確認できる。また、『神道石臼哥』と題する版本が東京大学文学部宗教史学研究室に所蔵されている。

（2）前稿初出時に『臼挽唱歌』より一〇首少ない八二首を収録する版本『うすひき哥』を紹介し、旧富が最初に創作した教化歌謡はこの八二首の形式であった可能性がある旨を記した（本書収録時に訂正を施した）。しかし、旧富が最初に創作した歌謡は鶴舞中央図書館本『神国童謡歌』所収の一〇〇首であることが判明し、本節で紹介した。したがって、前稿での推測は訂正しておきたい。ところで、改めて『うすひき哥』と『臼挽唱歌』との関係について考察する必要があるが、『うすひき哥』末尾に『臼挽唱歌』には見られない道歌二首が附属していることから、先に『臼挽唱歌』が成立し、その抄出本として不要な一〇首の歌謡を除いた『うすひき哥』が成立したものと推定できる。

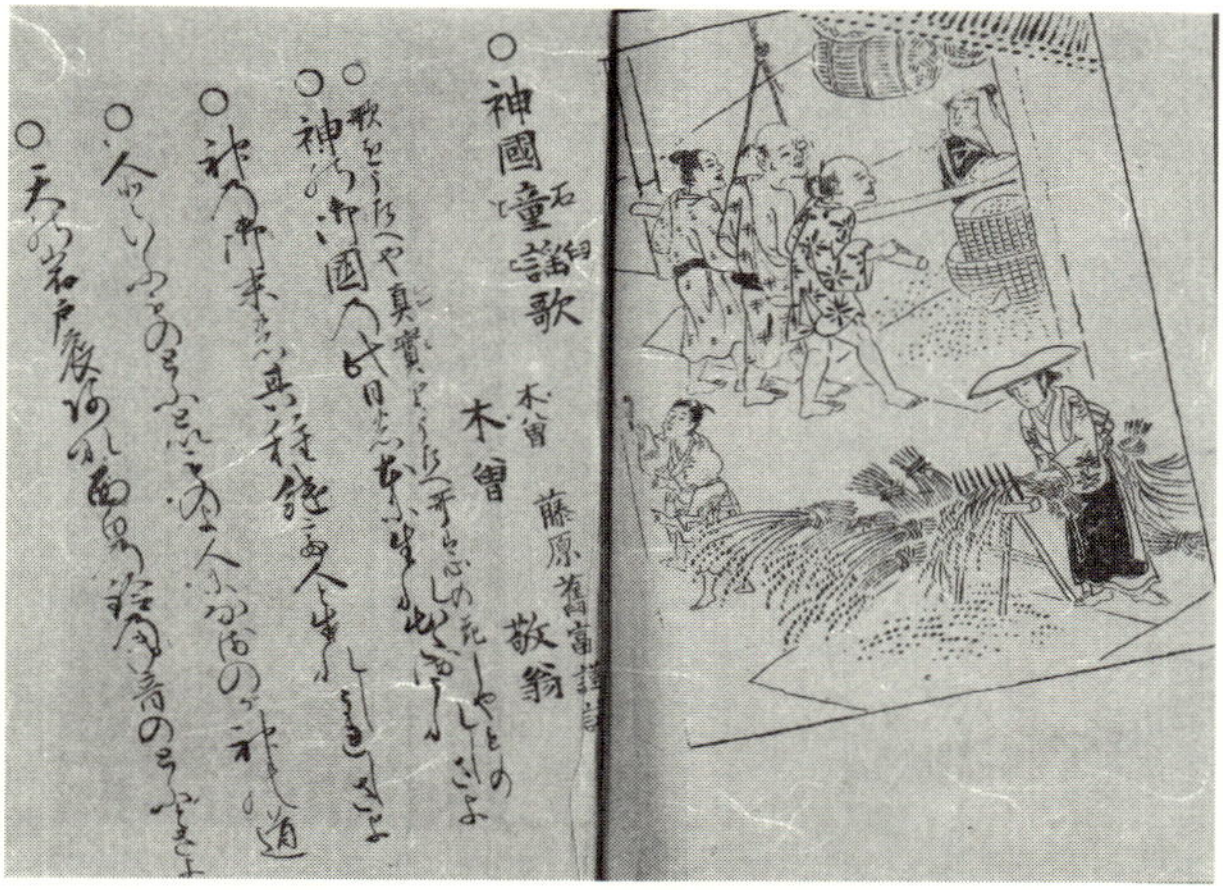

［図11］『石臼歌　図入』（『日本民謡論』表紙見返しより）

（3）戦災で焼失した『絵入　神国石臼歌　全』という版本とは別の本である。

（4）藤田徳太郎『日本民謡論』の表紙見返しの意匠は、この再稿本（外題『石臼歌　図入』）の冒頭部分の影印を用いており、見せ消ちの書き入れを具に確認することができる（［図11］）。

（5）ただし、「越風」の「風」はその地方の歌謡の曲節を意味する「ぶり（振り）」を主意としており、「神風」の「風」とは意味合いが異なることは言うまでもない。

［附記］貴重な資料の翻刻の許可を快く賜りました名古屋市鶴舞中央図書館に、心より御礼を申し上げます。

4　薗原旧富の教化歌謡
――『神風童謡歌　全』から『絵入　神国石臼歌　全』、そして『宇寿飛起哥』へ――

はじめに

薗原旧富《そのはらひさとみ》の教化歌謡をめぐっては、拙稿「「うすひき歌」研究序説」（『学大国文』第四九号〈二〇〇六年三月〉／本書第Ⅱ章第2節所収）の中で、版本『臼挽唱歌』を翻刻紹介し、併せて版本『うすひき哥』、叢書『蕗原拾葉』所収『臼挽歌』について言及した。また、続く拙稿「薗原旧富『臼挽歌』再考」（『学大国文』第五〇号〈二〇〇七年三月〉／本書第Ⅱ章第3節所収）において、写本『神風童謡歌　全』（名古屋市鶴舞中央図書館蔵）を翻刻紹介するとともに、写本『神国石臼歌』（藤田徳太郎旧蔵）を取り上げて論じた。旧富の教化歌謡をめぐっては以上の五種の本に加えて、藤田徳太郎が調査を行った写本『神国うすひき歌　全』（薗原家旧蔵）、版本『絵入　神国石臼歌　全』（大阪教育大学小野研究室蔵）、京都大学附属図書館蔵）、版本『神道石臼哥』（東京大学文学部宗教史学研究室蔵）の三種があり、さらには藤田がその存在を推測した写本『神国童謡歌』がある。以上、九種の教化歌謡は同一歌謡を含むきわめて密接な関係を持つ諸本であるが、それらの具体的な前後関係については改めて考察を加える必要がある。本節はそれら九種の伝本の成立と展開を位置付けることを目的とする。なおその際、これまで具体的な紹介のなかった版本『絵入　神国石臼歌　全』（大阪教育大学小野研究室蔵）を併せて翻刻紹介する。

一　薗原旧富について

まず改めて、薗原旧富の略歴について記しておきたい。薗原氏は木曽三留野で代々神官を務めた家柄で、本姓は藤原氏とされる。旧富は通称を耶麻登《やまと》（大和）と言い、桂翁と号した。元禄一六年（一七〇三）の生まれで、安永五年（一七七六）七月二日に享年七四歳で没した。神官であった旧富は神道に根ざした教化歌謡を創作し、人々を啓蒙することに努めた。その作品が本節で副題として取り上げる『神風童謡歌　全』であり、また『絵入　神国石臼歌　全』である。実はこの両書はまったく別種の教化歌謡というわけではない。共通する教化歌謡を多く含み、若干の歌の出入りが見られるきわめて関連の深い同一系統の二種の伝本なのである。そればかりか、前述したように旧富の教化歌謡としては、稿者未見のものも含めて都合九種の伝本が管見に入ったが、それらすべては密接な関係を持つ諸本で、時間を追って旧富および後人による増補改訂の跡を辿ることが可能である。すなわち、旧富は一〇〇首余の教化歌謡を創作し、それに再三にわたって推敲の手を加えて、よりよい歌集の完成を目指しつつ、人々を導こうとしたのである。以下、従来未紹介の『絵入　神国石臼歌　全』を翻刻紹介し、その後九種の教化歌謡の成立と展開について述べていきたい。

二　大阪教育大学小野研究室蔵『絵入　神国石臼歌　全』紹介

出版された旧富の教化歌謡の外題は『絵入　神国石臼歌　全』である。いま、『国書総目録』によって当該書を検索すると、京都大学附属図書館蔵本以下合計五本が登録されている。しかし、管見の調査によれば、そのうちの一本東京都立中央図書館本は『臼挽唱歌』（文化元年〈一八〇四〉成立）という外題の別内容の本であり、他の一本である名古屋市鶴舞図書館本は焼失、他二本は個人蔵で現在行方不明となっている。すなわち、これら伝本のうち、今日一般に閲覧できるのは、唯一京都大学附属図書館蔵本のみということになる。なお、管見によれば現在では東京大学文学部宗教史学研究室にも、表紙見返し「神道石臼哥」という外題を持つ版本一冊が所蔵されている。(1)

ところで、近時縁あって大阪教育大学小野研究室にも一冊を所蔵することとなった。以下、大阪教育大学小野研究室蔵本『絵入　神国石臼歌　全』（［図12］）を翻刻紹介する。当該本は縦二七・二糎×横一九・〇糎の大本一冊で、表紙には「絵入神国石臼歌　全」という外題が記された題簽が貼付されている。本文は全一五丁。第一丁表には「石臼歌序」、第二丁表には内題「神国石臼歌」が記される。また、各丁の柱には「臼哥」と摺られている。第一丁裏には、宝暦己卯年（九年〈一七五九〉）冬一二月の天埜承安（淇水）の序文が添えられている。続く第二丁表から第一四丁表までに、教化歌謡一一四首と見開き五枚（五丁分）の挿絵、さらには「都数百十二吟」「宝暦元年冬至日」という奥付が並ぶ。そして、第一四丁裏は松平秀雲（君山）による跋文、第一五丁表から裏にかけては三郁道益の跋文が置かれる。その跋文の年紀は「宝暦庚辰年正月」である。「宝暦庚辰年」は宝暦一〇年（一七六〇）に当たる。第一五丁裏の末尾には、版の元となった書（版下）を名古屋在住の柘植広豊、挿絵を同じく名古屋の喬寛利が担当したことが記され、最末尾に「書林　尾州名古屋本町九丁目　菱屋久兵衛板」とあって、本書が名古屋の菱屋久兵衛によって刊行されたことが明記されている。これは今日披見可能な唯一の他の版本である京都大学附属図書館蔵本とまったく同一の版と確認できる。

翻刻に際しては新たに句読点を施し、旧字体を通行の字体に改めたが、踊り字やルビは原文のままとした。歌謡については、七・七音の上句と七・五音の下句との間に読点を施し、各歌の頭に歌順による算用数字の歌番号を新たに付した。なお、漢文部分の訓点については、通常施される一般的な訓点と異なる箇所が複数あり、疑問点が残るものの、原文のままとした。

【翻刻】

絵入神国石臼歌　全（外題〈表紙題簽〉）

石臼歌序

我東方ノ

皇祖奠テレ鼎ヲ、厥ノ徳丕ニ顕レ、欽テ若ヒ二昊天ニ一、庶績咸ク熈リ、撫二綏シ万姓ヲ一、諄諄乎足レルノミ二以テ垂テレ世ニ立ルニレ教ヲ已、嘗テ稽ルニ二唐虞ヲ一、司徒敷二五教ヲ一、典楽撃レ石、拊レ石庶尹允ニ諧タリ、謂二之ヲ大道ト一也。三代ノ之礼楽亦唯次レ之ニ。設ルコトレ教ヲ不シテレ倫シ而其帰一揆。是ノ故ニ宝トシテ之以為二大訓ト一。雖レ然千歳逝キヌ矣。俗移リ物変フ、能不ルモノレ忒二其道ヲ一者幾ト希ナリ。然ラハ則教レ之ノ術如之何ソ可ナラン也。蓋シ車之行ハ馬牛之力也。道之行ハ人之力也。故ニ輗軏ト与信トヲ引テ以同クフ喩焉。於テカレ是ニ乎原君和州ナルモノ者作二為成相若于篇ヲ一、可謂善ク解スル二東方教化ヲ一者也。於コヽニシテ焉而禋リ二于六宗ヲ一、偏ラン二于群神ヲ一。人心道心、惟精惟一ニシテ而黜二陟幽明ヲ一、昄ルノミ二諸レヲ掌ニ一而已矣。猶ヲ倣ツテ二撃壌ノ歌ニ一而作レリ也。是酒チ載スルノレ道ヲ之車馬ナルカナ哉。吾聞レケリ之、見テ二天機ヲ一而不ルモノハレ見二牝牡黄驪ヲ一者知ルノレ本ヲ之至レル者ノカ邪。雖レ不レ待二撃レ石ヲ拊ツコトヲ一レ石ヲ而可三以俾ヲ二庶事メツ无ニ諧ケ一也。夫然シテ後ニ済済タル国人永ク頼ラハ焉、則其ノ功豈ニ譲ンヤ二于古ニ一哉、豈ニ譲ランヤ二于古ニ一哉。

宝暦己卯年冬十二月

信陽吉蘇　淇水　天埜承安題

神国石臼歌

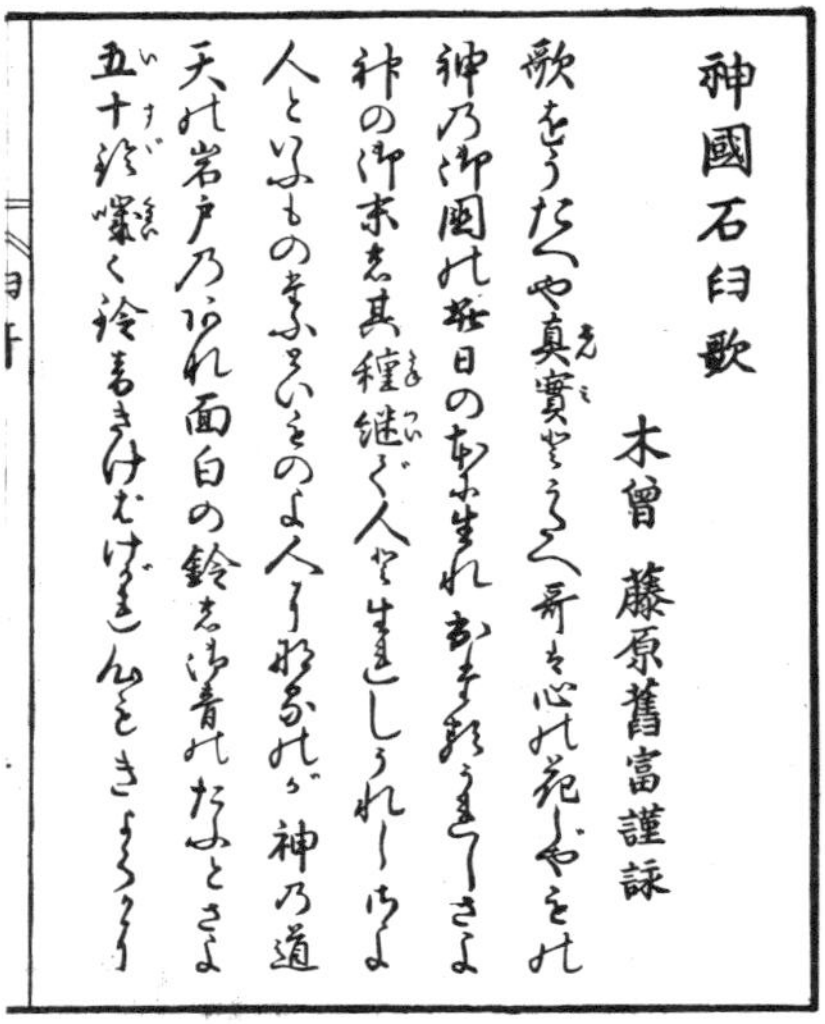
神國石臼歌
木曾　藤原舊富謹詠

［図12］『絵入　神国石臼歌　全』表紙、冒頭部（上）、挿絵⑤（下）

木曽　藤原旧富謹詠

1 歌をうたへや真実《しんみ》とうたへ、哥は心の花じやもの
2 神の御国の此日の本に、生れ出たるうれしさよ
3 神の御末の其種《たね》継《つい》で、人と生れしうれしさよ
4 人といふものとういものよ、人になるのが神の道
5 天の岩戸のあれ面白の、鈴の御音《ミコヘ》のとうとさよ
6 五十鈴《いすゞ》曦《くわい》　々鈴音きけば、けがれ心もきよらかに
7 五十鈴真鈴《ますゞ》やゐき路の鈴に、悪魔《あくま》しやうげは近よらず
8 祓よめとは春日《かすが》の神の、あつき恵《めぐみ》の御教《をし》へぞ
9 悪事《あくじ》災難《さいなん》つみこと科《とが》を、祓よみてぞはらひさる
10 はらひあらへば物きよくなる、事のおこりの本をしれ
11 おもはざりきのあやまり事も、つもり積《つも》れば咎《とが》と成る
12 庭の木の葉も心の塵《ちり》も、はらひはらへど又つもる
13 天津《あまつ》御法《みのり》の直日《なほび》のかげで、罪のきゆるは人しらぬ
14 祓よむ人こゝろを正し、欲《よく》と色とをとほざけよ
15 今日《けふ》の天照《あまてる》日の御神を、祭りいのれよ一日《ひとひ》の日
16 物の形をよく造《つくり》なす、御月祭りは十五日
17 廿八日御星のまつり、はらひきよめて身をいはへ
18 廿三夜と八日の月を、まつは女の身の祈禱

19 神の定の一六日は、寿命《じゆみやう》 福徳うくる日ぞ
20 夏至《げし》や冬至《とうじ》や彼岸《ひがん》の節は、心清めて日を拝め
21 稚 産霊《わかめむすびの》の神祭るのは、正月《むつき》七日のわかな粥《がゆ》
22 桃《もゝ》の節句《せつく》は蛤貝《おほがひ》姫を、女夫《めをと》まつりの雛錺《ひなかざり》

（挿絵①……商売・参詣）

23 八十八夜に御日待すれば、夏のやまひをよけるとぞ
24 卯月八日は花いけたてゝ、今もつゝがの虫祭り
25 武具をかざりて茅纏鉾《ちまきのほこ》の、をさまれる代の嬉しさよ
26 天 棚機《てんのたなばた》姫 命《アマノタナハタヒメノミコト》 衣物《きもの》の神よ、糸げ捧て星祭り
27 生見魂《いきみだま》とて指鯖《さしさば》おくる、親子おとゝひ身を祝へ
28 盆《ぼん》の踊《をどり》は門火を焼《たい》て、黄泉門《よみど》 塞る《ふさがる》神まつり
29 二百十日に吹風毒《ぶす》よ、竜田《たつた》広瀬《ひろせ》の神をいのれ
30 八月朔《やつき》日田の実《み》の祭り、初穂捧て能いはへ
31 九月九日泰 山山祇《やまずみ》神《ヤスヲヤマスミノミコト》 の、ちらぬ命のきくの酒
32 亥の子いはへよ富福智恵尊《とみさきまつり》《トミサキサトシノミコト》、餅を搗《つく》くのは福を附
33 猿田彦《おさる》《サルタヒコノミコト》 命 待には七色菓子の、外に備へよ白餅を
34 甲子《きのえね》の日は大己貴《だいこく》 命《ヲホアナムチノミコト》 祭、御饌《みけ》に炊《かしげ》よ黒米を
35 巳 己《つちのとのみ(ママ)》は倉稲魂神《うがじん》《ウカミタマノミコト》 まつり、さゝげ備へよ赤飯を
36 庚 申《かのえさる》の夜鶏《とり》まであそべ、盤上《ばんじやう》 糸竹さま〴〵に

37　甲子己侍《(ママ)》を能勤れば、おもふねがひはかなふぞよ

38　旅へ行人道祖《どうそ》の神を、祭り祈りて門出せよ

（挿絵②……糸繰り・機織り）

39　神の長田の稲穂の末と、朝飯《あさげ》夕膳《ゆふげ》を戴《いたゞ》けよ

40　衣《い》裳《しやう》きるのは斎機殿《いんばたどの》の、神の御衣《おんぞ》のかげと知れ

41　きぬにあやある色染なすは、天羽槌雄《あまのはつちをの》の神教

42　鏡とり持化《け》粧《はひ》をするは、天糠戸《あまのぬかどの》神のかげ

43　紙を漉《すき》そめ文かゝするは、天日鷲《あまのひわしの》の神をしへ

44　刀脇差刃《は》物《もの》のはじめ、天目《あまめ》一箇《ひとこ》の神教

45　麻《を》績《うみ》はた織《おり》物たちぬふて、あつさこゞへぬ神教

46　家居つくりて養蚕《こかひ》をなして、田畑作るも神をしへ

47　塩　筒男老翁《しほのつゝをのあふぢの》の神の、煮《に》初《そめ》たまひし塩のおん

48　船や桴《いかだ》や橋うちかけて、渡る自由も神教

49　山に生《おい》立海より出るも、神の恵の種と知れ

50　異《い》国《こく》嶋々諸越《もろこし》よりも、物の来るのは神の徳

51　神の御恩と父《ちゝ》母《はゝ》の恩、たとへ難しや海山も

52　神は正直誠を照らす、誠なければ闇の夜ぞ

53　人は正直天事《まこと》が柱、実《まこと》なければ身はたゝぬ

54　我が心は天照《あまてる》神の、みたまものぞと常に知れ

（挿絵③……脱穀・臼挽き）

55 我が心に偽《いつわり》あれば、伊勢の御鏡かき曇《くも》る

56 神の鏡は遠近《をちこち》もなく、闇《やみ》も月夜も見るかゞみ

57 親を内宮外宮とあふげ、かぎりあらじや孝の道

58 親につかへて孝行なせば、富《とみ》も宝《たから》もふり来る

59 親の仰を背《そむけ》るもの丶、はては罪科《つみとが》身にむくふ

60 主のおかげで此身が立つと、しれば勤も苦にならず

61 たとへ物ごと発明なりと、二こゝろある人はいや

62 善悪《よいもわるい》も噂《うわさ》は嘘《うそ》よ、見ると聞とは違ふもの

63 忠と孝とをわすれた者は、犬の中ても野良《のら》犬よ

64 犬は夜を守《も》る鶏《とり》は時告《つぐ》る、道知らぬ身の哀《あはれ》さよ

65 今日の此日に又あはれぬと、己が仕業《しわざ》をはげめかし

66 照しまします此御影をば、知らで暮すよかうろ〳〵と

67 天に日の神地に国つ神、きたれ心のかくれなや

68 仁愛《なさけ》ふかうて正直なるは、神の心に叶ふ身ぞ

69 己がこゝろのよこしまごとが、つもり〳〵て罰うける

70 怒《いかる》心は破れの本よ、天霊淳直《みたますなほ》にしとやかに

（挿絵④……大工仕事）

71 祝ふことばも呪詛《のろふ》も口よ、いふな筋なき仇言《あだごと》を

72 我とわが身をつまみて知れよ、人の痛さはいかばかり
73 さむいひだるい心のほどを、知りて恵や下も〱を
74 たゝき廻してつかふな人を、つかはるゝ子は猶可愛《かあい》
75 なさけなかりし其罪とがの、末は身をせめ子にむくふ
76 人を苦しめ宝をもつな、やがてその子は門に立
77 人の奢《おごり》はどこともなしに、のぼり〱て落るまで
78 栄耀栄花《ゑいようゑいぐわ》もほど過ぬれば、後は悲《かなし》む種と知れ
79 欲と色とは水火の二つ、過て流るゝ家をやく
80 烏《からす》すゞめのさえづる声を、ねやで聞のは皆そむき
81 えんのむすびは私ならず、よいもわるいも神むすび
82 間垣《まがき》ゆひにし花折ものは、神のとがめの遁《のが》れなや
83 岩堅《いはた》帯《おび》とて五月ならば、帯をむすびて紐とくな
84 月のさはりは七日の間、こゝろかためて帯とくな
85 ひのえ午の日庚申《かうしん》の日に、帯をとくのは身の毒よ
86 地震《ぢしん》上鳴《かみなり》大風吹ば、天のいかりとおそれみよ
（挿絵⑤……宴会・遊興）
87 二十四節の其時々は、骨《ほね》の継目《つぎめ》とつゝしめよ
88 四季の土用に北斗《ほくと》を拝む、人の身に咲金《こがね》花
89 酒は至極の薬といへど、すぎりや其身の毒と成る

90　我身堅固に長生《ながいき》せずは、生れ出たるかひもなし

91　有とあらゆる其こと〴〵を、しろと思ふは皆まよひ

92　われとわが身の行状《なりふり》知るを、是を物しる人といふ

93　家業《かぎやう》精《せい》出し実義《じつぎ》なものが、人の見るめの鏡なれ

94　たとへいかやうの事ありとても、道に迷《まよ》ふな邪路《やまみち》へ

95　儒道仏道《じゆどうぶつどう》と二つの法《のり》が、きけば中比来て時花《はやる》

96　国の教をいやしむ人は、酒に酔《ゑひ》ます唐土《から》酒に

97　神の咄しに腹《はら》たつものは、親を御経《きやう》でたゝくのか

98　明日《あす》の事よりけふこそ大事、後のことより今の事

99　寺や道場《どうじやう》は先祖の霊屋《たまや》、祠堂《まつりどころ》と兼て知れ

100　忌《き》日命《めい》日その亡霊《なきたま》を、涙こぼして手向せよ

101　神の御恩と先祖のかげで、此身暮すと心得よ

102　神や仏になるとはまよひ、とかく誠の人になれ

103　人のかたちはみな人なれど、道にたがへば人でなし

104　梅よ桜よ色々華《はな》に、うつり安しやひとごゝろ

105　わき目ふらずに敬《うやま》ふものは、国の主《あるじ》と我夫《わがせな》と

106　国のあるじは日に栄《さか》へませ、常磐《ときは》かきはといのるべし

107　祓《はらひ》よむもの禰宜《ねぎ》じやといひて、笑《わら》ひそしるに腹立な

108　世界億万国土《せかいをくまんこくど》はありと、日本《にほん》ほどよい国はない

109　東夷《とうい》粟散辺土《ぞくさんへんど》といへど、君子国《くんし》とて並《ならび》ない
110　日本の烏《こちからす》が日赤日陽《かあかあ》と鳴《なく》は、支那《から》の烏に習《なら》ふたか
111　国の開闢《かいびやく》をしへの道は、神の御文に明らけし
112　六根《むね》の清浄《きよめ》の事品分は、神の道知る人にとへ
113　二季の社日に田畑の神を、祭りや穂にほが咲としれ
114　名越祓《なごしばらへ》はちとせの命、のぶとこそきけよくいのれ

都数百十二吟

宝暦元年冬至日

題

神国石臼歌後

自古採詩観国風巴人郢客亦同工誰知温厚和乎教渾在舂歌一曲中

張藩　君山　松平秀雲

日神光ノ被之為レ民、也游二常ノ之道ニ一、従二常ノ之言ニ一、而楽二胥匡シテ以テ生ヲ一、則其ノ底綏甸下有二古今一者上。然世選ノ之所レ箴

雖二則由ルト一レ是ニ、而蒸之乎トシテ多端ナリ。蓋シ道得レ人ヲ而載レ之ヲ、言得レ人ヲ而従レ之ヲ。乃昭明ノ之下、狎レ所ニ自游一、褻レ所ニ二

自従一、唯憸膚是倚レリ、卒ニ遠サケテレ之ヲ、不三以テ篤ル克カラ復ノ之敬一者ニ徒聒々タルノミ已。肆ヘニ桂翁原氏有二国風相之作一。桂翁恒ニ

謂ラク、斎家上ノ之言ハ、固ヨリ有二方策ノ之布ケル一、有司ノ之存セル。豈敢テ言ンヤレ之ヲ耶。若シ夫レ正心誠意ハ則

吾カ之方言ク可二以テ興ス一、亦可キ二以テ立シム一者ノ、此ニ有レ之。輙テハ至下蒭蕘歌於野ニ一、狡童謡二於市ニ一、適有二俶テ人聞二諸高衢ニ一者上、

以《テ》二其《ノ》修-辞《ノ》不《ルヲ》レ馴《ナラ》以発《シテ》二奇-問《ヲ》一而格《ルニ》中于此《ニ》上。則欲《スル》下其《ノ》為《メニ》レ之合《カ》-容躬-閲《シテ》為《シ》二克復自従《ノ》之鮮《ヲ》一、与《ニ》レ之《ト》游《ニ》二常《ノ》之道《ニ》一、遂《ニ》
楽《マント》中胥-匡《シテ》以《テ》生《コトヲ》上者《ノ》、斯《レ》桂-翁《ノ》、之-微-意《ノミ》也爾。

宝暦庚辰年正月

信陽木曽三郎璞　豎道益題
尾陽名護屋柘植広豊　謹書
蓬左　喬寛利図
書林　尾州名古屋本町九丁目　菱屋久兵衛板

三　旧富作教化歌謡の成立と展開

旧富作の教化歌謡に、内容を異にする九種の伝本があることは前述した。それらは旧富および後人による増補改訂によって成立したもので、成立順にアルファベットAからIを付して整理すると次のようになる。

A＝『神風童謡歌　全』(2)〔外題〕（一〇〇首／寛延四年〈一七五一〉成立／名古屋市鶴舞中央図書館蔵写本／内題は「神国童謡歌」）
　　↓
B＝『神国うすひき歌　全』〔外題〕（一〇〇首／薗原家蔵写本／内題は「神国童謡歌」）……藤田徳太郎の調査による
　　↓
C＝『神国うすひき歌　全』〔外題（推定）〕（一〇七首／宝暦二年〈一七五二〉成立／写本）……Dをもとにした藤

田徳太郎『日本民謡論』説（内題は「神国童謡歌」と推定される）

↓

D＝『石臼歌　図入』［外題］（一一二首／宝暦七年〈一七五七〉成立／藤田徳太郎旧蔵写本／内題は「神国童謡歌」を訂正して「神国石臼歌」とする）……藤田徳太郎『日本民謡論』の記述による

↓

E＝『絵入　神国石臼歌　全』［外題］（一一四首／宝暦一〇年〈一七六〇〉刊／大阪教育大学小野研究室蔵版本他／内題は「神国石臼歌」）

↓

F＝『神道石臼哥』［外題（表紙見返し）］（一一四首／宝暦一二年〈一七六二〉刊／東京大学文学部宗教史学研究室蔵版本／内題は「神国石臼歌」）

↓

G＝『臼挽唱歌』［外題］（九二首＋「附録」二二首＝一一四首／文化元年〈一八〇四〉刊／早稲田大学附属図書館蔵版本他／内題は「うすひき哥」）

↓

H＝叢書『蕗原拾葉』所収『臼挽歌』［外題］（九二首＋「附録」二二首＝一一四首／天保三年〈一八三二〉叢書に収録）

↓

I＝『うすひき哥』［外題］（八二首／刊年不詳／架蔵版本他）

これらの個別の展開については藤田徳太郎の考証をも踏まえ、既に拙稿「「うすひき歌」研究序説」（『学大国文』第四九号〈二〇〇六年三月〉／本書第Ⅱ章第２節所収）、および「薗原旧富『臼挽歌』再考」（『学大国文』第五〇号〈二一〇〇七年三月〉／本書第Ⅱ章第3節所収）において詳述した。ここで再度、要点のみを略述しておく。

まず、寛延四年（一七五一／この年一〇月二七日に宝暦と改元）に一〇〇首から構成されるA名古屋市鶴舞中央図書館蔵写本が成立し、それに若干の補訂を施しただけの同じく一〇〇首を収録するB薗原家蔵写本が存在した。続いて、翌宝暦二年（一七五二）に七首が増補されて合計一〇七首のC（所在不詳／藤田徳太郎の推定）ができ、その後さらに五首の追補が行われて、宝暦七年（一七五七）には一一二首からなるD藤田徳太郎旧蔵写本が完成し、それをもとにして宝暦一〇年（一七六〇）にEの版本が刊行されたことになる。ただし、翻刻紹介したように、版本には末尾にさらに二首の新作歌謡が増補され、実数は一一四首となった。この間、AからDまでの諸本に見られた「童謡歌の跋」と題した隠士桃谷の跋が、Dに「此跋不用」と書き入れられたことを受け、E以降は削除された。そして、新たに宝暦九年（一七五九）の天埜承安の序、宝暦一〇年の三郁道益の跋が付されたのである。これはD以前に「神国童謡歌」とあった書名が「神国石臼歌」と変更されたことと関係がある。旧富は当初この歌謡を収める一書を「童謡歌」と題していたが、宝暦二年以降七年までの間に「石臼歌」に変更した。ところが、書名変更前に執筆してもらっていた隠士桃谷の跋は、冒頭題を「童謡歌之跋」（傍点筆者、以下同様）とする上に、本文中にも「嘗有作童謡百吟」とあって、新しい書名とは齟齬があった。また、跋文の中の「百吟」という数も既に増補前の過去の数字となっていたので、新たな序や跋が必要となったのである。そこで、E以降は前述した天埜承安の序、三郁道益の跋が新たに付けられることになったのである。また、Eの版本にはさらに松平君山の「題　神国石臼歌後」と題した詩が加えられ、挿絵も入れられている。その挿絵はDに肉筆で貼付されていたものとほぼ同一であるから、Dの段階で上梓を念頭において増補されたものであろう。版本の版元は「書林　尾州名古屋本町九丁目　菱屋久兵衛板」と記されており、名古屋の著名な書肆菱屋久兵衛の上板であることがわかる。Fはその後刷り改題本である。

さらに旧富歿後の文化元年（一八〇四）にGが版本として刊行され、それが叢書に再録されてHとなり、さらにその抄出本であるIが刊行されたのである。ただし、Iは冒頭の「歌をうたへや……」を削除しているために、A、Bと同じ歌謡から始まっている。

なお、その存在が推定されているに過ぎないCを除く八種（FはEと同じ歌謡を収録するので同一欄に記載した）の伝本に収録された歌謡の対照表を、本節の末尾に掲出しておく。

おわりに

以上、大阪教育大学小野研究室蔵本『絵入　神国石臼歌　全』を翻刻紹介しつつ、薗原旧富の教化歌謡の成立と展開について論じてきた。旧富作の教化歌謡は神道に基づいて、庶民を教化することを志した江戸時代中期の貴重な作品と言えるのである。

注

（1）この版本は序文、歌謡、挿絵、跋文など基本的な本文は『絵入　神国石臼歌　全』とまったく同内容であるものの、外題が異なる他、歌謡本文末尾の第一四丁表の「宝暦元年冬至日」の下に、「旧富」の署名と花押が摺り入れられている。また、第一五丁裏の末尾の刊記は、「宝暦十二壬午歳　八月吉日　松琴堂蔵板」「取次□《(虫損)》　尾州名古屋本町九丁目　菱屋久兵衛」とある。『絵入　神国石臼歌　全』の二年後の版に当たる。

（2）前稿「薗原旧富『臼挽歌』再考」（『学大国文』第五〇号〈二〇〇七年三月〉／本書第Ⅱ章第3節所収）において、『神風童謡歌　全』の翻刻を収録した。その跋文は朱熹の『詩集伝』（『詩経』注釈書）序文を踏まえたものである。

歌詞（初句）	AB	D	EF	GH	I	歌詞（初句）	AB	D	EF	GH	I
唐の聖人	83	—	—	—	—	甲子巳待を	—	37	37	22	21
諸仏世尊の	84	—	—	—	—	船や桴や	—	48	48	—	—
神の御恩の	85	—	—	—	—	神の鏡は	—	56	56	—	—
あすの事より	86	98	98	81	73	善悪も	—	62	62	47	46
寺や道場は	87	99	99	82	74	怒心は	—	70	70	54	51
忌日命日	88	100	100	83	75	祝ふことばも	—	71	71	55	52
神の御恩と	89	101	101	84	76	我とわが身を	—	72	72	56	53
神や仏に	90	102	102	85	77	さむいひだるい	—	73	73	57	54
梅よさくらよ	91	104	104	87	79	たゝき廻して	—	74	74	58	—
わきめふらずに	92	105	105	88	80	たとへいかやうの	—	94	94	77	71
国のあるじは	93	106	106	—	—	人のかたちは	—	103	103	—	—
祓よむもの	94	107	107	—	—	二季の社日に	—	—	113	98	—
世界億万	95	108	108	89	81	名越祓は	—	—	114	103	—
東夷粟散	96	109	109	90	—	榊折取	—	—	—	28	27
唐のからす	97	110	110	91	—	竹をけづりて	—	—	—	29	28
国の開闢	98	111	111	92	82	神の鏡は	—	—	—	41	40
神の御恩を	99	—	—	—	—	祝うたへよ	—	—	—	93	—
六根の清浄の	100	112	112	—	—	天の岩窟に	—	—	—	94	—
歌をうたへや	—	1	1	1	—	稔のはじめの	—	—	—	95	—
八十八夜に	—	23	23	100	—	諾冊の二尊の	—	—	—	96	—
卯月八日は	—	24	24	101	—	神迎へとて	—	—	—	111	—
二百十日に	—	29	29	107	—	十二月中比	—	—	—	112	—
猿田彦命待には	—	33	33	18	17	極月三十日は	—	—	—	113	—
巳己は	—	35	35	21	20	神の御国ぞ	—	—	—	114	—
庚申の夜	—	36	36	19	18	合計	100首	112首	114首	114首	82首

[歌謡対照表]

歌詞（初句）	AB	D	EF	GH	I	歌詞（初句）	AB	D	EF	GH	I
神の御国の	1	2	2	2	1	異国嶋々	42	50	50	35	34
神のみすへの	2	3	3	3	2	神の御恩と	43	51	51	36	35
人といふもの	3	4	4	4	3	神は正直	44	52	52	37	36
天の岩戸の	4	5	5	5	4	人は正直	45	53	53	38	37
五十鈴曦々	5	6	6	—	—	我が心は	46	54	54	39	38
五十鈴真鈴や	6	7	7	6	5	我が心こゝろに	47	55	55	40	39
祓よめとは	7	8	8	7	6	親は内宮	48	57	57	42	41
悪事災難	8	9	9	8	7	おやにつかへて	49	58	58	43	42
はらひあらへば	9	10	10	—	—	親の仰を	50	59	59	44	43
思はざりきの	10	11	11	9	8	主の御影で	51	60	60	45	44
庭の木の葉も	11	12	12	10	9	たとへものごと	52	61	61	46	45
天つ御法の	12	13	13	11	10	忠と孝とを	53	63	63	48	—
人のかたちは	13	—	—	86	78	いぬは夜をもる	54	64	64	49	—
祓よむ人	14	14	14	—	—	けふの此日に	55	65	65	50	47
けふの天照	15	15	15	12	11	照しまします	56	66	66	51	48
ものゝ実入を	16	16	16	13	12	天に日の神	57	67	67	—	—
廿八日	17	17	17	14	13	仁愛ふかうて	58	68	68	52	49
廿三夜と	18	18	18	15	14	己が心の	59	69	69	53	50
神の定めの	19	19	19	16	15	なさけなかりし	60	75	75	59	—
夏至や冬至や	20	20	20	17	16	人をくるしめ	61	76	76	60	55
稚産霊の	21	21	21	97	—	人の奢は	62	77	77	61	56
桃の節句は	22	22	22	99	—	ゑいよう栄花も	63	78	78	62	57
武具をかざりて	23	25	25	102	–	欲と色とは	64	79	79	63	—
天の棚機姫	24	26	26	104	—	烏雀の	65	80	80	64	63
生見魂とて	25	27	27	105	—	縁のむすぴは	66	81	81	65	58
盆のおどりは	26	28	28	106	—	目かけ手かけを	67	—	—	—	—
八月朔日	27	30	30	108	—	間垣ゆひにし	68	82	82	—	—
九月九日は	28	31	31	109	—	岩堅帯とて	69	83	83	66	59
亥の子いわへよ	29	32	32	110	–	月のさはりは	70	84	84	67	60
甲子の日は	30	34	34	20	19	ひのへ午の日	71	85	85	68	61
旅へたつ人	31	38	38	23	22	地震神鳴	72	86	86	69	62
神の長田の	32	39	39	24	23	二十四節の	73	87	87	70	64
衣装着るのは	33	40	40	25	24	四季の土用に	74	88	88	71	65
きぬにあやある	34	41	41	26	25	酒は至極の	75	89	89	72	66
かゞみとり持	35	42	42	27	26	まめやかにして	76	90	90	73	67
紙を漉初	36	43	43	30	29	有とあらゆる	77	91	91	74	68
刀脇指	37	44	44	31	30	我とわがみの	78	92	92	75	69
麻うみ機をり	38	45	45	32	31	家業精出し	79	93	93	76	70
家居つくりて	39	46	46	—	—	儒道仏道と	80	95	95	78	72
垣の筒男の	40	47	47	33	32	国の教を	81	96	96	79	—
山に生立	41	49	49	34	33	神の咄に	82	97	97	80	—

5　國學院高等学校藤田・小林文庫本『麦春歌』翻刻と解題

はじめに

東京都渋谷区神宮前に所在する國學院高等学校が擁する藤田・小林文庫は、西の大阪大学文学部所蔵忍頂寺文庫と並ぶ日本近世歌謡資料の宝庫である。その藤田・小林文庫所蔵の教化歌謡資料に『麦春歌《むぎつきうた》』がある。本書は縦二四・〇糎×横一七・〇糎の写本一冊で、本文は全二〇丁。近世小唄調（七〈三・四〉／七〈四・三〉／七〈三・四〉／五）を中心的な音数律とする教化歌謡一一三首と、末尾に道歌二首（「忠」「孝」を題とする各一首）を収録する。本書の由来や歌謡の作者、編者などは一切不明であるが、江戸時代に創作された教化歌謡の一集成と考えられ、他の近世成立の教化歌謡と内容的に関連する歌が多く見られる。また、中でも盤珪永琢《ばんけいようたく》の『うすひき歌』および『麦春歌』と関連が深く、同一歌と認定できる歌謡が合計四首見られる点は注目すべきである。本書の歌謡史的な位置付けをめぐる具体的な考察は後述するが、従来未紹介の江戸期教化歌謡資料として貴重な作品であることを、まずもって指摘しておく。

次に藤田・小林文庫本『麦春歌』の翻刻を掲出する。翻刻に際しては通行の字体に改めるが、踊り字、ルビは原文のままとする。なお、歌謡を四句に分けた際の区切り目ごとに、新たに読点を施した。また、各歌謡の頭には、歌順による歌番号を算用数字で付した。

一　藤田・小林文庫本『麦春歌』翻刻

1　主にしてやる、仕事じやないと、おもや仕事も、苦《く》にならぬ
2　兄と行ときや、肩《かた》だけ下《さが》りや、それが人たる、みちで候
3　仕事しやらば、哥《うた》うたやれよ、哥《うた》で仕事が、苦《く》にならぬ
4　諷《うた》ふ哥《うた》にも、心をつけやれ、哥《うた》でこゝろが、見へまする
5　うちにおもへば、言葉《ことば》に出る、諷《うた》ふ哥《うた》にも、気をつきやれ
6　歌《うた》は難波《なにわ》の、よしあしともに、こゝろとめたき、もので候
7　月にかゞやく、もみじの錦《にしき》、絵《ゑ》にもかゝれぬ、鹿《しか》のこへ
8　紅葉《もみぢ》散《ちら》して、赤地《あかぢ》のにしき、黄《こ》がねもやうの、きくの花《はな》
9　親《おや》につかへて、不孝《かう》な人は、何がよふても、人じやない
10　親のこゝろの、やすまるやうに、するが孝《かう》行の、もとで候
11　奉公すれども、不孝な人は、主のためにも、ならぬもの
12　親をうやまふ、心がなさに、いやる言葉に、かどがある
13　後生願《ごしやうねが》はゞ、孝行《こうく》にしやれ、おやに不孝《こう》な、仏《ほとけ》はなひぞ
14　親にしたがひ、道行《みちゆく》ときは、あとへ下《さが》りて、かげふむな
15　人の心は、習《なら》ひがだいじ、常《つね》にならひを、たしなみやれ
16　何をするとも、大事《だいじ》とすれば、つねにそまつは、なひ物ぞ

17 麻《あさ》の中《なか》なる、よもぎをみやれ、人のそだちも、友《とも》による
18 人の心は、かくしはならぬ、つねにつきそふ、人がしる
19 いふた言葉《ことば》を、たがへる人わ、楫《かぢ》や櫓《ろ》のない、舟《ふね》であろ
20 うそをつきやるな、うそつく人は、もの丶いわれぬ、くさりなわ
21 口でぬらりと、いふ人いやよ、実《じつ》な心が、なひゆへに
22 人はそしろと、わらふとま丶よ、すぐな道《みち》ゆきや、まよやせぬ
23 無理《むり》をたてるが、武士《ぶし》じやとおしやる、武士《ぶし》は無理《むり》いふ、ものじやなひ
24 追従《ついしやう》　軽薄《けいはく》、する人見れば、わきの下から、あせが出る
25 欲や惜やと、むさぼる人は、人のねぶとの、うみ吸《す》やる
26 無理《むり》に銀《かね》もち、願《ねが》やる人は、ついにぬすみを、する物じや
27 無理《むり》に銀《かね》もち、願《ねが》ふてもならぬ、ちかひあしもと、勤《つとめ》やれよ
28 重《おも》ひ軽《かる》ひの、品《しな》にはよらぬ、ぬすむこ丶ろは、みな地ごく
29 おのれ〱が、身《み》の分《ぶん》しりて、たんのしたれば、長者殿《ちやうじやとの》
30 おのが身持《みもち》に、油断《ゆだん》をせねば、つひに難儀は、せぬものぞ
31 茶がゆ麁食《そじき》も、働《はたら》きくゐば、二汁《じう》五菜《さい》の、あじがする
32 何《なに》の芸《げい》でも、心がけりや、つひに上手《じやうず》の、名《な》もとれる
33 心がらこそ、身《み》はいやしけれ、うへりやどこでも、花がさく
34 何をまひても、捨《すて》おきや出来《でき》ぬ、人も心の、草《くさ》とりやれ
35 わるひ身《み》もちと、心にしらば、すぐにはらやれ、竹のゆき

36 黄金積《こがねつむ》より、実《み》をつみやれ、つひにまことの、花がさく

37 無理《むり》を重《かさ》ねて、栄《さか》ゆる家《いゑ》は、つひにきへ行《ゆく》、雪《ゆき》の山

38 船《ふね》はあぶなひ、遠《とを》くにまわりや、遠《とを》ひ陸地《くがち》が、結句《けく》ちかひ

39 病《やまい》いやさに、薬《くすり》はのめど、ひたと跡から、毒《どく》くやる

40 どくとしりたら、喰《くわ》ぬがよひに、口を養《やしな》ふて、身をしらぬ

41 口をやしなふ、人おふけれど、心やしなふ、人がない

42 世《よ》の中《なか》の、花も紅葉《もみぢ》も、銭銀《ぜにかね》も、ゆづりておくぞ、精《せい》出してとれ

43 口でいふこと、誰《だれ》でもいへど、身おばつとめる、人がない

44 糸のみだれは、もとからくりやれ、もとをおさめりや、すへとける

45 上《かみ》に立人は、竈土《かまど》のたきゞ、たかにや茶《ちゃ》がまの、湯《ゆ》はたゝぬ

46 子どもかわいか、ずいぶんつかや、楽《らく》なそだては、どくがいじや

47 恩《おん》をうけても、恩《おん》をもしらぬ、人に似《に》たれど、人じやない

48 ゆがむ心で、物祈《いの》りやんな、神《かみ》や仏《ほとけ》は、おかしかろ

49 幼稚《おさない》ときから、うそおしやるなよ、後《のち》にやおやをも、だますもの

50 親《おや》にあやらば、色《いろ》やわらかに、ほやり〱と、ものいやれ

51 ぢごくごくらく、外にはないぞ、心ひとつの、中《うち》にある

52 おごる心に、かぎりはないぞ、とかくうちばに、身をもちやれ

53 広《ひろ》い世界《せかい》に、ないものは人、人の人たる、人がなひ

54 親《おや》の親《しん》るひ、中《なか》よくめされ、それが孝行《かうく》の、もとで候

55 我《われ》もとゞかぬ、事《こと》のみあろと、おもや人のも、とゞくまひ
56 何をするとも、心にとやれ、心すまずば、せぬがよひ
57 駒《こま》の手綱《たづな》を、ゆるすなとのご、すぎの青葉《あをば》の、あぜ道《みち》を
58 とてもする事、ちやく〳〵しやれ、守《まも》り見てゐて、いつ出《で》きる
59 いかる心は、地《ぢ》ごくのほのを、むねの仏《ほとけ》を、焼《やき》すつる
60 とわぬ先《さき》から、心得《こゝろゑ》おひて、科《とが》のなひやうに、こたへやれ
61 事の前《まへ》から、たくんでおけば、ものに手づかへ、せぬ物ぞ
62 我身《わがみ》いためて、いたさをしれば、むごひ心は、やむものぞ
63 何につけても、かんにんめされ、こらへすませば、跡《あと》がよひ
64 男《おとこ》たいして、勝《かつ》てはくれど、はては大きな、まけになる
65 けんくわかうろん、たくんじやせぬぞ、酒と言葉《ことば》を、たしなみやれ
66 言葉《ことば》一言《いちごん》、いだすが大事、口へふたゝび、かへらぬぞ
67 人につらくば、身をうらみやれよ、我《わが》身とがめりや、罪《つみ》がなひ
68 とかく世にすみや、不祥《しやう》がござる、不祥《しやう》こらへにや、世にすめぬ
69 誠《まこと》みらひが、恐《おそ》ろしければ、わるひ心は、もたぬはづ
70 そらに天道《てんとう》が、てらしてござる、なんとわるさが、なる者ぞ
71 明《あ》日《す》はしれず、きのふは過《すぐ》る、けふの思案《しあん》が、いちだいじ
72 銀《かね》を持《もつ》たりや、貧者《ひんじや》をにくむ、おのがむかしを、わすれつゝ
73 銭《ぜに》や小判《ばん》は、たれでも持《もつ》ぞ、重《おも》ひたからは、義理《ぎり》で候

74 境《さかい》目せゝりて、地《ち》を取人は、直《ぢき》に地ごくの、やしきとり
75 地獄《ぢごく》いやなら、心を直《なを》しや、われと作《つく》りて、行《ゆく》地ごく
76 因果報《いんぐわむく》ひは、我《わが》なす事よ、しらばなすまひ、身の仇《あた》を
77 生《むま》れくるから、そりや死《しぬ》るはづ、何《なに》の歎《なげ》きが、あろぞひな
78 綾《あや》やにしきを、心にめして、身には木綿《もめん》の、青布子《あをぬのこ》
79 若《わか》い盛《さか》りに、うか〳〵暮《くら》し、老《おい》のしらがの、あたまかく
80 博奕《ばくち》とたんは、身をうつ仇《あた》よ、われと我《わが》身を、責《せめ》やぶる
81 あさねめさるな、朝《あさ》ねをすれば、天《てん》の冥加《めうが》に、つきまする
82 朝《あさ》ねするのを、病《やまい》といやる、奉公《ほうこう》するもの、何《なに》といや
83 物をするのを、手に付《つけ》すれば、つひにあやまち、せぬ者《もの》じや
84 人のいのちは、限《かぎ》りがござる、なけりやよい衆は、生通《いきどを》し
85 知《し》らぬ事《こと》おば、知《しり》がほすれば、何につけても、恥《はぢ》をかく
86 しらざ知《しら》らぬと、何でもとやれ、とふにおしへぬ、人もない
87 恥《はぢ》をかひても、恥《はぢ》とも知《しら》にや、それがま事の、はぢしらず
88 法華《ほつけ》浄土《じやうど》の、差別《さべつ》はないぞ、心よふもちや、みな仏《ほとけ》
89 短気《たんき》直《なを》しやれ、嗜《たしな》みやなをる、とかく短気《たんき》は、気《き》まゝから
90 勝《かて》ばかちたし、負《まく》れば惜《おし》し、博奕《ばくち》や倒《たを》れにや、不止《やまぬ》もの
91 若《わか》い盛《さかり》に、つとめておいて、老《おい》て心を、楽《たの》しみやれ
92 人は礼義《れいぎ》で、かためた物ぞ、礼義《れいぎ》しらねば、人じやない

93 鞁弓《こきう》三味線《さみせん》、めつたにひけば、ばちがあたつて、家やぶる
94 琴《こと》や三味線《さみせん》、よひ衆《しゆ》の業《わざ》よ、こちは謌《うた》ふて、麦《むぎ》を舂《つく》
95 おもひ廻《まわ》せば、浮世《うきよ》は夢《ゆめ》ぞ、さめた所も、また夢《ゆめ》じや
96 夢《ゆめ》の浮世《うきよ》と、口ではいへど、よくな心は、覚《さめ》ませぬ
97 奉公《ほうこう》の、始《はじめ》の心、末《すへ》までも、かわらぬ人に、あやまちはなし
98 此身《このみ》は主《しう》の身《み》、我身《わがみ》じやないと、おもや仕《し》事も、苦《く》にならぬ
99 渡世《とせい》さへすりや、言《いゝ》ぶんないと、主《しう》やおやおば、ないがしろ
100 銀《かね》をつかへど、商内《あきない》事を、すればよいとは、誰《た》がゆるし
101 仲間《なかま》口きゝ、かならずむやう、はては仲間《なかま》を、はねださる
102 身《み》をばたしなむ、事をばしりて、心たしなむ、ことしらぬ
103 紗綾《さや》や縮緬《ちりめん》、よいものきても、それで心は、つゝまれぬ
104 たれも主親《しうおや》、大事《だいじ》にすれば、世界一面《かいいちめん》、なんぎなし
105 利口《りこう》ぶるのは、大かたあほう、しれた通《とを》りで、よいことを
106 男《おとこ》 女の、行義《ぎやうぎ》がだいじ、あくしやう物めは、人のくず
107 ためによいこと、いふ物いやで、どくをあてがふ、人がすき
108 うそは心に、おぼゑがあるぞ、人はともあれ、我《われ》がしる
109 やいとおすやれ、孝行《かうこう》物じや、親《おや》も悦《よろこ》ぶ、身《み》もぶじな
110 けはひけしやうで、外からぬれど、むさい心は、ぬられまい
111 もがきびんぼう、する人多《おゝ》し、ならぬもふけを、したがつて

112　主従親子《しうじうおやこ》に、兄弟夫婦《きやうだいふうふ》、友《とも》も他《た》人も、中《なか》よかれ

113　どこも残《のこ》らず、中《なか》よくなれば、それが目出たい、本《ほん》のこと

此哥《このうた》を常《つね》々心《こゝろ》にかけて、わするゝ事なくば、主も手代も子供も下女も一生《しやう》をあやまる事有まじ。よく〳〵考給《かんがへたも》ふべし。

114　忠　君《きみ》の身《み》になりて我身《わがみ》をわすれつゝ、よくつかふるを実《まこと》とはいふ

115　孝　にこ〳〵ときげんよくして父母《ちゝはゝ》の心にまかせなびきつかゐん

二　藤田・小林文庫本『麦春歌』解題

本書は江戸時代に創作された教化歌謡を収録する歌謡集である。そして、同じ江戸期に創作された他の教化歌謡と、内容・表現にわたって関係が深い歌が多く見られる。中でも江戸時代初期に播磨国に出た臨済宗の禅僧盤珪永琢創作の『うすひき歌』、および盤珪の思想を聴聞者が歌謡に仕立て上げた『麦春歌』と、同一歌と認定できる歌謡が合計四例見られるなど関係が深い。具体的に挙げれば、本書72番歌「銀《かね》を持《もつ》たりや、貧者《ひんじや》をにくむ、おのがむかしを、わすれつゝ」は盤珪永琢『うすひき歌』の15番歌、本書76番歌「因果報《いんぐわむく》ひは、我《わが》なす事よ、しらばなすまひ、身の仇《あた》を」は『うすひき歌』の10番歌、本書71番歌「明日《あす》はしれず、きのふは過《すぐ》る、けふの思案《しあん》が、いちだいじ」は盤珪『麦春歌』22番歌、本書77番歌「生《むま》れくるから、そりや死《しぬ》るはづ、何《なに》の歎《なげ》きが、あろぞひな」は盤珪『麦春歌』20番歌とそれぞれ同一歌と認定できる。[1] この他の同一歌には、本書81番歌「あさねめさるな、朝《あさ》ねをすれば、天《てん》の冥加《めうが》に、つきまする」が、『和河《わか》わらんべうた』の60番歌と一致する。[2]

次に、同一歌ではないが、きわめて近似する類歌の例として、本書51番歌の「ぢごくごくらく、外にはないぞ、

心ひとつの、中《うち》にある」と、『賤が歌袋』119番歌「地獄極楽、たが見て来たら、ぢごくごくらく、わがむねに」の関係が指摘できる。(3)

歌謡の約半分の二句までが一致する例としては、本書69番歌の後半「わるひ心は、もたぬはづ」が『延享五年小《えんきようごねんこ》哥《うた》しやうが集』212番歌と、また本書73番歌の前半「銭《ぜに》や小判《ばん》は、たれでも持《もつ》ぞ」が、同じく『延享五年小哥しやうが集』275番歌と一致している。(4)他には本書48番歌の後半「神《かみ》や仏《ほとけ》は、おかしかろ」が『山家鳥虫歌《さんかちようちゆうか》』35番歌と一致し、(5)本書33番歌の前半「心がらこそ、身《み》はいやしけれ」が『賤《しず》が歌袋《うたぶくろ》』82番歌と一致している。

さらに、一句のみの一致の例となると枚挙にいとまがないことになる。歌謡集別に用例数のみ掲出すれば、成立時代順に盤珪『うすひき歌』との間で二例、盤珪『麦春歌』と六例、『延享五年小哥しやうが集』と五例、白隠慧鶴『主心お婆々粉引歌』と二例、『絵本倭詩経《えほんやまとしきよう》』と二例、『山家鳥虫歌』と六例、『艶歌選《えんかせん》』と二例、『和河わらんべうた』と四例、『笑本板古猫《えほんいたこのねこ》』と三例、『朝来考《いたここう》』と一例、『潮来風《いたこぶり》』と三例、『音曲神戸節《おんぎよくごうどぶし》』と八例、『賤が歌袋』と二例が挙げられ、合計四六例を数えることができる。(6)これらの歌謡集の中には、必ずしも教化歌謡を収録する集成とは言えないものも多く存在するが、逆にこの時期の流行歌謡の表現と教化歌謡の表現の間に、共通性が認められることが、この結果から浮き彫りになる。すなわち、教化歌謡も表現上一種の流行歌謡であったことが確認でき、これが教化歌謡をおおいに流布させる要因となったと言えるのである。

おわりに

本節で翻刻紹介した藤田・小林文庫本『麦春歌』の表現・内容を検討し、他の教化歌謡との関係の深さを指摘するとともに、教訓的な歌謡集には属さない多くの江戸期流行歌謡集との間の表現の近似についても言及した。そこからは、近世流行歌謡としての教化歌謡という一側面を浮き彫りにすることができたと考える。今後さらに教化歌謡について分析を重ねることで、江戸期流行歌謡を総合的に捉えていきたい。

注

(1) 盤珪『うすひき歌』、盤珪『麦春歌』の歌番号は、小野恭靖編『近世流行歌謡　本文と各句索引』（二〇〇三年・笠間書院）による。なお、本文も同書を参照のこと。

(2) 『和河わらんべうた』の歌番号は、小野恭靖編『近世流行歌謡　本文と各句索引』（二〇〇三年・笠間書院）による。なお、本文も同書を参照のこと。

(3) 『賤が歌袋』の本文並びに歌番号は、小野恭靖編『近世流行歌謡　本文と各句索引』（二〇〇三年・笠間書院）による。

(4) 『延享五年小哥しやうが集』の歌番号は、小野恭靖編『近世流行歌謡　本文と各句索引』（二〇〇三年・笠間書院）による。なお、本文も同書を参照のこと。

(5) 『山家鳥虫歌』の歌番号は、小野恭靖編『近世流行歌謡　本文と各句索引』（二〇〇三年・笠間書院）による。なお、本文も同書を参照のこと。

(6) 白隠慧鶴『主心お婆々粉引歌』、『絵本倭詩経』、『艶歌選』、『笑本板古猫』、『朝来考』、『潮来風』、『音曲神戸節』の本文は小野恭靖編『近世流行歌謡　本文と各句索引』（二〇〇三年・笠間書院）を参照のこと。

【追記】　貴重な文献の翻刻紹介を快くご承諾くださった國學院高等学校に厚く御礼申し上げます。

6　如雲舎紫笛『いろはうた』小考

はじめに

短歌形式の文学のひとつに、道歌と呼ばれるものがある。道歌は宗教的、または道徳的な教訓を詠み込んだ短歌形式の歌であるが、和歌というよりむしろ狂歌や歌謡に近い性格を持つ場合が多い。稿者は道歌に関心を持ち、既に数編の論考を発表したが[1]、それらのうち〝いろはうた（歌）〟と銘打たれた作品については、とりわけ強い関心を抱いている。これまでに一休宗純に仮託された道歌集『一休和尚いろは歌』を紹介して位置付けたのをはじめ、古月禅材『いろは歌』についても詳述した。本節では一休や古月と同様に、禅僧であった如雲舎紫《にょうんしゃし》笛《てき》が創作した『いろはうた』を紹介し、道歌史の中に位置付けることを目的とする。

一　如雲舎紫笛『いろはうた』翻刻

如雲舎紫笛は、拙堂如雲《せつどうにょうん》という名で知られる江戸後期の臨済宗の禅僧である。享保三年（一七一八）に大坂に生まれた。俗名は山田直方、通称は四郎右衛門。初め雪縁斎陰山一好に狂歌を学んだ。後に栗柯《りつか》亭木端《ていぼくたん》の門人となり、号を山果亭と称した。宝暦八年（一七五八）に至り、出家して黄檗宗の僧籍に入った。その後、雲水として旅を続け、安永初年に摂津国野田の里に庵住した。そして、安永八年（一七七九）八月一六日に六二歳で寂した。著書に『狂歌水の鏡』『狂歌生駒山』等を残した。

紫笛には『如雲紫笛翁かな説法附録いろは歌　全』（安永六年〈一七七七〉九月刊／以下、本書と呼ぶ）という著作がある。(2) 前述のように紫笛は享保三年の生まれで、安永八年の没であるので、本書刊行時には六〇歳であった。還暦を迎えた禅僧の遺言的な意味合いの強い著作と言ってよかろう。

ところで、禅僧はしばしば道歌を創作し、衆生を教化したが、紫笛も本書所収の『いろはうた』によって教化活動を展開した。狂歌師でもあった紫笛にとって、短歌形式による教化はお手のものであったと思われる。本節は禅僧の創作した道歌を対象とした研究のひとつとして位置付けられるものである。したがって、翻刻紹介するのは道歌集に相当する本書後半の『いろはうた』部分のみであるが、前半の『かな説法』部分にも紫笛創作の合計二〇首の道歌が置かれている。(3) 本書に収録された道歌の性格や特徴をめぐっては後述する。

次に翻刻を掲出する。翻刻は加藤正俊氏蔵『如雲紫笛翁かな説法附録いろは歌　全』を底本とし、同書後半の『いろはうた』部分のみを対象とする。同書は縦二七・五糎×横一九・〇糎の大本一冊で全二六丁、『いろはうた』部分はそのうち第二〇丁表から第二五丁表までの五丁半分に当たる。翻刻に際しては通行の字体に改めるとともに、道歌の冒頭部分に歌順による歌番号を算用数字で示した。なお、ルビは原文のままとした。

【翻刻】

附録　いろはうた

1　我《われ》といふ意《い》《こゝろ》ちいさいこゝろすてゝ見《み》よ大千世界《だいせんせかい》さはるものなし

2 はかなくもきゆるを露《つゆ》と思《おも》ふなよどんなものでも消《きへ》てゆくなり

ろ　露《つゆ》

3 悪業《あくごう》の風《かぜ》にふかれてひまもなくこゝろの波《なみ》の立《たち》さはぐなり

は　波《なみ》

4 もぢずりの乱《みだれ》そめにし心《こゝろ》をもじつとしのぶの其人《そのひと》もがな

に　忍《しのぶ》

5 ひがことのたびかさなれどやまぬのは伊勢《いせ》の阿漕《あこぎ》の浦《うら》でこそあれ

ほ　浦《うら》

6 思量《しりやう》《おもひはかる》もなく分別《ふんべつ》もなく辺《ほとり》もなき其《その》ほとりこそたのしかりけれ

へ　辺《ほとり》

7 理屈《りくつ》こねる心《こゝろ》をすてゝ山出《やまだ》しの土《つち》になしたらやすくこそあれ

と　土《つち》

8 つゝしんでいそがばまはれはやまってしそんじすれは猶《なを》おそくなる

ち　遅《おそし》

9 はなれにくいへとおもふともはなるゝ時《とき》ははなるゝぞかし

り　離《はなる》

10 をのづからつとまる道《みち》もつとめをばつとめぬ人《ひと》はつとまらぬなり

ぬ　努《つとむ》

る　留《とゞむ》

11 何《なに》ひとつとゞまるものはなけれども只妄想《たゞもうぞう》をとめて苦《くる》しむ

越《を》《こゆる》

12 人《ひと》のうへこしたかるほどこさせぬぞしたをゆく時《とき》をのづからこす

和《わ》《やはらぐ》

13 綿《わた》のやうにやはらかな気《き》を持《もち》てましたといぬくいと人《ひと》はいふとも

香《か》《にをふ》

14 幾千《いくち》年《とせ》秘蔵《ひそう》せし木《き》もひとたきのけふる間《あいだ》のにおいなりけり

余《よ》《あまる》

15 親《おや》の手《て》にあまりものぞといはるればあまりものくふ非人《ひにん》にぞなる

堂《た》《どう》

16 いかにともしかたのないは仏《ほとけ》のない堂《どう》に参《まい》つた心《こゝろ》なりけり

礼《れ》《れい》

17 頭《かしら》をはさぐるばかりが礼《れい》ならずこゝろをさげよ高《たか》ぶらずして

蘇《そ》《よみがへる》

18 悪《あく》をころし善《ぜん》をみる目《め》の明《あき》ぬるをよみがへつたる人《ひと》といふなり

通《つ》《つうず》

19 真実《しんじつ》の通《つう》ずるまゝにつとむるを道《みち》に通《つう》ずる人《ひと》といふなり

根《ね》

20 よしあしの枝葉《ゑだは》のせんぎいらぬものとかくこゝろの根《ね》を直《なを》すべし

名《な》

21 名《な》をあけたや名《な》をとりたやと望《のぞ》むからつい名《な》のすたる悪事《あくじ》をぞする

裸《ら》《はだか》

22 内《うち》と外《そと》つゝむこゝろのなき時《とき》は唯真実《たゞしんじつ》のはだかなりけり

無《む》《なし》

23 ないものを下戸《げこ》と化《ばけ》ものとはいへどまだそれよりもうそつかぬ人《ひと》

有《う》《あり》

24 ある〳〵と思《おも》ひし善《ぜん》はあらすしてないと思《おも》ひし悪《あく》こそはあれ

位《ゐ》《くらい》

25 官　禄《くはんろく》にほこりて身《み》をばほろぼすを位《くらい》だをれと申《もうす》なるらん

農《の》《ものつくる》

26 天道《てんとう》のめぐみのまことあらはすや蒔《まい》た種《たね》もてはゆる農作《のうさく》

尾《お》

27 我《われ》をすて只尾《たゞお》をさげてまけて居《い》よあらそいもなしにくみ人《て》もなし

空《く》《そら》

28 これや此《この》ゆくも帰《かへ》るもわかれてもしるもしらぬも大《おゝ》ぞらの中《なか》

也《や》《なり》

29 祝《いは》ふなり又《また》なげくなり騒《さは》ぐなりうそはうそなり実《じつ》は実《じつ》なり

魔《ま》

30 ゆだんすな魔《ま》はさま〴〵の目《め》づかいに見《み》いれて人《ひと》をくるはする也《なり》

気《け》《き》

31 気《き》がながい気《き》が短《みじか》いといふ事《こと》も気《き》ずい気《き》まゝの気《き》くせからなり

風《ふ》《かぜ》

32 どこへともしらている息出《いきいづ》る息《いき》これを無常《むじやう》の風《かぜ》といふなり

粉《こ》

33 明《あけ》くれに業《ごう》をばはたきはたきつる身《み》はこみぢんに成《なり》もこそすれ

江《え》

34 濁江《にごりゑ》にふかくはまりし其人《そのひと》は皆《みな》どろぼうとなりにけらしな

天《て》《てん》

35 上《かみ》にもあり下《しも》にもありて世《よ》の人《ひと》に見《み》あげらるゝは発明《はつめい》の天

安《あ》《やすし》

36 なるやうの事《こと》を随分《ずいぶん》つとむれば心《こゝろ》のやすいものでこそあれ

造《さ》《つくる》

37 かねや木《き》で仏《ほとけ》をつくり堂《どう》つくりあられぬ業《ごう》をつくるのもあり

起《き》《おこる》

38 身《み》勝手《がつて》の我《われ》をたをして人《ひと》のため慈悲《じひ》の心《こゝろ》をおこすべらなり

油《ゆ》《あぶら》

39 三毒《さんどく》にしめ付《つけ》られてよの人《ひと》は身《み》のあぶらをばしぼるなりけり

40 妙《め》《めう》
寸《すん》の間《ま》もたへず修行《しゆぎやう》をする人《ひと》は何《なに》の道《みち》にも妙《めう》を得《ゑ》るなり

41 見《み》《みる》
人《ひと》のわざのよきを見《み》るにも我《わが》わざの及《およ》ばぬ事《こと》を見《み》るが見《み》る也《なり》

42 新《し》《あらたなり》
古《ふる》い事《こと》おもふてやくにたゝぬなり日々《ひゞ》に新《あらた》に今《いま》をつゝしめ

43 恵《ゑ》《めぐむ》
一切《いつさい》のものをばめぐむこゝろあれこれよりうへの安楽《あんらく》はなし

44 火《ひ》
見《み》よいのも見苦《みぐる》しいのも火《ひ》になつてしまふ所《ところ》はひとつふすぼり

45 毛《も》《け》
人《ひと》のうへの沙汰《さた》はすれども目《め》のさきのをのがまつ毛《げ》は見《み》へぬなりけり

46 世《せ》《よ》
たのしみも又《また》くるしみもありやうのところはやくにたゝぬ世中《よのなか》

47 守《す》《まもる》
何《なに》もかも唯人《たゞひと》の手《て》を守《まも》らずに大事《だいじ》に守《まも》れ我《わが》すべき事《こと》

如雲舎紫笛

心《こゝろ》あらん人《ひと》の嘲《あざけり》をかへりみず、おろかなるわらはべの道《みち》を手《て》ならふはじめにもと、つたなきことの葉《は》もていろはうたよみ侍《はべ》ることを、

48　いろは哥《うた》わらは娘《むすめ》のをしへなりわらいたもふなゑひもせず人《ひと》
此書古《このしよこ》来《らい》のかなづかいの格《かく》にかゝはらずしてしるすは、女《おんな》わらんべの見《み》やすからんことを求《もとむ》るゆへなり。
ものしる人《ひと》わらいたもふべからす。
安永六年　　発起中
酉九月　　無事菴　蔵

二　如雲舎紫笛『いろはうた』の特徴

紫笛『いろはうた』の最大の特徴は、1番歌から47番歌までの各道歌の前に掲げる歌題を「いろは歌」としている点に求められる。すなわち、順に「意《い》」「露《ろ》」「波《は》」「忍《に》」「浦《ほ》」「辺《へ》」「土《と》」「遅《ち》」「離《り》」「努《ぬ》」「留《る》」「越《を》」「和《わ》」「香《か》」「余《よ》」「堂《た》」「礼《れ》」「蘇《そ》」「通《つ》」「根《ね》」「名《な》」「裸《ら》」「無《む》」「有《う》」「位《ゐ》」「農《の》」「尾《お》」「空《く》」「也《や》」「魔《ま》」「気《け》」「風《ふ》」「粉《こ》」「江《え》」「天《て》」「安《あ》」「造《さ》」「起《き》」「油《ゆ》」「妙《め》」「見《み》」「新《し》」「恵《ゑ》」「火《ひ》」「毛《も》」「世《せ》」「守《す》」という「いろは歌」の各仮名の音に漢字一字を当て、それを題として道歌を詠じる手法が採られている。ただし、紫笛自身が末尾に「古来《こらい》のかなづかいの格《かく》にかゝはらずしてしるす」と断るように、仮名遣いに関してはかなり緩やかな適用がなされている。しかし、歌題に「いろは歌」を並べるこのような方法は、他の道歌「いろはうた」の方法とは大異がある。一般的な「いろはうた」は四七首の各道歌冒頭の一音に「い」「ろ」「は」から「す」までの四七音を詠み込んで構成する方法を用いるのが通例である。本書の「いろはうた」は、狂歌師でもあった紫笛の面目を躍如とする手法が採られた作品と言えそうである。

また、本書の「いろはうた」には「意《い》」の左傍に「こゝろ」、「露《ろ》」の左傍に「つゆ」、「波《は》」の左傍に「なみ」な

ど と、歌題の漢字一字に見合う和語が記入されている例が多い。それらの多くが仏教的、もしくは儒教的なキーワードであることは当然であるが、思想史上問題にされて来なかったような語も含まれており、その意味でも興味深い。

末尾には、この作品に寄せた紫笛の謙辞的な狂歌「いろは哥《うた》わらは娘《むすめ》のをしへなり……」（48番歌）が置かれる。「いろは歌」を巧みに引用した「ゑひもせず人」で締め括るこの狂歌こそ、まさに紫笛らしい一首と言えよう。この狂歌は単に謙辞というだけに留まらず、この道歌が庶民教化を意図した啓蒙的な作品であることを明言しているのである。

おわりに

本節では如雲舎紫笛『いろはうた』を翻刻するとともに、その性格について言及した。禅僧における道歌、中でも「いろはうた」は教化歌謡との関連も考察の対象としなければならない。稿者はこれまで教化歌謡についても、多くの検討を重ねてきた[4]。今後、教化歌謡と道歌を統合した教訓詩歌の世界の全体像を解明していかなければならない。本節はその基礎的研究に当たる一編である。

注

（1）拙稿「古月禅材『いろは歌』研究序説」（『日本アジア言語文化研究』第八号〈二〇〇一年三月〉／『韻文文学と芸能の往還』〈二〇〇七年・和泉書院〉I論考編第一章第八節所収）、「『道歌　心の策』小考」（『禅文化研究所紀要』第二八号〈二〇〇五年一二月〉／『韻文文学と芸能の往還』I論考編第一章第十節所収）、「『一休和尚いろは歌』小考」

（『大阪教育大学紀要（第Ⅰ部門）』第五四巻第二号〈二〇〇六年二月〉／『韻文文学と芸能の往還』Ⅰ論考編第一章第七節所収）、「『念仏道歌西之台』翻刻と解題」（『大阪教育大学紀要（第Ⅰ部門）』第五六巻第一号〈二〇〇七年九月〉）

（2）伝本は京都大学附属図書館に写本が所蔵される他は、すべて安永六年版である。『国書総目録』には駒澤大学附属図書館蔵本、龍谷大学附属図書館蔵本、雲泉文庫蔵本、京都大学附属図書館蔵本が掲載される。その他には津市図書館橋本文庫蔵本、駒澤大学附属図書館永久文庫蔵本（二種）、新潟大学附属図書館佐野文庫蔵本、京都大学附属図書館大惣本、加藤正俊氏蔵本などを確認した。

（3）二〇首は以下の通りである。

（ア）さしをかずすべき事《こと》してすまじきをせぬがまことのむねの極楽《ごくらく》
（イ）ふたつもなくみつもなくして真実《しんじつ》といふはひとつのこゝろなりけり
（ウ）さつはりと埒《らち》のあいたるよの中《なか》に埒《らち》をあけぬはまよいなりけり
（エ）くやしさにかへらぬことをねり出《だ》すもあとのまつりのさはぎなりけり
（オ）後悔《こうくはい》のなみださきだつ人《ひと》ならばかなしい目《め》にはあはじとぞおもふ
（カ）過《すぎ》しこと来《きた》らぬことはいらぬこと今《いま》の事《こと》こそ大事《だいじ》なること
（キ）我《われ》にある宝《たから》をしらぬおろかさに世界《せかい》のものをほしがりぞする
（ク）道《みち》にそむく人《ひと》にあふてもあらそはずよけてとをすが仁義礼智《じんぎれいち》ぞ
（ケ）口《くち》も手もからだも足《あし》も金銀《きんぐ》もはたらかすべし人のためには
（コ）不足《ふそく》いふてくるしむものに口たれてたんぬさするも施餓鬼《せがき》なりけり
（サ）いけるをばはなつめぐみのふかき心いのちのながき仁《じん》といふなり
（シ）仁《じん》あれば人の機嫌《きげん》をそこなはず気《き》をもやぶらずながくむつまじ
（ス）大千《だいせん》に大孝心《こうしん》をつくすべし生《しやう》あるものはすべてちゝはゝ
（セ）道《みち》をやぶりそこのふ愚痴《ぐち》の行《ゆく》さきは角《つの》をいたゞき毛《け》をかふるなり
（ソ）よつのものかへせばもとにかへるなりあとのひとつは鬼《おに》か仏《ほとけ》か

（タ）大慈悲《だいじひ》をほどこすひろきこゝろにはおしまぬ〳〵まけをおしまぬ
（チ）人《ひと》のため身《み》をおしまぬは仏《ほとけ》なり楽《らく》をしたがるものはこれ鬼《おに》
（ツ）さま〴〵のをしへはあれど悪《あく》をやめ善《ぜん》をするより外の道《みち》なし
（テ）神仏《かみほとけ》ねごふこゝろがまことならはわるい事すな〳〵
（ト）無心《むしん》にてしりわくる事万《まん》が一《いち》口にとかれず筆《ふで》にかゝれず

（4）拙稿「近世歌謡資料二種―『絵本倭詩経』・『和河わらんべうた』―」（『早稲田実業学校研究紀要』第二〇号〈一九八六年三月〉／『近世歌謡の諸相と環境』〈一九九九年・笠間書院〉第三章第三節所収）、「白隠慧鶴『施行歌』研究序説」（『大阪教育大学紀要（第Ⅰ部門）』第四二巻第二号〈一九九四年二月〉／『近世歌謡の諸相と環境』第三章第七節所収）、「白隠慧鶴『施行歌』続考」（『歌謡研究と資料』第七号〈一九九四年一〇月〉／『近世歌謡の諸相と環境』第三章第八節所収）、「盤珪永琢「麦春歌」研究序説」（『大阪教育大学紀要（第Ⅰ部門）』第四四巻第二号〈一九九六年二月〉／『近世歌謡の諸相と環境』第三章第五節所収）、「『うすひき哥信抄』翻刻と解題」（『歌謡　研究と資料』第一〇号〈二〇〇六年二月〉）、「「うすひき歌」研究序説」（『学大国文』第四九号〈二〇〇六年三月〉）、「國學院高等学校藤田・小林文庫本『麦春歌』翻刻と解題」（『大阪教育大学紀要（第Ⅰ部門）』第五五巻第一号〈二〇〇六年九月〉）、「薗原旧富『臼挽歌』再考―名古屋市立鶴舞中央図書館蔵本『神風童謡歌　全』紹介―」（『学大国文』第五〇号〈二〇〇七年三月〉）、「薗原旧富の教化歌謡―『神風童謡歌　全』から『絵入神国石臼歌　全』そして『宇寿飛起哥』へ―」（『歌謡　研究と資料』第一一号〈二〇〇七年一二月〉）。

［補記］　本節は禅学史研究の大家故加藤正俊氏の御所蔵本を披見させていただき、翻刻紹介の御許可を賜わって成した稿である。

Ⅲ　歌謡文学の周辺

1　手鑑『披香殿』所収仏教関連古筆切資料三点

はじめに

かつて『韻文文学と芸能の往還』（二〇〇七年・和泉書院）と題する一書を刊行したが、同書のⅠ論考編第二章第五節に「仏教関連古筆切資料考」という論考を収録した。古筆切が日本古典文学研究において果たす役割は、年々重みを増している。稿者も以前から、自らが関心を持つ分野にかかわる古筆切を調査し、何編かの論文を発表した。(1)その後、それらの論文で紹介した複数の古筆切のツレと推定される新資料が管見に入った。中でも川崎市市民ミュージアム蔵の古筆手鑑『披香殿《ひこうでん》』は、近年複製刊行された古筆手鑑として、きわめて注目すべきものである。同手鑑には稿者がこれまで注目してきた仏教関連の古筆切三点が押されている。本節ではそれら三点の古筆切を紹介し、従来から知られていたツレの断簡との関連について、具体的に述べていくことを目的とする。

一　伝向阿筆「西要抄切」

三部仮名抄とは浄土宗僧であった向阿の著作、『帰命本願抄《きみようほんがんしよう》』『西要抄《さいようしよう》』『父子相迎《ふしそうごう》』の総称である。いずれも浄土宗の立場から、阿弥陀如来の救済による極楽往生を説く内容となっている。著者の向阿は弘長三年（一二六三）甲斐国甲府の生まれで、俗名を武田信宗と称した。伊豆・甲斐・駿河・安芸などの国守を歴任した後、近江国の園城寺で出家し、法名を証賢、是心と号した。京都の清浄華院に住し、興国六年（一三四五）入滅した。

「西要抄切」は三部仮名抄のうちの『西要抄』の断簡で、著作者の向阿自身を伝称筆者とする古筆切を言う。稿者はこれまでに合計二点の「西要抄切」を紹介した[2]。その二点とは徳川美術館蔵の古筆手鑑『鳳凰台』所収古筆切と小林強氏蔵の古筆切である。このうち、『鳳凰台』所収古筆切は、小林強氏蔵古筆切や他の三部仮名抄の古筆切である「帰命本願抄切」や「父子相迎切」の大きさとは大異があり、ツレの断簡とは言えない。本節で新たに紹介する川崎市市民ミュージアム蔵の古筆手鑑『披香殿』所収古筆切（［図13］）は、縦一五・六糎×横一四・九糎の六行書きで、小林強氏蔵の古筆切（縦一五・二糎×横一四・九糎の六行書き）と近接する体裁である。また、筆跡からも両者はツレである可能性が高く、ひいては『披香殿』所収古筆切は、他に多く存在する伝向阿筆の「三部仮名抄切」（「帰命本願抄切」「西要抄切」「父子相迎切」の総称）ともツレであるものと推定される。なお『披香殿』所収「西要抄切」には、「浄華院開基向阿上人中には印」と記された極札が附属している。

次に翻刻を掲出する。翻刻に際しては、元の古筆切の字配り通りとすることを旨とした。

【図13】手鑑『披香殿』所収「西要抄切」

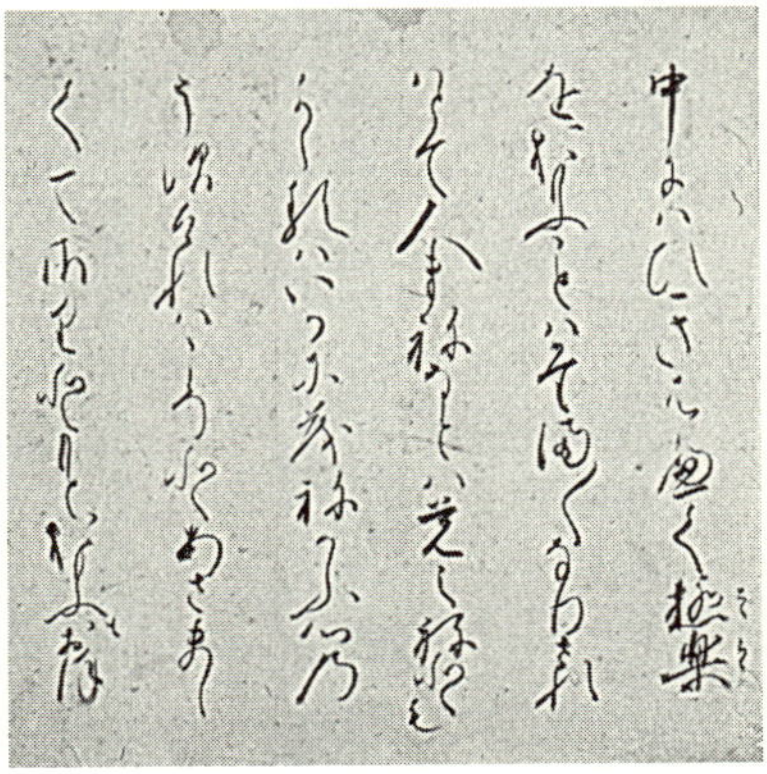

【翻刻】

中にはひきはへて極楽《こくらく》
をおもふことはたま〳〵なりされ
はとて人まねなとは覚えねとも
かゝるはいかにもねかふ心の
うすけれはこそとあさまし
くてさりともとおもふ○《も》おほ

この断簡は『西要抄』巻上の前半部に位置し、『大正新脩大蔵経』第八三巻（続諸宗部十四）二九五頁上段五行目から一〇行目の本文と重なる。本古筆切の最終六行目には補入の記号が記され、その右傍に「も」が補われているが、この伝向阿筆「三部仮名抄切」は倉卒に書写されたようで、他のツレと思われる古筆切にも、同様の補入箇所が散見する。その意味でも『披香殿』所収「西要抄切」は、典型的な伝向阿筆「三部仮名抄切」と言ってよい断簡である。

二　伝法守法親王筆「槇尾切」

「槇尾切《まきのおぎれ》」は法守法親王《ほうしゅほっしんのう》を伝称筆者とする密教系の和讃切である。同じ法守法親王を伝称筆者とする密教系の和讃切に、「菩提院切《ぼだいいんぎれ》」と称されるものが存在するが、その両者は性格を一にし、深い関係を持つものと考えられる。ただし、現存する断簡だけで判断すれば、「菩提院切」には「槇尾切」に見られる天地の金銀砂子、金銀切箔（野毛）等がないことから、手控えの副本と推定できる。しかし、小著『中世歌謡の文学的研究』（一九九六年・笠間書院）第一部第三章第三節の中でも指摘しておいたように、「菩提院切」の名前の由来は、京都槇尾の西明寺菩提院に伝えられた巻子本の断簡であったことによるものと考えられ、「槇尾切」の名前の由来と軌を一にしている。すなわち、両者は同じ巻子本を元にした断簡の異名である可能性が高く、本来は同一の古筆切であったものと推定される。

法守法親王（徳治三年〈一三〇八〉～明徳二年〈一三九一〉）は後伏見天皇の第三皇子で、能筆で有名な伏見天皇の孫に当たる。法守法親王を伝称筆者とする古筆切は「槇尾切」「菩提院切」の他、「仏餉切《ぶつげぎれ》」(3)「和讃切」「真光院切《しんこういんぎれ》」などが知られる。それらの古筆切の中でももっとも伝存が多いのは、「真光院切」と呼ばれる声明の断簡であり、次いで多いのが「仏餉切」である。従来紹介されている「槇尾切」(4)は京都国立博物館蔵の古筆手鑑『藻塩草』所収の古筆切と、近時紹介された古筆手鑑『かたばみ帖』所収の古筆切の二点のみで、同種の「菩提院切」も出光美術館蔵の古筆手鑑『見努世友《みぬよのとも》』所収古筆切のみである。したがって、本節で紹介する『披香殿』所収「槇尾切」（〔図14〕）は、「槇尾切」として三点目、「菩提院切」を含めても四点目ということになり、数少ない貴重な断簡として注目すべきものである。

大きさは縦一五・一糎×横一二・三糎の四行書きで、ツレである京都国立博物館蔵の古筆手鑑『藻塩草』所収古筆切の縦一五・〇糎×横一二・九糎の四行書きに近似している。この『披香殿』所収古筆切には極札が附属しており、そこには「仁和寺殿法守法親王の浄土（印）」と記される。もと巻子本で、「槇尾切」の特徴である天地に金界を入れ、その界の上下には金銀砂子、金銀切箔（野毛）が撒かれる。本文は和讃が漢字と平仮名交じりで記され、その左傍には節博士（墨譜）が施されている。

次に翻刻を掲出する。なお、翻刻に際しては本文のみを対象とし、節博士は省略に従う。また、元の古筆切の字配り通りとすることを旨とした。

【図14】手鑑『披香殿』所収「槙尾切」

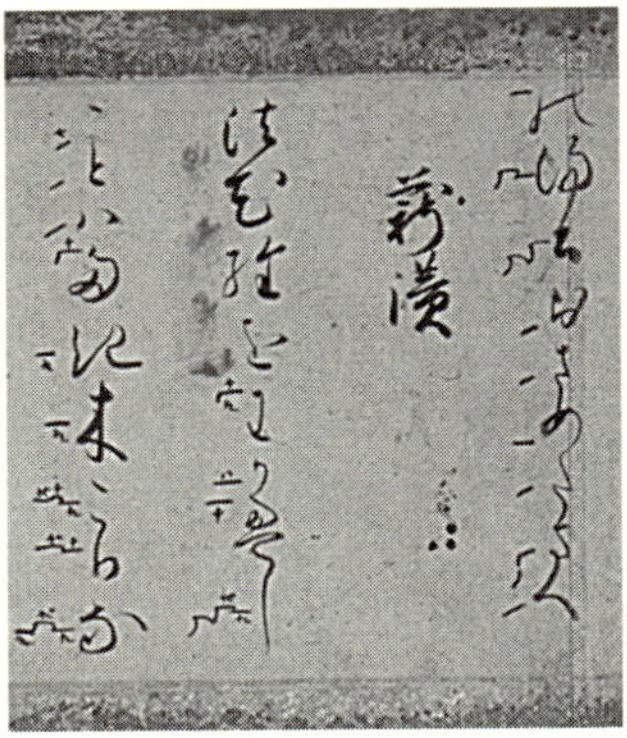

【翻刻】

の浄土おさめたまへ

薪讃

法華経をわかえし

ことはたき木こりな

ここには二首の和讃のそれぞれ一部分が見える。第一首目は末尾部分のみしか記されていないが、これは慈覚大師の作と伝えられる『舎利讃歎』の後段末尾「十方の浄土おさめたまへ」に相当するものと判断できる。一方、二首目は『拾遺和歌集』哀傷・一三四六にも行基作として入集する著名な歌「法華経を我が得し事はたき木こり菜摘み水汲み仕《つか》へてぞ得し」の前半部分で、『法華讃歎』として法華八講の際にも唱えられた。また、『三宝絵詞』にも採られて有名である。すなわち、本節で紹介する「槙尾切」は『舎利讃歎』と『法華讃歎』が連続して歌われる儀式の際に用いられた歌本の断簡と考えられる。

三　伝蓮如筆「浄土和讃切」

親鸞作の『三帖和讃』は、『浄土和讃』『高僧和讃』『正像末法和讃』の三種の和讃の総称である。「三部仮名抄切」の場合と同様、以下これら和讃の古筆切を、総称としては「三帖和讃切」と呼び、個別には「浄土和讃切」「高僧和讃切」「正像末法和讃切」と呼ぶ。これらに属する古筆切については、小著『中世歌謡の文学的研究』（一九九六年・笠間書院）第一部第三章第二節、および前掲『韻文文学と芸能の往還』Ⅰ論考編第二章第五節の中で紹介を重ね、これまでのところ都合一〇点を紹介した。

さて、川崎市市民ミュージアム蔵の古筆手鑑『披香殿』には、伝称筆者を蓮如とする「浄土和讃切」一葉が押されている。稿者がこれまでに紹介した「三帖和讃切」一〇点のうち、蓮如を伝称筆者とする古筆切は、半数の五点にのぼり、その内訳は「浄土和讃切」が四点、「高僧和讃切」が一点である。『披香殿』所収古筆切は、手鑑『古今墨林』所収の「浄土和讃切（『讃阿弥陀仏偈和讃』）」と筆跡が酷似しており、ツレであると認められる。また、『京都古書組合総合目録』第一八号（二〇〇五年一二月）掲載の「浄土和讃切（『諸経意弥陀仏和讃』）」とも筆跡が近似しており、大きさからも同じくツレの断簡と推定できる。

『披香殿』所収「浄土和讃切」（［図15］）の大きさは、縦一六・四糎×横一一・九糎で、漢字カタカナ交じりの四行書きである。極札は「蓮如上人宝林宝樹［印］」と記される。なお、『三帖和讃』は七音と五音を一句とした四句形式を単位とする。左に掲出するように、本文一行目を一字分高く書き出すこの書式は、『三帖和讃』の特徴であり、その断簡である「三帖和讃切」にも共通して見られる特徴である。

次に翻刻を掲出する。なお、翻刻に際しては通行の字体に改めるとともに、元の古筆切の字配り通りとすることを旨とした（以下、「三帖和讃切」すべてに同様の字配りを適用した）。

【図15】手鑑『披香殿』所収「浄土和讃切」

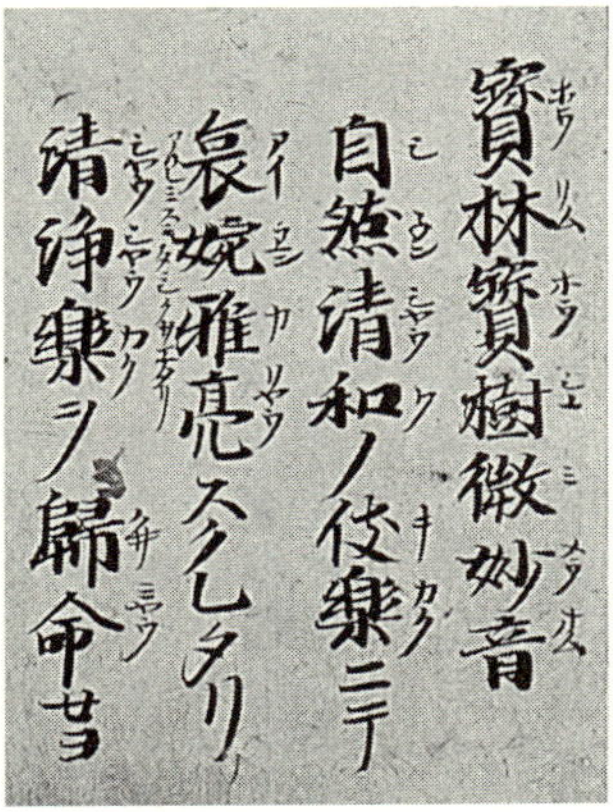

【翻刻】

宝《ホウ》林《リム》宝《ホウ》樹《シユ》微《ミ》妙《メウ》音《オム》
自《シ》然《ネン》清《シヤウ》和《ワ》ノ伎《キ》楽《カク》ニテ
哀婉雅亮《アイエンカリヤウ》《アハレニスミタ、シクサエタリ》スクレタリ
清《シヤウ》浄《シヤウ》楽《カク》ヲ帰《クキ》命《ミヤウ》セヨ

この古筆切は親鸞作の『浄土和讃』のうち、『讃阿弥陀仏偈和讃』を構成する四句体の一首に当たる。『讃阿弥陀仏偈和讃』は曇鸞の『讃阿弥陀仏偈』をもとに、親鸞が和語にやわらげて創作した和讃で、『浄土和讃』の冒頭に置かれた重要な和讃である。阿弥陀如来の誓願の数に合わせて四八首から構成されるが、そのうち本古筆切の一首四句は極楽浄土を讃歎した一二首のうちの一首に相当する。

なお、手鑑『披香殿』からは離れることになるが、本節で紹介する蓮如を伝称筆者とする「三帖和讃切」のツレと考えられる新たな古筆切が、さらに三点出現したので、次に紹介しておく。

まず最初に紹介する「三帖和讃切」（〔図16〕）は、京都の山本美術店が、美術商村山と古書肆衆星堂《しゅうせいどう》と三店共同で発行している『清興《せいきょう》』の第四号（二〇〇八年一一月）の86番に掲載した断簡である。大きさは縦一九・四糎×横一三・三糎。漢字カタカナ交じりの四行書きで、本文一行目を一字分高く書き出してある。極札の写真は掲載されていないが、目録では「伝蓮如上人」とし、「朝倉茂入極」とある。次に翻刻を掲出する。

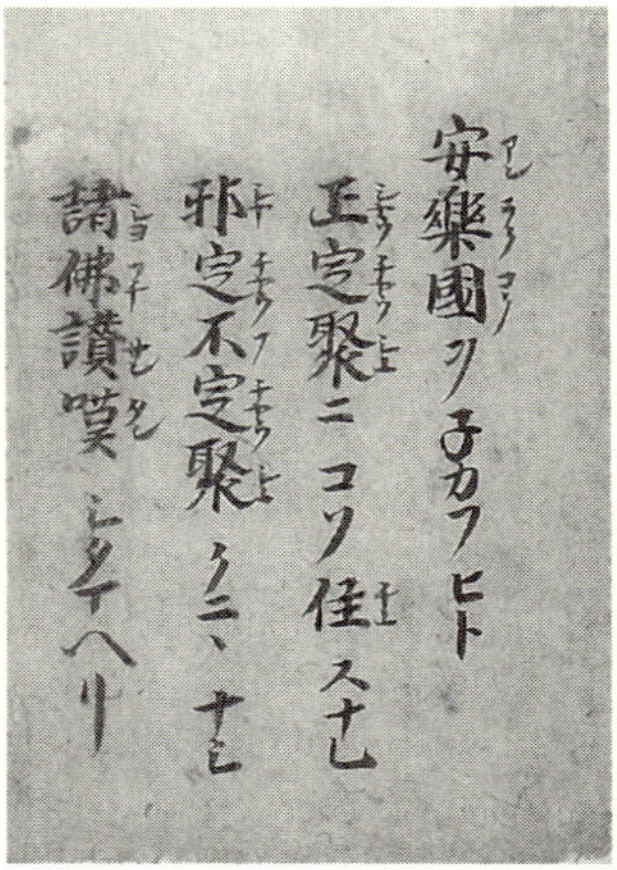
［図16］「浄土和讃切」（『清興』第四号掲載）

［翻刻］

安楽国《アンラクコク》ヲネカフヒト
正 定 聚《シヤウチヤウシユ》ニコソ住《チユ》スナレ
邪定 不定聚《シヤチヤウフチヤウシユ》クニ、ナシ
諸仏讃嘆《シヨフチサンタン》シタマヘリ

この古筆切も親鸞作の『浄土和讃』のうち、『讃阿弥陀仏偈和讃』の一首に当たり、四八首のうち阿弥陀如来の仏身を讃歎した三二首のうちの一首に属する。

二点目は『京都古書組合総合目録』第二一号（二〇〇八年一一月）二六四頁に、二六三一番として掲載された軸装の「三帖和讃切」（［図17］）である。大きさは縦一九・一糎×横一二・六糎。漢字カタカナ交じりの四行書きで、本文一行目を一字分高く書き出す字配りが採られている。極札は存在しない模様だが、目録には「古筆了仲箱書」とあり、「伝蓮如」としている。次に翻刻を掲出する。

〔図17〕「高僧和讃切」（『京都古書組合総合目録』第二一号掲載）

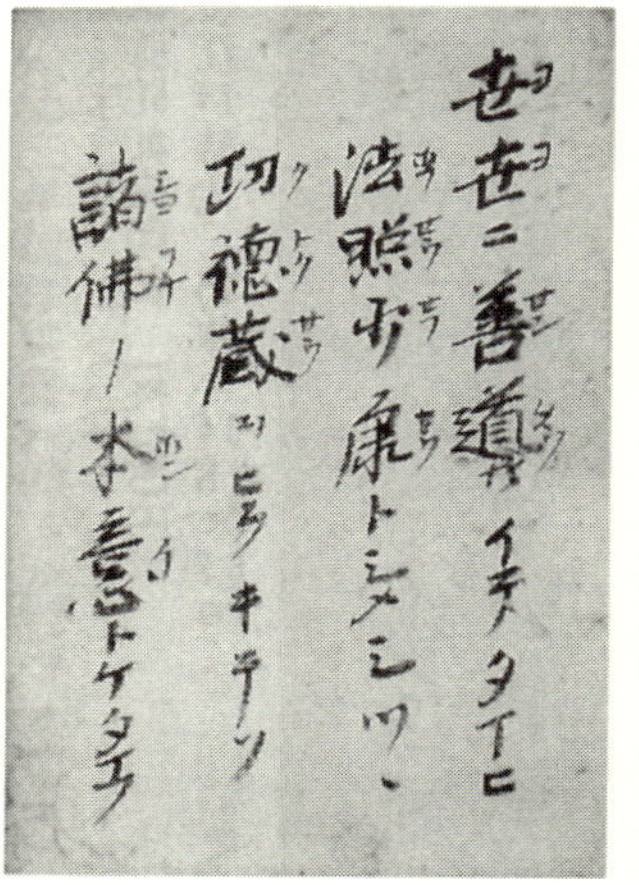

〔翻刻〕

世《ヨ》世《ヨ》ニ善導《センタウ》イテタマヒ
法照《ホフセウ》少康《セフカウ》トシメシツ、
功《ク》徳蔵《トクサウ》ヲヒラキテソ
諸仏《シヨフチ》ノ本意《ホンイ》トケタマフ

この古筆切は親鸞作の『三帖和讃』のうち、『高僧和讃』の「善導禅師」二首目に相当する。善導大師がある時は法照法師、またある時は少康法師として生まれ変わり、阿弥陀如来の本願を世に広めたという伝記に基づいて大師を讃嘆する内容である。

三点目も『京都古書組合総合目録』第二一号（二〇〇八年一一月）に掲載された軸装の「三帖和讃切」（〔図18〕）で、同目録の二九九頁に三〇三〇番として見える。大きさは縦一九・〇糎×横一三・五糎で、他の「三帖和讃切」と同様に、漢字カタカナ交じりの四行書きで、本文一行目を一字分高く書き出す字配りが採られている。極札が附属するか否かは不明であるが、目録には「伝蓮如上人筆メクリ」とある。次に翻刻を掲出する。

〔図18〕「正像末法和讃切」（『京都古書組合総合目録』第二一号掲載）

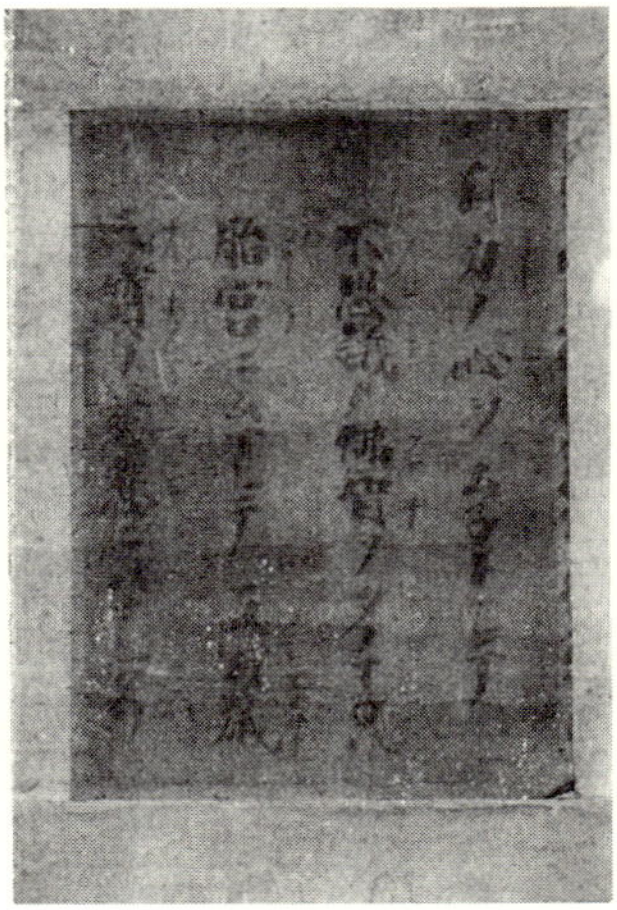

〔翻刻〕

自力《ジリキ》ノ心《シム》ヲムネトシテ
不思議《フシキ》ノ仏智《フチチ》ヲタノマネハ
胎宮《タイク》ニムマレテ五百歳《コヒヤクサイ》
三宝《サンホフ》ノ慈悲《シヒ》ニハナレタリ

この古筆切は親鸞作の『三帖和讃』のうち、『正像末法和讃』の「愚禿述懐」の中の一首である。『大無量寿経』の「仏告慈氏、若有衆生、以疑惑心、……此諸衆生、生彼宮殿、寿五百歳、常不見仏、不聞経法、不見菩薩、声聞聖衆」という経文に基づいている。

おわりに

以上、手鑑『披香殿』所収の仏教関連古筆切資料として、伝向阿筆「西要抄切」、伝法守法親王筆「槇尾切」、伝蓮如筆「浄土和讃切」の三種を紹介した。いずれも歌謡史上、とりわけ仏教歌謡史上きわめて貴重な古筆切であるにもかかわらず、看過されてきた断簡ばかりである。今後、さらなるツレの断簡の探索と位置付けが不可欠と言えよう。

注

（1）拙稿「伝法守法親王筆古筆切仏教歌謡資料について」（『大阪教育大学紀要（第Ⅰ部門）』第四三巻第二号〈一九九五年二月〉／『中世歌謡の文学的研究』〈一九九六年・笠間書院〉第一部第三章第三節所収）、拙稿「三部仮名抄の古筆切について―伝向阿筆「三部仮名抄切」と住蓮筆「星切」をめぐって―」（『大阪教育大学紀要（第Ⅰ部門）』第四四巻第一号〈一九九五年九月〉／『中世歌謡の文学的研究』第一部第三章第二節所収）、拙稿「仏教関連古筆切資料考」（『学大国文』第四七号〈二〇〇四年三月〉／『韻文文学と芸能の往還』〈二〇〇七年・和泉書院〉Ⅰ論考編第二章第五節所収）。

（2）拙稿「三部仮名抄の古筆切について―伝向阿筆「三部仮名抄切」と住蓮筆「星切」をめぐって―」（『大阪教育大学紀要（第Ⅰ部門）』第四四巻第一号〈一九九五年九月〉／『中世歌謡の文学的研究』〈一九九六年・笠間書院〉第一部第三章第二節所収）、拙稿「仏教関連古筆切資料考」（『学大国文』第四七号〈二〇〇四年三月〉／『韻文文学と芸能の往還』〈二〇〇七年・和泉書院〉Ⅰ論考編第二章第五節所収）。なお、近時紹介の古筆手鑑『かたばみ帖』にも小林強氏蔵古筆切と、本節紹介の『披香殿』所収古筆切とツレの「西要抄切」が押されている。詳細は石澤一志・久保木秀夫・佐々木孝浩・中村健太郎『日本の書と紙―古筆手鑑『かたばみ帖』の世界』（二〇一二年・三弥井書店）参照。

（3）近時、「仏餉切」の新出資料が管見に入った。当該の古筆切は大垣博氏所蔵である。大きさは縦一三・二糎×横一三・〇糎で本文は六行書きである。四方に金紙の縁取りがある。筆跡、行数、字配り、大きさなど、今日「仏餉切」とされる他の古筆切とツレの関係にあるものと見做される。附属する極札は二枚で、ともに「仁和寺宮法守親王罪業もとより（印）」とある。そのうち一枚が縦一四・三糎×横二・二糎で、古筆本家の「琴山」の極印、残る一枚は縦一六・五糎×横二・二糎で、古筆本家九代目古筆了意の朱印が押されている。本文は和讃が漢字と平仮名交じりで記され、他の「仏餉切」と同様に節博士は見えない。詳細については、後日報告する予定であるが、ここに翻刻のみを掲出しておく。なお、翻刻に際しては元の古筆切の字配り通りとすることを旨とした。

［翻刻］

罪業もとよりむなしく

て

妄想顚倒より

をこる

無漏実徳の名号に

消滅することいと

やすし

（4）石澤一志・久保木秀夫・佐々木孝浩・中村健太郎『日本の書と紙―古筆手鑑『かたばみ帖』の世界』（二〇一二年・三弥井書店）参照。

2　『浄土百歌仙』翻刻と解題

はじめに

江戸期には、和歌や歌謡といった韻文文芸を用いて教訓、もしくは宗教的な教養を説いた作品が数多く生み出された。稿者は近年それら作品の発掘と位置付けを進めているが、その一種に『浄土百歌仙』という外題の版本がある。安政三年（一八五六）の刊で、東京国立博物館蔵本、東京大学総合図書館蔵本、東北大学附属図書館狩野文庫蔵本、大阪市立大学附属図書館森文庫蔵本、西尾市立図書館岩瀬文庫蔵本、国文学研究資料館蔵本など多くの伝本があり、現在約三〇種を確認したが、同版で同内容であるので、各本ごとの詳細については省略に従う。

本節では大阪教育大学小野研究室蔵の『浄土百歌仙』（［図19］）を解題を付して翻刻紹介し、この分野の研究推進に向けての呼び水となることを期したい。なお、翻刻に際しては通行の字体に改めるとともに、意味に基づいて仮名に濁点を施した。また、歌順に従って算用数字の歌番号を新たに付した。

一　『浄土百歌仙』翻刻

善光寺如来　風雅

［図19］『浄土百歌仙』冒頭部

1　まちかねて歎くとつげよみな人にいつもいつとていそがざるらん
真如堂如来　玉葉

2　弥陀たのむ人は雨夜の月なれや雲はれねどもにしへこそゆけ
清水寺観世音　玉葉

3　いかにせん日は暮方になりぬれど西へゆくべき人のなき世を
石清水八幡宮　玉葉

4　極楽にうまれんと思ふこゝろにて南無阿弥陀仏といふぞ三しん
春日大明神　玉葉

5　つく〴〵とおもひしとけばたゞひとつ菩提のみちぞこの山の道
熊野大権現　玉葉

6　色ふかく思ひけるこそうれしけれ本の誓をさらにわすれじ
日吉聖真子　玉葉

7　千早ぶる玉のすだれを巻あげて念仏の声をきくぞうれしき
新熊野権現　玉葉

8　夜もすがら仏のみ名を唱ふればこと人よりもなつかしきかな
菩提寺講堂の柱に虫のくひたる哥　新古今

9　しるべある時にだにゆけ極楽のみちにまどへる世の中の人
聖徳太子　玉葉

10　いそげ人みだのみふねのかよふ世にのりおくれなばいつかわたらん
円光大師　玉葉

11　柴の戸にあけくれかゝるしら雲をいつむらさきのいろに見なさん
空也上人　拾遺

12　ひとたびもなむあみだぶといふ人のはちすのうへにのぼらぬはなし
僧都源信　続古今

13　極楽をねがふ思ひの煙りこそむかへの雲とやがてなるらめ
律師永観　続古今

14　いにしへにいかなる契ありてかは弥陀につかふる身となりにけん
大僧正慈円　新古今

15　極楽へまだわがこゝろゆきつかずひつじのあゆみしばしとゞまれ
大僧正隆弁　続古今

16　心なきうゑ木ものりをとくなれば花もさとりをさぞひらくらん
前大僧正慈澄　新続古今

17　紫の雲のむかへをまつの戸に心を遠くかくるふぢ波
前大僧正忠源　玉葉

18　夜もすがら西にこゝろのひく声にかよふあらしの音ぞ身にしむ

権少僧都房厳　新後選

19　秋ふかくしぐるゝ西の山かぜにみなさそはれてゆくこのはかな

法印定為　新千載

20　ちかひおくおなじ蓮の台こそのこるうきみの頼みなりけれ

法眼行済　新千載

21　つゆの身の置処とてたのむ哉さとりひらけしはなの台を

法眼能信　新後撰

22　夕暮のたかねをいづる月影も入るべきかたをわすれやはする

法眼俊快　続拾遺

23　うき世にはなをとゞめじとおもへども此人かずにいかでいらまし

法橋顕昭　玉葉

24　やよやまてかたぶく月にことづてん我もにしへといそぐ心あり

湛空上人　続後撰

25　六の道いくめぐりしてあひぬらん十こゑ一声すてぬちかひに

双救上人　新拾遺

26　さらにまた尋ね来つれどすみなれしむかしの花のみやこなりけり

法円上人　新古今

27　南無阿弥陀仏の御手にかくるいとのをはりみだれぬこゝろともがな

示証上人　新後拾遺

28　入月のなごりをそへてしたふ哉峯より西の雲のをちかた
賢珠上人　新後拾遺

29　濁る世の人の心をそのまゝにすてぬちかひをたのむばかりぞ
円空上人　玉葉

30　くもりゆく人の心のすゑの世をむかしのまゝにてらす月かげ
禅空上人　続拾遺

31　夕日かげさすかと見えて雲間よりまがはぬはなの色ぞちかづく
覚鑁上人　続千載

32　のりつめる人をしわたすふねなればにしのながれにさほやさゝまし
彰空上人　続千載

33　さのみよもいる月かげもしたはれじにしにこゝろをかけぬ身ならば
漸空上人　続千載

34　見せばやと花のなかばを残してもたれふる里のわれをまつらむ
耀空上人　続千載

35　弥陀たのむ心のうちにへだてなき仏はさらに身をもはなれず
如空上人　新千載

36　西へ行道のしるべは中々にたゞおろかなるこゝろなりけり
順空上人　新後撰

37　こゝにやりかしこによばふ道はあれど我心よりまよふとをしれ

38　覚空上人　新千載
立ならぶかげやながらん万代の後まで照す法のともし火

39　兼空上人　新拾遺
よしあしの人をわかじとはすのはなこゝのしなまでさきかはるなり

40　浄阿上人　新千載
おろかなる身はしもながらむらさきの雲のむかへをまたぬ日もなし

41　寂然法師　新古今
音にきく君かもいつかいきの松まつらんものを心づくしに

42　寂蓮法師　新古今
これやこのうき世の外の春ならん花の戸ぼその明ぼのゝそら

43　千観法師　続千載
極楽のみだのちかひにすくはれてもるべき人もあらじとぞ思ふ

44　西行法師　続千載
西へゆく月をやよそに思ふらんこゝろにいらぬひとのためには

45　寿証法師　新後撰
三芳野ゝみつわけ山の滝津せもすゑはひとつのながれなりけり

46　僊慶法師　拾遺
極楽ははるけきほど、聞しかどつとめていたるところなりけり

願蓮法師　新後拾遺

47　にごりある水にも月は宿るぞとおもへばやがてすむこゝろ哉
信生法師　続拾遺

48　よしさらばわれとはさゝじあまをぶねみちひくしほのなみにまかせて
蓮生法師　新後撰

49　おもひたつ心ばかりをしるべにてわれとはゆかぬみちとこそきけ
頓阿法師　新続古今

50　山の端の入日をかへす袂にも西にこゝろをかくるとぞ見し
覚鑁上人母　続千載

51　そこ清きこゝろのみづのすみぬればながるゝすゑもにしへこそゆけ
郁芳門院安芸　新勅撰

52　さはりなくいるひを見てもおもふかなこれこそにしの門出なりけれ
皇太后宮大夫俊成女　続後撰

53　秋かぜの峯のしら雲はらはずは有明のそらに月を見ましや
皇后宮肥後　金葉

54　をしへ置て入にし月のなかりせばいかで心をにしにかけまし
従三位親子　風雅

55　心をばかねて西にぞおくりぬるわがみをさそへ山のはの月
従三位為子　玉葉

56　むらさきの雲たな引てはたちあまりいつゝのすがたまちみてしがな

57　田口重如　金葉
たゆみなくこゝろをかくる弥陀仏人やりならぬ誓ひたがふな

58　源季広　新勅撰
月かげはいる山のはもつらかりきたえぬひかりをみるよしもがな

59　大江頼重　新後撰
草の原ひかりまちとる露にこそ月もわきてはかげやどしけれ

60　平康頼　千載
鳥の音も浪のおとにぞ通ふなるおなじみ法をきけばなりけり

61　神祇伯顕仲　千載
いさぎよき浦に影こそうかびぬれしづみやせんとおもふわが身を

62　祝部成賢　新後撰
身をさらぬ日吉のかげをひかりにて此世よりこそやみははれぬれ

63　基俊朝臣　新後撰
すみのぼる月の光をしるべにてにしへもいそぐわがこゝろ哉

64　源具親朝臣　続古今
うきみをも捨ぬ誓をまちわびぬむかへの雲よそらだのめすな

65　源邦長朝臣　新千載
世にこゆる誓のうみにみをつくしたつるしるしはいつもくちせじ

源兼氏朝臣　新千載

66　名のりする雲ゐのこゑは郭公月見よとてのしるべなりけり
丹波経長朝臣　玉葉

67　世にこゆる誓のふねをたのむかなくるしき海にみはしづめども
資隆朝臣　玉葉

68　草の庵につゆきえぬとや人はみるはちすの花に宿りぬる身を
菅原在良朝臣　続千載

69　紫の雲井をねがふ身にしあればかねてむかへを契こそおけ
源俊頼朝臣　金葉

70　阿弥陀仏ととなふる声を梶にしてくるしき海をこぎはなるらむ
中原師光朝臣　新後撰

71　三十あまりふたつのすがたたへなればいづれもおなじはなのおもかげ
従三位行能　続後撰

72　月も日もかげをばにしにとゞめおきてたえぬ光ぞみをてらしける
皇太后宮大夫俊成　新古今

73　今ぞこれいる日を見てもおもひこし弥陀のみ国のゆふぐれのそら
大蔵卿隆博　新後撰

74　たちかへりまたぞしづまん世にこゆるもとの誓のなからましかば
前参議教長　玉葉

75　たれもみなわたる心をはしとして上なきみちにすゝむ成けり

前中納言為相　新続古今
76 へだつなよつひには西とたのむ身を心をやどす山の端の月

権中納言具行　新続古今
77 山のはの入日をいかでかへしけんわれだに西にいそぐ心を

権中納言経平　続拾遺
78 窓の月軒ばのはなのをり〳〵は心にかけて身をや頼まむ

前大納言為氏　新千載
79 一たびもその名を聞てたのむこそうへなき道のしるべなりけれ

前大納言為家　新後拾遺
80 船よばふ声にむかふる渡守うき世のきしにたれかとまらむ

後九条前内大臣　新続古今
81 西の海みちひくしほにまかせつゝわれとはさゝぬのりの早船

堀川入道前右大臣　千載
82 入月を見るとや人の思ふらんこゝろをかけて西にむかへば

後光明院前関白左大臣　風雅
83 こと浦にくちてすてたるあまをぶねわが方にひく浪もありけり

入道摂政左大臣　続千載
84 古郷にのこる蓮はあるじにてやどる一夜に花ぞひらくる

入道前大（ママ）政大臣　続千載

85 紫の雲をもかくしてまち見ばやいほりの軒にかゝる藤なみ
　後京極摂政前大政《（ママ）》大臣　新続古今

86 この世よりはちすの糸にむすぼゝれにしに心のひくわがみかな
　六条入道前大政《（ママ）》大臣　新千載

87 はかなくぞかたぶく月をしみけるさこそは西へゆかまほしけれ
　円光院入道前関白大政《（ママ）》大臣　新千載

88 一声にみつの心のありとだにたのまぬほどやなほまよひけむ
　二品法親王覚法　続千載

89 藤花わがまつ雲の色なればこゝろにかけてけふもながめつ
　入道二品法親王覚性　続千載

90 へだてなき心の月はむらさきのくもとゝもにぞ西へゆきける
　入道二品法親王性助　新千載

91 西へゆく月に契りてむすびても心にかゝるむらさきのくも
　欣子内親王　新拾遺

92 徒にまたこのたびもこゆるぎのいそがで法のふねにおくるな
　選子内親王　金葉

93 阿弥陀仏と唱ふる声に夢さめて西へかたぶく月をこそ見れ
　式子内親王　新後撰

94 露のみに結べるつみはおもくとももらさじものをはなのうてなに

徽安門院　新千載

95 たのむぞよいつゝのさはりふかくともすてぬ仏の誓ひひとつを

後小松院　新続古今

96 皆人のゆきてうまるゝやどりこそうき世のさがのにしにありけれ

後嵯峨院　新続古今

97 言のはにみつととけども一すぢにまことをいたすこゝろなりけり

土御門院　新拾遺

98 にしへとやみのりのかどををしふらんさきだちてゆく秋のよの月

花山院　続古今

99 あだにちるはなみるだにもあるものをたからのうゑ木おもひこそやれ

仁明天皇　新拾遺

100 いつのまにいとふ心をかつ見つゝはちすにおかばわがみなるらむ

大《ナル》哉和歌《ノ》之為《ル》レ徳動《シ》二天地《ヲ》一感《セシメ》二鬼神《ヲ》一化《ス》二人倫《ヲ》一矣茲今《ニ》二十一代和歌集釈教《ノ》中関二係于我浄土法《ニ》一者抄二出《シ》百首《ヲ》一模二写《シ》於歌人《ノ》之肖像《ヲ》一勒《シテ》為二一巻《ト》一名《ケテ》曰二浄土百歌仙《ト》一以備二童蒙《ノ》玩弄《ニ》一偏使《ク》下二視聴之傭《ヲ》一勝縁《ヲ》乎結《スバ》中無量寿《ノ》之浄域《ニ》上嗟乎仏種《ハ》縁《ヨリ》起《ル》其《レ》誰《レカ》謂《ン》二此《ヲ》不《スト》レ是《ナラ》干時

安政三年次丙辰仲春尾陽隠衲某跋

近藤伊一画幷書　印

行年六十五

聖衆来迎庵蔵版

真崎普房彫

二　『浄土百歌仙』解題

『浄土百歌仙』（以下、本書と呼ぶ）は仏教信仰のうち、特に浄土教信仰に基づく釈教歌一〇〇首を集成した書物である。和歌の作者である歌人たちを半丁分の絵入りで歌とともに掲げる体裁は、江戸期の『百人一首』や異種百人一首の版本群に倣った形式と言える。稿者が既に紹介した同時期の道歌集『道歌心の策《むち》』『道歌百人一首　麓枝《ふもとのし》折《おり》』『念仏道歌西之台《にしのうてな》』も、同様の体裁を採っている。[1] また、一二〇首の道歌を収録する『念仏道歌西之台』は、本書と同様に浄土教信仰の理念に基づいた和歌を収録しており、道歌と銘打つものの、実質は浄土教信仰に関わる釈教歌で構成されている点に注意が必要である。そして、またこれら浄土教信仰を歌う釈教歌集成ときわめて近い位置に、『うすひき哥信抄』といった教化歌謡集があることも忘れてはならない。[2] 本書はそういった一連の書物と姉妹関係を有しているのである。[3]

本書『浄土百歌仙』には、いくつかの特記すべき点が挙げられる。まず第一に、一〇〇首すべてを勅撰和歌集から撰歌している点が指摘できる。一〇〇首は二十一代集のうち、『拾遺集』以下一六の撰集に入集した和歌から構成されている。具体的には『拾遺集』二首（うち一首は『拾遺抄』にも採られており、もう一首は『千載集』との重出歌である）、『金葉集』四首、『千載集』四首（『拾遺集』との重出歌一首を含む）、『新古今集』六首、『新勅撰集』二首、『続後撰集』四首、『続古今集』五首、『続拾遺集』五首、『新後撰集』一一首、『玉葉集』一四首、『続千載集』九首、

『風雅集』四首、『新千載集』一四首、『新拾遺集』五首、『新後拾遺集』四首、『新続古今集』八首の合計一〇〇首（重出歌が一例あるので数字上の合計は一〇一首）である。なお、本書には釈教歌の前に作者名とともに集付が施されているが、五箇所に誤りがある。本書10番歌の聖徳太子の歌には「玉葉」という集付が見られるが、実際には掲出の歌は『風雅集』に見られるもので、『玉葉集』には存在しない。同様に30番歌の集付「玉葉」は『続拾遺集』の誤り、34番歌と35番歌の「続千載」は『新千載集』の誤り、84番歌の「続千載」は『続後撰集』の誤りである。典拠となった勅撰集での部立は、基本的には釈教部の和歌で占められるが、釈教部の部立のない『拾遺集』『金葉集』収録歌では、もっとも性格の近い哀傷部や雑部下巻に収録されている。参考までに、それぞれの歌の典拠となった勅撰集名、部立名、歌番号（新編国歌大観番号）、作者名を一覧にして左に掲出しておく。なお、ゴチック体は集付の誤りを正した箇所である。

1　風雅集・釈教・二〇四〇・善光寺如来
2　玉葉集・釈教・二六二〇・真如堂如来
3　玉葉集・釈教・二六二二・清水寺観世音
4　玉葉集・釈教・二六二一・石清水八幡宮
5　玉葉集・神祇・二七二八・春日大明神
6　玉葉集・神祇・二七三八・熊野大権現
7　玉葉集・神祇・二七三五・日吉聖真子
8　玉葉集・神祇・二七三四・新熊野権現
9　新古今集・釈教・一九二二・菩提寺講堂の柱に虫のくひたる哥
10　**風雅集**・釈教・二〇四一・聖徳太子
11　玉葉集・釈教・二六三五・源空上人（円光大師）
12　拾遺集・哀傷・一三四四・空也上人／拾遺抄・雑下・五七九・空也法師
13　続古今集・釈教・八〇五・僧都源信
14　続古今集・釈教・八〇四・前律師永観
15　新古今集・釈教・一九三三・前大僧正慈円
16　続古今集・釈教・八〇九・大僧正隆弁
17　新続古今集・釈教・八二四・前僧正慈澄
18　玉葉集・釈教・二六九八・前大僧正忠源

19 新後撰集・釈教・六七〇・権少僧都房厳
20 新千載集・釈教・八九二・法印定為
21 新千載集・釈教・八九三・法眼行済
22 新後撰集・釈教・六七七・法眼能信
23 続拾遺集・釈教・一三九〇・法眼俊快
24 玉葉集・釈教・二六九七・法橋顕昭
25 続後撰集・釈教・六一〇・湛空上人
26 新拾遺集・釈教・一四九四・双救上人
27 新古今集・釈教・一九二四・法円上人
28 新後拾遺集・釈教・一四八九・示証上人
29 新後拾遺集・釈教・一四九四・賢珠上人
30 **続拾遺集**・釈教・一三八七・円空上人
31 続拾遺集・釈教・一三八八・禅空上人
32 続千載集・釈教・一〇一九・覚鑁上人
33 続千載集・釈教・一〇二一・彰空上人
34 **新千載集**・釈教・八九一・漸空上人
35 **新千載集**・釈教・八八二・耀空上人
36 新千載集・釈教・八八六・如空上人
37 新後撰集・釈教・六七五・順空上人

---

38 新千載集・釈教・九三五・覚空上人
39 新拾遺集・釈教・一四九六・兼空上人
40 新千載集・釈教・八八九・浄阿上人
41 新古今集・釈教・一九五九・寂然法師
42 新古今集・釈教・一九三八・寂蓮法師
43 続千載集・釈教・一〇二四・千観法師
44 続千載集・釈教・九七六・西行法師
45 新後撰集・釈教・六六九・寿証法師
46 拾遺集・哀傷・一三四三・仙慶法師／千載集・雑下・一二〇一・空也上人
47 新後拾遺集・釈教・一四九三・願蓮法
48 続拾遺集・釈教・一三八九・信生法師
49 新後撰集・釈教・六七四・蓮生法師
50 新続古今集・釈教・八六〇・頓阿法師
51 続千載集・釈教・一〇一八・覚鑁上人母
52 新勅撰集・釈教・六二二・郁芳門院安芸
53 続後撰集・釈教・六〇九・皇太后宮大夫俊成女
54 金葉集〈二度本〉・雑下・六三一・皇后宮肥後／金葉集〈三奏本〉・雑下・六二三・皇后宮肥後

55 風雅集・釈教・二〇九八・従三位親子
56 玉葉集・釈教・二六八二・従三位為子
57 金葉集〈二度本〉・雑下・六四六・田口重如／金葉集〈三奏本〉・雑下・六三八・田口重如
58 新勅撰集・釈教・六〇九・源季広
59 新後撰集・釈教・六六三・大江頼重
60 千載集・釈教・一二五二・平康頼
61 千載集・釈教・一二三二・神祇伯顕仲
62 新後撰集・釈教・六六〇・祝部成賢
63 新後撰集・釈教・六七六・基俊
64 続古今集・釈教・八〇七・源具親朝臣
65 新千載集・釈教・八九六・源邦長朝臣
66 新千載集・釈教・八八五・源兼氏朝臣
67 玉葉集・釈教・二六三八・丹波経長朝臣
68 玉葉集・釈教・二六八一・藤原資隆朝臣
69 続千載集・釈教・一〇二六・菅原在良朝臣
70 金葉集〈二度本〉・雑下・六四七・源俊頼朝臣／金葉集〈三奏本〉・雑下・六三九・源俊頼朝臣
71 新後撰集・釈教・六五九・中原師光朝臣

72 続後撰集・釈教・六〇三・従三位行能
73 新古今集・釈教・一九六七・皇太后宮大夫俊成
74 新後撰集・釈教・六六四・前大蔵卿隆博
75 玉葉集・釈教・二六八三・参議教長
76 新続古今集・釈教・八五九・前中納言為相
77 新続古今集・釈教・八六一・権中納言具行
78 続拾遺集・釈教・一三八六・権中納言経平
79 新千載集・釈教・八八四・前大納言為氏
80 新後拾遺集・釈教・一四九六・前大納言為家
81 新続古今集・釈教・八五四・後九条前内大臣
82 千載集・釈教・一二〇八・堀川入道左大臣
83 風雅集・釈教・二〇九三・後光明照院前関白左大臣
84 **続後撰集**・釈教・六一六・入道前摂政左大臣
85 続千載集・釈教・一〇二五・入道前太政大臣
86 新続古今集・釈教・八二七・後京極摂政前太政大臣
87 新千載集・釈教・八八七・六条入道前太政大臣
88 新千載集・釈教・八八三・円光院入道前関白太政

大臣
89　続千載集・釈教・一〇二七・二品法親王覚法
90　続千載集・釈教・一〇二九・入道二品親王覚性
91　新千載集・釈教・八八八・入道二品親王性助
92　新拾遺集・釈教・一四九一・欣子内親王
93　金葉集〈二度本〉・雑下・六三〇・選子内親王／金葉集〈三奏本〉・雑下・六二二・選子内親王

94　新後撰集・釈教・六七二・式子内親王
95　新千載集・釈教・八九五・徽安門院
96　新続古今集・釈教・八四七・後小松院御製
97　新続古今集・釈教・八四八・後嵯峨院御製
98　新拾遺集・釈教・一五一六・土御門院御製
99　続古今集・釈教・八一〇・花山院御歌
100　新拾遺集・釈教・一四九九・仁明天皇御製

本書の特徴のひとつに、釈教歌作者の配列が必ずしも時代順とはなっていないことが挙げられる。もちろん典拠となった勅撰集の成立順でもない。これは『念仏道歌西之台』と共通する特徴で、作者を生存年代順に厳密に配列する『道歌心の策』『道歌百人一首麓枝折』とは相違がある。さらに、本書の作者名表記の中には、典拠となった勅撰集の作者表記と若干の相違を有するものも見られる。これは翻刻と典拠一覧とを比較すれば、容易に確認できるので、具体的な指摘については省略に従いたい。

おわりに

以上、大阪教育大学小野研究室蔵『浄土百歌仙』についての基礎的な紹介を行った。今後、江戸期の道歌・釈教歌・教化歌謡にかかわる資料の集成が進み、それぞれの相関関係や享受層の問題が解明されることを切に望む次第である。

注

（1）拙稿「『道歌心の策』小考」（『禅文化研究所紀要』第二八号〈二〇〇五年一二月〉／『韻文文学と芸能の往還』〈二〇〇七年・和泉書院〉Ⅰ論考編第一章第十節所収）、「『念仏道歌西之台』翻刻と解題」（『大阪教育大学紀要〈第Ⅰ部門〉』第五六巻第一号〈二〇〇七年九月〉）参照。

（2）拙稿「『うすひき哥信抄』翻刻と解題」（『歌謡　研究と資料』第一〇号〈二〇〇六年一二月〉）参照。

（3）『念仏道歌西之台』『うすひき哥信抄』とは、浄土教信仰にかかわる歌のみを集成した書物として共通した性格を有している。ただし、『道歌心の策』は禅宗にかかわる釈教歌を集成した書物であり、『道歌百人一首麓枝折』は浄土教や禅宗、その他幅広い宗旨の釈教歌を収録しており、『浄土百歌仙』所収の釈教歌とは内容的な隔たりがある。

3　『釈教和歌百人一首』翻刻と解題

はじめに

江戸期に刊行された道歌集の中に、常陸国鹿島郡鳥栖村（現在の茨城県鉾田市鳥栖一〇一三番地）にあった光明山無量寿寺住職の順道（文化九年〈一八一二〉～天保一〇年〈一八三九〉）が編集し、刊行した『釈教和歌百人一首』（以下、本書と呼ぶ）と題する一書がある。この書は「百人一首」と銘打たれるように、一〇〇人の仏教信仰を主題とする歌、すなわち釈教歌を各一首ずつ合計一〇〇首収録する歌集である。収録された歌は仏教信仰を通じて人としての生き方を教訓的に説く内容を有しており、道歌と呼ぶべき性格を持っている。なお、無量寿寺は親鸞聖人にゆかりのある古刹で、本書の編者順道はその寺院の二十一世を務めたが、父親の順宣とともに、蛮社の獄に連座し、短い生涯を閉じた。

稿者は江戸期の道歌集に注目し、これまで『道歌心の策』、『道歌百人一首麓枝折』、『一休和尚いろは歌』、『念仏道歌西之台』、如雲舎紫笛『いろはうた』、『浄土百歌仙』、『一休狂歌雀』について考察を加えてきた[1]。本節では江戸期の道歌集のうち、従来未紹介であった『釈教和歌百人一首』を取り上げ、基礎的な考察を行う。まずは大阪教育大学小野研究室蔵『釈教和歌百人一首』を翻刻紹介しつつ、本書の意義を明らかにすることを目的としたい。

［図20］『釈教和歌百人一首』表紙

一　『釈教和歌百人一首』翻刻

ここに翻刻紹介する『釈教和歌百人一首』は、大阪教育大学小野研究室蔵の仮綴じの版本である。同書は縦二八・二糎×横一九・五糎の一冊本で、全六丁からなる。第一丁は表紙である。中央に二重の四角囲みを置き、その中に「釈教和歌百人一首」という外題が摺られ、周りには唐人が夕陽を指さしている絵が描かれている。そして、外題の右に「照すらん入日を見てもそなたぞと」、左に「たのむ誓ひはきくもかしこし」という道歌の上句と下句が見え、左端には四角囲みで「常州稲田御禅坊」とある（［図20］）。本書の伝本は従来ほとんど知られておらず、『国書総目録』『古典籍総合目録』にも未掲載である。管見に入った唯一の他本として、名古屋市蓬左文庫蔵の仮綴版本がある。同書は大阪教育大学小野研究室蔵本と同一の版である。

以下、翻刻に際しては通行の字体に改めるものの、仮名遣い、ルビ等は原文の通りとし、仮名に施された濁点も元のままとした。また、道歌の歌順に従って冒頭部分に算用数字の歌番号を付した。

【翻刻】

『釈教和歌百人一首』

照すらん入日を見てもそなたぞとたのむ誓ひはきくもかしこし

常州稲田御禅坊

1　極楽に今帰るなり世の中の迷へる人の道しるべして　聖徳太子
2　極楽ははるけきほとゝきゝしかどつとめていたるところなりけり　空也上人
3　いにしへにいかなる契りありてかは弥陀につかふる身となりにけん　永観律師
4　我たにもまつ極楽にむまれなはしるもしらぬも皆むかへてん　恵心僧都
5　あみた仏十声となへてまどろまんなかき寝りに成もこそすれ　法然上人
6　夢さむるかねのひゞきに打そへて十度の御名をとなへつる哉　西行法師
7　目しゐたる亀のうき木に逢なれやたま〳〵得たか法のはし船　高弁上人
8　弥陀たのむ心のうちにへたてなき仏はさらに身をもはなれす　耀空上人
9　紫の雲のむかへをまつはなを心の月のはれぬなりけり　法印知海
10　釈迦阿弥陀おなし教のひとつ道よふもをくるも誓たかふな　左京大夫行家
11　こゝにやりかしこによはふ道はあれと我心より迷ふとをしれ　順空上人
12　たのむそよ五つの障りふかくとも捨ぬ仏の誓ひひとつを　徽安門院
13　露の身にむすへる罪は重くとももらさしものを花の台に　式子内親王
14　なむあみたとはかり聞そ身をかへぬ此世なからの仏なりける　逍遥院
15　世にこゆる誓ひの船をたのむ哉くるしき海に身はしつめとも　丹波経長朝臣
16　おもひきや憂世をいとふおりふしに誓の船や渡り逢けん　室津遊女
17　あみた仏ととなふる声をかぢにてやくるしき海を漕はなるらん　源俊頼

18　六の道いくめくらしてあひぬらん十声一声すてぬ誓に　湛空上人
19　にこる世の人の心をそのまゝに捨ぬちかひを頼はかりそ　賢珠上人
20　ふたつなく頼むになれはをのつから三のこころはありける物を　権僧正公朝
21　舟よぼ(ママ)ふ声にむかふる渡し守憂世の岸に誰かとまらん　為家
22　よしさらは我とはさゝじ海人に舟みちひく塩の浪に任て　信生法師
23　世にこゆるちかひの海のみをづくし立るしるしはいつも朽まし　源邦長朝臣
24　おしへをく其品々の法の門開くる道はひとつなりけり　後伏見院
25　法の道入べき門はかはれどもつゐには同し悟とそきく　如月法師
26　西へ行道より外はいまの世に憂世を出る門やなからん　頓阿法師
27　九年までざぜんするこそむやくなれ誠の時は弥陀の一声　一休禅師
28　のりの水ひとつなかれをむすひても心々にすゑそなり行　大僧正公澄
29　法のみな消なん後の末までもみたのおしへぞ猶残るへき　俊成
30　あたにちる花見るだにも有物を宝のうへ木思ひこそやれ　花山院
31　心なきうへ木も法をとくなれば花もさとりをさぞ開くらん　大僧正隆弁
32　おしめども常ならぬ世の花なれは今は此身を西にもとめん　鳥羽院
33　梅の花色をもかをもみのりとはさとりひらけて見人そみる　前大僧正祐性
34　今そしる冬こもりせる草も木も花は咲べきたねしありとは　有長朝臣
35　この世たに月待ほどはくるしきに哀いかなるやみにまとはん　神祇伯顕仲
36　長き夜の深行月を詠ても近づくやみをしる人そなき　後京極摂政

37　入月を見るとや人はおもふらんこゝろをかけて西に向は　堀川入道右大臣

38　諸ともにおなし憂世に住月のうら山しくも西へ行哉　長国妻

39　西ゑ行月に心のすみぬれは憂世の中はねられざりけり　天台座主院源

40　かり染のうき世ばかりの恋にだにあふに命をおしみやはする　勝命法師

41　うけがたき身をいたづらになす物は後の世しらぬ心成けり　平政長

42　うけがたきむくひのほとのかひもなし誠の道に又まよひなは　法眼源承

43　誰ゆへに此度かゝる身をうけてまた有がたき法に逢らん　覚源

44　身を思ふ人こそげにはなかりけれうかるべき世の後を知ねは　円空上人

45　行すゑはまよふならひと知なから道を求めぬ人そはかなき　僧正道潤

46　よしもなく地水火風をかりあつめ我どおもふぞくるしかりける　無住和尚

47　かり染に心の宿となれる身を有もの顔に何思ひけん　永福門院

48　皆人のしり顔にして知らぬ（ママ）をかならずしぬるならひ有とは　慈鎮和尚

49　咲にほひかせまつ程の山桜人の世よりは久しかりけり　中納言兼輔

50　いく程かなからへてみん山桜花よりもろき命とおもへば　亀山院

51　花とみし人はほどなく散にけり我身も風を待としらなむ　匡房

52　春ごとに花は散とも咲ぬべしまたあひかたき人の世そうき　三条右大臣

53　あさがほを何はかなしと思ひけむ人をも花はさこそみるらめ　藤原道信朝臣

54　朝かほの露の我身を置なからまづきへにける人そ悲しき　加茂重保

55　紅葉々を風にまかせてみるよりもはかなき物は命成けり　大江千里

56　よそにみしお花か末の白露はあるかなきかのわか身成けり　四条中宮
57　手にむすぶ水にやどれる月影の有か無かの世にこそ有けれ　紀貫之
58　世の中を何にたとへん朝ぼらけこぎ行舟の跡の白浪　沙弥満誓
59　ならひぞとしりてもうきはめの前に人におくるゝ別なりけり　時村
60　あはれともいふべき人は先立て残る我身ぞ有てかひなき　永福門院左京大夫
61　けふよりは露の命もおしからずはちすのうへの玉とちきれば　実方朝臣
62　誓ひおくおなし蓮の台こそ残る憂身の頼なりけれ　定為
63　とり辺山こよひも烟たつめりといひて詠めし人もいつらは　俊恵法師
64　みな人のむかしかたりに成行をいつまてよそに聞んとすらん　法橋清昭
65　烟たに立もとまらで限あり人の命のはてぞはかなき　大江広秀
66　いつかわれ苔の袂に露をきてしらぬ山路の月をみるべき　家隆朝臣
67　世の中は何かつねなるあすか川昨日の淵ぞけふは瀬になる　よみ人しらす
68　世の中は夢かうつゝかうつゝとも夢ともしらす有てなければ　よみ人しらす
69　世の中はかくこそみゆれつく〴〵と思へはかりのやとり成けり　藤原高光
70　あかつきの鐘は枕にひゞけども憂世の夢はさめんともせす　内大臣室
71　身のうへにふりゆく霜の鐘の音をきゝおとろかぬ暁ぞなき　参議雅経
72　夕暮は物ぞかなしき鐘の音をあすもきくべき身とし知らねは　和泉式部
73　けふ過ぬ命もしかとおどろかす入あひの鐘の声そ悲しき　寂然法師
74　一こゑのかねのをとこそ哀なれいかなる人のおわり成らん　天台座主澄覚

75　おどろかでけふもむなしく暮ぬなり哀憂世の入あひ空（ママ）　慶政上人
76　思ふこそなきたに安くそむく世に哀捨てもおしからぬ身を　嘉陽門院越後
77　すてしより山のおくにも思ふ身の住れぬものは心成けり　基氏
78　山里にのかれもいらし世の中のうきこそいとふ便なりけり　周嗣法師
79　いとへたゞ難波のあしのかりの世に心とむべき一ふしもなし　法印仲顕
80　いとふへき世のことはりのくるしさも憂身よりこそ思ひ知りぬれ　道然上人
81　かくばかりうきはいかなるむくひぞと身をこそかこて世をは恨みす　直信
82　うきも猶むかしのゆへと思はすはいかに此世を恨はてまし　二条院讃岐
83　数ならず生れける身のことはりに前の世までのつらきをそ知る　円勇
84　おろかなる心をいかゞなぐさめてうきをむくひとおもひわかまし　行生法師
85　世の中のうきは今こそうれしけれ思ひしらずはいとはまじやは　寂蓮法師
86　うきことは世にふるほどのならひぞと思ひもしらて何歎く覧　天台座主慈勝
87　うき身とも今はなけかじとく法にあふはあたなる契ならねは　源中納言
88　世の中はとてもかくてもおなじこと宮もわら屋もはてしなけれは　蝉丸
89　うきたひに猶世をかこつ心こそけに数ならぬ身を忘れけれ　法橋相真
90　命をばいか成人のおしむらんうきにはいける身こそつらけれ　心海上人
91　しら波もよせくるかたにかへるなり人を難波のあしとおもふな　為世
92　あしかれと人をもいはじ難波がた我身のうへに帰るしら浪　平宣時
93　津の国の難波のことも偽は後の世かけてあしとこそきけ　権僧正聖尊

94　燃出る瞋恚のほむら消やらで我と引けん火の車かな　鈴木正三
95　道のべのちりに光をやはらけて神も仏のなのる成けり　崇徳院
96　みな人の祈る心もことはりに背かぬ道を神やうくらん　為守
97　今ははや一夜の夢となりにけり往来《ユキキ》あまたのかりの宿々　存覚上人
98　あわれみを物にほどこす心より外に仏のすかたやはある　覚如上人
99　むかしよりあみたの慈悲にもふされ（ママ）御法の場《ニハ》に生れ来にけり　蓮如上人
100　世の中に尼の心をすてよかし妻牛《メウシ》の角《ツノ》はさもあらはあれ　宗祖聖人

二　『釈教和歌百人一首』解題

『釈教和歌百人一首』は「百人一首」という表題が示すように、一〇〇人（ただし、詠み人知らず歌二首を含む）の仏教信仰を主題とする歌、すなわち釈教歌を各一首ずつ合計一〇〇首収録する歌集である。収録された歌は仏教信仰を通じて人としての生き方を教訓的に説く内容を有しており、道歌と呼ぶべき性格を持つので、本書を道歌集と捉えることとする。歌の配列は必ずしも作者の生没年代順というわけではなく、その作者も、古くは万葉歌人の沙弥満誓（58番歌）から江戸時代初期の鈴木正三（94番歌）までと幅広い。巻頭歌には聖徳太子詠を据えるが、これは『道歌百人一首麓枝折』『念仏道歌西之台』と同様である。また、『浄土百歌仙』は冒頭に九首の神詠を置いた後の第一〇首目に聖徳太子詠を置く。すなわち、『浄土百歌仙』でも人間の詠歌として最初に掲げられているのが、聖徳太子詠ということになり、本書と軌を一にしていると言えよう。これは我が国に最初に仏教を将来した大立物こそ太子であるとの伝承が、広く浸透していたことに拠るものと考えられる。その聖徳太子詠は『釈教玉林和歌集』に収録された歌である。以下、各歌が先行する代表的な撰集のうち、どの撰集に収録されているかについて考察する。

まず、『釈教和歌百人一首』全一〇〇首のうち八二首までが勅撰集収録歌である。勅撰和歌集は『釈教和歌百人一首』の直接の典拠となった可能性が高い。内訳は『古今集』三首、『拾遺集』五首（『千載集』との重出歌一首を含む）、『後拾遺集』一首、『金葉集』一首、『詞花集』四首、『千載集』五首（『拾遺集』との重出歌一首を含む）、『新古今集』七首、『新勅撰集』四首、『続後撰集』一首、『続古今集』一〇首、『続拾遺集』二首、『新後撰集』一〇首、『玉葉集』七首、『続千載集』三首、『続後拾遺集』一首、『風雅集』二首、『新千載集』九首、『新拾遺集』三首、『新後拾遺集』三首、『新続古今集』二首となる。次に『釈教和歌百人一首』所収歌の歌番号を基にした他の歌集との対照一覧を掲出する。なお、他の歌集での作者名表記との差異を明らかにするため、作者名を冒頭に記し、他の歌集名、部立、歌番号、作者名、異同を（ ）内に掲げる。例えば16番歌の「室津遊女」のように、作者名の後が空白で歌集名のない歌は、現在まで他集で管見に入らない歌であることを意味する。それらについては今後も調査を続けていきたい。

1　聖徳太子（『釈教玉林和歌集』巻四・太子御詠）
2　空也上人（『拾遺集』哀傷・一三四三・仙慶法師／『千載集』誹諧歌・一二〇一・空也上人）
3　永観律師（『続古今集』釈教・八〇四・前律師永観）
4　恵心僧都（『新古今集』釈教・一九二五・僧都源信／『釈教三十六人歌合』一八・少僧都源信）
5　法然上人（『和語灯録』五）
6　西行法師（『山家集』雑・八七一）
7　高弁上人（『玉葉集』釈教・二六三三・高弁上人）

8　耀空上人（『新千載集』釈教・八八二・耀空上人）
9　法印知海（『続古今集』釈教・八〇六・法印智海）
10　左京大夫行家（『新撰和歌六帖』第二帖・仏事・八九九）
11　順空上人（『新後撰集』釈教・六七五・順空上人）
12　徽安門院（『新千載集』釈教・八九五・徽安門院）
13　式子内親王（『新後撰集』釈教・六七二・式子内親王）
14　逍遥院（『雪玉集』五四三五・聞名得生）
15　丹波経長朝臣（『玉葉集』釈教・二六三八・丹波経長朝臣）
16　室津遊女
17　源俊頼（『金葉集』雑下・六四七・源俊頼朝臣）
18　堪空上人（『続後撰集』釈教・六一〇・湛空上人）
19　賢珠上人（『新後拾遺集』釈教・一四九四・賢珠上人）
20　権僧正公朝（『夫木和歌抄』雑一六・一六三四五・権僧正公朝）
21　為家（『新後拾遺集』釈教・一四九六・前大納言為家／初句「舟よばふ」）
22　信生法師（『続拾遺集』釈教・一三八九・信生法師）
23　源邦長朝臣（『新千載集』釈教・八九六・源邦長朝臣）
24　後伏見院（『新千載集』釈教・八二四・後伏見院御製）
25　如月法師（『新後拾遺集』釈教・一五〇四・如月法師）
26　頓阿法師（『草庵集』釈教・一三八一）

27　一休禅師
28　大僧正公澄（『新後撰集』釈教・七〇八・前大僧正公澄）
29　俊成（『長秋詠藻』下・四三四）
30　花山院（『続古今集』釈教・八一〇・花山院御歌）
31　大僧正隆弁（『続古今集』釈教・八〇九・大僧正隆弁）
32　鳥羽院（『新古今集』雑上・一四六五・鳥羽院御歌）
33　前大僧正祐性（『新続古今集』釈教・八一七・前権大僧都祐性）
34　有長朝臣（『新千載集』釈教・八二七・源有長朝臣）
35　神祇伯顕仲（『詞花集』雑下・三六〇・神祇伯顕仲女）
36　後京極摂政（『新後撰集』釈教・六五〇・後京極摂政前太政大臣）
37　堀川入道右大臣（『千載集』・釈教・一二〇八・堀川入道左大臣）
38　長国妻（『後拾遺集』雑一・八六八・中原長国妻）
39　天台座主院源（『新拾遺集』釈教・一五一五・天台座主院源）
40　勝命法師（『玉葉集』釈教・二六六六・勝命法師）
41　平政長（『続千載集』雑中・一八八七・平政長）
42　法眼源承（『続拾遺集』釈教・一三九四・法眼源承）
43　覚源（『新後撰集』釈教・六四二・法印覚源）
44　円空上人（『新後撰集』釈教・七〇一・円空上人）
45　僧正道潤（『新後撰集』釈教・七〇三・僧正道潤）

46 無住和尚（『沙石集拾遺』〈異本歌〉一三五）
47 永福門院（『玉葉集』釈教・二六八八・永福門院）
48 慈鎮和尚（『新古今集』哀傷・八三二・前大僧正慈円／三句「知らぬかな」）
49 中納言兼輔（『新勅撰集』雑三・一二二五・中納言兼輔）
50 亀山院（『玉葉集』雑四・二三〇六・亀山院御製）
51 匡房（『千載集』哀傷・五七〇・前中納言匡房）
52 三条右大臣（『続古今集』哀傷・一三九四・三条右大臣）
53 藤原道信朝臣（『拾遺集』哀傷・一二八三・藤原道信）
54 加茂重保（『新勅撰集』雑三・一二四七・賀茂重保）
55 大江千里（『古今集』哀傷・八五九・大江千里）
56 四条中宮（『詞花集』雑下・三五五・四条中宮）
57 紀貫之（『拾遺集』哀傷・一三二二・紀貫之）
58 沙弥満誓（『拾遺集』哀傷・一三二七・沙弥満誓）
59 時村（『玉葉集』雑四・二四三二・平時村朝臣）
60 永陽門院左京大夫（『新拾遺集』哀傷・八六二・永陽門院左京大夫）
61 実方朝臣（『拾遺集』哀傷・一三四〇・実方朝臣）
62 定為（『新千載集』釈教・八九二・法印定為）
63 俊恵法師（『新勅撰集』雑三・一二三四・俊恵法師）
64 法橋清昭（『詞花集』雑下・三五九・法橋清昭）

65　大江広秀（『新続古今集』哀傷・一五九八・大江広秀）
66　家隆朝臣（『新古今集』雑中・一六六四・家隆朝臣）
67　よみ人しらず（『古今集』雑下・九三三・よみ人しらず）
68　よみ人しらず（『古今集』雑下・九四二・よみ人しらず）
69　藤原高光（『続古今集』哀傷・一四四二・藤原高光）
70　内大臣室（『風雅集』雑下・一九〇八・内大臣室）
71　参議雅経（『新勅撰集』雑二・一一七三・参議雅経）
72　和泉式部（『詞花集』雑下・三五七・和泉式部）
73　寂然法師（『新古今集』釈教・一九五五・寂然法師）
74　天台座主澄覚（『続古今集』哀傷・一四七一・天台座主澄覚）
75　慶政上人（『風雅集』釈教・二〇四六・慶政上人／五句「入あひの鐘」）
76　嘉陽門院越後（『続古今集』雑下・一八二二・嘉陽門院越前／初句「思ふこと」）
77　基氏（『続古今集』雑中・一六九三・右兵衛督基氏／二句「山の奥にと」）
78　周嗣法師（『新千載集』雑中・一九三三・周嗣法師）
79　法印仲顕（『新千載集』雑中・一九五一・法印仲顕）
80　道然上人（『続古今集』釈教・八一一・道然上人）
81　直信（『新拾遺集』雑中・一八四五・三善直信）
82　二条院讃岐（『新古今集』釈教・一九六五・二条院讃岐）
83　円勇（『新後撰集』釈教・六八八・法印円勇）

84　行生法師（『新後撰集』雑中・一四一七・行生法師／二句「いかになぐさめて」）
85　寂蓮法師（『千載集』雑中・一一四六・寂蓮法師）
86　天台座主慈勝（『続千載集』雑中・一八八三・天台座主慈勝）
87　源中納言（『草庵集』釈教・一三八六・〈源中納言（詞書）〉）
88　蟬丸（『新古今集』雑下・一八五一・蟬丸）
89　法橋相真（『続千載集』雑下・一九八二・法橋相真）
90　心海上人（『新後撰集』雑中・一四五五・心海上人）
91　為世（『新千載集』釈教・九一一・前大納言為世／二句「よせくるかたに」）
92　平宣時（『拾遺風体和歌集』釈教・五二六・平宣時）
93　権僧正聖尊（『続後拾遺集』釈教・一二九七・権僧正聖尊）
94　鈴木正三
95　崇徳院（『千載集』神祇・一二五九・崇徳院御製）
96　為守（『玉葉集』神祇・二七九二・藤原為守）
97　存覚上人（『釈教玉林和歌集』巻一・存覚法師）
98　覚如上人（『釈教玉林和歌集』巻一・覚如上人）
99　蓮如上人
100　宗祖聖人（『釈教玉林和歌集』巻一・親鸞聖人）

次に、『釈教和歌百人一首』と他の道歌集との関係についてであるが、ここではこれまで拙稿で紹介してきた前掲の道歌集との関係に限定して述べる。すなわち、『道歌心の策』、『道歌百人一首麓枝折』、『一休和尚いろは歌』、

『念仏道歌西之台』、如雲舎紫笛『いろはうた』、『浄土百歌仙』、『一休狂歌雀』との間で、共通して採られた道歌を指摘しておく。左に、『釈教和歌百人一首』所収歌の歌番号を元にした他の道歌集との対照表を掲出する。他の道歌集に見られない歌については省略した。なお、他の道歌集に記載されている出典名や作者名を（　）に記す。

2　『浄土百歌仙』46（『拾遺集』僊慶法師）
3　『浄土百歌仙』14（『続古今集』律師永観）、『念仏道歌西之台』16（禅林永観律師）
6　『念仏道歌西之台』36（佐藤西行法師）
7　『念仏道歌西之台』69（栂尾明慧上人）
8　『浄土百歌仙』35（『続《ママ》千載集』耀空上人）
11　『浄土百歌仙』37（『新後撰集』順空上人）
12　『浄土百歌仙』95（『新千載集』徽安門院）
13　『浄土百歌仙』94（『新後撰集』式子内親王）
15　『浄土百歌仙』67（『玉葉集』丹波経長朝臣）
17　『浄土百歌仙』70（『金葉集』源俊頼朝臣）
18　『浄土百歌仙』25（『続後撰集』湛空上人）
19　『浄土百歌仙』29（『新後拾遺集』賢珠上人）

21　『浄土百歌仙』80（『新後拾遺集』前大納言為家）
22　『浄土百歌仙』48（『続拾遺集』信生法師）
27　『念仏道歌西之台』90（一休和尚）
30　『浄土百歌仙』99（『続古今集』花山院）
31　『浄土百歌仙』16（『続古今集』大僧正隆弁）
37　『浄土百歌仙』82（『千載集』堀川入道前右大臣）
39　『念仏道歌西之台』2（座主院源）
44　『道歌百人一首麓枝折』33（円空上人）
48　『念仏道歌西之台』31（吉水慈鎮和尚）
62　『浄土百歌仙』20（『新千載集』法印定為）
72　『念仏道歌西之台』33（和泉式部）
88　『道歌百人一首麓枝折』9（蝉丸）

以上のように、『浄土百歌仙』との共通歌が一六首ともっとも多く、次いで『念仏道歌西之台』との共通歌が七首見られる。なお、3番の永観の道歌は『浄土百歌仙』と『念仏道歌西之台』の両集に採られている。また、『道歌百人一首麓枝折』と共通する道歌も二首存在している。作者名との関係で注意すべきは、『釈教和歌百人一首』

2番歌が『千載集』を典拠として作者を空也上人としているのに対し、『浄土百歌仙』46番歌は同じ歌を『拾遺集』僊慶法師詠としている点である。

三　『釈教和歌百人一首』の編者順道

『釈教和歌百人一首』の編者は順道である。光明山無量寿寺二十一世を務めた順道は、父親の順宣と共に無人島渡航計画の廉で蛮社の獄に連座し、獄中で短い生涯を閉じた。蛮社の獄は天保一〇年五月に起きた言論弾圧事件で、幕府の鎖国政策を批判した渡辺崋山や高野長英などが捕えられて獄に繋がれた。折しも無量寿寺の住職であった順宣は、林子平の『三国通覧図説』を読んで影響を受け、小笠原諸島への移住を計画していた。これが崋山たちの幕府による鎖国政策への批判と結び付けられ、順宣、順道父子は囚われの身となった。

その後、父子の計画は幕府に許可願いを出していた合法的なものと判明し、順宣は釈放されることになるが、既に息子の順道は獄中で死去した後であった。

無量寿寺はもと無量寺という名の寺院で、その草創は大同元年（八〇六）にまで遡ることができる。初めは三論宗の寺であったが、その後禅宗となってそのまま無量寺と称していたという。鎌倉時代初期まで時代が降った時、この地の領主の妻が難産の末に若くして亡くなった。その亡骸を無量寺の境内に埋葬したが、毎夜幽霊として現われるようになったので、村人たちは何とかして霊を慰めたいと考えた。折しも親鸞が近くの稲田[2]に滞在して布教活動を展開していたので、親鸞を招いて済度を依頼した。親鸞は多数の小石を拾い集めさせ、それらに浄土三部経の経文を書き写した。それを領主の亡妻の墓に埋めると、その女性の魂は迷いを脱し、極楽へ往生できたという。親鸞はこの寺に三年間住み、その間に阿弥陀仏の像を自ら刻んで本尊とした。そして、寺名を阿弥陀仏の異名である無量寿仏の名にちなんで、無量寿寺と改めたと伝えられている。無量寿寺はかくして禅宗寺院から浄土真宗の寺院に再び宗旨を変えたのである。

以上のように、無量寿寺は浄土真宗の開祖親鸞聖人にゆかりのある古刹で、江戸時代末期にその寺の住持を務めた順道編の『釈教和歌百人一首』も、巻軸の九七番に存覚上人、九八番に覚如上人、九九番に蓮如上人と、宗派の聖人たちの詠を置き、末尾の一〇〇番を宗祖親鸞の詠で締めくくる配列構成を採用している。

おわりに

以上、従来未紹介の道歌資料である『釈教和歌百人一首』について、翻刻と紹介を試みた。本書の編者は蛮社の獄という江戸時代末期の大事件に連座した順道であり、その人物が編集した作品ということで、歴史上きわめて興味深いものがある。今後、順道がこの作品に託した思いや願いについて、さらに深く分析する必要を感じている。

注

（1）『道歌心の策』と『道歌百人一首麓枝折』については拙稿「『道歌心の策』小考」（『禅文化研究所紀要』第二八号〈二〇〇五年一二月〉／『韻文文学と芸能の往還』〈二〇〇七年・和泉書院〉Ⅰ論考編第一章第十節所収）、『一休和尚いろは歌』については拙稿「『一休和尚いろは歌』小考」（『大阪教育大学紀要（第Ⅰ部門）』第五四巻第二号〈二〇〇六年二月〉／『韻文文学と芸能の往還』〈二〇〇七年・和泉書院〉Ⅰ論考編第一章第七節所収）、『念仏道歌西之台』については拙稿「『念仏道歌西之台』翻刻と解題」（『大阪教育大学紀要（第Ⅰ部門）』第五六巻第一号〈二〇〇七年九月〉）、如雲舎紫笛『いろはうた』については拙稿「如雲舎紫笛『いろはうた』小考」（『大阪教育大学紀要（第Ⅰ部門）』第五六巻第二号〈二〇〇八年二月〉）、『浄土百歌仙』については拙稿「『浄土百歌仙』翻刻と解題」（『日本アジア言語文化研究』第一二号〈二〇〇八年三月〉）、『一休狂歌雀』については拙稿「『一休狂歌雀』小考」（『大阪教育大学紀要（第Ⅰ部門）』第五七巻第一号〈二〇〇八年九月〉）でそれぞれ論じた。

（2）　前述のように、本書の表紙には「常州稲田御禅坊」と見える。この稲田という地名が親鸞の滞在していた場所に当たる。

4『一休狂歌雀　絵入』小考

はじめに

短歌形式の文学のひとつに道歌と呼ばれるものがある。道歌は宗教的または道徳的な教訓を詠み込んだ短歌形式の作品であるが、和歌というよりむしろ狂歌に近い性格を持っている。稿者は道歌に関心を持ち、既に『道歌《どうか》心《こころ》の策《むち》』や『道歌百人一首《どうかひやくにんいっしゅ》　麓《ふもとの》　枝折《しおり》』についての論考を発表した。また、一休宗純に仮託された道歌集についても調査を進め、既に『一休和尚いろは歌』、瓦版『一休狂歌問答』初編・二編・三編を紹介し、位置付けた(1)（以下、前稿と呼ぶ）。本節では、同じく一休仮託の道歌集である辻本（源）基定編の『一休狂歌雀　絵入』（以下、本書と呼ぶ）と題された一二四首の道歌を収録する一書を取り上げ、道歌史の中に位置付けることを目的としたい。

一　『一休狂歌雀　絵入』翻刻

本節で紹介する『一休狂歌雀　絵入』（天保九年〈一八三八〉刊）も『一休和尚いろは歌』と同様に、従来ほとんど顧みられることのない道歌資料であった。江戸期には一休に仮託された多くの道歌を収録する道歌集が編纂されたが、それらを集成した画期的な書に『一休道歌　三十一文字の法の歌』（一九九七年・禅文化研究所）がある。しかし、本書はその集成対象からも漏れている。ここに紹介する『一休狂歌雀　絵入』には、一休に仮託された道歌が全部で一二四首収録されている。そのうち『一休道歌　三十一文字の法の歌』に集成された歌と同一歌、もしくは類歌の関係にある歌は四六首（具体的には後掲の解題で指摘する）で、同一歌もしくは類歌の関係にない歌は残りの七八首を数える。ただし、前者の四六首のうちの九首は『一休和尚いろは歌』にも採られており、一首は瓦版『一休狂歌問答』と共通している。また、『一休狂歌雀　絵入』所収歌のうち、『一休和尚いろは歌』と同一と認められる歌は全部で三二首あるが、前述のようにうち九首は『一休道歌　三十一文字の法の歌』と重複し、一首は瓦版『一休狂歌問答』と重複している。瓦版『一休狂歌問答』と共通する道歌は四首あるが、単独の例は二首で、『一休道歌　三十一文字の法の歌』と共通する例が一首、『一休和尚いろは歌』と共通する例も一首ある。再度『一休狂歌雀　絵入』と『一休道歌　三十一文字の法の歌』、『一休和尚いろは歌』、瓦版『一休狂歌問答』との共通歌の関係を整理すると左のようになる。

『一休道歌　三十一文字の法の歌』に集成された歌とのみ共通……三六首
『一休和尚いろは歌』とのみ共通……二二首
瓦版『一休狂歌問答』とのみ共通……二首
『一休道歌　三十一文字の法の歌』に集成された歌、及び『一休和尚いろは歌』と共通……九首
『一休道歌　三十一文字の法の歌』に集成された歌、及び瓦版『一休狂歌問答』と共通……一首
『一休和尚いろは歌』、及び瓦版『一休狂歌問答』と共通……一首

以上のように、『一休狂歌雀　絵入』所収の道歌のうち、合計七一首が他の一休仮託道歌集所収歌と共通することとなる（類歌を含む）。したがって残る五三首が現時点での新出道歌ということになる。詳しくは後述するが、これほど多くの新出歌を集成できる点で、『一休狂歌雀』はきわめて貴重な資料であると言うことができる。

本節ではまず、大阪教育大学小野研究室蔵本『一休狂歌雀　絵入』を翻刻紹介する。同本は表裏の表紙を除くと、本文料紙全一〇丁からなる版本で、大きさは縦二二・三糎、横一五・五糎である。表紙は三種類の幾何学模様を散りばめたもので、左上には「道歌教訓《どうかきやうくん》／童蒙早合点《こどもはやがてん》（二行割角書）／一休狂歌雀《いつきうきやうかすゞめ》　絵入」という外題が記されている。

第一丁表は絵入りの内題で、絵には山里の庵に対座する二人の人物が描かれている（［図21］）。向かって左は机を前に坐る一休で、右には一休に相対する武士が描かれている。この人はおそらく蜷川新右衛門であろう。本文第一丁裏から第一〇丁表までは、挿絵入りで道歌を収録する。挿絵は各葉の下半分の大きさで、いわゆる上文下図全相本の形態を採っている。このうち、最初の第一丁裏のみは序文に相当する「夫《それ》一休禅師《いつきうぜんじ》は……」（後掲）を置き、道歌四首と挿絵および挿絵中の雲に記された画中道歌一首（翻刻では5番歌に相当）が収められている。以下第二丁表から第一〇丁表までは道歌六首ずつと、挿絵および挿絵中の雲に記された画中道歌一首ずつ（翻刻では12番歌、19番歌、26番歌、33番歌、40番歌、47番歌、54番歌、61番歌、68番歌、75番歌、82番歌、89番歌、96番歌、103番歌、110番歌、117番歌、124番歌に相当）、都合一七首が収録されている。以上で合計一二四首の道歌を数え上げることができる。

第一〇丁裏は前半に「附録」として空海、夢窓国師、仏国禅師、読人しらずの四首の道歌を収め、「源基定敬撰」という編者名で締めくくっている。編者は辻本基定で、安永七年（一七七八）の生まれ、嘉永五年（一八五二）没。享年七五歳。狂歌作者として活躍する傍ら、堺屋仁兵衛と号して京都三条

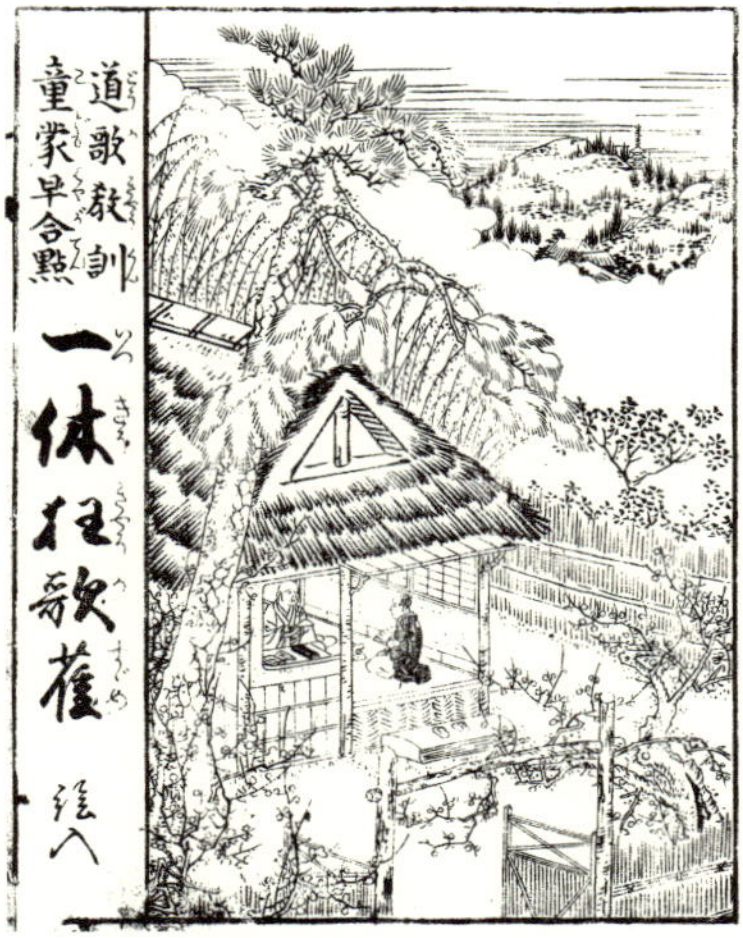

［図21］『道歌教訓童蒙早合点　一休狂歌雀　絵入』内題

通で書肆を営んだ。初代堺屋仁兵衛は基定の父基次で、基定はその二代目を継ぎ、図会を中心とする多くの書籍を編集、刊行した。(2) 具体的に挙げれば『一休諸国物語図会』を補正し、『一休諸国物語図会拾遺』『観音経和談抄図会』『観音霊場記図会』『般若心経抄図会』などを編集した。本書も絵入り本であり、版元としての基定の面目躍如の観がある。

第一〇丁裏の後半から裏表紙の見返しにかけては、出版広告が置かれている。まず第一〇丁裏の後半部分には、「一休諸国物語図会　五冊」「観音経和談抄図会　三冊」の内容を紹介した広告が置かれ、枠外のノドの部分に「天保九年戊五月新板　三条通柳馬場(3)　堺屋仁兵衛板元」という刊記が見える。末尾の裏表紙の見返しも出版広告の続きで、「一休諸国物語図会拾遺　源基定輯」「心学／第一（二行割角書）／般若心経抄図会　一休和尚註　同輯」の内容を紹介した広告が置かれ、最後に再び「京都書林　三条通柳馬場　堺屋仁兵衛板元」という書肆名が彫られている。前述のようにこれらの出版物は、いずれも本書の編者である辻本基定が関与した書物である。

『一休狂歌雀　絵入』は『国書総目録』に「天保九―一〇刊」とあり、伝本には東京国立博物館蔵本、東京教育大学（現、筑波大学）蔵本（『工夫の近道』と合綴）、東京大学蔵本、雲泉文庫蔵本が掲出されている。また、今日確認できる他の伝本には、大倉精神文化研究所蔵本、石川県立歴史博物館大鋸コレクション蔵本、阪急文化財団池田文庫蔵本がある。これらはいずれも天保九年版本である。これらのうち、石川県立歴史博物館大鋸コレクション蔵本は、挿絵に彩色のある美麗な版本である。また、池田文庫蔵本はもと甲斐国巨摩郡河原部村の小林家が所蔵していた布屋文庫旧蔵本で、欄外に多数の墨書書き入れを持つ。書き入れの多くは「甲府奥町三丁目　村田屋善次郎」「甲州韮崎　若松屋」「甲陽城西」など旧蔵地の甲斐国にかかわるもので占められている。また、7番歌、52番歌、57番歌、58番歌、61番歌、78番歌、97番歌には朱筆の合点が入れられている。

なお、『一休狂歌雀』とする寛政五年（一七九三）の奥書を持つ写本が、国文学研究資料館に所蔵されている。

同本には序文や編者表記がなく、全部で一二二首の道歌を収録するが、うち一一二首が『一休狂歌雀　絵入』と一致し[4]、国文学研究資料館蔵写本『一休狂歌雀』のみに見られる道歌は一〇首で[5]、『一休狂歌雀　絵入』のみに見られる道歌は一二首である。この写本は、同じく国文学研究資料館所蔵の版本『再来　一休狂歌雀』と密接な関係を持っている。

版本『再来　一休狂歌雀』は名古屋本町通にあった菱屋小八郎版であるが、元は菊屋安兵衛版であったものの後刷りである。内容的にはいわゆる『一休狂歌雀』の他に、『一休蜷川狂歌問答』を合綴している。『一休狂歌雀』部分は序文を持ち[6]、道歌一二六首を半丁に五列三段の枠を設けて、一五首ずつ収録している。そのうち1番歌から114番歌までは、途中八首が異なる道歌であるものの、国文学研究資料館所蔵の写本『一休狂歌雀』と配列が一致している。また、117番歌、120番歌、121番歌、123番歌、124番歌、125番歌、126番歌の七首は配列位置こそ異なるものの、収録はされているので、都合一一三首が共通して収録されていることになる。また、本節で紹介する『一休狂歌雀　絵入』とは一一九首が共通しており、『再来　一休狂歌雀』のみに見られる道歌は七首で[7]、『一休狂歌雀　絵入』のみに見られる道歌は五首である。

この本と関係の深い写本として、金沢市立玉川図書館近世史料館西尾文庫蔵本がある。こちらは『再来　一休狂歌雀　はやりうた百十二番』という外題を持つ仮綴じ本で、版本『再来　一休狂歌雀』の写しである。全部で道歌一二二首を収録するが、版本と同じく半丁に五列三段の枠を設けて、一五首ずつ収録している。収録される道歌は国文学研究資料館所蔵の版本『再来　一休狂歌雀』所収の一二六首のうちの一二二首に該当するが、配列に異同がある。具体的には1番歌から82番歌までと88番歌から114番歌まで、さらに117番歌、120番歌、121番歌は配列が一致しているものの、残る一〇首は配列位置が異なっている。本節で紹介する『一休狂歌雀　絵入』とは一一九首が共通しており、『再来　一休狂歌雀　はやりうた百十二番』のみに見られる道歌は三首で、『一休狂歌雀　絵入』のみに

見られる道歌は五首である。(8)

また、東京神田の玉英堂のインターネット目録（二〇一三年一二月現在）には、「ほとけにもかみにも人はなる物を　天明九年東尾村　酉正月吉日　与三七」という識語のある一五丁の写本が掲載された。同目録によれば、大きさは「二〇・一糎×一五・二糎」で、「一頁八行書」で、内題を「一休狂歌雀」と記しているという。この天明九年（一七八九）という識語は、国文学研究資料館蔵写本（寛政五年〈一七九三〉奥書）と同様に、版本より古い写本ということになる。しかし、この写本序文の内容から勘案すると、版本『再来　一休狂歌雀』を書写した本と考えられる。『再来　一休狂歌雀』は刊年が明らかではないが、これに従えば天明九年以前の版ということになる。

以上のような伝本の系譜から考えれば、『一休狂歌雀』はまず写本として成立し、その後版本『再来　一休狂歌雀』として刊行され、さらに『一休狂歌雀　絵入』が刊行されたことになろう。

なお、本書『一休狂歌雀　絵入』の続編として、翌天保一〇年（一八三九）に『狂歌雀《きやうかすゞめ》　後篇』が刊行された。この本も辻本基定の編で、『一休狂歌雀』と同様に「道歌教訓／童蒙早合点」という角書を持ち、堺屋仁兵衛版である。(9)

次に翻刻を掲出する。翻刻は本文に相当する道歌部分のみを対象とする。また、翻刻に際しては通行の字体に改めるとともに、道歌の冒頭部分に歌順による歌番号を算用数字で示した。

【翻刻】

道歌教訓《どうかきやうくん》　一休狂歌雀　絵入
童蒙《こども》早合《はやが》点《てん》

夫《それ》一休禅師《いつきうぜんじ》は都《みやこ》紫野大徳寺《むらさきのだいとくじ》の御《ご》住僧《ぢうそう》たり。かねて道歌《どうか》をもつて世《よ》の人を常《つね》に御教訓《ごきやうくん》ありしとなり。この道哥《どうか》も宝蔵《ほうざう》に納《おさま》りありしを、縁《えん》をもとめ乞《こひ》うけて道《みち》のみちしるべにもと桜木《はんこう》にちりばめしものなり。

1　理非《りひ》をわけ国《くに》を守護《しゆご》して身《み》をたゞし民《たみ》をすくふを儒道《じゆどう》とはいふ
2　正直《せうぢき》にこゝろ直《すなほ》になにごともよこしまなきを神道《しんとう》といふ
3　念仏《ねんぶつ》はまほさずとても善心《ぜんしん》になさけやじひを仏道《ぶつどう》といふ
4　きやうがいの道《みち》をおしゆる和歌《わか》の徳《とく》よくわきまへて善悪《ぜんあく》をしれ
5　天下《あめがした》に人と生《うま》れば君《きみ》が代《よ》のゆたかなるをやねがふべきなり
6　理《り》にかなひ道《みち》にそむかず義《ぎ》を正《たゞ》しまことをつくし身《み》のほどをしれ
7　丸くともひと角《かど》あれや人ごゝろあまりまるきは転《ころび》やすけれ
8　人《ひと》はたゞ親《おや》と主人《しゆじん》とだんな寺《でら》わがうけ人《にん》をたいせつにせよ
9　親類《しんるい》のぎりも忘《わす》れてどん欲《よく》にあらそふ人は犬《いぬ》も同《どう》ぜん
10　おぢおばや兄弟中《けうだいなか》も敵《てき》となるよくは邪見《じやけん》の剣《つるぎ》なりけり
11　かんにんのなる堪忍《かんにん》がかんにんかならぬかんにんするがかんにん
12　仏《ほとけ》にも神《かみ》にも人はなるものをなどか心《こゝろ》をあだにもつらん
13　極楽《ごくらく》も地《ぢ》ごくも今《いま》の世《よ》にありて鬼《おに》もほとけも心《こゝろ》からなる
14　正直《しやうぢき》に家業大事《かぎやうだいじ》に御法度《ごはつと》をまもる心《こゝろ》がすぐにごくらく
15　御法度《ごはつと》をしりつゝつのる身《み》の悪事《あくじ》その行末《ゆくすゑ》を地《ぢ》ごくとはいふ
16　善悪《ぜんあく》のちゑは其身《そのみ》のうまれつき身《み》をしるために習《なら》ふ学問《がくもん》
17　生《うま》れつくわが悪念《あくねん》をなほさずに学《がく》もんすれば身《み》を害《がい》すもの

18 一生《いつしやう》を富貴《ふうき》にくらし其上にまだ極楽《ごくらく》へ行《ゆき》たがるとは

19 世中《よのなか》はのり合《あひ》ふねのかり住居《すまゐ》よしあし共《とも》に名所旧跡《めいしよきうせき》

20 何事《なにごと》も心《こゝろ》ひとつにはからふな主《しう》とおやとの下知《げぢ》に従《した》がへ

21 よきことをしらぬ其身《そのみ》の悲《かな》しさはてつほう咄《はな》しさては人ごと

22 人なみに腹《はら》を立《たつ》のはちゑいらず了簡《れうけん》するがほんの分別《ふんべつ》

23 万能《まんのう》にすぐれし人もかりそめに気《き》のみじかきは無学同然《むがくどうぜん》

24 かんにんはかならず人《ひと》の為《ため》ならずつまる所《ところ》はおのが身《み》のため

25 ふりあぐるこぶしのつのをたゞひしげ己《おの》が心《こゝろ》をかなづちにして

26 他《た》をめぐみわれを忘《わす》れて物《もの》ごとにじひある人を仁《じん》とするべし

27 かりそめにめをといさかひする人《ひと》は神《かみ》のまもりもうとくなるべし

28 中以下《ちういげ》のつまは必《かなら》ずきげんよくだましづかひに成《なる》たけはせよ

29 しかられて動《うご》くは我《わ》が子《こ》我《わが》けらいしかるとふてる中以下《ちういげ》のつま

30 かほつきは常《つね》にたしなめ咎《とが》もせで人《ひと》ににくまれなにの益《えき》なし

31 子《こ》のためと我身《わがみ》のために嫁《よめ》をとりそれをにくむは己《おの》が身《み》しらず

32 人はたゞよしといふこそ聞《きゝ》よけれそしらば耳《みゝ》に障子《しやうじ》さすべし

33 わが心《こゝろ》わがみにうつるものならばたゞ人ごとにはぢをしるらん

34 明日《あす》といふことさへしれぬ命《いのち》にてよくにあかざることぞ果《はて》なき

35 艸《くさ》の葉《は》のほど〳〵におく露《つゆ》の玉《たま》おもきはおつる人のよの中

36 世中《よのなか》の嫁《よめ》はわが子《こ》の閨《ねや》の伽《とぎ》なかさへよくは外《ほか》は御不肖《ごふせう》

37 見る穴《あな》へおち入《いる》ひとぞ世《よ》に多《おほ》しこゝろも目《め》をもちながらして
38 何事《なにごと》も背く世間《せけん》のあしき事見るにつけても我《われ》を忘《わす》るな
39 あすといふ心《こゝろ》に物《もの》をさへられてけふもむなしくくれ果《はて》にけり
40 あすありとおもふ心《こゝろ》はあだざくらよるはあらしのふかぬものかは
41 たま〳〵に人《ひと》に生《うま》れて世《よ》の人《ひと》に見かぎられてはいけるかひなし
42 廿《はたち》より三十四五にいたるまで折々《をり〳〵》わるいしあんでるもの
43 四十までよい分別《ふんべつ》の出《で》ぬ人《ひと》はかねはもつとも智恵《ちゑ》はそれぎり
44 八十を定命《ぢやうめう》として中年《ちうねん》を四十歳《さい》とは遺書《ゐしよ》に見えたり
45 たゞ人《ひと》はひとをよかれとおもふべし猶行《なほゆく》すゑは死出《しで》の友《とも》なれ
46 わるものになるのはおやのそだてからひんにくらすは三世《さんせ》ふかとく
47 若《わか》きとて血気《けつき》にまかせかりそめに喧嘩口論《けんくはこうろん》ふかくたしなめ
48 取《とり》しまりなき心《こゝろ》とは我《われ》しらずむねがひろいとじまんたら〴〵
49 いたづらにあたら月日《つきひ》をくらしつゝ芸《げい》のひとつもたしなみはせで
50 わかきとてけつきに任《まか》せうか〳〵と世《よ》をわたる人末《すゑ》は坊《ぼん》さま
51 人は只《たゞ》ばくちと酒《さけ》と色《いろ》ごのみふかくたしなめ四十すぎまで
52 酒《さけ》の気《き》をかりて出《で》かける愚《おろ》かものゝひがさむるとそゞろ身《み》がたつ
53 さけはたゞのまねば須磨《すま》の浦《うら》さびしすごせばあかし浪《なみ》かぜぞたつ
54 人《ひと》の身《み》にさけはくすりとなるものを毒《どく》になるほど飲《のむ》は身《み》しらず
55 名聞《めうもん》にしん〴〵皃《がほ》の物《もの》まゐりいかで利生《りしやう》のあるべかるらん

56 名聞《めうもん》をはなれてとかく堪忍《かんにん》を深《ふか》くつゝしめ仏《ほとけ》とやいふ

57 死《しん》でから仏《ほとけ》といふもなにゆゑぞこゞともいはずじやまにならねば

58 しんでから仏《ほとけ》になるもよけれどもいきたる内《うち》によき人になれ

59 なむとたゞとなふる人の心《こゝろ》こそかゝずきざまず其まゝの弥陀《みだ》

60 ゑにうつし木《き》にきざめるもみだはみだ書《かゝ》ずきざまぬみだは何国《いづく》ぞ

61 かな仏《ぶつ》や木《もく》ぶつや絵像石《ゑざういし》ぼとけありがたがるも口《くち》きかぬゆゑ

62 さいはひはねがふに来《きた》り災《わざは》ひはつゝしむ門《かど》に入《い》らぬとぞきく

63 心《こゝろ》こそこゝろまよはすこゝろなれこゝろのこまにたづなゆるすな

64 恩《おん》のためすつる命《いのち》はをしからず外《ほか》のことにはいのちすつるな

65 世中《よのなか》を能《よく》わきまへて身《み》を正《たゞ》しおさめん人ぞめでたかるべき

66 世中《よのなか》の教《をしへ》をきかすつれなくばいかなることかありあけの月

67 あしきとて只《たゞ》一筋《すぢ》にすつるなよしぶ柿《がき》を見よあまぼしとなる

68 君《きみ》をあをぎ臣《しん》をおもひて身《み》をたゞし礼義《れいぎ》みだすな高《たか》きいやしき

69 礼義《れいぎ》をばほど〴〵にせよたらざれば無礼《ぶれい》となるぞ過《すげ》ば追従《ついせう》

70 つの国《くに》のなにはのことのよしあしもたゞわれからのことにぞ有《あり》ける

71 わがこゝろ絵《ゑ》がかれぬこそうれしけれゑがかば人のあき果《はて》やせん

72 無学《むがく》でも親《おや》がきびしくそだつればしぜんと親を大切《たいせつ》にする

73 めしつかふものゝそしりをつたへきけあたりぬる理《り》の有《あり》ぬべきかは

74 なさけをば人《ひと》にかくるとおもふなよ後《のち》はかならず身《み》のためとなる

75 姿《すがた》こそみにくきとても我心《わがこゝろ》うつさばよきにうつらざらめや

76 仮初《かりそめ》に宗旨《しうし》あらそひする人《ひと》は人《ひと》まじはりをしらぬ愚《おろ》かさ

77 我宗旨《わがしうし》わるふいはれて腹立《はらたゝ》ばむかしの釈迦《しやか》を恨《うらみ》給へや

78 名聞《めうもん》やうは気《き》後生《ごしやう》の寺参《てらまゐ》り行《ゆき》つもどりつ嫁《よめ》のとりざた

79 衆生《しゆじやう》みな一仏乗《いちぶつじやう》のへだてなくいやしきとてもあなどるな人

80 鉦《かね》たゝき数珠《じゆず》くる人もおそろしやゆだんのならぬ今《いま》の世中《よのなか》

81 かねたゝきかねがなきゆゑ鉦《かね》たゝく金《かね》があるなら鉦《かね》はたゝかぬ

82 慈悲心《じひしん》のひとは此世《このよ》もほめられて後《のち》の世《よ》はまた仏《ほとけ》ともなる

83 金持《かねもち》を十人《じうにん》よせてながむれば中《なか》に五人は無学《むがく》もんまう

84 銭金《ぜにかね》をつかひ果《はた》すもたわけものくはずにためる人《ひと》もばかもの

85 いつの世《よ》のせけんしらずの物《もの》しらずなさけしらずが金持《かねもち》となる

86 ぜにを持《も》つ人のさほうをよく聞《きけ》ばたゞいきながら無慈悲《むじひ》がき道

87 ちゑもなく情《なさけ》もしらぬ金《かね》もちは二代《にだい》つゞかずさても気《き》のどく

88 金銀《きんぐ》はじひとなさけと義理《ぎり》と恥身《はぢみ》の一代《いちだい》につかふためなり

89 長生《ちやうせい》は朝《あさ》とくおきて身《み》をつかひ慾《よく》もすくなく食《しよく》もすくなく

90 父母《ちゝはゝ》のいたはりたてしかひもなく身《み》をあだになす人《ひと》ぞはかなき

91 御乳乳母《おちうば》で育《そだて》た子《こ》にはゆだんすなおやの恩《おん》をばしらぬものなり

92 邪見《じやけん》なる人《ひと》は此世《このよ》もにくまれてのちの世《よ》はまたならくにぞおつ

93 世《よ》の中《なか》に子《こ》にわる者《もの》はなけれどもわるくそだてゝわるものにする

94 子《こ》を持《もち》ておやとなりたる人《ひと》の身《み》はわれおとなしく子《こ》をばそだてよ

95 親《おや》は過去《くはこ》我身《わがみ》は現世《げんぜ》子《こ》は未来後生大事《みらいごしやうだいじ》に子《こ》をばそだてよ

96 ぬす人《びと》とうまれつく身《み》はなけれどもはじめはいろと酒《さけ》とばくゑき

97 どろ水《みづ》もおどめてつかへ人ごころすませばきよくもとの清水《せいすい》

98 へつらはずおごる事《こと》なくあらそはずよくをはなれて義理《ぎり》をあんぜよ

99 人《ひと》ごとをそしらば人もわが事《こと》をそしらんものぞとかくつゝしめ

100 一しあんあるもよけれど大《おほ》かたはすこしのことに穴《あな》を見らるゝ

101 今《いま》ほめてのちわるくいふ人《ひと》のつね泣《なく》もわらふもうその世中《よのなか》

102 近《ちか》づきは智者《ちしや》と福者《ふくしや》と医者《いしや》とにて常《つね》になにかの用《よう》のあるもの

103 そつとせよ人《ひと》の心《こゝろ》は井戸《いど》の水《みづ》かきまはすればすべて泥　水《どろみず》（ママ）

104 神仏《かみほとけ》いのらずとても人《ひと》はたゞくもりをみがけ己がたましひ

105 朋友《ほうゆう》をつねにしたしくたのむべし遠《とほ》き一家《いつけ》にまさる物《もの》なり

106 めしつかふ年季《ねんき》小《こ》ものはいたはりて手《て》ひどくつかへかゝるわが子《こ》を

107 人《ひと》はたゞ人《ひと》の賞翫《しやうぐはん》するぞよきわれとわが身《み》の高慢《かうまん》をすな

108 心《こゝろ》いとなほかるべしといのりつゝあしきをすてゝよきを伴《ともな》へ

109 何事《なにごと》もその品々《しなぐ〱》をしる人《ひと》にひろくたづねて他《た》をな謗《そし》るな

110 世中《よのなか》のはかなきことを見るにつけたゞ父母《ちゝはゝ》を大切《たいせつ》にせよ

111 ひん人は只《たゞ》かんにんを第《だい》一に人をそねまず正直《せうじき》にせよ

112 家持《いへもち》が店《たな》がりになる世《よ》のならひさかりのときに用心《ようじん》をせよ

113 子《こ》にまよひ気《き》まゝきずいに育《そだ》てたる子《こ》どもの親《おや》はいつも苦《く》をする
114 わが子《こ》をば我《われ》とほむるは親《おや》のぐちほめぞこなひがあるものとしれ
115 あくたいは家業《かげう》のたしにならぬもの子《こ》をもつおやは深《ふか》くたしなめ
116 はつめいな親《おや》もわが子《こ》の善悪《よしあし》を見わけられぬもかわひさのまゝ
117 正直《せうじき》に貧《ひん》にくらせどのぞみなくよくしんなきを福人《ふくじん》といふ
118 おきもせずねもせで物《もの》をおもふこそこゝろの鬼《おに》の身《み》をぞせめける
119 世中《よのなか》はかべに耳《みゝ》あることぞかしかならず人をそしりばしすな
120 年《とし》よりて子《こ》にあきらるゝ親《おや》の身《み》はわがぐちゆゑと心《こゝろ》たしなめ
121 よくさとれ心《こゝろ》の鬼《おに》が身《み》をせむる地《ぢ》ごくの鬼《おに》はよもはるかなり
122 池《いけ》の面《おも》よごとにかよふ月《つき》はあれどかげも残《のこ》さず水《みづ》もにごさず
123 仏《ほとけ》には心《こゝろ》もならず身《み》もならずならぬものこそ仏《ほとけ》なりけれ
124 一声《ひとこゑ》の郭公《ほとゝぎす》よりきゝたきは誠《まこと》の道《みち》をかたる世《よ》の人

附録

125 人多《ひとおほ》き人のなかにも人はなし牛馬《ぎうば》はやはり牛馬《ぎうば》也けり　空海
126 さま〴〵にとけどもとけぬ言《こと》の葉《は》を聞《きか》ずして聞《きく》人ぞ少《すくな》き　夢窓国師
127 折得《おりえ》ても心《こゝろ》ゆるすな山《やま》ざくら誘《さそ》ふあらしのありと社《こそ》きけ　仏国禅師
128 かりの世《よ》にかりの仏《ほとけ》やあらはれて石《いし》に入《いる》てふ終《おは》りおもへば　読人しらず

源基定敬撰

二　『一休狂歌雀　絵入』解題

まず、本節で紹介した大阪教育大学小野研究室蔵『一休狂歌雀　絵入』と、前述の国文学研究資料館蔵寛政五年写本『一休狂歌雀』（略称〝寛〟）、国文学研究資料館所蔵の版本『再来　一休狂歌雀』（略称〝再〟）、金沢市立玉川図書館近世史料館西尾文庫蔵の『再来　一休狂歌雀　はやりうた百十二番』（略称〝は〟）それぞれの収録道歌の関係を示す。まず『一休狂歌雀　絵入』の歌番号を掲げて、その道歌が他の三集のどの位置に採られているかを具体的に示す。なお、他集に見られない道歌については「他集収録なし」とする。

【『一休狂歌雀』諸本収録一覧】

1　寛4番歌、再4番歌、は4番歌
2　寛3番歌（異同あり）、再3番歌、は3番歌
3　寛5番歌、再5番歌、は5番歌
4　寛2番歌、再2番歌、は2番歌
5　寛1番歌、再1番歌、は1番歌
6　寛11番歌、再11番歌、は11番歌
7　寛7番歌、再7番歌、は7番歌
8　寛8番歌、再8番歌、は8番歌
9　寛9番歌、再9番歌、は9番歌
10　寛10番歌、再10番歌、は10番歌

11　他集収録なし
12　寛6番歌、再6番歌、は6番歌
13　寛13番歌、再13番歌、は13番歌
14　寛14番歌、再14番歌、は14番歌
15　寛15番歌、再15番歌、は15番歌
16　寛19番歌、再19番歌、は19番歌
17　寛20番歌、再20番歌、は20番歌
18　寛69番歌
19　寛27番歌、再27番歌、は27番歌
20　寛30番歌、再30番歌、は30番歌

21　寛41番歌、再41番歌、は41番歌
22　寛44番歌、再44番歌、は44番歌
23　寛43番歌、再43番歌、は43番歌
24　寛45番歌、再45番歌、は45番歌
25　寛50番歌、再50番歌、は50番歌
26　再16番歌、は16番歌
27　寛46番歌、再46番歌、は46番歌
28　寛47番歌、再47番歌、は47番歌
29　寛48番歌、再48番歌、は48番歌
30　寛71番歌、再71番歌、は71番歌
31　寛81番歌、再81番歌、は81番歌
32　寛83番歌、再83番歌、は85番歌
33　寛25番歌、再25番歌、は25番歌
34　寛39番歌、再39番歌、は39番歌
35　寛55番歌、再55番歌、は55番歌
36　寛80番歌、再80番歌、は80番歌
37　寛77番歌、再77番歌、は77番歌
38　寛31番歌、再31番歌、は31番歌
39　他集収録なし

40　寛40番歌、再40番歌、は40番歌
41　寛59番歌、再59番歌、は59番歌
42　寛66番歌、再66番歌、は66番歌
43　寛67番歌、再67番歌、は67番歌
44　寛76番歌、再76番歌、は76番歌
45　寛78番歌、再78番歌、は78番歌
46　寛63番歌、再63番歌、は63番歌
47　寛49番歌、再49番歌、は49番歌
48　寛23番歌、再23番歌、は23番歌
49　寛38番歌、再38番歌、は38番歌
50　寛51番歌、再51番歌、は51番歌
51　寛65番歌、再65番歌、は65番歌
52　寛73番歌、再73番歌、は73番歌
53　寛74番歌、再74番歌、は74番歌
54　寛72番歌、再72番歌、は72番歌
55　寛62番歌、再62番歌、は62番歌
56　寛32番歌、再32番歌、は32番歌
57　寛35番歌、再35番歌、は35番歌
58　寛33番歌、再33番歌、は33番歌

59 寛37番歌、再37番歌、は37番歌
60 寛36番歌、再36番歌、は36番歌
61 寛34番歌、再34番歌、は34番歌
62 再85番歌、は87番歌
63 再86番歌、は83番歌
64 寛112番歌、再112番歌、は112番歌
65 寛113番歌、再113番歌、は113番歌
66 寛115番歌、再122番歌、は115番歌
67 寛84番歌、再84番歌、は86番歌
68 再21番歌、は21番歌
69 寛116番歌、再123番歌、は116番歌
70 寛117番歌、再117番歌、は117番歌
71 再100番歌、は100番歌
72 寛103番歌、再103番歌、は103番歌
73 寛120番歌、再120番歌、は120番歌
74 寛119番歌、再126番歌、は119番歌
75 寛122番歌、再124番歌、は122番歌
76 寛87番歌、再87番歌、は84番歌
77 寛88番歌、再88番歌、は88番歌

---

78 寛82番歌、再82番歌、は82番歌
79 寛58番歌、再58番歌、は58番歌
80 寛54番歌、再54番歌、は54番歌
81 寛53番歌、再53番歌、は53番歌
82 寛57番歌、再57番歌、は57番歌
83 寛93番歌、再93番歌、は93番歌
84 寛92番歌、再92番歌、は92番歌
85 寛91番歌、再91番歌、は91番歌
86 寛89番歌、再89番歌、は89番歌
87 寛94番歌、再94番歌、は94番歌
88 寛90番歌、再90番歌、は90番歌
89 寛75番歌、再75番歌、は75番歌
90 寛111番歌、再111番歌、は111番歌
91 寛99番歌、再99番歌、は99番歌
92 寛56番歌、再56番歌、は56番歌
93 寛106番歌、再106番歌、は106番歌
94 寛104番歌、再104番歌、は104番歌
95 寛109番歌、再109番歌、は109番歌
96 寛64番歌、再64番歌、は64番歌

97　寛29番歌、再29番歌、は29番歌
98　再17番歌、は17番歌
99　寛18番歌、再18番歌、は18番歌
100　寛22番歌、再22番歌、は22番歌
101　寛26番歌、再26番歌、は26番歌
102　寛42番歌、再42番歌、は42番歌
103　寛28番歌（異同あり）、再28番歌、は28番歌
104　寛60番歌（異同あり）、再60番歌（異同あり）、は60番歌
105　寛61番歌、再61番歌、は61番歌
106　寛101番歌、再101番歌、は101番歌
107　寛70番歌、再70番歌、は70番歌
108　再69番歌、は69番歌
109　再68番歌、は68番歌
110　寛110番歌、再110番歌、は110番歌

111　寛97番歌、再97番歌、は97番歌
112　寛98番歌、再98番歌、は98番歌
113　寛102番歌、再102番歌、は102番歌
114　寛107番歌、再107番歌、は107番歌
115　寛105番歌、再105番歌、は105番歌
116　寛108番歌、再108番歌、は108番歌
117　寛96番歌、再96番歌、は96番歌
118　寛118番歌、再125番歌、は118番歌
119　寛121番歌、再121番歌、は121番歌
120　寛79番歌、再79番歌、は79番歌
121　寛12番歌、再12番歌、は12番歌
122　他集収録なし
123　他集収録なし
124　寛114番歌、再114番歌、は114番歌

以上の一覧から確認できるように、大阪教育大学小野研究室蔵『一休狂歌雀　絵入』に収録される道歌のうち、国文学研究資料館蔵寛政五年写本『一休狂歌雀』（略称〝寛〟）に見えない道歌は一二首、国文学研究資料館所蔵版本『再来　一休狂歌雀』（略称〝再〟）に見えない道歌は五首、金沢市立玉川図書館近世史料館西尾文庫蔵『再来一休狂歌雀　はやりうた百十二番』（略称〝は〟）に見えない道歌は五首である。

一方、前述したように、多くの一休仮託道歌集を集成した画期的な書に、『一休道歌　三十一文字の法の歌』（一九九七年・禅文化研究所）がある。いま試みに『一休狂歌雀　絵入』所収一二四首（末尾の附録所収の道歌四首を除く）について、『一休道歌　三十一文字の法の歌』に収録された道歌であるか否かを検索すると、都合四六首が重複歌であることがわかる。次に、『一休狂歌雀　絵入』の歌番号を掲げて、その道歌が『一休道歌　三十一文字の法の歌』に収録された他のどの道歌集に採られているかを具体的に示す。また、『一休和尚いろは歌』、及び瓦版『一休狂歌問答』所収の道歌についても歌番号を掲げる。なお、他集に見られない道歌については「他集収録なし」とする。

【他集収録一覧】

1　『一休和尚いろは歌』9番歌
2　『一休蜷川続編狂歌問答』53番歌
3　『一休和尚いろは歌』20番歌
4　他集収録なし
5　他集収録なし
6　他集収録なし
7　『一休和尚いろは歌』30番歌
8　『一休蜷川続編狂歌問答』4番歌
9　『一休和尚いろは歌』42番歌
10　他集収録なし
11　『一休和尚いろは歌』14番歌

12　他集収録なし
13　『一休和尚いろは歌』33番歌
14　他集収録なし
15　他集収録なし
16　『一休蜷川続編狂歌問答』8番歌
17　『一休蜷川続編狂歌問答』10番歌
　　『一休和尚いろは歌』24番歌
18　『一休和尚いろは歌』1番歌
19　『一休蜷川狂歌問答』8番歌
　　『一休蜷川続編狂歌問答』29番歌
20　『一休和尚いろは歌』21番歌

21 『一休蜷川続編狂歌問答』50番歌
『田舎一休狂歌嘶』7番歌
22 『一休蜷川続編狂歌問答』32番歌
23 『一休蜷川続編狂歌問答』13番歌
24 『一休蜷川続編狂歌問答』31番歌
25 『田舎一休狂歌嘶』9番歌
26 『一休和尚いろは歌』16番歌
27 『一休蜷川続編狂歌問答』33番歌
28 『一休蜷川続編狂歌問答』34番歌
29 『一休蜷川続編狂歌問答』37番歌
30 他集収録なし
31 『一休蜷川続編狂歌問答』45番歌
32 他集収録なし
33 他集収録なし
34 『一休和尚いろは歌』36番歌
35 『一休和尚いろは歌』28番歌
36 『一休蜷川続編狂歌問答』44番歌
37 他集収録なし
38 『田舎一休狂歌嘶』1番歌

39 『田舎一休狂歌嘶』5番歌
40 『田舎一休狂歌嘶』6番歌
41 他集収録なし
42 『一休和尚いろは歌』3番歌
43 他集収録なし
44 他集収録なし
45 他集収録なし
46 他集収録なし
47 『田舎一休狂歌嘶』8番歌
『一休和尚いろは歌』13番歌
48 他集収録なし
49 『田舎一休狂歌嘶』4番歌
50 他集収録なし
51 他集収録なし
52 『一休和尚いろは歌』37番歌
53 他集収録なし
54 他集収録なし
55 他集収録なし
56 『一休蜷川続編狂歌問答』39番歌

『一休和尚いろは歌』40番歌
57　『一休蜷川狂歌問答』23番歌
『一休蜷川続編狂歌問答』42番歌
58　『一休蜷川狂歌問答』24番歌
『一休蜷川続編狂歌問答』40番歌
59　『田舎一休狂歌噺』3番歌
60　『田舎一休狂歌噺』2番歌
『一休和尚いろは歌』43番歌
61　『一休蜷川続編狂歌問答』41番歌
62　『一休和尚往生道歌百首』35番歌
63　『一休法のはなし』12番歌
64　『一休蜷川続編狂歌問答』25番歌
『一休和尚いろは歌』27番歌
65　他集収録なし
66　他集収録なし
67　『一休蜷川続編狂歌問答』47番歌
68　他集収録なし
69　『一休和尚いろは歌』17番歌
70　『一休和尚いろは歌』19番歌

71　他集収録なし
72　『一休和尚いろは歌』23番歌
73　他集収録なし
74　他集収録なし
75　『一休和尚いろは歌』47番歌
76　他集収録なし
77　他集収録なし
78　『一休蜷川続編狂歌問答』46番歌
79　他集収録なし
80　他集収録なし
81　『田舎一休狂歌噺』10番歌
82　他集収録なし
83　『一休諸国物語図会拾遺』2番歌
瓦版『一休狂歌問答』(初編)4番歌
84　『一休和尚いろは歌』46番歌
瓦版『一休狂歌問答』(三編)8番歌
85　他集収録なし
86　他集収録なし
87　『一休蜷川続編狂歌問答』51番歌

88　『一休蜷川狂歌問答』5番歌
『一休和尚いろは歌』38番歌
89　他集収録なし
90　他集収録なし
91　『一休蜷川続編狂歌問答』58番歌
92　他集収録なし
93　『一休和尚いろは歌』15番歌
94　他集収録なし
95　『一休諸国物語図会拾遺』7番歌
96　『一休和尚いろは歌』10番歌
97　『一休蜷川続編狂歌問答』36番歌
『一休和尚いろは歌』7番歌
98　『一休和尚いろは歌』6番歌
99　他集収録なし
100　他集収録なし
101　『一休蜷川狂歌問答』7番歌
『一休蜷川続編狂歌問答』26番歌
102　『一休蜷川続編狂歌問答』22番歌
『一休和尚いろは歌』8番歌

103　『一休蜷川続編狂歌問答』35番歌
『一休和尚いろは歌』18番歌
104　他集収録なし
105　他集収録なし
106　瓦版『一休狂歌問答』（二編）1番歌
107　他集収録なし
108　他集収録なし
109　他集収録なし
110　他集収録なし
111　『一休蜷川続編狂歌問答』55番歌
112　『一休蜷川続編狂歌問答』57番歌
113　他集収録なし
114　瓦版『一休狂歌問答』（三編）4番歌
115　他集収録なし
116　他集収録なし
117　『一休蜷川続編狂歌問答』53番歌
118　『一休和尚いろは歌』12番歌
119　他集収録なし
120　『一休蜷川続編狂歌問答』43番歌

121　他集収録なし
122　他集収録なし
123　『一休諸国物語図会拾遺』８番歌

『一休道歌評釈』４番歌
124　『一休和尚いろは歌』44番歌

以上をまとめると、『一休狂歌雀』の道歌一二四首のうち、他集にまったく所見のない歌は五三首、他集にも収録される道歌は七一首である（類歌を含む）。その七一首のうち、『一休和尚いろは歌』と重複する道歌が最多で三二首、次いで『一休蜷川続編狂歌問答』と重複する道歌が三一首、『田舎一休狂歌噺』との重複歌が一〇首、『一休蜷川狂歌問答』との重複歌が五首、瓦版『一休狂歌問答』との重複歌が四首、『一休諸国物語図会拾遺』との重複歌が三首、『一休法のはなし』『一休和尚往生道歌百首』『一休道歌評釈』と重なる道歌が各一首ずつの延べ八八首となる。なお、これらのうち二集に収録される道歌が一七首あるため、『一休狂歌雀』所収の道歌と他集との重複歌を除いた共通歌は七一首となる。すなわち、『一休狂歌雀』にはこれまで知られていなかった一休仮託の道歌が、五三首も出現したこととなり、きわめて貴重な資料であると言える。

また『一休狂歌雀』には、伝承歌として著名な道歌や、一休仮託道歌集以外の書物に収録される道歌も確認できる。11番歌「かんにんのなる堪忍《かんにん》がかんにんかならぬかんにんするがかんにん」[10]、40番歌「あすありとおもふ心《こゝろ》はあだざくらよるはあらしのふかぬものかは」[11]、63番歌「心《こゝろ》こそこゝろまよはすこゝろなれこゝろのこまにたづなゆるすな」[12]などは人口に膾炙した道歌で、必ずしも一休作と伝承されているものではない。この三首以外にも同様の例は存在し、60番歌「ゑにうつし木《き》にきざめるもみだはみだ書《かゝ》ずきざまぬみだは何国《いづく》ぞ」と、前の59番歌「なむとたゞとなふる人の心《こゝろ》こそかゝずきざまず其まゝの弥陀《みだ》」の二首は『百物語』に、ある人と遊行上人の贈答歌として収録されている。

おわりに

以上、本節では一休に仮託された道歌集のひとつで、従来顧みられることのなかった『一休狂歌雀』を紹介し、その道歌資料としての位置付けを行った。前稿でも指摘したが、一休に仮託された道歌は、いまだ数多く埋没している状況と言える。今後、一休に仮託された道歌集の諸本を精査することによって、さらなる一休仮託道歌を発掘していく必要性を強調して、本節を結ぶこととする。

注

(1) 拙稿「『一休和尚いろは歌』小考」(『大阪教育大学紀要(第Ⅰ部門)』第五四巻第二号〈二〇〇六年二月〉／『韻文文学と芸能の往還』〈二〇〇七年・和泉書院〉Ⅰ論考編第一章第七節所収)

(2) 前稿で紹介した『一休和尚いろは歌』の編者「辻本源基久」は、伝記が不明であるが、おそらくは基定の子息と推定される。

(3) 後述する阪急文化財団池田文庫蔵本には、「三条通柳馬場角」とある。

(4) ただし、一部の句の表現に相違のある類歌も含む。

(5) 本節で翻刻紹介する『一休狂歌雀　絵入』に収録されておらず、国文学研究資料館蔵写本『一休狂歌雀』に見られる道歌は次のとおりである。

16　ごくらくやじごくがあるとだまされてよろこぶひとにおじる人〳〵
17　ごくらくゑ人をすゝむるぼんさまがいしやをたのんでくすりのむとは
21　こゝろおばたしなみつゝもそのうへにいとまもあらばげいもたしなめ
24　ばんもつにまよふはこどもなにごともまよはぬときはおとこいちにん

52　かぶもなくか丶る子どももなきものはぜひなくしゆつけするぞことわり
68　ひんにんの身には後せうもねがふみがせめてらいせをたすからんため
85　なきからへ道おしゑするぼうさまが此世のみちを人にとふとは
86　つまやこがそばてなげくもきゝいれず死んで行身になんのいんとふ
95　金持のあるがうへにもぜにかねをふやしたがるをひんにんといふ
110　年きからしだした人もかねもちてあにうばお丶くいまのよの中

（6）「此歌《このうた》は或時古《あるときふる》き反古《ほうこ》の中より見出し置しが、近道《ちかみち》をよく示《しめし》たる哥《うた》なれば、世俗《せぞく》の人の便《たよ》りにも成べき物ならんと桜木《さくらき》にきざみて、世に弘《ひろ》くする事《こと》しかり」

（7）本節で翻刻紹介する『一休狂歌雀　絵入』に収録されておらず、国文学研究資料館蔵写本『再来　一休狂歌雀』に見られる道歌は次のとおりである。

24　ばんもつにまよへばこどもなにごともまよはぬときはおとこいちにん
52　かぶもなくか丶る子供もなきものはぜひなくしゆつけするもことわり
95　かねもちのあるがうへにもぜにかねをふやしたがるをひん人といふ
115　にくげなき此しやれかうべあなかしこ目出たくかしくこれよりはなし
116　生れぬる其あかつきに死ぬればけふのゆふべは秋風そふく
118　ひとり来てひとり帰るも我なるを道をしへんといふぞおかしき
119　かりの世にかしたるぬしもかりぬしもかすとおもはすかるとおもはす

（8）本節で翻刻紹介する『一休狂歌雀　絵入』に収録されておらず、金沢市立玉川図書館近世史料館西尾文庫蔵写本『再来　一休狂歌雀　はやりうた百十二番』に見られる道歌は次のとおりである。

24　ばんもつにまよへばこどもなにごともまよはぬときはおとこいちにん
52　かぶもなくか丶る子供もなきものはぜひなくしゆつけするもことわり
95　かねもちのあるがうへにもぜにかねをふやしたがるをひん人といふ

（9）東京大学総合図書館蔵本によって、以下に『狂歌雀　後篇』の簡単な解題を記しておく。外題・内題ともに、「道歌教訓／童蒙早合点」という角書を持っている。これは『一休狂歌雀　絵入』と同じ角書であるものの、ルビは『一休狂歌雀　絵入』が「どうかきやうくん／こどもはやがてん」であるのに対し、『狂歌雀　後篇』は「だうかきやうくん／どうもうはやがてん」と施されている。本文は全一二丁で、第一丁裏から第一二丁表までの各丁の表裏の下半分（実際の大きさからすると下部六割ほど）に、『一休狂歌雀　絵入』と同様に挿絵が入れてある。挿絵の数は全部で二二葉となる。ただし、挿絵の中に道歌が刻されているのは二葉のみである。第一丁表は絵入りの内題（扉題）で、実質的な本文は第一丁裏から始まる。第一丁裏、第二丁表・裏、第五丁裏、第六丁表、第七丁裏、第九丁表に道歌が各六首ずつ合計で四二首置かれており、挿絵の道歌二首と合わせて、四四首を収録する。一方、第三丁表・裏、第四丁表・裏、第五丁表で一休咄一話を収録し、同じく第六丁裏、第七丁表で別の一休咄一話、第八丁表・裏で別の一休咄一話、第九丁裏、第一〇丁表・裏、第一一丁表・裏、第一二丁表でさらに別の一休咄一話を収録する。すなわち、合計四話の一休咄を収めていることになる。これは巻末の出版広告欄に「一休狂歌雀後篇　教訓道話　一冊」とあるように、本書が道歌集としてだけでなく、道話集としても扱われていることと繋がっている。第一二丁裏は、釈教歌やそれに類する内容の仏教観を具えた和歌一二首を収録する。裏表紙見返しは出版広告と奥付である。出版広告は前掲の「一休狂歌雀後篇」の前に「一休狂歌すゞめ　道歌教訓　一冊」と刻す。こちらは「道歌教訓」とあり、「教訓道話」とは一線を画している。奥付は「天保十年亥正月　書林　京三条通柳馬場東へ入　堺屋仁兵衛板元」とあり、前篇に相当する『一休狂歌雀　絵入』刊行の翌年の上梓であることが確認できる。収録された道歌については、別稿で詳細に紹介する予定であるが、『一休狂歌雀　絵入』と重複する歌が三首、類似する歌も三首ある。また、国文学研究資料館蔵写本『一休狂歌雀　絵入』及び金沢市立玉川図書館近世史料館西尾文庫蔵写本『再来　一休狂歌雀はやりうた百十二番』と同じ歌が別に一首見られる。

(10)　一般に『養草』が出典とされる。

(11)　『親鸞上人絵詞伝』に見え、親鸞の作と伝えられる道歌である。

(12)　下句を「心に心許すな」として、一遍上人作、北条時頼作、沢庵禅師作など、複数の異なる伝承がある。

5　「鸚鵡小町」の基底

能「鸚鵡小町」は、和歌の表現方法のひとつ〝鸚鵡返し〟を趣向に用いていることに最大の特徴がある。そもそも〝鸚鵡返し〟は歌学の世界において、どのように定義され、どのように評価されてきたのであろうか。

〝鸚鵡返し〟は院政期（平安時代後期）に源俊頼が著した歌学書『俊頼髄脳』に、次のように紹介される。

歌の返しに、鸚鵡《あうむ》返しと申すことあり。書き置きたるものはなけれど、人のあまた申すことなり。鸚鵡返しといへる心は、本《もと》の歌の、心ことばを変へずして、同じ詞《ことば》をいへるなり、え思ひよらざらむ折は、さもいひつべし。

俊頼は〝鸚鵡返し〟を和歌の贈答のうち、返歌の詠みかたの一種に位置付け、これまで歌学書に記述されたことはないものの、多くの歌人たちが一般的に言っていることだと記す。そして、その意味するところは「本の歌」（以下、贈歌と呼ぶ）の心もことばも変えず、同じような表現の歌を返歌とすることだと言う。俊頼は〝鸚鵡返し〟を積極的に評価しているわけではないらしく、気の利いた発想や趣向が思い浮かばないときは、古来そのような詠み方をしたのであろう、と結んでいる。

続く時代の順徳院撰『八雲御抄』（鎌倉時代初期成立）でも、〝鸚鵡返し〟については基本的に『俊頼髄脳』の記述を踏襲し、古来用例は多いものの、見るべき歌がないので、撰集に取り上げられた例は少ないと述べている。そして「たとへばこれなどぞ鸚鵡返しといふべき」として、次のような例歌を挙げている。

後一条院春日行幸に、上東門院添ひて奉りたりけるを見て、法成寺入道

そのかみや祈りおきけむ春日野の同じ道にも尋ね行くかな

返し、上東門院

曇りなき代の光にや春日野の同じ道にも尋ね行くらむ

かやうに変はらぬをいふなり。これほどことば続かねども、ただ同心、同詞なるは多かるなり。三句さながら変はらず。二句はまた常のことなり。

順徳院は、この上東門院の返歌を「三句さながら変はらず。二句はまた常のことなり」と評している。この場合のまったく変わりがない「三句」とは、第三句目以降の「春日野の同じ道にも尋ね行くらむ」を指し、平凡な「二句」とは、残る「曇りなき代の光にや」を指す。しかし、細かく比較すれば、まったく同じとされた「三句」の末尾は「らむ」で結ばれており、贈歌の末尾「かな」とは相違がある。実はこの微妙な用語の相違こそが、贈歌作者に対する返歌作者の答に相当するのである。

しかし、ここで注意しておきたいのは、返歌の冒頭二句の表現が順徳院によって「常のことなり」と評されたとしても、贈歌とは異なる表現を採っていることに他ならない。すなわち、順徳院が挙げた〝鸚鵡返し〟の例は、同じ趣向の歌で、しかも表現の一部が一致している例を指していることになる。しかし、贈答歌において、返歌は趣向も表現も贈歌のそれを踏まえることは常識であるから、贈答歌における返歌の基本的性格は〝鸚鵡返し〟そのものと言ってよい。

藤原為顕の著作と伝えられる『竹園抄』（鎌倉時代後期成立）には、〝鸚鵡返し〟の例として「思へども思はずとのみいふなればいなや思はじ思ふかひなし」という贈歌に、「思へども思はぬ中はいふこともいなやよしなしいふかひもなし」と返歌した例が掲出されている。

この例に見られる「思ふ」を繰り返し用いる贈答歌は、古く和泉式部にも用例があるが、能が創作されるようになった室町時代には、流行歌謡である小歌にも歌われて人口に膾炙した。室町小歌の集成『宗安小歌集』には、「思うたを思うたが思うたかの、思はぬを思うたが思うたよの」という歌謡が見える。「自分のことを愛しく思ってくれる人をこちらからも愛しく思うことが恋の思いと言えるだろうか、いや、自分を愛しく思ってもくれない人を深く思うことこそが本当の恋の思いよ」。室町人の恋愛観を語って余りある珠玉の歌謡である。さて、この小歌は前半の「思うたを思うたが思うたかの」と後半の「思はぬを思うたが思うたよの」が小異の繰り返しとなっていて、まさに〝鸚鵡返し〟の発想によっている。〝鸚鵡返し〟の表現は室町時代にも広く行われた手法であり、エスプリの利いた表現として広く受容されたものと言えよう。

歌謡の世界では、表現にかかわるまた別の重要な問題が古くから存在した。それは替え歌である。特に平安時代後期の流行歌謡であった今様雑芸においては、「今様は折を嫌ふべし」（『体源抄』）とされ、場と折に合わせた歌詞の歌い替えが頻繁に行われた。『梁塵秘抄口伝集』や説話集の中にその豊かな例が見えるが、『十訓抄』巻一第二五話にも源資賢《すけかた》の今様歌い替えの話が次のように見える。

またのち、資賢卿、配所より帰りたりけるころ、法皇、今様をすすめ仰せられけるに、

　信濃にありし木曽路河

とうたはれけり。御感あり。

「信濃にあんなる」とこそいひならはせるを、見たる由をうたはれける、まことにいみじかりけり。

これは『平家物語』にも見える著名な話であるが、源資賢が流刑の地から都に帰還した後、信濃国の木曽路河を実際に見て来たことを踏まえ、本来の今様の歌詞「信濃にあんなる木曽路河」を「信濃にありし木曽路河」と歌い替えたというのである。この話の主題は、資賢の苦難の人生を反映した歌い替えへの同情と、即興で歌い替えを行

った資賢自身の機転の見事さへの賛美にあることは言うまでもない。また同時に、今様の詞章を部分的に歌い替えることによって、元の歌へのアンサーソングのようになったことをも意味している。

さて、ここで能「鸚鵡小町」に用いられた〝鸚鵡返し〟の趣向について考えてみよう。

新大納言行家が陽成院の勅命によって、関寺辺に住む小野小町のもとを訪れ、院の贈歌「雲の上はありし昔に変はらねど見し玉簾《たまだれ》の内やゆかしき」を伝えた。すると小町は「ぞ」一字を返歌とすると答えたのである。それは院の歌の第五句「内やゆかしき」の「や」を、「ぞ」に替えただけの返歌を返したことになる。すなわち、陽成院が「宮中はあなたが知っている昔と少しも変わらないが、かつて見たその様子を知りたくないか」という歌を贈ったのに対し、「そのご様子を知りたいと思います」と返歌したのである。わずか係助詞一字の差し替えによって、問いが答えに変わるという究極の〝鸚鵡返し〟である。まさに日本語の面白さを趣向の眼目としていると言える。

ところで、「鸚鵡小町」の直接の典拠は、『十訓抄』巻一第二六話所収の次のような話と考えられる。

成範卿《しげのりきよう》、ことありて、召し返されて、内裏に参ぜられたりけるに、昔は女房の入立なりし人の、今はさもあらざりければ、女房の中より、昔を思ひ出でて、

雲の上はありし昔にかはらねど見し玉垂れのうちや恋しき

とよみ出したりけるを、返事せむとて、灯籠のきはに寄りけるほどに、小松大臣の参り給ひければ、急ぎ立ちのくとて、灯籠の火の、かき上げの木の端にて、「や」文字を消ちて、そばに「ぞ」文字を書きて、御簾の内へさし入れて、出でられにけり。

女房、取りて見るに、「ぞ」文字一つにて返しをせられたりける、ありがたかりけり。

この話では女房から成範へ贈られた歌が「雲の上は……」で、それに対する成範のとっさの返歌が「や」を「ぞ」に替えたものとされている。すなわち、「鸚鵡小町」では女房の贈歌を陽成院の詠とし、また成範の返しを小

町の機転に転換していることになる。なお、この〝鸚鵡返し〟の逸話は『十訓抄』では、前掲の資賢の今様歌い替え譚の次に置かれている。ここから『十訓抄』撰述者は両話を類似する内容の話として、連続して配列したものと考えられる。したがって、〝鸚鵡返し〟は中世においては、歌謡の歌い替えと同様の表現手法として、機知に富んだエスプリが称揚されていたと言ってよい。

能「鸚鵡小町」は、歌学の世界においては消極的な評価しか与えられなかった〝鸚鵡返し〟を土台に置きながらも、中世歌謡の世界で積極的に評価された歌い替えや、小異の繰り返しによる機知に富んだ表現としての〝鸚鵡返し〟を、構想の中核に据えた曲であったと考えられるのである。

跋

日本の歌謡文学は、庶民文化の産物としての要素が強く、日本人の心の歴史、すなわち精神史を考える際にきわめて重要な役割を担っている。歌謡は歴史的に日本文化を象徴する存在だったのである。今日Ｊポップに代表される日本の歌謡は、日本文化の一翼を担うものとして、海外から大きな注目を集めており、国際交流の場面において大切な手段のひとつとなっている。すなわち、歌謡は異文化の理解を促進する力を秘めているのである。日本古典歌謡は今日のＪポップの源流に位置しており、今後は古典歌謡も含めた日本歌謡の魅力を海外に発信していく必要があろう。本書は歌謡文学という視点から日本文化を捉え直し、周辺の芸道や芸能との関係にも及ぶ研究であり、国内だけではなく、海外に向けても日本文化の新たな視点を提供するという要請に応え得る内容を有していると自負している。

本書に収録した論考の初出時点における原題、発表誌、発表年月は次に掲げるとおりである。今回、一書とするに当たり、補訂を加えたことをお断りしておく。

Ⅰ　歌謡文学の諸相

1　歌謡の遊び心（『ナラジアＱ』第五号〈二〇一三年一一月〉）

2　平安文学と風俗圏歌謡―『枕草子』と『紫式部日記』に見る催馬楽・風俗歌―（堀淳一編『王朝文学と音楽』〈二〇〇九年一二月・竹林舎〉所収）

3　『梁塵秘抄』巻二相伝者の肖像続考―伝正韵筆古筆切二点紹介―（『大阪教育大学紀要（第Ⅰ部門）』第六一巻第

二号〈二〇一三年二月〉)
4　親鸞和讃の表現美—『三帖和讃』の強さと美しさ—(『ジッポウ』第四号〈二〇〇七年一二月〉)
5　室町小歌にみることば遊びと慣用句摂取(小林保治編『中世文学の回廊』〈二〇〇八年三月・勉誠出版〉所収)
6　歌謡文学と茶の湯—堺文化圏と「わび」の心—(『大阪教育大学紀要(第Ⅰ部門)』第五八巻第一号〈二〇〇九年九月〉)
7　俳文学作品に見る隆達・「隆達節歌謡」(『芸能文化史』第二五号〈二〇一〇年三月〉)
8　歌謡調の文体—仮名草子のリズムという視座から—(『江戸文学』第三七号〈二〇〇七年一〇月〉)
9　近世歌謡と出版(『詞章本の世界』〈二〇〇八年三月〉所収)
10　絵で読む流行歌謡(『國學院雑誌』第一一〇巻第一一号〈二〇〇九年一一月〉)
11　新出おもちゃ絵の歌謡考—『新板小供うたづくし』紹介—(『大阪教育大学紀要(第Ⅰ部門)』第六〇巻第一号〈二〇一一年九月〉)
12　新出大阪版おもちゃ絵の歌謡考(『大阪教育大学紀要(第Ⅰ部門)』第六〇巻第二号〈二〇一二年二月〉)
13　田植踊歌の風流—山形県村山地方の田植踊歌と近世流行歌謡—(『日本歌謡研究』第四六号〈二〇〇六年一二月〉)

Ⅱ　歌謡と教化

1　『うすひき哥信抄』翻刻と解題(『歌謡　研究と資料』第一〇号〈二〇〇六年二月〉)
2　「うすひき歌」研究序説(『学大国文』第四九号〈二〇〇六年三月〉)
3　薗原旧富『臼挽歌』再考—名古屋市立鶴舞中央図書館蔵本『神風童謡歌　全』紹介—(『学大国文』第五〇号〈二〇〇七年三月〉)
4　薗原旧富の教化歌謡—『神風童謡歌　全』から『絵入神国石臼歌　全』そして『宇寿飛起哥』へ—(『歌謡　研究

と資料』第一一号〈二〇〇七年一二月〉
5　國學院高等学校藤田・小林文庫本『麦春歌』翻刻と解題（『大阪教育大学紀要（第Ⅰ部門）』第五五巻第一号〈二〇〇六年九月〉）
6　如雲舎紫笛『いろはうた』小考（『大阪教育大学紀要（第Ⅰ部門）』第五六巻第二号〈二〇〇八年二月〉）

Ⅲ　歌謡文学の周辺

1　手鑑『披香殿』所収仏教関連古筆切資料三種（『学大国文』第五二号〈二〇〇九年三月〉）
2　『浄土百歌仙』翻刻と解題（『日本アジア言語文化研究』第一二号〈二〇〇八年三月〉）
3　『釈教和歌百人一首』翻刻と解題（『学大国文』第五七号〈二〇一四年一〇月〉）
4　『一休狂歌雀　絵入』小考（『大阪教育大学紀要（第Ⅰ部門）』第五七巻第一号〈二〇〇八年九月〉）
5　能「鸚鵡小町」の基底（『国立能楽堂公演パンフレット』三二五号〈二〇一〇年九月〉）

本書は著者にとっては、『中世歌謡の文学的研究』（一九九六年・笠間書院・※）、『「隆達節歌謡」の基礎的研究』（一九九七年・笠間書院・※）、『近世歌謡の諸相と環境』（一九九九年・笠間書院・※）、『韻文文学と芸能の往還』（二〇〇七年・和泉書院・※）に続く五冊目の研究書である。また、この間索引資料として『「隆達節歌謡」全歌集　本文と総索引』（一九九八年・笠間書院）、『近世流行歌謡　本文と各句索引』（二〇〇三年・笠間書院・※）を刊行させていただくこともできた。この二種類の索引は二〇一五年四月から国文学研究資料館のデータベースとして、インターネット上で公開されている。なお、小著末尾の※は、科学研究費補助金の研究成果公開促進費による刊行書である。本書も平成二七年（二〇一五）度の科学研究費補助金（研究成果公開促進費）による出版であるから、この助成をいただいて刊行した小著は本書で六冊目となる。浅学非才の身にとっては、身に余る光栄と言わざるを得ない。

心より御礼を申し上げたい。御礼と言えば、他にも様々な方々に申し上げなければならない。母校早稲田大学でご指導いただいた恩師の故藤平春男先生、日本歌謡学会をはじめとする諸学会や研究会でご教示いただいた諸先生、勤務校大阪教育大学の教職員の皆様、出版に携わって下さった和泉書院の皆様には、心より感謝の気持ちをお伝え申し上げたい。

本書は「独立行政法人日本学術振興会平成二七年度科学研究費助成事業（科学研究費補助金）（研究成果公開促進費）」（ＪＳＰＳ科研費　15HP5041）の交付を受け刊行されたものである。

平成二七年一一月

小野恭靖

収録図版一覧

〔図1〕正韵筆「千載和歌集切」 大阪教育大学小野研究室所蔵。

〔図2〕〔図3〕『絵本倭詩経』 著者所蔵。

〔図4〕『おたふく女郎粉引歌』 著者所蔵。

〔図5〕『主心お婆々粉引歌』 著者所蔵。

〔図6〕『新板小供うたづくし』 大阪教育大学小野研究室所蔵。

〔図7〕井上市衛版おもちゃ絵 大阪教育大学小野研究室所蔵。

〔図8〕『うすひきうた信抄』 大阪教育大学小野研究室所蔵。

〔図9〕『宇須比起哥』 大阪教育大学小野研究室所蔵。

〔図10〕『宇寿飛起哥』 著者所蔵。

〔図11〕『石臼歌　図入』 藤田徳太郎『日本民謡論』（一九四〇年・萬里閣）より転載。

〔図12〕『絵入　神国石臼歌　全』 大阪教育大学小野研究室所蔵。

〔図13〕手鑑『披香殿』所収「西要抄切」 川崎市市民ミュージアム所蔵。

〔図14〕手鑑『披香殿』所収「槙尾切」 川崎市市民ミュージアム所蔵。

〔図15〕手鑑『披香殿』所収「浄土和讃切」 川崎市市民ミュージアム所蔵。

〔図16〕「浄土和讃切」『清興』第四号（二〇〇八年一一月）より転載。

〔図17〕「高僧和讃切」『京都古書組合総合目録』第二一号（二〇〇八年一一月）より転載。

〔図18〕「正像末法和讃切」『京都古書組合総合目録』第二一号（二〇〇八年一一月）より転載。

〔図19〕『浄土百歌仙』 大阪教育大学小野研究室所蔵。

〔図20〕『釈教和歌百人一首』 大阪教育大学小野研究室所蔵。

〔図21〕『道歌教訓童蒙早合点　一休狂歌雀　絵入』 大阪教育大学小野研究室所蔵。

索　引

［凡例］

一、ここに収録する索引は「人名・書名・事項索引」と「歌謡・和歌・道歌・俳諧索引」の二種とし、算用数字はすべて本書の頁を示す。

二、索引項目の配列は、「人名・書名・事項索引」については現代仮名遣いにより、「歌謡・和歌・道歌・俳諧索引」については歴史的仮名遣いによる。なお、「歌謡・和歌・道歌・俳諧索引」については踊り字を開き、句読点を除く以外は、本文中の歌詞と同じ文字表記を用いるが、同一歌謡が異なる文字表記で複数回記載される場合には、そのうちのひとつを代表として掲出する。

三、「歌謡・和歌・道歌・俳諧索引」は原則として第二句までを見出しとして掲出したが、区別をつけるため第三句目まで掲出したものもある。ただし、定型でない歌謡のなかには初句までとしたものも一部存在する。

人名・書名・事項索引

【あ行】

「葵御前道行図」　128
「青柳」　33
秋田の米磨唄　154
「総角」　27 29
「朝妻舟図」　79
浅野建二　32 103 106 110 115 155
「浅水」　21 33
「葦垣」　27
「芦刈」　80 87
「飛鳥井」　21 27 33
東遊　19 23～25 30 31 33 34
「東屋」　11 27 29
『熱田手毬歌　盆歌　童謡　附』　54
「安名尊」　25～27 31 34
綾子舞　49
「荒田」　18 31
『阿羅野』　81～84
『淡路農歌』　127
粟津義圭　158
『石臼歌　図入』　217
「石川」　27
石野広通（→広通）　49
「伊勢海」　26 27
「伊勢人」　28 29
『伊勢物語』　35
『朝来考』　230 231
『潮来風』　107 230 231
『一言芳談抄』　165
『一休和尚いろは歌』　232 240 273 286 289 291 292 308～313
『一休和尚往生道歌百首』　310 312
『一休狂歌雀』　273 287 290 292 294～296 304 307 312 313
『一休狂歌雀　絵入』　291～296 304 307 308 313～315
『一休狂歌問答』　291 292 308 310～312
『一休諸国物語図会』　294
『一休諸国物語図会拾遺』　294 310～312
一休宗純　232 291～294 296 312 313
『一休道歌評釈』　312
『一休蜷川狂歌問答』　295 308 310～312
『一休蜷川続編狂歌問答』　308～312
『一休法のはなし』　310 312
一茶（小林―）　81
『一茶集』　81 83 86
『田舎一休狂歌噺』　309 310 312
『異なもの』　105
『犬筑波集』　76
『犬枕』　53
今井宗久　56
今様　6 18 19 32 40～42 97 119 120 122 123 132 318～320
『時勢粧』　86 87 90
「妹之門」　27

「伊予の湯」 28 29 34
『いろはうた』 189 232 233 239 240 273 287 289
『いろは歌』 232 240
『韻文文学と芸能の往還』 56 75 131 132 243 248 253 272 289
『浮世物語』 105
『うすひき歌』 108 115 159 186 189 194 222 229～231
『臼挽歌』 157 176 183 184 191 193 195 204 217 219 242
『うすひき哥』 176 181 183 184 191 203 204 217
『宇寿比喜哥』 176
『宇須比起哥』 176
『宇寿飛起哥』 176 184 204 242
『うすひき哥信抄』 157 158 160 173 176 185 187 189 242 267 272
『臼挽唱歌』 176～178 181 183 184 189～191 194 195 203 204 206 217
『薄雪物語』 104
歌絵 119
『歌系図』 108
内百首 78
「有度浜」 24 33
「梅枝」 27 29
『恨の介』 60 93 99 100 102～106
『詠歌大概』 67
永観 163
「詠百首和哥（宗仲・重誠）」 35
『絵入 神国石臼歌 全』 108 115 204～206 217 219 242
『越風石臼歌』 202
『江戸三吟』 80 87
『絵の語る歌謡史』 32 118 129～132 139 147 155
『犬子集』 84 85
『笑本板古猫』 230 231
『絵本倭詩経』 108 112 230 231 242
『艶歌選』 230 231
『延享五年小哥しやうが集』 55 106 127 128 150～152 230 231
「老鼠」 13
近江踊 79
近江節 92
「鸚鵡小町」 316 319 320
『大坂独吟集』 89
大田南畝 151
大伴黒主 33
『大幣』 107 151 152
小笠原和泉守吉次 98
小笠原監物忠重（→監物忠重、→忠重） 98 104
阿国歌舞伎 9 126
阿国歌舞伎踊歌 95
『鴛鴦』 28 30 34
小瀬甫庵（→甫庵） 59
『おたふく女郎粉引歌』 108 115 128 159 174 186 189
「おたふく女郎粉引図」 128
「おたふく女郎図」 127
『落葉集』 109 127 128 151
『おどり』 9
『おどりの図』 123
「お福お灸図」 127
「お福団子図」 127
御文 167
御本書 170
おもちゃ絵 129 130 133 135 136 139～144 147
『尾張童遊集』 54
『音曲神戸節』 107 230 231
女歌舞伎 9

【か行】

回文 50 51
返し物の歌 33
各務支考 189
神楽歌 18 19
『蜻蛉日記』 27
『かたばみ帖』 246 253 254
「葛城」 15 27
『かな説法』 233
かはりぬめり哥 126
鎌倉節 151 152
神遊びの歌 33
『神風童謡歌 全』 191 195 196 200～202 204 205 216 219 242
鴨長明 27
「河口」 27
瓦版 291 292 308 310～312
『閑吟集』 8 10 11 14～16 48 51～54 60 85 96 97 100 121 126
『観音経和談抄図会』 294
『観音霊場記図会』 294
『義経記』 14
「木曽古道記」 190
『帰命本願抄』 244
「帰命本願抄切」 244
『嬉遊笑覧』 153
『狂歌生駒山』 233
『狂歌雀 後篇』 296 314 315
『狂歌水の鏡』 233
『暁台句集』 79
『玉海集』 85 89
『玉葉集』 267～270 281～284 286 287
『御遊抄』 26 31
『近世歌謡の諸相と環境』 115 139
『近世流行歌謡 本文と各句索引』 231
『近世俚謡歌曲集』 134
「琴譜」 51
『金葉集』 267～271 281 282 287
『近来俳諧風躰抄』 87
「陰名」 6

「熊坂」 80 87
君山（→松平―） 202 215
「芸子図」 128
『慶長見聞集』 60
月鴻 80
『毛吹草』 88 90
『諺苑』 53
兼好（卜部―） 73
『源氏物語』 11 19 27～31
「源氏物語切」 35
源信 41
『顕伝明名録』 64
『源平盛衰記』 54
『顕本寺過去帳』 57
『けんもつさうし』 99
監物忠重（→小笠原―） 98
向阿 244 245 252 253
『高僧和讃』 43 248 251
「高僧和讃切」 248
『功用群鑑』 90
『巷謡編』 107
『巷謡篇』 127
『古今和歌集』 18 25 33 110 281 284 285
古月禅材 232 240
『古今墨林』 248
『古事記』 40
『後拾遺和歌集』 281 283
『故事要言』 153
『御状引付』 7
『後撰和歌集』 35
「後撰和歌集切」 35 37
小寺玉晁 54 111
『ことば遊びの世界』 46
『ことば遊びの文学史』 46 119 132
『粉ひき哥』 159 186
『粉引歌』 159 186
「此殿」 21 25～27 31 33
『御文章』 162 163 165 168 170
後水尾院 166
コリャコリャ節 135
こんぎやら踊 127
『崑山集』 84 85 90
「権兵衛が種まく」 144

【さ行】

西鶴（井原―） 89
西行 166
催馬楽 6 11 13 15 18～23 25～27 29 31～34
催馬楽譜 33
『西要抄』 162 244 245
「西要抄切」 244 245 252 253
『再来　一休狂歌雀』 295 296 304 307 314
『再来　一休狂歌雀　はやりうた百十二番』 295 304 307 314 315
『堺鑑』 57
『堺市史』 57 65
「桜に駒図」 128
『桜人』 27
「鮭と鳥図」 126
佐々木清九郎 99
定家（藤原―） 168 172
『左比志遠理』 87
『淋敷座之慰』 125 126
「皿回し布袋図（甲）」 151
騒ぎ歌 16
「沢田川」 20 33
『讃阿弥陀仏偈』 249
『讃阿弥陀仏偈和讃』 248～250
山歌 51 54 55
『山家集』 281
『山家鳥虫歌』 107 109～112 115 127 128 150 230 231
『三国通覧図説』 288
『三帖和讃』 40～44 248 251 252
「三帖和讃切」 248 249 251
三段なぞ 9 47 48
三部仮名抄 244 253
「三部仮名抄切」 244 245 248 253
『三宝絵詞』 247
『散木奇歌集』 48
『鹿野氏系図』 65
『似我蜂物語』 105
『詞花和歌集』 14 281 283～285
『詩経』 219
『詩集伝』 219
『賤が歌袋』 55 106 150 230 231
志田延義 19 29 32 115
舌もじり 52
『糸竹初心集』 79 107
慈鎮 170
実休（→三好―） 59
『十訓抄』 318～320
紫笛（→如雲舎―） 233 239 240
『沙石集拾遺』 284
『釈教玉林和歌集』 280 281 286
『釈教三十六人歌合』 281
『釈教和歌百人一首』 273 274 280 281 286～289
『舎利讃歎』 247
しゃれ 8 9 47～49 88
『拾遺抄』 268
『拾遺風体和歌集』 286
『拾遺和歌集』 247 267～269 281 284 287 288
「十二月」 134～136
住蓮 253
『主心お婆々粉引歌』 115 159 174 186 189 230 231
順道 273 288 289
『春遊興』 128
正韵 35～37 39
聖覚 164 171
畳語 52

『二葉（じよう）集』 86〜88
『松竹梅』 109
正徹 35 36 39 54
『承徳本古謡集』 31〜33
『浄土百歌仙』 255 267 271〜273 280 287〜289
『浄土和讃』 44 248〜250
「浄土和讃切」 248 252
紹巴 59
『焦尾琴』 78
『諸経意弥陀仏和讃』 248
『続古今和歌集』 267 268 270 271 281〜285 287
『続後拾遺和歌集』 281 286
『続後撰和歌集』 267〜270 281 282 287
『続拾遺和歌集』 267〜270 281〜283 287
『続千載和歌集』 267 269〜271 281 283 286 287
『諸国盆踊唱歌』 110 111
『女児ねぶりさまし』 189
尻取り 131
「真光院切」 246
『新古今和歌集』 67〜69 102 267〜270 281 283〜286
『神国石臼歌』 191 192 194 195 201〜204 206 207 217 218
『神国うすひき歌 全』 192 195 200 201 204 216
『人国記』 111
『神国童謡歌』 192 194 196 200 201 203 204 216〜218
『新後拾遺和歌集』 268〜270 281 282 287
『新後撰和歌集』 267 269〜271 281〜283 285〜287
『新拾遺和歌集』 268 269 271 281 283〜285
『新続古今和歌集』 268〜271 281 283 285
新介（→松山―） 59〜61
『新千載和歌集』 268〜271 281〜287
『新撰和歌六帖』 282
『新勅撰和歌集』 267 269 270 281 284 285
『神道石臼哥』 203 204 206 217
『しんばん』 130
『新板小供うたづくし』 133 136 139 147
『新ばん子供ちんわんぶし』 130
『しんぱんちうはんぶし』 130
『しん板ちんわぶし』 130
『しん板ちんわん猫』 130
『しん板ちんわんぶし』 129 130
『新板ちんわんぶし』 130
『しんばんちんちんわんぶし』 130
『新ばん手遊ちんわん』 130
親鸞 40〜45 174 248〜252 273 286 288〜290
『親鸞上人絵詞伝』 315
『親鸞聖人御消息』 165
菅江真澄 111 148 175
すげ笠ぶし 79
『菫草』 81
駿河舞 24 33
『声曲類纂』 97
『清十郎追善奴俳諧』 83
清少納言 18 20〜22 24 25
『正像末法和讃』 248 252
「正像末法和讃切」 248
『是害房絵』 121
『施行歌』 127 242
『雪玉集』 282
拙堂如雲 232
仙厓義梵 126 128
『千載和歌集』 38 267 270 281 283 284 286〜288
「千載和歌集切」 37
『全浙兵制考』 51 54 106
千利休 56
『宗安小歌集』 8 48 54 85 96 318
『草庵集』 282 286
『宗因七百韻』 84
『宗因千句』 86
早歌 60 61 79 80
『宗及自会記』 62
『宗及他会記』 64
『草根集』 54
宗碩 85
『宗達自会記』 60 62
『宗達他会記』 62 64
『雑談集』 169
宗長 85
『増補臼挽哥』 184
宗養 59
『続学舎叢書』 111
『続虚栗』 77
『続山井』 86 89
薗原旧富（→旧富） 115 157 176 183 184 190 191 195 204 205 217 219 242

【た行】

『体源抄』 318
『太閤記』 59 60
諦住 157〜159 161 176 185 186
『大無量寿経』 252
平清盛 119
平泰時 167
『田植踊、並びに枡取り舞、花笠舞唄』 149〜151 155
田植踊歌 148〜155
『田植踊哥記』 149 151〜153 155
「高砂」 22 23 27

高三乗春 62
高三藤兵衛 62
高三隆喜（→隆喜） 62
高三隆春 62
高三隆世（→隆世） 62
高三隆達（→隆達） 56 57 73～76 97 98 100
高野辰之 115
「竹河」 27 29
忠重（→小笠原監物―） 99
忠吉（→松平―） 98 99 104
「たたらめ」 28 29
種蒔き権兵衛 142 144
種蒔き権兵衛踊 143
「玉垂」 28 29
『歎異抄』 163
『丹波与作待夜の小室節』 129
『ちうはんぶし』 130
近松門左衛門 129
「無力蝦」 13
『竹園抄』 317
『竹斎』 93
～95 97～100 102 104～106
「千鳥ゆゑ」 24 33
『茶人大系譜』 63
『中世歌謡の文学的研究』 35 106 248 253
長慶（→三好―） 59 60
『長秋詠藻』 283
『鳥獣人物戯画』 13
『ちんわん唄カルタ』 130
ちんわん節 127 129 130 139 147
辻本（源）基定（→源基定） 291 293 296
辻本（源）基久（→源基定） 313
津田宗及 56
『蔦本集』 81
『徒然草』 72 73
『蹄渓随筆』 49 81
手島堵庵 189
手毬歌 54
田楽節 92
『天狗草紙』 121
『天満千句』 86
『天文経緯鈔』 110
『天文経緯問答和解』 110
『桐隠随筆』 66
『道歌心の策』 240 267 271～273 286 289 291
『道歌百人一首麓枝折』 267 271～273 280 286 287 289 291
倒言 51
童謡 54
唐人歌 16
『当代記』 99
「融」 80 87
『言継卿記』 49
『俊頼髄脳』 316
鳥羽僧正 13
鳥刺踊唄 153
頓阿 162
曇鸞 249

【な行】

『中郷田植踊唄本』 149 150 154 155
投ぶし 79
なぞ 47～49
なぞかけ 8 9 48
なぞなぞ合 48
なぞなぞ物がたり 48
「謎の踊り」 9
「鳴り高し」 28～30 34
『業平踊歌』 78
『南方録』 67 74
『二根集』 85
「西京なる」 28 29 34
二段なぞ 48
蜷川新右衛門 293
『日本三代実録』 33
『日本書紀』 13 40
『日本風土記』 51 54 106
『日本民謡論』 191 202 203 216 217
『如雲紫笛翁かな説法附録いろは歌 全』 233
如雲舎紫笛（→紫笛） 232 239 240 273 287 289
『庭竈集』 83 84
「貫河」 11 12 27
「猫じゃ（ぢや）猫じゃ（ぢや）」 135
『念仏道歌西之台』 241 267 271～273 280 287 289
『念仏得失義』 164 172

【は行】

『俳諧うたたね』 83
『俳諧大句数』 89
『俳諧洗濯物』 82 84
『俳諧雑巾』 83 84
『誹諧独吟集』 89
『俳諧鼠道行』 82
『はいかい隆たつ』 80～82 87
『誹諧連歌抄』 76
端唄 135 136
白隠慧鶴 108 115 126～128 151～153 159 174 186 189 230 231 242
白氏文集 169
芭蕉（松尾―） 80 87
早口歌 131
早口ことば 52
春駒くどき木やり 126
『盤圭禅師法語』 189
盤珪永琢 108 115 159
判じ絵 49 119 128
判じ物 47 49 50 119 128 129
『はんじ物つくし当世

なぞの本』 128
『般若心経抄図会』 294
『披香殿』 243～246 248 249 252 253
旧富（→薗原―） 191～194 200～205 209 216 218 219
「常陸」 28 29 34
『鄙廼一曲』 107 111 148 154 175
『姫小松』 78
『百人一首』 267 280
『百物語』 312
『尾陽雑記』 99
広通（→石野―） 50
『日和田弥重郎花笠田植踊の唄』 149 153 155
『風雅和歌集』 268 270 281 285
『父子相迎』 161 244
「父子相迎切」 244
藤田徳太郎 115
『藤の衣物語絵巻』 32 122 191 194 200～202 204 216～218
藤原義江 144
風俗歌 6 18～21 25 28～34
風俗圏歌謡 18～20 22 25 31 33
二重なぞ 48
『二葉（ふたば）集』 83 86 89
「仏餉切」 246
「舟弁慶」 80 87
『夫木和歌抄』 282
『麓廼塵』 151 175
『平安二十歌仙』 89
『平家納経』 118 119
『平家物語』 32 123
甫庵（→小瀬―） 60
『鳳凰台』 244
放下の歌謡 97
法守法親王 245 246 252 253
「棒廻し布袋図」 152
「星切」 253
「菩提院切」 246
牡丹花（肖柏） 66
『法華讃歎』 247
「布袋お福を吹く図」 127
「布袋春駒図」 153

【ま行】

「真金吹」 20 21 32 33
「槇尾切」 245～247 252
『枕草子』 18～25 31 33 48 53
『松島眺望集』 89
松平君山（秀雲）（→君山） 193 195 202 206 218
松平忠吉（→忠吉） 97 98 103
『末灯抄』 165 172
『松の落葉』 78 107 109
『松の葉』 16 107～110
松山新介（助）（→新介） 56 59～61
『松屋名物集』 64
真鍋昌弘 115
『魔仏一如絵詞』 121
『万葉歌集』 78
『万葉集』 48
陸奥風俗 32
源基定（→辻本―、基定） 293 294
『見努世友』 246
「美濃山」 25～27 31 34
「美作」 33
三好実休（→実休） 59 61
三好長慶（→長慶） 59～61
三好元長（→元長） 58
『麦春歌』 176 222 223 229～231 242
無住 169
「席田」 20 21 25～27 31 32
『無名抄』 27
紫式部 26 27
『紫式部日記』 18 19 22 25～27 31 32
『無量寿経』 44
室町小歌 46～54 57 94 96 126 318
『明翰抄』 64
「名所花紅葉図」 124
『藻屑物語』 99
「杢之助図」 153
『藻塩草』 246
『尤之双紙』 53
基定（→辻本（源）―、源―） 294 303 313
基次（辻本―） 294
元長（→三好―） 59
「求子」 24 25 30 34
『物種集』 83 86
物尽くし 53 121
『百臼之図』 111

【や行】

「八乙女」 28 30 34
『八雲御抄』 316
『養草』 315
山岡宗無 56
山田孝雄 29 32 34
大和節 92
『唯信抄（鈔）』 164 171
『遊女物語絵巻』 122
『吉原はやり小哥そうまくり』 126
「吉原紋尽しのたたき」 125

【ら行】

『来迎讃』 41
『洛陽集』 83 84
懶石 176
『利休百会記』 63
『立志歳旦帳』 83 84

隆喜（→高三―）　62
隆世（→高三―）　62
隆達（→高三―）　56〜59　61〜66　71　74〜84　90
「隆達節歌謡」　8　9　48〜50　54　56〜61　63　66　67　70〜82　84〜91　94〜96　98　100〜102　104　126
『「隆達節歌謡」全歌集　本文と総索引』　67　74　75　91　106
『「隆達節歌謡」の基礎的研究』　63　65　67　75　76　98　106
笠亭仙果　54
『俚謡集』　154
『梁塵秘抄』　6　7　10　12〜14　35　37　39　41　119〜122
『梁塵秘抄口伝集』　318
『類聚名物考』　66
蓮如　248〜252
朗詠　97　123

【わ行】

「我家」　27
「若衆図」　125
若衆歌舞伎踊歌　126
『和河わらんべうた』　108　112　127　229〜231　242
『和漢朗詠集』　100　102
『和語灯録』　163　281
童謡　13
和讃　40〜45　127　245　248　249
「和讃切」　246
『和讃即席法談』　158

歌謡・和歌・道歌・俳諧索引

【あ行】

アソーレワヤー　鎌倉の御所の　151
アソーレワヤー　七つ八つ棟をな　151
ア　夫はや　家まや蔵〔鎌倉〕の御所の　150
ア　夫はや　七つ八つのむ子〔棟〕をな　150
相思ふ仲さへ変はる　74
愛は誓うて添ひはせで　74　89
あかつきの鐘は枕に　278
秋かぜの峯のしら雲　261
明くれに業をばはたき　237
秋ふかくしぐるる西の　258
悪業の風にふかれて　234
悪事災難罪事科を　178　197　209
あくたいは家業のたしに　303
悪をころし善をみる目の　235
揚屋には茂れ松山　84
朝かほの露の我身を　277
あさがほを何はかなしと　277
朝ねするのを病といやる　227
あさねめさるな朝ねをすれば　227　229
麻の中なるよもぎをみやれ　224
浅水の橋のとどろとどろと　33
あしかれと人をもいはじ　279
あしきとて只一筋に　300
葦間にまじる薄一むら　59
あすありとおもふ心は　299　312
飛鳥井に宿りはすべし　33
あすといふ心に物を　299
明日といふことさへしれぬ　298
明日の事より今日こそ大事　180　214
あすの事よりけふ先いのれ　198
明日は閻浮の塵ともなれ　105
明日はしれずきのふは過る　226　229
明日をも知らぬ露の身を　75　126
あだにちる花見るだにも　266　276
東屋の真屋のあまりの　11
あな喧子供や密かなれ　34
あな尊今日の尊さや古もはれ　34
兄と行ときや肩だけ下りや　223
あの山見さひ此山見さひ　105
あはれちはやぶる賀茂の社の　34
あはれともいふべき人は　278
あはれ世は玉敷とても　166

逢ふはなを別れのはなと　104
天津御法の直日の影で　178 197 209
天の岩窟に其影はじめ　180
天の岩戸のあな面白の　178 196 209
天の棚機姫命衣物の神に　197
天の棚機姫様は　180 190
あまり言葉のかけたさに　11
あまり見たさにそと隠れて　11
あみた仏十声となへて　275
あみだ仏といふよりほかは　164
阿弥陀仏と唱ふる声に　265
阿弥陀仏ととなふる声を　263 275
天下に人と生れば　297
天に日の神地に国つ神　198 212
雨の降る夜に誰が濡れて来ぞの　94
雨をふらす竜たつ節の　82
綾やにしきを心にめして　227
鮎は瀬にすむ鳥や木にとまる　127
あらしあてまひ善信様を　171 188
荒田に生ふる富草の花　18 31
あら何ともなのうき世やの　71 80 87
あら何ともなや昨日は過ぎて　80 87
霰こそさらさらさつと　86
ありがたや御法の山の　160 173 186
有とあらゆるそのことごとを　180 198 214
あるあると思ひし善は　236
あわれみを物にほどこす　280
安楽国ヲネカフヒト　250
安楽仏土の依正は　44
イースン　門の松のな　一の枝にな　149
いいへいいへ下に下に　143
いかなれは春をかさねて　38
いかにせん日は暮方に　256
いかにともしかたのないは　235
いかる心は地ごくのほのを　226
怒るこころは破れのもとよ　179 212
イカン　門やまんつ〔松〕のなああんあ　149
生見魂とて指鯖おくる　180 197 210
幾千年秘蔵せし木も　235
いく程かなからへてみん　277
池波のよるよる来るや　89
池の面よごとにかよふ　303
いけるをばはなつめぐみの　241
異国島々諸越よりも　179 197 211
いさぎよき浦に影こそ　262
いざ桜われもちりなん　173
いざれ独楽鳥羽の城南寺の　12
衣裳きるのは齋機殿の　178 197 211
五十鈴曦々鈴音きけば　196 209
五十鈴真鈴や駅路の鈴に　178 196 209
伊勢人の浪のうへこぐ　29
伊勢人はあやしき者をや　29
いそげ人みだのみふねの　257
いたづらにあたら月日を　299
徒にまたこのたびも　265
いつかわれ苔の袂に　278
一切のものをばめぐむ　238
一生を富貴にくらし　298
いつのまにいとふ心を　266
いつの世のせけんしらずの　301
いつも春立つ門の松　78 85
いでいで謎をかけん　9
糸のみだれはもとからくりやれ　225
いとふへき世のことはりの　279
いとへただ難波のあしの　279
いな物ぢや心は我がものなれど　105
稲荷祭の太鼓の音　134 138
いにしへにいかなる契　163 257 275
犬は夜を守る鶏は時告る　179 198 212
亥の子祝へよ富福智恵尊　181 197 210
命つぐくひもの着もの　183
命をばいか成人の　279
岩堅帯とて五つ月ならば　179 198 213
岩の上に小猿米焼く　13
祝うたへよ先日の本に　180

祝ふことばも呪詛も口よ　179　212
祝ふなり又なげくなり　236
いふた言葉をたがへる人わ　224
家持が店がりになる　302
家居つくりて養蚕をなして　197　211
今ぞこれいる日を見ても　263
今そしる冬こもりせる　276
今の都のはやり物　105
今ははや一夜の夢と　280
今ほめてのちわるくいふ　302
いやゑせ（似非）うた（歌）かや　122
伊予の湯の湯桁は幾つ　29　34
入月のなごりをそへて　259
入月を見るとや人の（は）　264　277
入歯に声のしはがれて　79　81
いろかをもおもひもいれず　101
いろは哥わらは娘の　239　240
色ふかく思ひけるこそ　256
因果報ひは我なす事よ　227　229
うきことは世にふるほどの　279
うきたひに猶世をかこつ　279
憂身とも今は歎かじ　162　279
うきみをも捨ぬ誓を　262
うきも猶むかしのゆへと　279
うき世にはなをとどめじと　258
うけがたき身をいたづらに　277
うけがたきむくひのほとの　277
兎兎何を見て跳ねまする　134　138
うそは心におぼゑがあるぞ　228
うそをつきやるなうそつく人は　224
歌は難波のよしあしともに　223
諷ふ哥にも心をつけやれ　223
歌をうたへや真実とうたへ　177　178　209
内と外つつむこころの　236
うちにおもへば言葉に出る　223
卯月八日は花生たてて　180　210
茨小木の下にこそ　13
生れくるからそりや死るはづ　227　229
生れつくわが悪念を　297
生れぬる其あかつきに　314
海もうみしげりなのりそ　85
梅に桜よいろいろ花に　180
梅の花色をもかをも　276
梅は匂ひ花は紅　71
梅よ桜よ色々華に　199　214
うれしさの涙もさらに　171
うれしとふとや月日のたつは　171　188
栄耀栄花もほど過ぬれば　179　198　213
縁のむすびは私ならず　198　213
麻績機織物たちぬふて　179　197　211
おきもせずねもせで物を　303
おごる心にかぎりはないぞ　225
猿田彦命待には七色菓子の　178　210
鴛鴦鸍鴨さへ来居る　34
おしへをく其品々の　276
おしめども常ならぬ世の　276
おぢおばや兄弟中も　297
御乳乳母で育た子には　301
お茶の水が遅くなり候　10
音にきく君かもいつか　260
おどろかでけふもむなしく　279
お庭にずらりと引き連れ参れば　153
己が心の横しまごとが　179　198　212
おのが身持に油断をせねば　224
おのれおのれが身の分しりて　224
大舎人の孫三郎が　121
思うたを思うたが思うたかの　52　318
面影は手にも溜まらずまた消えて　74
おもしろ（面白）きものはれ　121
面白の海道下りや　97
面白の花の都や　100
思はざりきのあやまりごとも　178　209
思はさりきのつみこと科も　197
思ひ明し寝は松風も寂し　101
思ひ出せばわが友だちの　169　188

思ひうちなら色外に出る　170 188
重ひ軽ひの品にはよらぬ　224
おもひきや憂世をいとふ　275
思ひ切らうやれ忘れうやれ　74
おもひたつ心ばかりを　261
おもひ廻せば浮世は夢ぞ　228
思ふこそなきたに安く　279
思へかしいかに思はれん　52
おもへただ髪に霜なき　170
思へども思はずとのみ　317
思へども思はぬ中は　317
親にあやらば色やわらかに　225
親にしたがひ道行ときは　223
親につかへて孝行なせば　179 197 212
親につかへて不孝な人は　223
親の仰を(に)背けるものの(は)　179 198 212
親のこころのやすまるやうに　223
親の親るひ中よくめされ　225
親の手にあまりものぞと　235
親は過去我身は現世　302
親をうやまふ心がなさに　223
親を（は）内宮外宮と仰げ　179 197 212
おれとそなたの中だによくば　105
おろかなる心をいかが　279
おろかなる身はしもながら　260
恩のためすつる命は　300
恩をうけても恩をもしらぬ　225

【か行】

鏡取持化粧をするは　178 197 211
垣の筒男の老翁の神の　197
かくばかりうきはいかなる　279
家業精出し実義なものは（が）　180 214
家業精出し正直なるが　198
頭をはさぐるばかりが　235
数ならず生れける身の　279
数の念仏で参るでなひが　161 187
風をいたみ岩打つ波の　14
刀脇差刃物のはしめ　179 197 211
甲子巳待をよくつとむれば　178 211
葛城の寺の前なるや　15
勝ばかちたし負れば惜し　227
合点させんと八千余たび　170 188
叶はざる恋をさせたや　89
かな仏や木ぶつや絵像　300
鐘さへ鳴ればも往なうと　78 86 95
かねたたきかねがなきゆゑ　301
鉦たたき数珠くる人も　301
鐘でしらすも太鼓でよぶも　161 187
鐘は初夜鳥は空音を　87
金持のあるがうへにも　314
金持を十人よせて　301
かねや木で仏をつくり　237
金をたたいて仏にならば　105
銀をつかへど商内事を　228
銀を持たりや貧者をにくむ　226 229
庚申の夜鶏まで遊べ　178 210
かぶもなくかかる子どもも　314
かほつきは常にたしなめ　298
鎌倉の御所のお庭で十三の小女郎が　151
鎌倉の御所のお庭で十七小女郎が　151
上に立人は竈土のたきぎ　225
上にもあり下にもありて　237
神の鏡はよく思へ　179 190
神の鏡は遠近もなく　212
神の御恩と先祖の影で　180 198 214
神の御恩と父母の恩　179 190 197 211
神の御恩の今日しらで　198
神の御恩をよくこころへて　199
神の定めの一六日は　178 197 210
神の咄しに腹たつものは　180 198 214
神の御国ぞ皆人々も　177 181
神の御国のこの日のもとに　178 181 196 209
神の御末の其種継で　178 196 209
髪のゆひたて菩薩に似たが　172 188

神の長田の稲穂の末と　178 197 211
神は正直誠を照らす　179 197 211
神仏いのらずとても　302
神仏ねごふこころが　242
神迎へとて社へ参る　181
神や仏になるとはまよひ　180 198 214
紙を漉初文かかするは　197 211
紙を漉そめ文かくことは　179
唐崎の松かや我は　89
鳥が鳴けばもいのとや　78
鳥雀のさえづる声を　179 198 213
かり染に心の宿と　277
仮初に宗旨あらそひ　301
かりそめにめをといさかひ　298
かり染のうき世ばかりの　277
かりの世にかしたるぬしも　314
かりの世にかりの仏や　303
かりは（狩場）の鹿はあす（明日）をも
　し（知）らぬ　125
かんにんのなる堪忍が　297 312
かんにんはかならず人の　298
かんふらんはるたいてんよ　16
官禄にほこりて身をば　236
気がながい気が短いと　237
聞ぬ人よりきくのもましか　169 188
聞くもしゆんなり　85
きづかさやよせさにしざひもお　16 52
忌日命日その亡霊を　180 198 214
衣にあやある色染なすは　178 197 211
甲子の日は大己貴命や　197
甲子の日は大己貴命祭り　178 210
きのふけふまで振袖着たに　160 172 186 188
君が代は千代に八千代に　102
きみが代は千世にやちよを　101
諾冊の二尊の瓊矛の先に　180
君の身になりて我身を　229
君をあをぎ臣をおもひて　300
君を初めて見る折は　123
きやうがいの道をおしゆる　297
金銀はじひとなさけと　301
草の庵につゆきえぬとや　263
艸の葉のほどほどにおく　298
草の原ひかりまちとる　262
口でいふこと誰でもいへど　225
口でぬらりといふ人いやよ　224
くちなしの色に染ぬる　37
愚痴の此身をわたさんための　162 187
口も手もからだも足も　241
口をやしなふ人おふけれど　225
国のあるじは日に栄へませ　199 214
国の開闢をしへの道は　177 180 215
国の教をいやしむ人は　180 198 214
九年までざぜんするこそ　276
陰の名をば何とか言ふ　6
くもの家にあれたる駒は　104
雲の上はありし昔に　319
曇りなき代の光にや　317
くもりゆく人の心の　259
くやしさにかへらぬことを　241
光雲無碍如虚空　42
夏至や冬至や御彼岸中は　197
夏至や冬至や彼岸の節は　178 210
けはひけしやうで、外からぬれど　228
けふ過ぬ命もしかと　278
今日の天照日の御神を　178 209
けふの天照日の神さまを　197
今日の此日に又あはれぬと　179 198 212
けふよりは露の命も　278
烟たに立もとまらで　278
けんくわかうろんたくんじやせぬぞ　226
現世いのりや物忌せまひ　163 187
後悔のなみださきだつ　241
五月幟は粽に柏餅　136 138
黄金積より実をつみやれ　225
鞁弓三味線めつたにひけば　228

極悪深重の衆生は　43
極楽に今帰るなり　275
極楽にうまれんと思ふ　256
極楽のみだのちかひに　260
極楽ははるけきほどと　260　275
極楽へまだわがこころ　257
極楽も地ごくも今の　297
ごくらくやじごくがあると　313
ごくらくゑ人をすすむる　313
極楽をねがふ思ひの　257
ここにやりかしこによはふ　259　275
九重にやへ山吹を　37
心いとなほかるべしと　302
こころおばたしなみつつも　313
心がらこそ身はいやしけれ　224　230
心こそこころまよはす　300　312
心尽しの内裏奉公や　94
心づよき君には尚も　104
心とどめて御法をききやれ　168　188
心なきうゑ木ものりを　257　276
心をばかねて西にぞ　261
越路なる関川山に　171
後生願はば孝行にしやれ　223
後生願ふは老ての事と　169　188
日本の烏が日赤日陽と鳴は　180　215
こと浦にくちてすてたる　264
言のはにみつととけども　266
事の前からたくんでおけば　226
言葉一言いだすが大事　226
子どもかわいかずいぶんつかや　225
琴や三味線よひ衆の業よ　228
子にまよひ気ままきずいに　303
子のためと我身のために　298
この殿はむべもむべも富みけり　33
此身は主の身我身じやないと　228
この世たに月待ほどは　276
この世よりはちすの糸に　265
御法度をしりつつのる　297
恋をさせたや鐘撞く人に　50　81　89
駒の手綱をゆるすなとのご　226
是からみればあふみのや　79
これやこのうき世の外の　260
これや此ゆくも帰るも　236
小六ころりと今はなきあと　82
子を持ておやとなりたる　302
権兵衛が種まきゃ(く)烏がほぜくる　142　144

【さ行】

さあうたへしげれ松山　84
西京なる御達は綾千疋　34
咲た桜になぜこま繋　128
さいはひはねがふに来り　300
榊折取簪さすは　178
さかぬまはしんきの花の　88
境目せせりて地を取人は　227
堺を出て西海のなみ　83
咲にほひかせまつ程の　277
酒の気をかりて出かける　299
酒は至極の薬といへど　180　198　213
鮭は瀬に住む鳥は木にとまります　127
さけはただのまねば須磨の　299
さけやさけ実は成次第　90
さしをかずすべき事して　241
五月五日は武具錺り　180
さつはりと埒のあいたる　241
さのみよもいる月かげも　259
沢田川袖つくばかりや　33
さはりなくいるひを見ても　261
さまざまにとけどもとけぬ　303
さまざまのをしへはあれど　242
さむいひだるい心のほどを　179　213
さむくともたもとにいれよ　171
紗綾や縮緬よいものきても　228
さらさらさつと風のたつ浪　86
さらにまた尋ね来つれど　258

娑羅や林樹の樹の下に　122
三十あまりふたつのすがた　263
三毒にしめ付られて　237
山林静かに独りゐて　120 132
しかられて動くは我が子　298
四季の土用に北斗を拝む　179 198 213
茂れ松山茂らうには　85
茂れ松山茂らうにや　85
仕事しやらば哥うたやれよ　223
死してのち我身にそふる　169
四十までよい分別の　299
十方仏土の中には　41 42
信濃にあんなる木曽路河　318
信濃にありし木曽路河　318
忍び夜夫と雷雨あめは　112
四方白壁八つ棟作り　151
十二月中比煤払するは　181
極月三十日は大歳神の　181
柴の戸にあけくれかゝる　257
慈悲心のひとは此世も　301
慈悲な諸仏の御手にももれた　162 187
十七八は二度候か　54 55 106
塩土翁の煮たまひし　179 190
塩筒男老翁の神の　211
霜枯に咲は辛気の　89
正直に家業大事に　297
正直にこころ直に　297
正直に貧にくらせど　303
釈迦阿弥陀おなし教の　275
釈迦の正覚成ることは　120
釈迦の月は隠れにき　119
邪見なる人は此世も　301
娑婆界ハ厭フベシ　41
主にしてやる仕事じやないと　223
主のおかげで此身が立つと　179 212
主の御影て此身がたてば　198
衆生みな一仏乗の　301
主従親子に兄弟夫婦　229
儒道仏道と二つの法が　198 214
儒道仏法二つの教　180
諸仏世尊の御恩といへど　198
白鷺や船の舳に巣をかけて　150
しらざ知らぬと、何でもとやれ　227
しら波もよせくるかたに　279
知らぬ事おば知がほすれば　227
自力ノ心ヲムネトシテ　252
思量もなく分別もなく　234
しるべある時にだにゆけ　257
仁あれば人の機嫌を　241
心（辛）気の花は夜々に咲く　89
真実の信心ならで　169
真実の通ずるままに　235
死でから仏といふも　300
しんでから仏になるも　300
親類のぎりも忘れて　297
姿こそみにくきとても　301
過しこと来らぬことは　241
すぐに大蛇をたすけんために　172 188
すてしより山のおくにも　279
すみのぼる月の光を　262
寸の間もたへず修行を　238
笑止やうき世や恨めしや　74
世界億万国土はありと　199 214
世界万国国土はあれど　180
銭金をつかひ果すも　301
銭や小判はたれでも持ぞ　226 230
ぜにを持つ人のさほうを　301
善悪のちゑは其身の　297
善知識にあふことも　44
添うたより添はぬ契りはなほ深い　72
添うて退く身はある慣らひ　72
ソウレワ　門や松の一の枝に　150
そこ清きこころのみづの　261
そつとせよ人の心は　302
そのかみや祈りおきけむ　317

そらに天道がてらしてござる　226

【た行】

大慈悲をほどこすひろき　242
大千に大孝心を　241
高声でしげれ松山　84
竹をけづりて笄さすは　179
ただ遊べ帰らぬ道は　70, 126
たたき廻して仕ふな人を　179, 213
ただ人には馴れまじものぢや　15
ただ人はひとをよかれと　299
たたらめの花の如　29
たちかへりまたぞしづまん　263
立ならぶかげやなからん　260
たとへいかやうの事ありとても　180, 214
たとへ物ごと発明なりと　179, 198, 212
たのしみも又くるしみも　238
たのむそよ五つの障り　266, 275
旅へたつ人道祖の神を　197
旅へ行人道祖の神を　178, 211
たまたまあふてなぜにいのとは　86
たまたまに人に生れて　299
玉垂れの小瓶を中に据ゑて　29
ためによいこといふ物いやで　228
たゆみなくこころをかくる　262
たれも主親大事にすれば　228
たれもみなわたる心を　263
誰ゆへに此度かかる　277
他をめぐみわれを忘れて　298
短気直しやれ嗜みやなをる　227
団子串にさいて待夜はこいで　127
持戒破戒もむかしの人よ　163, 187
近づきは智者と福者と　302
ちかひおくおなじ蓮の　258, 278
力なき蝦力なき蝦　13
地獄いやなら心を直しや　227
地獄極楽たが見て来たら　230
ぢごくごくらく外にはないぞ　225, 229
地震神鳴大風吹は　179, 198, 213
父母のいたはりたてし　301
千歳旧るとも散らざる花と　74
千鳥ゆゑに浜に出て遊ぶ　33
千早ぶる玉のすだれを　256
長生は朝とくおきて　301
茶がゆ麁食も働きくゑば　224
中以下のつまは必ず　298
忠と孝とを忘れたものは　179, 198, 212
ちゑもなく情もしらぬ　301
ちん(狆)わんねこ(猫)にやアちう　129
追従軽薄する人見れば　224
月かげはいる山のはも　262
月にかがやくもみじの錦　223
月に叢雲花に風　54
月のさはりは七日の間　179, 198, 213
月も日もかげをばにしに　263
月よ花よ起請を入る　89
月よ花よ諸魚実相の　89
月よ花よと遊ぶ身でもな　89
月よ花よと暮らせただ　70, 89, 126
月よ花よとこそおもひ者　89
月よ花よ遠く生るる　89
つくづくとおもひしとけば　256
己巳の日は食稲神祭り　178, 210
つつしんでいそがばまはれ　234
つとめはげんでゆかれぬ御国　164, 187
常に消えせぬ雪の島　7
常よりもはかなき頃の　169
つの国のなにはのことの　300
津の国の難波のことも　279
つばくろは酒屋の破風に　154
燕は酒屋の屋根に　154
燕は船の艫舳さ　154
つまやこがそばてなげくも　314
露の身にむすへる罪は　265, 275
つゆの身の置処とて　258

露の世に身は成次第　90
辛からば我も心の　14
つらき身のもとの報は　168
鶴が御門に巣をかきよならば　150
つんばくら床屋の破風に　154
亭主亭主の留守なれば　7
手にむすぶ水にやどれる　278
蝶々蜻蛉や蟋蟀　134　138
照しましますこの御影をば　179　198　212
照すらん入日を見ても　274
寺や道場は先祖の霊屋　180　214
寺や道場は先祖のみたま　198
天道のめぐみのまこと　236
天棚機姫命衣物の神よ　210
東夷粟散辺土といへど　180　199　215
唐の聖人事物の恩も　198
とかく世にすみや不祥がござる　226
どくとしりたら喰ぬがよひに　225
どこへともしらでいる息　237
どこも残らず中よくなれば　229
稔のはじめの折移とて　180　190
年よりて子にあきらるる　303
渡世さへすりや言ぶんないと　228
とても籠らば清水へ　100
とてもする事ちやくちやくしやれ　226
とどろとどろと鳴神も　100
ともかくも仕ぬる身よ　90
取しまりなき心とは　299
鳥の音も浪のおとにぞ　262
とり辺山こよひも烟　278
どろ水もおどめてつかへ　302
とわぬ先から心得おひて　226

【な行】

泣いても笑うても行くものを　60　70　71　89
ないものを下戸と化もの　236
ながきよのとおのねぶりの　50　51
長き夜の深行月を　276
九月九日白山姫の　181
九月九日は山祇神の　197　210
仲間口ききかならずむやう　228
ながらへてつゐにすむべき　166
なきからへ道おしゑする　314
夏越祓は千歳の命　180　215
情あれただ朝顔の　75
情なかりし其罪咎の　179　198　213
情は今の思ひの種よ　94
仁愛ふかうて慈悲心あるは　198
仁愛ふかうて正直なるは　179　212
なさけをば人にかくると　300
名取川幾瀬か渡るや　32
何事も心ひとつに　298
何事もその品々を　302
何事も背く世間の　299
何せうぞくすんで　60　126
何につけてもかんにんめされ　226
何ひとつとどまるものは　235
何もかも唯人の手を　238
何をするとも心にとやれ　226
何をするとも大事とすれば　223
何をまひても捨おきや出来ぬ　224
名のりする雲ゐのこゑは　263
なむあみたとはかり聞そ　275
南無阿弥陀仏の御手に　258
なむとただとなふる人の　300　312
ならひぞとしりてもうきは　278
なり次第夕顔の実は　90
なるやうの事を随分　237
名をあけたや名をとりたやと　236
何の芸でも心がけりや　224
二季の社日に田畑の神を　180　215
にくげなき此しやれかうべ　314
にごりある水にも月は　261
濁江にふかくはまりし　237
濁る世の人の心を　259　276

西寺の老鼠若鼠　13
西の海みちひくしほに　264
廿三夜と八日の月を　178 197 209
二十四節の其時々は　179 198 213
廿八日御星の祭り　178 197 209
廿より三十四五に　299
にしへとやみのりのかどを　266
西へゆく月に契りて　265
西へゆく月をやよそに　260
西へ行道のしるべは　259
西へ行道より外は　276
西ゑ行月に心の　277
庭の木の葉も心の塵も　178 197 209
庭ノマリ（毬）カ是害房　122
二百十日に吹風毒よ　180 210
如来大悲の恩徳は　165
貫河の瀬々の柔ら手枕　11
ぬす人とうまれつく身は　302
猫じゃ猫じゃと仰ますな　135 138
ねてもさめてもとなよとあるに　163 187
ねてもさめても南無阿弥陀仏　164 187
ねぬ夢にむかしのかべを　36
年きからしだした人も　314
念仏はまほさずとても　297
のこりなくちるぞめで度　173
のりつめる人をしわたす　259
法の道入べき門は　276
のりの水ひとつなかれを　276
法のみな消なん後の　276

【は行】

はかなくぞかたぶく月を　265
はかなくもきゆるを露と　234
博奕とたんは身をうつ仇よ　227
八十八夜に御日待すれば　180 210
八十を定命として　299
恥をかひても恥とも知にや　227
八月朔日田の実の祭り　180
はつめいな親もわが子の　303
はなげのばして月な見そ　105
花とみし人はほどなく　277
花に趣向ああら何とも　87
花の弥生は向島　135 138
花も紅葉もなかりけり　70
花よ月よと暮らせただ　70 89
はなれにくいはなれにくいと　234
花をのみ待らん人に　68
浜松の音はざざん　101
腹のたつとき暫死んで　167 188
はらひあらへば物きようなる　197 209
祓よむ人こころを正し　197 209
祓よむもの禰宜じゃといひて　199 214
祓よめとは春日の神の　178 196 209
春ごとに花は散とも　277
春鳴は声もしゅんなり　85
春の始の春駒なんど　153
春を止むるに春止まらず　103
ばんもつにまよふは（へば）こども　313 314
ひがことのたびかさなれど　234
彼岸経さらさらさつと　86
引く引く引くとて鳴子は引かで　53
常陸にも田をこそ作れ　34
人多き人のなかにも　303
人ごとをそしらば人も　302
一声にみつの心の　265
一声の郭公より　303
一こゑのかねのをとこそ　278
一しあんあるもよけれど　302
一たびもその名を聞て　264
ひとたびもなむあみだぶと　257
人といふもの尊ひものよ　178 196 209
人と契らば薄く契りて　95
人なみに腹を立のは　298
人につらくば身をうらみやれよ　226
人のあしきはわがなすわざよ　168 188

人のいのちは限りがござる　227
人のうへこしたかるほど　235
人のうへの沙汰はすれども　238
人の奢はどこともなしに　179 190 198 213
人のかたちは皆人なれど　180 197 214
人の心はかくしはならぬ　224
人の心は習ひがだいじ　223
人のため身をおしまぬは　242
人の辛くは我も心の　14
人の身にさけはくすりと　299
人のわざのよきを見るにも　238
人は正直天事が柱　179 197 211
人はそしろとわらふとままよ　224
人はただ親と主人と　297
人は只ばくちと酒と　299
人はただ人の賞翫　302
人はただよしといふこそ　298
人はよいものとにかくに　87
人はよいよい何にても　87
人は礼義でかためた物ぞ　227
ひとり来てひとり帰るも　314
独子を月よ花よと　89
独りも行き候二人も行く　77 78
独もゆくふたりも行候　77
人を苦しめ宝を持な　179 198 213

ひのえ午の日庚申の日に　198 213
丙午の日庚や申に　179
広い世界にないものは人　225
ひんにんの身には後せうも　314
ひん人は只かんにんを　302
武具をかざりて茅纏の鉾の　197 210
ふし似せてみん隆達がゆり落し　83
不足いふてくるしむものに　241
ふたつなく頼むになれは　276
ふたつもなくみつもなくして　241
藤花わがまつ雲の　265
船はあぶなひ遠くにまわりや　225
船や桴や橋うちかけて　211
船よばふ声にむかふる　264 276
船を浮べて帆かけてまつに　166 187
ふりあぐるこぶしのつのを　298
古い事おもふてやくに　238
フル（古）カラカサ（唐傘）カ是害房　122
古郷にのこる蓮は　264
古沼の浅きかたより　59
へだつなよつひには西と　264
へだてなき心の月は　265
へつらはずおごる事なく　302
朋友をつねにしたしく　302
奉公すれども不孝な人は　223

奉公の始の心末までも　228
宝林宝樹微妙音　249
法華経をわかえしことは　247
欲や惜やとむさぼる人は　224
法華浄土の差別はないぞ　227
仏には心もならず　303
仏にも神にも人は　297
盆の踊は門火を焼て　180 197 210

【ま行】

前の世の契りをしらで　168
間垣ゆひにし花折ものは　198 213
真金吹く吉備の中山　32
誠みらひが恐ろしければ　226
まちかねて歎くとつげよ　256
窓の月軒ばのはなの　264
まめやかにして長生せねば　198
丸くともひと角あれや　297
万能にすぐれし人も　298
身勝手の我をたをして　237
三草山より出づる柴人　9 48 49
見さいな見さいなお餌差舞を　153
見さいな見さいな何にやら舞か　152
見さひな見さいな国入りを　153
見せばやと花のなかばを　259

弥陀たのむ心のうちに　259　275
弥陀たのむ人は雨夜の　256
道にそむく人にあふても　241
道のべのちりに光を　280
道をやぶりそこのふ愚痴の　241
み(見)てもみ(見)ても見あ(飽)かぬは　125
みな人の祈る心も　280
皆人のしり顔にして　277
みな人のむかしかたりに　278
皆人のゆきてうまるる　266
身のうへにふりゆく霜の　278
美濃山に繁に生いたる　34
御法かずかず耳には聞ど　188
御法きく身とそだてし御恩　162　187
身は近江舟かや　48
身はなり次第荻のあれ庵　90
身は鳴門舟かや　8　48
身は撥釣瓶よ　8　48
身は破れ笠　79
見よいのも見苦しいのも　238
三芳野のみつわけ山の　260
見る穴へおち入ひとぞ　299
見るに心の澄むものは　121
見わたせば花も紅葉も　67　68
身を思ふ人こそげには　277
身を観ずれば岸の額に　103
身をさらぬ日吉のかげを　262
身をばたしなむ事をばしりて　228
無学でも親がきびしく　300
むかしよりあみたの慈悲に　280
席田の席田の伊津貫川にや　32
無心にてしりわくる事　242
結んでおくれ手も美しい　143
六の道いくめぐりして　258　276
六根の清浄の事品分は　199　215
むらあやでこもひよこたま　16　52
むらさきの雲たな引て　261
紫の雲のむかへを　257　275
紫の雲井をねがふ　263
紫の雲をもかくして　265
無理に銀もち願ふてもならぬ　224
無理に銀もち願やる人は　224
無理を重ねて栄ゆる家は　225
無理をたてるが武士じやとおしやる　224
名聞にしんじん皃の　299
名聞やうは気後生の　301
名聞をはなれてとかく　300
目かけ手かけを持のはわるひ　198
目しゐたる亀のうき木に　275
めしつかふ年季小ものは　302
めしつかふもののそしりを　300
目出た目出たがたび重なりて　150
目出度目出度が三つかさなれば　150
目出度目出度や春の初めの　153
めでたやめでたや春の始めに　153
も往なうかいの鐘のおとまし　86
もいのもいのわかれきのどく　86
燃出る瞋恚のほむら　280
もがきびんぼうする人多し　228
もぢずりの乱そめにし　234
もとよりも塵の身体　90
物の形をよく造なす　209
物の出来るは日の神よりぞ　178
ものの実入をよくてらします　197
物をするのを手に付すれば　227
紅葉散して赤地のにしき　223
紅葉葉を風にまかせて　277
桃の節句は粟島様を　180
桃の節句は蛤貝姫を　210
桃の節句は富福姫を　197
諸ともにおなし憂世に　277

【や行】

やいとおすやれ孝行物じや　228
や有度浜に駿河なる有度浜に　33

やがて御傍へ召下さるる　165 187
やがて参らせ下さるからは　171 188
八声の鳥は偽を歌ふた　101
八月朔日田の実の祭り　197 210
破菅笠しめをのかつら　79
山里にのかれもいらし　279
山に生ひ立海より出るも　179 197 211
山のはの入日をいかで　264
山の端の入日をかへす　261
病いやさに薬はのめど　225
款冬の花の妻とは　38
山伏の腰につけたる　14
山や海にも越たる御恩　165 187
やよやまてかたぶく月に　258
鑓をひつさげもいのとおしやる　86
八乙女は我が八乙女ぞ　34
ゆがむ心で物祈りやんな　225
雪の上降る雨候よ　88
行すゑはまよふならひと　277
ゆだんすな魔はさまざまの　237
夕暮のたかねをいづる　258
夕暮は物ぞかなしき　278
夕されば音になくをしの　36
夕日かげさすかと見えて　259
夢さむるかねのひびきに　275
夢にソレ見てさえよいとや申す　153
夢の浮世と口ではいへど　228
夢の浮世にただ狂へ　60
夢のうき世の露の命の　90 126
夢の浮世をぬめろやれ　60 100
善も悪ひも噂はうそよ　179 212
よきことをしらぬ其身の　298
よくさとれ心の鬼が　303
欲と色とは水火の二つ　179 198 213
与作丹波の馬方なれど　128
よしあしの枝葉のせんぎ　235
よしあしの人をわかじと　260
よしさらばわれとはささじ　261 276
吉野川岸の山吹　38
よしもなく地水火風を　277
よそにみしお花か末の　278
よつのものかへせばもとに　241
世にこゆる誓のうみに　262 276
世にこゆる誓ひの船を　263 275
世の中に尼の心を　280
世の中に子にわる者は　301
世の中の麻はあとなく　167
世の中のうきは今こそ　279
世中のはかなきことを　302
世の中の花も紅葉も　225
世中の嫁はわが子の　298
世中の教をきかす　300
世の中は霰よの　86
世の中はかくこそみゆれ　278
世中はかべに耳ある　303
世の中は月に叢雲　54 104
世の中はとてもかくても　279
世の中は何かつねなる　278
世中はなにつけても　183
世中はのり合ふねの　298
世の中は夢かうつつか　278
世の中を何にたとへん　278
世中を能わきまへて　300
夜もすがら西にこころの　257
夜もすがら仏のみ名を　256
世世ニ善導イテタマヒ　251
万の仏の願よりも　103

【ら行】

りうたつと云づくにうが　82
りう辰の年に小歌や　83
りうたつへ哥の望を　83
理屈こねる心をすてて　234
利口ぶるのは大かたあほう　228
利根才覚物よみしても　168 188

理にかなひ道にそむかず　297
理非をわけ国を守護して　297
立達や未来をうたふ　83
領解すまして気儘にするは　167 188
隆達が口にまかせし　83
竜達の歌や鶯の　83
隆辰も入歯に声の　81～83
礼義をばほどほどにせよ　300

【わ行】

若い盛りにうかうか暮し　227
若い盛につとめておいて　227
若いときとて二夕度あろか　55 106
我が庵は三輪の山もと　18
若きとて血気にまかせ　299
稚産霊の神祭るのは　180
我か心こころにいつはり出れば　197
わが心わがみにうつる　298
わがこころ絵がかれぬこそ　300
わが恋は千本の松も　104
わが子をば我とほむるは　303
我宗旨わるふいはれて　301
若ひ折とて二たびあるか　55 106
我身いためていたさをしれば　226
我身堅固に長生せずは　180 214
稚産霊の神さままつる　197
稚産霊の神祭るのは　210
脇目ふらずに敬ふものは　180 199 214
和御料思へば安濃の津より　10
綿のやうにやはらかな気を　235
わるひ身もちと心にしらば　224
わるものになるのはおやの　299
我が心に偽あれば　179 212
我が心は天照神の　179 197 211
我たにもまつ極楽に　275
我といふちいさいこころ　233
我と我身の行状しるを　180 198 214
我と我身をつまみて知れよ　179 213
我にある宝をしらぬ　241
我もとどかぬ事のみあろと　226
われらは何して老いぬらん　41
我をすて只尾をさげて　236
我を頼めて来ぬ男　10
会者定離誰も逃れぬ　90
ゐにうつし木にきざめるも　300 312
ゐんの結びは私ならず　179
幼稚ときからうそおしやるなよ　225
幼き子どもは稚し　120
をしゐあるとてすこしの悪も　164 187
をしへ置て入にし月の　261
男たいして勝てはくれど　226
男女の行義がだいじ　228
をのづからつとまる道も　234
折得ても心ゆるすな　303
女の盛りなるは十四五六歳　6

■ **著者紹介**

小野恭靖（おの みつやす）

一九五八年　静岡県沼津市生まれ。
一九八一年　早稲田大学第一文学部日本文学専攻卒業。
一九八八年　早稲田大学大学院文学研究科日本文学専攻博士課程単位取得退学。
現在　大阪教育大学教育学部教授。博士（文学）。日本歌謡学会常任理事。

【主要著書】『中世歌謡の文学的研究』（一九九六年・笠間書院／一九九五年度日本歌謡学会志田延義賞受賞）、『「隆達節歌謡」の基礎的研究』（一九九七年・笠間書院）、『近世歌謡の諸相と環境』（一九九九年・笠間書院）、『ことば遊びの文学史』（一九九九年・新典社）、『歌謡文学を学ぶ人のために』（一九九九年・世界思想社）、『絵の語る歌謡史』（二〇〇一年・和泉書院）、『ことば遊びの世界』（二〇〇五年・新典社）、『子ども歌を学ぶ人のために』（二〇〇七年・世界思想社）、『韻文文学と芸能の往還』（二〇〇七年・和泉書院）、『ことば遊びへの招待』（二〇〇八年・新典社）、『さかさことばのえほん』（二〇〇九年・鈴木出版）、『ことばと文字の遊園地』（二〇一〇年・新典社）、『戦国時代の流行歌　高三隆達の世界』（二〇一二年・中央公論新社）等。

研究叢書 470

歌謡文学の心と言の葉

二〇一六年二月一日初版第一刷発行
（検印省略）

著　者　小野恭靖
発行者　廣橋研三
印刷所　亜細亜印刷
製本所　渋谷文泉閣
発行所　有限会社 和泉書院
大阪市天王寺区上之宮町七－六
〒五四三－〇〇三七
電話　〇六－六七七一－一四六七
振替　〇〇九七〇－八－一五〇四三

ISBN978-4-7576-0778-1　C3395